剑来

16 月色入高楼

◎ 烽火戏诸侯 著

浙江文艺出版社
Zhejiang Literature & Art Publishing House

第一章
二 月 二

城隍庙大门缓缓打开。除了那位已经深陷泥菩萨过江境地的城隍爷,文武判官、诸司阴冥鬼吏等,都已倾巢出动,只是都小心翼翼地站在了大门之内。虽说整座随驾城都算自家地盘,会有一定的气数庇护,可站在香火鼎盛的城隍庙内,毕竟还是更安心些。

陈平安望向大门。当初那桩惨事过后,城隍爷选择一杀一放,所以枷锁将军应该是新的,城隍六司为首的阴阳司主官则还是旧的。

他手持剑仙,低头看了眼养剑葫:"在我两次出剑之后,今夜你们随意。"

他再抬起头,望向城隍庙大门:"哪位是随驾城城隍庙的阴阳司主官?"

文武判官和日夜游神、枷锁将军以及其余诸司在内,没有半点犹豫,都赶紧望向了其中一名中年儒士模样的官员。

世间大小城隍阁庙的阴冥官服,礼制与阳间朝廷大致相同,除了官补子图案不可胡来,各洲各地又稍有异样。像北俱芦洲这边,官袍便多是黑白两色,并且都在腰间悬挂一枚篆刻各自官职的青铜法印。

阴阳司主官战战兢兢向前一步,眼神游移不定,压下心中恐慌,躬身抱拳道:"剑仙夜访城隍庙,有失远迎,不知剑仙找下官何事?"

善者不来来者不善,这点粗浅道理,不但是他,所有同僚都懂,不然就不会联袂现身。

下一刻,那一袭青衫的剑仙已经站在了城隍庙内,身后便是那位呆立当场的阴阳司主官。连同文武判官在内，哪怕那人已经擅闯城隍庙，仍是象征性挪步，如同避让出一条道路，然后一个个望向那个同僚。

只见从阴阳司主官的额头处一路往下，出现了一条笔直的纤细金线。

刹那之间，一尊金身砰然碎成齑粉。就连那城隍庙内最擅长镇杀厉鬼的武判官以及喜欢出城捕猎孤魂野鬼的新任枷锁将军都没有看清楚对方怎么出的剑，何时出的剑。一时间，所有城隍庙官吏都面容惨淡。

惨也，真是一位远游至此的外乡剑仙！只听说剑仙之流行事最是古怪跋扈，绝不可以常理揣度。

城隍庙后殿供奉的那尊城隍爷神像周身淡淡金光一阵流转，走出一位气态儒雅的年迈官员，前殿建筑毫无阻滞，被他一穿而过，飘然来到前殿台阶上，站定后伸出一根手指，厉色道："你身为剑修，便可随意斩杀一国皇帝玉玺正封的阴冥官吏？！"

陈平安抬头望向那片笼罩随驾城的浓重黑雾，阴煞之气张牙舞爪。它有些类似老龙城符家的那片半仙兵云海，只不过后者地仙之下的练气士都瞧不见，前者则是修士之外的凡夫俗子皆可不见。

陈平安说道："我会争取替你挡下天劫，怎么谢我？"

城隍爷先是震惊愕然，随即心中狂喜："当真？剑仙不是戏言？"

陈平安点点头，城隍爷只觉得真是天无绝人之路，柳暗花明又一村！他高声道："只要剑仙能够保住我城隍庙无恙，随便剑仙开口，一郡宝物任由剑仙自取。若是剑仙嫌麻烦，发话一声，城隍庙上上下下自会双手奉上，绝无半点含糊……"

一道金光当空劈斩而下，城隍庙诸多阴冥官吏看得肝胆欲裂，金身不稳。只见那位高高在上无数年的城隍爷与先前阴阳司同僚如出一辙，先是额头处出现一粒金光，然后变成一条直线，缓缓向下蔓延开去。

不愧是享受香火供奉多年的城隍爷，一副浸染了不计其数香火精华的浑厚金身并未当场崩碎，犹能抬起双手，死死按住自己的头颅两侧，哀号道："你疯了不成？我一死，天劫就要立即降落，你难道要仅凭一人之力抗衡天劫？我不死，你我还能联手。你这个疯子，你不得好死！"

陈平安视线越过他望向前殿神台上那尊同样享受一郡香火却寂然无神光的巍峨神像，道："不好意思，刚才忘了说一句，你需要以死谢我。"

城隍爷双手死死按住头颅，四面八方不断有顾不得是不是精粹、是否会夹杂邪祟心意的香火涌来。只要是敬香之人的香火，无论念头杂纯，都早已被他悉数拘押在城隍庙内，至于如此一来，是不是饮鸩止渴，顾不得了。只要增加一点修为，在天劫落地后保住金身的可能性就会多出一丝，至于城隍庙会不会损毁，那些辅官鬼吏会不会修为不济，全部被殃及，甚至是一郡百姓的死活，这位城隍爷在"功德大亏，金身腐朽"的第一天起就已经全然不上心了。为此，他还专门请了一拨有世交之谊的修士携带重礼去往京城，游说礼部、钦天监，劝说银屏国皇帝一定要让朝廷压下消息，不许随驾城和一郡百姓四散逃离，不然就是一国风水与一地城隍两败俱伤的最坏结局。

在此期间，那个京城收信人的后世子孙，尤其是如今的家主，还算知晓轻重利害，故而出力极多，动用数代人在庙堂官场积攒下来的人脉香火情，一起帮城隍庙缓颊求情，这才好不容易让城隍爷看到了一线生机。

死一郡，保金身。人不为己，天诛地灭，更何况我身为一郡城隍爷，是那视人间王侯如短命秧子的金身神人！

城隍爷视线微微往下，那根金线虽然往下的速度减缓，可是没有任何止步的迹象。他心中大怖，竟然带了一丝哭腔："为何会如此，为何如此之多的香火都挡不住？剑仙，剑仙老爷……"他再无半点盛气凌人的神色，求饶道，"恳请剑仙老爷饶命，世间万事哪有不好商量的？剑仙老爷你抬头看一眼，没了我这城隍庙驾驭一郡香火，动用一地气数帮忙抗拒天劫，剑仙老爷你独自一人，难道真不怕消磨自身这份来之不易的道行？"

那位几乎吓破胆的文判官一开始也觉得匪夷所思，只是再一想便恍然，却是令他心中更加绝望：这位外乡剑仙吃饱了撑的要来扛天劫了，还会计较什么利益得失？真要计较，何必进入城隍庙？城隍爷不是经常教训下属遇事要稳，莫要忙中出错吗？看来等真的事到临头，也不过如此。

只不过这位文判官心中悲苦：自己如今可不是什么旁观者，没笑话可看啊。数百年来，他们这些坐镇一方风水的神灵居高临下地看着那些入庙烧香的善男信女，一样米养百样人，愚钝不堪的痴男怨女、好逸恶劳却祈求财运恒隆的青壮男子、心肠歹毒却奢望找到一个有情郎的女子、家中长辈病重却不愿花钱救治而来此烧香许愿的子女、杀人如麻的匪寇等等，以为进了庙，多花些银子，多烧几大把香火就可以消弭灾殃罪业，诸多种种，不计其数。人间笑话看得也够多了，都看得麻木了，如今是遭了报应，轮到那些练气士来看自家城隍庙的笑话。

陈平安没理睬城隍爷，只是将手中剑仙插入地面，然后缓缓卷起两边的袖子，露出了核桃手串。至于那三张从鬼蜮谷得来的符箓，都被他随便斜放于腰带之间。

做完这些，陈平安瞬间来到台阶顶部，一手挂剑，并肩站在如同武夫走火入魔的城隍爷身边，面朝前殿。城隍爷则与之相反，面对庙门，面对苍生。他身上那条金色丝线开始不断扩大，如洪水决堤，一条小小溪涧再也承载不了。他突然笑了："好一个剑仙，你也是为了那件现世重宝而来吧？可惜了，不然就算我这位小小郡城城隍爷身死道消，却可以拉着一大帮山上神仙陪葬，不亦快哉？"

陈平安突然伸出一只手覆盖住他的面门，然后五指如钩，缓缓道："你还有什么脸面去看一眼人间？"

城隍爷的金身轰然粉碎，城隍庙前殿如同撒出了一大团金粉。

叮咚一声，有物件清脆落地，是一块锈迹斑斑的金身碎片，不算小，比那两位苍筤湖河神的加起来还要大。

陈平安正要以剑仙的剑尖将其击碎，腰间养剑葫却掠出久未露面的初一，一抹白虹剑光直刺那块生锈的金身碎片，两者竟是一起遁地不见。

城隍庙金身一碎，随驾城上空顿时天雷阵阵，远胜寻常雷声，简直如同爆竹炸在耳畔，使得无数随驾城百姓都从酣睡中惊醒过来。

黑云翻滚，如有墨蛟黑龙一起游弋云海中，不但如此，云海开始缓缓下落。

城中一些人家开始点灯，富贵门庭更是挂起了一盏盏灯笼。一座繁华郡城，星星点点的光亮不断连接成片，还有孩子啼哭的声音此起彼伏。

那些悄然进入随驾城的练气士一个个目瞪口呆，惊慌之后便开始破口大骂。他们哪里想到，重宝尚未真正现世，这该死的天劫就已经提前降临。

这里边可大有讲究。世间应运而生的天材地宝自有先天灵性，极难被练气士捕获攫取。黄钺城城主曾经就与一件异宝擦肩而过，因为那件异宝的飞掠速度太过惊人。

山上传言，那件随驾城异宝品秩极高，是一郡千年灵秀文运凝聚孕育而生。不但如此，据说随驾城在建城之初，其实本身就有一件兵家仙兵深埋地下，最终两者融合，成了一件文武两运兼具的人间至宝，攻守兼备，谁得了都可以一步登天，成为山巅修士。所以黄钺城和宝峒仙境两个顶尖仙家门阀才会一起出动，志在必得。黄钺城得手，那就是真正坐稳了十数国山头的头把交椅，将宝峒仙境甩出一大段距离；若是宝峒仙境抓住，势力就可以超过黄钺城。

随驾城那栋鬼宅，老人坐在临近的一座屋脊上，有些被肩头那只如何都安抚不下的小猴儿吵得烦躁，将其狠狠丢掷出去。

城中那些个境界低的本土修士崽子们都已经察觉到事态不妙，或奔或飞，纷纷逃离随驾城。那件异宝，他们本就不敢觊觎，大多是黄钺城和宝峒仙境各自身后的附庸门派被双方拉了壮丁过来壮声势的，真打起来，多多少少是一份助力。

老人心情烦闷，事情发展到这一步，很是棘手了。那个年轻剑仙果然是个脑子拎不清的，山上四大难缠鬼确实名不虚传，下山游历行事，从来只求一个自己痛快！这因果纠缠的头顶天劫是你想要挡下就能挡下的？到时候你便是见机不妙，挡了一半就跑路，得以留下性命，不还是惹了一身没必要的腥膻？

老人突然说道："骚娘儿们，我这会儿心情不好，别惹我。"

屋脊翘檐上站着一个木钗布裙的妇人，姿色平平，但若是寻常市井妇人，哪里能够在那翘檐的寸锥之地站得稳当。

妇人掩嘴娇笑道："你就这么跟一位皇后娘娘说话？胆儿忒肥。"

老人闷闷道："坏了主人谋划这么久的大事，你我都百死难赎。尤其是这类功亏一篑的尴尬局面，主人只会更加恼火。"

妇人摆手道："虽然不晓得为何那件异宝会突然安静下来，任由天劫消磨它的先天品秩，也没有伺机逃窜出去，但是天劫一落地，它还是会被逼着现身。黄钺城和宝峒仙境都已经识趣远离，不是去那苍筠湖龙宫避祸，就是去更远的黑釉山躲灾，到时候你我就得了先机，不是更好？"她说到这里，神色凝重起来，"你我都共事多少年了，容我斗胆问一句私心话，为何主人不愿亲自出手？以主人的通天修为，那桩壮举之后，虽说损耗过重，不得不闭关，可这都几百年了，怎么都该重新恢复巅峰修为了。主人一来，那件异宝岂不是手到擒来？范巍然这些废物敢挡道？"

老人讥笑道："你懂个屁！这类功德之宝只靠修为高就能硬抢到手？况且主人又不是那纯粹武夫和兵家修士，修为越高，进了这处地界就越会成为众矢之的。这天劫可是长眼睛的，便是扛下了，损耗那么多的道行，你赔？你以为加上整个银屏国的那点狗屁宝库珍藏就赔得起啦？笑话！"

妇人对老人的冷嘲热讽不以为意，转头凝视着城隍庙，皱眉道："看情况，咱们至少也需要暂时离开随驾城。离得近了，你我不一样是天塌下来个高的顶着，给这天劫当出气筒？若是离得远了，等到天劫一过，重宝定要赶紧现身，逃离这污秽之地，到时候黄钺城和宝峒仙境出手可不会慢。咱俩对上叶酲和范巍然两人是毫无问题，可他们身边围着那么多废物，小心蚂蚁啃死象。"

老人笑了，指了指那只爬回屋脊、不断朝城隍庙龇牙咧嘴的小猴儿，道："你这婆姨这么多年成天跟所谓的帝王将相龙子龙孙打交道，眼神是越来越差劲了。没瞧出来吧，这是主人重金购买的吞宝猴，远古异种后裔，知道花了多少神仙钱吗？我说出来怕吓死你。有它在，就可吞宝入腹，所以事情没你想的那么麻烦。可若是你自己本事不济，给叶酲或是范巍然缠上，无法脱身，事先说好，我只会带了小猴儿一走了之，你这只骚狐狸能否继续享受你的人间富贵，继续以那一国龙气雕琢狐皮，反正得自个儿搏命去。"

这只骚狐狸都当了几回皇后娘娘了？老人腹诽。

妇人哀叹一声，仰头望向缓缓下坠的黑云，眼中有些忧惧："主人的那个死对头不会从中作梗吧？当真只有叶酲、范巍然两位金丹修士？"

老人摇头道："既然当年双方就已经划清界限，井水不犯河水，各取所需，应该不会再有意外。到了主人这般高度的，反而比我们这些井底之蛙更在意承诺。我临行前，主人说了一些到底的话，意思是就这么两个纸糊的金丹，如果你我还争不过，就别回去了，自己找个地儿一头撞死了事。"

妇人点点头，天然妩媚的一双眼眸中流露出一抹炙热："那真是一把好剑！绝对是一件法宝！便是外边那些地仙剑修见着了也会心动！"

老人笑道："路边的瞎子都瞧得出来，需要你说？怎的，心动了？那就去抢嘛。"

妇人扭头抛了一记媚眼："老东西净说混话。真要抢夺，那也得那家伙自不量力，给天劫打个半死才行。"

老人啧啧道："许久没见，还是长了些道行的，一个女子能够不靠脸蛋，就靠一双眸子勾人心魄，算你本事。事成之后，咱俩云雨一番？小别尚且胜新婚，咱们兄妹都几百年没见面啦？"

妇人脚尖一点，娇笑不已，如银铃轻颤，人走余音犹袅袅："老东西，再不走可就迟了。咱们先离开随驾城再说，办成了主人这桩大事，奴家任君采撷。"

老人一手抓来那只小猴儿放在肩头，与妇人一起飞掠出城。

双方自然是压了境界的，不然落在叶甜、范巍然两人眼中，会节外生枝。这帮货色，虽然绝大多数是只晓得窝里横的玩意儿，可到底是这么大一块地盘，十数国疆土，每百年总会冒出那么一两个惊才绝艳之辈，不容小觑。别看他和妇人每次谈及叶甜、范巍然之流，言语中满是鄙弃，可真要与那些修士厮杀起来，该小心的，半点不会少。

两人先后掠过随驾城的城头，城墙之上还站着不少半点不怕死的练气士，大概是觉得离了随驾城就危险小了，正在那儿假装气定神闲，指点江山呢。

其中有一名被师门安排在城隍庙附近当那香火铺子掌柜的年轻修士，隐姓埋名数年，如今好不容易恢复身份，骂得尤其起劲："那个瞧着像是剑修的年轻人脑子要么进水，要么被驴踢了，到了城隍庙后，一看就是个生面孔，啥都没弄清楚，二话不说就一剑砍死了阴阳司主官，进了城隍庙更是喜欢抖威风，竟然直接对城隍爷出剑！可惜之后，城隍庙就关上了大门，瞧不见里边的光景。"

附近一名修士便笑言："那家伙分明是觉得自己得不着那件异宝，便干脆让大伙儿都没戏，用心之歹毒，可恨可诛！等到天劫尘埃落定，那剑修若是侥幸不死，回头一定要讨教讨教。"

老人飘出墙头，觉得真是有趣，这类蠢坏之辈，多多益善。如那太守读书人的迂腐之辈也要多一些，才好养活前者嘛。不然若世上都是些聪明人，自个儿与那淫乱银屏国宫闱的狐媚妇人这些同道修士还怎么占尽天底下的大小便宜？

城隍庙内，初一带着那块锈迹斑斑的金身碎片遁地之后，很快就重新露面，将围观的阴冥官吏击杀了大半，最终只留下文判官和那上任不算久的枷锁将军，以及一些个品秩不高的鬼吏。

陈平安一挥袖子，将那些淡金色或是纯银色的金身碎片卷入手中，放入咫尺物。然后继续仰头望向黑色云海，它相距随驾城地面已经不足三百丈。

想了想，他拈出一张先前在苍筤湖上尚未燃烧殆尽的金色破障符，在这之后，再试试看那张玉清光明符。

今夜对抗天劫的第一手，自然还是要靠自家本事。至于之后，便无这瞎讲究了。

初一依旧在整座城隍庙内游弋不定，破空之声嗡嗡作响。

陈平安转过头去，看了一眼那些不敢动弹的城隍庙辅官鬼吏。这是刚正忠直，哀悯苍生，代天理物，剪恶除凶？

他只是看了一眼，原本似乎已经打算放过他们的初一便骤然而至，刺透了几个城隍庙罚恶、注寿两司的鬼吏，让他们当场消散。

陈平安深吸一口气，转过头不再看他们，只道："还不走？要与我一起待在城隍庙扛天劫？"

那群鬼吏闻言纷纷逃散，只求尽量远离城隍庙，能够离开随驾城那是更好。

一个中年大髯男子此时却走入了城隍庙，在门口朝地上狠狠吐了口唾沫，进了前殿，见着了陈平安，犹豫了一下，瓮声瓮气问道："你这是作甚？于公，我身为郡城本地神祇，不该劝你离开，一郡苍生百姓，自然是能少死几个就少死几个。可是于私，我还是希望你别蹚浑水。不是我瞧不起你这剑仙高人的手段，实在是天劫一物最是纠缠不清，不是你扛下了就万事大吉。你既然都是剑仙了，还不明白这里边的弯弯绕绕？修行不易，何必如此？"

陈平安转过身，问道："你来自火神祠？"

汉子点头道："我真是上辈子造了大孽，人都死了，还要当这火神祠的神祇，这几百年来就没过过一天舒坦日子。"

陈平安问道："当年那位太守还是孩童的时候，是不是被你护着送出随驾城？"

汉子咧嘴道："这话，你要是在城隍爷活着的时候问我，便是再打死我一次，也绝不敢承认的。"

陈平安笑了："你走吧，不用劝我，反正估摸着天劫一落下，你这没办法挪窝的随驾城神祇比我先活不成。"

汉子洒然道："不打紧。当了一地神灵，才晓得啥叫真正的生不如死。半死不如死透，我这就端着小板凳去火神祠庙屋顶，死透之前，瞪大眼睛，好好瞧一瞧传说中剑仙的风采。"

陈平安点点头，汉子转身离去，走到大门又突然转头问道："我这一方神祇到底是没能做半点有用的事情，你这剑仙分明是个直肠子的……好人，不怪罪，不迁怒？"

陈平安反问道："且不说我是谁，什么修为，就说这人世间，真有人有那力气和心性来怪一个好人做得不够好。我不奢望这些人挺身而出打杀坏人，为何骂几句坏人都不舍得？"

汉子哈哈大笑，大踏步离去："自然是好人好鬼好神祇都好欺负嘛，你这外乡剑仙，这种问题，真是问得憨傻了！"

他跨过门槛，双手抱拳高高举过头顶，重重摇晃了几下，然后大步离去，唯有粗狂的嗓音响彻夜幕："可要不是个傻子，就不会进这蛇鼠一窝的城隍庙。剑仙，莫死！这狗娘养的世道，有点本事的好人已经够少的了！你要是意气用事，真死在了这不值当的破烂地儿，我到时候可要狠狠骂你几句！！"

陈平安朝那压城黑云丢出那张金色材质的破障符，稍稍试探天劫的深浅。

云海底部被炸开一个大如城隍庙的巨大金色窟窿，但很快又合拢。

陈平安深吸一口气，双手拄剑，仰头望天。

百丈之内，便可递出第一剑。不过相距两百丈之后，倒是可以先出拳。

城隍庙异象出现后，在随驾城内落脚的范巍然当机立断，率领那些宝峒仙境修士离开随驾城，同时让人去提醒依附自家门派的练气士，一起去往苍筼湖，毕竟那位湖君可是欠了她一个不小的人情，谅他在苍筼湖元气大伤后，不敢再像那夜宴席上那般管不住自己的一双贼眼，这才使得晏清得以借故离开龙宫筵席。

之后风波不断，晏清来到随驾城后更是心神不宁，莫说范巍然，便是晏清的师侄辈修士都瞧出了些端倪，范巍然对那年轻剑仙的刻骨恨意便又加了几分：敢坏我家清丫头的道心！她可是已经被那位仙人钦定为未来宝峒仙境以及十数国山头仙家领袖的人选之一，一旦晏清最终脱颖而出，到时候宝峒仙境就可以再得到一部仙家道法！

宝峒仙境和黄铖城这么多年来无非是暗中被选中在十数国池塘养鱼的两枚棋子罢了，所谓的打生打死，势同水火，可两家修士真正死了几个？没几个。而且死的都是些看似境界凑合、实则大道无望的，更多死的其实不都是那些附庸门派的修士？

十数国江湖为何已经两百年不曾出现一位金身境武夫了？要知道，最后一位可是被自己师妹和叶酺当年联手斩杀的。如今那些个在世俗王朝耀武扬威的六境武夫，所谓的武学大宗师，这个剑术第一人那个拳法第一人的，哪个不是安心享福、皮囊腐朽不堪的将死之人？

范巍然转头看了眼跟在自己身边的晏清，微微一笑。师妹当年不知为何必须要杀死那个金身境武夫，自己却是一清二楚。毕竟这桩天大的机密，便是宝峒仙境和黄铖城，历代也只有各自一人得以知晓。至于其余山头，根本就没机会和资格去觐见那位仙人。而那个莫名其妙出现的外乡剑仙，被天劫殃及，不小心死在城隍庙内是最好，这都算便宜他了，不然受了重伤再被自己擒获，相较于宝峒仙境祖师堂的独门秘传，他殷侯的苍筼湖点水灯算什么阴毒术法！

范巍然突然问道："鬼斧宫那帮不入流的兵家修士就没随我们一起出城？"

她身边一个以郡城现任太守幕僚清客身份小隐于野的自家晚辈修士恭声道:"回禀老祖,他们得了我的消息后,不知为何没有立即动身,推说需要处理一些紧急事务,我不敢继续逗留,便先离开了,最后发现他们一行人往另外一个方向离开了随驾城,暂时不知会不会去往苍筠湖与我们会合。"

范巍然怒气横生,满脸煞气,又问道:"那个名叫杜俞的家伙呢?可曾见到?"

老修士道:"一并见到了,果真如传言那般,嬉皮笑脸没个正形,不成气候的东西。"

那晚苍筠湖的动静是大,但是随驾城没有修士胆敢靠近观战。

到了殷侯这个高度的神仙打架,你在旁边拍手叫好,厮杀双方可没谁会领情,随手一袖子、一巴掌,你就灰飞烟灭了。何况一件件仙家重器、一门门神仙术法可不长眼睛,自己去鬼门关逛游,死了可不就是白死。

所以老修士疑惑道:"老祖为何单独询问此人?"

范巍然脸色阴沉,没有道破天机,只是冷笑道:"回头再找那王八蛋算账!"

前提当然是那个姓陈的外乡剑仙死了,或者在随驾城掉了大半条命。

晏清御风之时,回望一眼随驾城的模糊轮廓,依稀可见有一道金色符箓炸开了天劫云海底部。

她在心中幽幽叹息:那么会算计人心的年轻剑仙,竟是个傻子。

比苍筠湖距离随驾城更远的黑釉山之巅,一座略显粗糙的山顶观景亭内,站着一个身材修长的中年男子,衣着朴素,唯腰间悬挂有一枚玉牌。男子伸出手指,轻轻摩挲着玉牌上的篆文,心事重重。

俊美少年何露坐在一旁,摘下了那支泛黄竹笛,正以一块仙家织造的珍稀绸缎轻轻擦拭这件心爱法器。

中年人只是眺望随驾城,无比厚重的黑云缓缓向下,竟然如整座天幕下垂人间,一眼望去,根本看不到云海的顶端。

一个盘腿而坐的白发老翁啧啧笑道:"天地无故接壤,这就是人间大劫。城主,天劫落地后,黑釉山的山水大阵我看是保不住了。还是那范婆姨精打细算,跟苍筠湖殷侯勾搭上了,比咱们只能选择黑釉山,自己花钱打造阵法,要占了先机。"他不断捶腿,"真不知道那个外乡剑仙到底想的啥,就算是想要虎口夺食,好歹等到异宝现世不是?若真是他宰了城隍爷,这天劫可就要找上他了,他娘的到底图个啥?城主,我这人脑子不灵光,你来说道说道?遇上打破脑袋都想不明白的事,比瞧见倾国倾城又烫嘴的美人儿都要心痒。"

站在亭中的男子正是黄钺城城主叶酢。他道:"一位外乡剑仙一头撞进来搅局,其实棋局还是那盘棋局,形势变化不大,此人修为带来的意外都会被天劫消磨得差不多。

我担心的不是此人，也不是宝峒仙境和范巍然，而是几个同样是外乡人身份的，比起这位行事光明正大的剑仙要鬼祟多了，暂时我只知道银屏国那个狐媚子属于其中之一。"

白发老翁一听到那狐魅，立即来了兴致："流水的银屏国皇帝，铁打的皇后娘娘。哈哈，真是好玩，原来也是来自外乡的。我就说嘛，咱们这十数国风土可养不出一只五条尾巴的天狐。"

叶酣摇头道："她藏得深，其实是一只六条尾巴的金丹境狐魅。这个消息，是黄钺城用一位龙门境修士的性命换来的。"

白发老翁咂舌道："那我以后见着了她可得绕着走。他娘的，金丹境！岂不是与城主你一般无二了?！"

何露只是擦拭竹笛，对这些已算山上头等大事的机密并不感兴趣。

叶酣摇头道："同境修士也有天壤之别。狐魅蛊惑凡夫俗子自然得天独厚，可要说上阵厮杀，却不擅长，我不觉得她能胜过范巍然。不过既然是从外乡来的，肯定有一两件特殊法器傍身，我与范巍然跟她捉对厮杀，胜算不会太大，更别提将其成功打杀了。"

他又转头对何露笑道："外乡人一直背着的那把剑如果真是一件法宝，我事后可以争取一下，看看能否以物易物，赠送给你。"

白发老翁一头雾水："城主，怎么个以物易物法？还有，在这里，您老人家还需要争取什么？"

叶酣摇摇头："不该问的就别问。"

听到叶酣的承诺后，何露眼睛一亮。骤然之间，他的眼角余光瞥了眼随驾城方向，眼神如被裁剪了一下灯芯，变得越发明亮。

叶酣摇摇头："别想了。莫说是你，就连我都不敢有任何多余的念头。"

他的神色凝重起来，以心湖涟漪道："何露，大战在即，我必须提醒你几句。虽说你资质和福缘都比晏清稍好一筹，得以随我去仙府觐见仙人，尽管仙人自己并未露面，只是让人接待你我二人，可已算殊荣，你这就等于走到了晏清之前。山上修行，行百里者半九十，一境之差，双方无异于云泥，所以那座仙府的小小童子仗着有那位仙人撑腰，都敢对我呼喝不敬。那件异宝已经与你泄露过根脚，是一件先天剑胚。世间剑胚，分人也分物，前者打娘胎起就决定了是否能够成为万中无一的剑仙，后者更是奇妙，可以让一名并非剑胚的练气士成为剑仙。这等千载难逢的异宝，我叶酣就算神不知鬼不觉地抢到了手，赠送给你，你扪心自问，可接得下、守得住？"

何露别好竹笛，站起身，恭敬道："弟子明白了！"

随驾城外北方一座山头上，已经披挂上一副神人承露甲的佩刀男子回望城隍庙。

杜俞不明白，打死都不明白，为何那位最会算计得失和人心的前辈要如此冲动！

几万或十几万凡夫俗子的性命怎么能跟前辈你一位剑仙的修为、性命相提并论?!

这句大逆不道的话，就算是那位前辈现在站在自己眼前，他也敢大声喊出，哪怕被一巴掌打个半死，甚至又被拘押魂魄牢笼中，他都要问上一问。

这一天夜幕中，云海下沉，如天地碰撞。

除了苍筠湖龙宫与黑釉山凉亭两处的修士，在范巍然和叶醋分别付出代价，得以以掌观山河的神通看到最后一幕，其余所有作鸟兽散的山上练气士看到的东西还不如随驾城内那些注定一辈子庸庸碌碌的市井中人多。可哪怕是范巍然与晏清、叶醋和何露，也只能够看到在离地百丈、距云百丈的狭窄天地间，有一位青衫客御剑、出拳不停而已。

在云海依旧缓缓下沉至距离随驾城百丈之后，范巍然和叶醋几乎同时撤去了神通，皆脸色微白。

最后一幕，是一道金色剑光从人间起，仿佛从南向北，瞬间划开了整片云海。在那之后，一郡之地唯有雷鸣之声，剑光萦绕云海中，夹杂有稍纵即逝的一阵阵符箓宝光。

当天地终归于寂静，云海缓缓消散，在随驾城那座官府牢狱之中，有一抹漆黑远胜夜幕的古怪剑光破土而出，拉出一条极其纤长的冲天黑线，然后飞掠离去。

叶醋、范巍然又是心有灵犀，同时发号施令，准备争夺那件终于出世的异宝。数以千百计的各方谱牒仙师、试图捡漏的野修、依附练气士的江湖武夫如雨后春笋一般涌现，追逐那道黑线。结果黑线在飞掠出百余里后，蓦然被一只小猴儿吞入腹中。一名老者将小猴儿藏于袖中，开始逃遁。

一场追杀和乱战就此拉开序幕，唯有一名不起眼的鬼斧宫修士飞奔向随驾城。

只见整座随驾城，连同城墙在内，所有高过七丈的建筑都已经像是被一刀削平。

这个披挂雪白甲胄的男子掠上城头，犹豫了一下，最终还是没有立即入城，沿着城头走了一圈，视野所及，城隍庙那边好像已经沦为一片废墟，许多富贵门户的高楼倾塌在地，随驾城内吵吵闹闹，夹杂着无数喊声哭声，几乎家家户户都点了灯。大概随驾城从建城第一天起，就没有哪个夜晚能够如此亮如白昼。

杜俞一咬牙，不敢御风而游，将甲丸收入袖中，这才偷偷跃下墙头，也不敢走那大街，只是拣选市井巷弄的小路奔向城隍庙。

一路上，孩子啼哭不已，妇人忙着安抚，青壮汉子骂骂咧咧；老人们多在家中念经拜佛，有木鱼的敲木鱼；一些个胆大的地痞流氓探头探脑，想要找些机会发横财；富贵人家开始张贴那些从祠庙道观重金请来的符箓，不管是什么，都贴上再说。

到了城隍庙外边的大街，杜俞一冲而入，只看到一个血肉模糊、浑身不见一块好肉的……人，双手挂剑，站在原地。杜俞看了眼那把金光黯淡的长剑，狠狠摇头后，接连给了自己几个大耳光，然后双手合十，眼神坚毅，轻声道："前辈，放心，信我杜俞一回，我只是背你去往一处僻静地方，此地不宜久留！"

他等了片刻，又道："既然前辈不说话，就当是答应了啊?!"

最终，杜俞走到那一人一剑之前，正要蹲下身将前辈背在身后，于是就没能看到足可震碎他胆子的一幕。

那个都已经不可以说是一个人的前辈缓缓转头些许，手指微动。

天幕高处，一名御风而停的外乡修士犹豫了一下，就此远去。

杜俞一拍脑袋，想起这把剑有些碍事。有它挡着，怎么背人？他想要轻轻掰开前辈的十指，竟然纹丝不动。他哭丧着脸：这可如何是好？

当杜俞手指不过稍稍触及那剑柄，竟是整个人弹飞出去，魂魄剧震，瞬间疼痛的感觉丝毫不逊色于先前在芍溪渠主的水仙祠庙给前辈以罡气拂过三魂七魄！

杜俞挣扎起身，吐出一大口血水，脸色惨白，摊开手，那根手指竟然差点直接变成焦炭。然后那把剑突然自行一颤，离开了前辈的双手，轻轻掠回前辈身后，轻轻入鞘。

高空中，那个以掌观山河神通继续观看城隍庙废墟的大修士轻轻叹息一声，似乎充满了惋惜，这才真正离去。

杜俞背着那个处处白骨可见的血人，像是一只无头苍蝇乱窜，一次次行走狭窄巷弄，或是掠上墙头。最后好不容易找到了一处无人居住的破败宅院，杜俞一脚踹开一间布满蛛网的小屋子，本想将背后鲜血淋漓的前辈放在床上，只是一看那沾满了灰尘、连条被褥都没有的破木板床，只得以脚钩来一把几近腐朽的摇晃木椅，轻轻将前辈放在吱呀作响的椅子上，再取出一只瓷瓶放在那人手边，后退数步，抹了抹额头汗水，苦笑道："前辈，我杜俞怕死，真的很怕死，就只能做这些了。若是前辈没死，我却在前辈养伤的时候被人抓住，那我也还是会将此处地址明明白白告诉他们的。"

椅子上的人寂然如死，杜俞一抱拳，离开屋子，轻轻关上门。

他的脑袋已经一团糨糊，原本想要一鼓作气赶紧逃离随驾城，跑回爹娘身边再说，只是出了屋子，被凉风一吹，立即清醒过来：他不但不能独自返回鬼斧宫，当务之急，是抹去那些断断续续的血迹！这既是救人，也是自救！他下定决心后，便再无半点腿脚发软的迹象，一路悄然清理痕迹的时候，还开始假设自己若是那位前辈，会如何解决自己当下的处境。

在杜俞关门走后，瘫靠在那张椅子上的半死之人的一双幽深眼眸缓缓睁开，又缓缓合上。

天亮之后，随驾城衙署的大小官员、富贵门庭和市井人家都开始惴惴不安地忙碌起来。当陆陆续续听闻城隍庙的变故后，不知怎么就开始流传一个说法，说是城隍爷帮他们挡下了那来历不明的云海，以至于整座城隍庙都遭了大灾。一时间，不断有老百姓蜂拥去城隍庙废墟外烧香磕头，大街上所有香火铺子都被哄抢而尽，还有许多为了争抢香火而引发的打架斗殴事件。

火神祠亦是如此光景，祠庙已经彻底倒塌，其中供奉的那尊泥塑神像也已经砸在地上，碎裂不堪。

两天之后，随驾城又开始出现许多陌生面孔。再之后一天，原本如丧考妣的随驾城太守再无先前热锅上蚂蚁的窘态，红光满面，一声令下，要求所有衙署胥吏凭画像去搜寻一个腰间悬挂朱红色酒壶的青衫年轻人，据说是一个穷凶极恶的过境凶寇。郡守府宣告，只要有了此人的踪迹线索，那就是一百金的赏赐；若是能够带往衙署，更是可以在太守亲自举荐之下，捞个入流的官身！如此一来，不光是官府上下，许多消息灵通的富贵门户也将此事当作一件可以碰碰运气的美差。

又过了一天，随驾城老百姓都察觉到了事情的古怪。

天上和城中，多出了许多传说中腾云驾雾的神仙中人。

一见到他们的行踪，无论老幼妇孺，都开始在城中各处跪地磕头。

但是在这一天夜幕里，火神祠庙中，一个如泥塑神像一般的大髯汉子骤然现身，身高十数丈，靠着那股前些天从未如此虔诚的香火，强提最后一口气，在金身摇摇欲坠、即将炸裂的最后关头现出真身，高声讲述那位剑仙的义举，说他绝非是什么祸害城隍庙、引来天灾人祸的外乡歹人！

这位火神祠神灵的急促话语瞬间传遍整座随驾城，老百姓们面面相觑，太守大人则是恼羞成怒。

只是不等火神祠神灵说更多，就有一件法宝从极远处飞掠而至，轰然砸向他。大髯金身汉子砰然崩碎，化作点点金光流散四方。那件法宝依旧不依不饶，直接将整座火神祠都给打烂。

又一天黄昏时分，一个身穿雪白长袍、腰悬朱红色酒葫芦的年轻男子走向那栋鬼宅，推开了门，然后关上。夜幕中，他手持一把竹扇，坐在屋脊上喝酒赏月，最后竟是就那么醉卧而眠。此人除了脸色微微惨白之外，落在市井百姓眼中，真如那谪仙人一般。

在他出现后，几乎所有城中练气士都如潮水般悄然退散。因为有两个不信邪的修士在深夜时分往鬼宅靠近，结果刚刚临近围墙就被两点剑光穿透头颅，当场毙命。

随后一天，那人去了一趟火神祠，点燃了三炷香，之后就返回了鬼气森森的鬼宅。

这天，鬼宅多出了一个格外扎眼的客人——鬼斧宫修士杜俞。

陈平安坐在一张小板凳上，杜俞哭丧着脸站在一旁："前辈，我这下是真死定了！为何一定要将我留在这里？我就是来看看前辈的安危而已啊。"

陈平安轻轻摇晃竹扇，脸上带着杜俞总觉得有些奇怪、陌生的笑意，缓缓笑道："你若是今天走了，才是真要死了。"

苍筠湖龙宫内，叶醋竟然与死对头范巍然相对而坐，晏清和何露分别坐在范巍然与叶醋的身边。

双方修士和附庸势力一左一右，按照境界高低、山头强弱依次排开，龙宫之内，首次同时出现这么多仙家修士。

湖君殷侯也没有坐在主位龙椅上，而是懒洋洋地坐在了台阶上，如此一来，显得三方都平起平坐。

黄钺城和宝峒仙境已经谈妥了第一件事：既然那件异宝已经被陈姓剑仙的同伙抢走，而这位剑仙又身受重创，不得不滞留于随驾城，那么就没理由让他活着离开银屏国，最好是直接击杀于随驾城。

按照殷侯的说法，此人除了那把背在身后的神兵利器，还身怀更多重宝，足够参与围剿之人都分到一杯羹！

范巍然冷笑道："那么现在该派谁去试探此人的伤势？那两个怎么死的都不知道的下五境废物显然不顶事。叶城主，你们黄钺城人多势众，不如你出点力？"

叶醋一方的修士开始拍桌子怒骂。

此次争夺异宝，追杀那个藏着小猴儿的外乡老者，一波三折，双方其实都死伤惨重。

何露突然微笑道："修为不高的，还有那些更不济事的武夫把式根本试探不出此人的斤两。事实上，我觉得便是自己去，也未必能成。"

殷侯笑道："那家伙心思缜密，手段奸诈，出手狠辣，是个难缠至极的主。如今我这苍筠湖是怎么个可怜光景，你们都瞧见了，丑话说前头，我就是给你们双方一个商量事情的地儿，千万别偷鸡不成蚀把米，一旦他犹有余力，给人顺藤摸瓜，杀到我们跟前，你们一跑，我可就完蛋了。"

何露以手中竹笛轻轻拍打手心："真想试探此人，不如杀个杜俞，不但省事，还管用。到时候将杜俞抛尸于随驾城外，咱们双方抛开成见，精诚合作，事先在那边布置好一座阵法，守株待兔即可。"

范巍然一拍桌子，大笑道："从未见你小子如此顺眼过，就依你之见！"

随后，她将视线转移："叶城主，如何？"

叶醋微笑点头。

晏清视线低敛，睫毛微颤。

当晚，苍筠湖龙宫内，双方得知那个消息后，都有些面面相觑。何露更是脸色阴沉似水，殷侯也不太笑得出来了，觉得自己这次为双方牵线搭桥当媒人，是不是有些悬乎？

可千万别差不多死光了河神渠主，再连老巢都给人一剑搅烂了。

叶酗轻声道："伤筋动骨一百天，凡夫俗子如此，我们修道之人只会更麻烦。既然他受了那么重的伤，我们徐徐图之。"

今年随驾城上上下下，年关好过，可是大年三十也没半点喜庆，正月里的走门串户更是闷闷不乐，人人抱怨不已。于是一些个原本没什么太大怨气的，也开始怨怼起来。

随后，鬼宅那边开始有一些看似市井百姓装束的人物出现，之后便越来越多。

再后来，就是真正的市井百姓赶来窃窃私语，指指点点。当有一个孩子往鬼宅丢石子大骂之后，就一发不可收拾。人人议论纷纷，埋怨那位所谓的剑仙既然如此神通广大，为何还要害得随驾城毁去那么多家产财物。

杜俞听得差点气炸了肺，大步走回陈平安身边，一屁股坐在小板凳上，双手握拳，憋屈万分："前辈，再这么下去，别说丢石子，给人泼粪都正常。真不要我出去管管？"

陈平安躺在竹椅上，依旧轻轻摇动那把崔东山赠送的玉竹折扇，微笑道："今天是什么日子了？"

至于那把在鞘长剑，就随随便便丢在竹椅旁边。

这个前辈也真是心大，自己从竹园砍伐绿竹，亲手打造了这么一把竹椅，成天就躺在上边睡觉。而且相处久了，总感觉现在的前辈跟自己最早认识的那个，不好说是判若两人，但总觉得有哪里不一样了。

杜俞听到问话后，愣了一下，掐指一算："前辈，是二月二！"

陈平安猛然坐起身，合起竹扇，站起身，眯眼微笑道："是个好日子。"

杜俞只觉得头皮发麻，硬提起自己那一颗所剩不多的"狗胆"怯生生道："前辈，你这样，我有些……怕你。"

陈平安双指捻动，竹扇轻轻开合些许，清脆声音一次次响起，笑道："你于我有救命之恩，怕什么？这会儿难道不是该想着如何论功行赏，怎么还担心被我秋后算账？你那些江湖破烂事，我早在芍溪渠水仙祠时，就不打算与你计较了。"

他身上穿着那件已经多年没有穿过的法袍金醴，而春草法袍因为已经毁坏殆尽，任你砸多少神仙钱都无法修补如初了，便收入了咫尺物，与那些穿破了的草鞋、喝空了的酒壶放在一起。之前一战，怎么个凶险？很简单，他都来不及换上金醴，连这种心意一动就能瞬间完成的事都无法做到，所以只能靠肉身体魄去硬扛云海天劫，大概等于在积霄山小雷池浸泡了几天几夜。

杜俞一咬牙，哭丧着脸道："前辈，你这趟出门，该不会是要将一座忘恩负义的随驾城都给屠光吧？"

陈平安斜眼看着杜俞："是你傻还是我疯了？那我扛这天劫图什么？"

杜俞抹了把额头汗水："那就好，前辈莫要与那些蒙昧百姓怄气，不值当。"

他是真怕一波未平一波又起，到时候可就不是自己一人遭殃横死，肯定还会连累爹娘和整座鬼斧宫。若说先前藻溪渠主水神庙一别，范巍然那老婆娘撑死了拿自己撒气，可现在真不好说了，说不定连叶醋都盯上了自己。

有些以往不太多想的事情，如今次次在鬼门关外打转、黄泉路上蹦跶，便想了又想。尤其是这些天待在鬼宅，跟前辈一起打扫屋舍院落，提水桶拿抹布，粗手粗脚做着这辈子打娘胎起就没做过的下人活计，恍若隔世。

陈平安将折扇别在腰间，视线越过墙头，道："行善为恶都是自家事，有什么好失望的。"

杜俞使劲点头道："君子施恩不图报，前辈风范也！"

陈平安笑道："你就拉倒吧，以后少说这些马屁话，说者吃力，听者腻歪，我忍你很久了。"

杜俞笑脸尴尬。

陈平安摘下养剑葫放在竹椅上，脚尖一踩地上剑仙，剑仙轻轻弹起，被他握在手中："你就留在这里，我出门一趟。"

杜俞自然不敢质疑前辈的决定，小心翼翼问道："前辈何时返回宅子？"

陈平安笑道："去一趟几步路远的郡守衙署，再去一趟苍筠湖或是黑釉山，应该花不了多少时间。"

杜俞松了口气，等陈平安走出鬼宅，他便对着那只朱红色酒壶双手合十，弯腰祈祷道："有劳酒壶大爷多多庇护小的。"

当鬼宅大门打开，那位白衣谪仙人真正现身后，原本起劲喧哗的随驾城百姓，无论男女老幼，全部一哄而散。他们多是自认遭了无妄之灾、损失惨重的富贵门户里边被家主派来此处讨钱财的仆役家丁，以及从各处赶来凑热闹的地痞，还有不少想要见识见识什么是剑仙的任侠少年。

虽然人人都说这位外乡剑仙是个脾气极好的，极有钱的，并且受了重伤，必须留在随驾城养伤很久，这么长时间躲在鬼宅里边没敢露面，已经证明了这点。可天晓得对方离了鬼宅，会不会抓住街上某人不放？好歹是一位劳什子的剑仙，瘦死的骆驼比马大，还是要小心些。

刚好有一伙青壮男子正推着一辆粪车飞奔而来，大笑不已。原本他们正为自己的豪迈之举感到自得，很享受附近那些人的竖大拇指、高声喝彩，推起粪车来更加起劲卖力，离鬼宅不过二三十步路了，结果那手持长剑的白衣仙人刚好开门走出，并且直直望向了他们。三个常年游手好闲的年轻男子顿时呆若木鸡，两腿挪不动步。

不但如此，还有一人从街巷拐角处姗姗走出，然后逆流向前。她身穿缟素，是一个颇有姿色的妇人,怀中抱有一个犹在襁褓中的婴儿。倒春寒时节,天气尤为冻骨,孩子不知是正在酣睡还是冻伤了,并无哭闹。她满脸悲恸之色,脚步越来越快,竟是越过了粪车和青壮男子,扑通一声跪倒在街上,仰起头,对陈平安泣不成声道:"神仙老爷,我家男人给倒塌下来的屋舍砸死了,我一个妇道人家,以后还怎么活啊?恳请神仙老爷开恩,救救我们娘儿俩吧!"

妇人哭天喊地,撕心裂肺,似乎马上就要哭晕过去。

躲在街巷远处的百姓开始指指点点,有人与旁人轻声言语,说这妇人好像是芽儿巷那边的,确实是去年开春成的亲。可怜人哪。

陈平安蹲下身:"这么冷的天气,这么小的孩子,你这个当娘亲的,舍得?难道不该交予相熟的街坊邻居,自己一人跑来跟我喊冤诉苦?嗯,也对,反正都要活不下去了,还在意这个作甚。"

妇人愣了一下,似乎打死都没想到这位年轻剑仙会如此措辞,一时间有些发蒙。

陈平安微笑道:"我瞧你这抱孩子的姿势有些生疏,是头一胎?"

妇人骤然间哀号起来,什么话也不说。

陈平安双手笼袖,缓缓说道:"等会儿,是不是只要我不理睬,与你擦身而过,你就要高高举起手中的孩子,与我说,若我不救你,你便不活了,反正也活不成,与其害得这个可怜孩子一辈子吃苦,不如摔死在街上算了,让他下辈子再投个好胎,这辈子是爹娘对不住他,遇上了一位铁石心肠的神仙,随后你再一头撞死,求个一家三口在地底下一家团圆?还是说,我说的这些,已经比别人教你的更多了?"

妇人只是悲恸欲绝,哀号不已,真是闻者落泪见者伤心。

陈平安瞥向远处那个开口道破妇人身份的市井男子,微微一笑。后者脸色微变,飞快离开,身形没入小巷。

这个匆忙逃遁的练气士,以及眼前坐地哭喊的妇人,还有隐匿于粪桶中伺机而动的武夫,应该都是些幕后主使自己都不觉得能够成事的小算计,纯粹就为了恶心人?

陈平安觉得有些意思。

苍筤湖殷侯肯定暂时没这胆子,宝峒仙境范巍然则没这份弯弯肠子。那么,是那个始终没见过的黄钺城叶酤,或是那个名叫何露的少年假借随驾城某个官员胥吏之手弄出来的?反正练气士、妇人和武夫死了都未必知道自己是被谁送来找死的。

怎么办呢?因为他觉得自己是真的被恶心到了。

妇人眼前一花,眼前竟然没了那年轻白衣仙人的身影。

妇人一咬牙,站起身,果真高高举起那襁褓中的孩子,就要摔在地上。在这之前,她转头望向街巷,竭力哭喊道:"这剑仙是个没心肝的,害死了我男人,良心是半点都没有不安啊!如今我们娘儿俩便一并死了,一家三口做了鬼也不会放过他!"

妇人铆足了劲,将孩子狠狠砸向地面。自己这一辈子的荣华富贵,就看这一下了。反正孩子也不是她的,天晓得是那陌生汉子从哪里找来的。至于那个刚死没多久的男人,倒还真是她瞎了眼才嫁了的。那种管不住裤裆更管不住手的无赖货色,好赌好色,一点家底都给他败光了,害得自己过门后就没过上一天好日子,早死早好。自己摔死了孩子,只需要一头撞向墙壁,磕个头破血流吓唬吓唬人,然后装晕便是,又不用真死,那么前边得手的一大袋子金银,加上事成之后的又一大袋子,以后随便找个男人嫁了,当个穿金戴银的阔夫人有何难?

砸出孩子之后,妇人便有些心神疲惫,瘫软在地,然后蓦然睁大眼睛。

只见那白衣神仙不知何时又蹲在了自己身前,并且一手托住了襁褓中的孩子。

陈平安站起身,用手指挑开襁褓棉布一角,轻轻碰了一下婴儿的小手。还好,孩子只是有些冻僵了,对方约莫是觉得无须在一个必死无疑的孩子身上动手脚。果然,那些修士也就这点脑子了,当个好人不容易,可当个干脆让肚肠烂透的坏人也很难吗?

陈平安扯了扯嘴角,只是当他望向那怀中的孩子,眼神便自然而然地温柔起来,动作娴熟地用襁褓棉布将孩子稍稍裹得严实一些,并且极有分寸地散发手心热量温暖襁褓,帮着抵御这冻骨春寒。天底下就没有生下来就该受苦遭灾的孩子。

陈平安脚尖一点,身形倒掠,如一抹白虹斜挂,返回鬼宅院中。

杜俞大概是觉得心里边不安稳,将小板凳挪到竹椅旁边,老老实实坐着一动不动,当然没忘记穿上神人承露甲。

当他见着了去而复还的陈平安,怀里边还多了个孩子,不禁想:前辈这是干啥? 之前说是自己运道好才捡着了他的神人承露甲和炼化妖丹,他都可以昧着良心说相信,可这一出门就捡了个孩子回来,他是真傻眼了。

陈平安将孩子小心翼翼交给杜俞,杜俞如遭雷击,呆呆伸手。

陈平安皱眉道:"撤掉甘露甲!"

杜俞吓了一跳,连忙撤了,与那颗始终攥在手心的炼化妖丹一起收入袖中,动作僵硬地接过了襁褓中的孩子,浑身不得劲儿。瞧见陈平安一脸嫌弃的神色,杜俞欲哭无泪:前辈,我年纪小,江湖经验浅,真不如前辈你这般万事皆精通啊。

陈平安叮嘱道:"我会早点回来,孩子稚嫩,受了些风寒,你多注意孩子的呼吸。还有,你散发灵气温养孩子体魄的时候,一定一定要注意分寸,一有问题,就拿上养剑葫,去找经验老到的郎中。"

杜俞小鸡啄米,陈平安想了想,手腕一拧,手心多出仅剩的那颗核桃:"砸出之后,威力相当于地仙修士的倾力一击,无须什么开门口诀,是个练气士就可以使用,哪怕只有下五境,也无非是吐几口血、耗完灵气积蓄而已,不会有太大的后遗症。何况你是洞府境巅峰,又是兵家修士,遇上事情只管放心使用。"

杜俞还抱着孩子呢,只好侧过身,弯腰勾背,微微伸手,抓住那颗价值连城的仙家至宝,心中大定:难得前辈有如此絮叨的时候。不过不知为何,这会儿的前辈又有些熟悉了。

陈平安深吸一口气,不再手持剑仙,再次将其背挂身后:"你们还玩上瘾了是吧?"

杜俞哀叹一声:熟悉的感觉又没了。他默默告诉自己,就当这是前辈用心良苦,帮他砥砺心境了。

陈平安已然不见,无灵气涟漪,也无清风些许,仿佛与天地合。

杜俞抱着孩子轻轻摇晃,动作不敢太大,心想:他娘的,老子这辈子对那些江湖女侠都没这么温柔过。他低头望去,感慨道:"小娃儿,你福气比天大啰。"

一条寂静无人的狭窄巷弄中,汉子背靠墙壁,咽了口唾沫。好像没追来?那枚小暑钱,还真是烫手。

与自己接头的那位谱牒仙师虽说瞧着不像是拿得出小暑钱的,可不拿就是死,他除了乖乖办事还能如何? 找了个随驾城胥吏——还是差不多的手段——给了他一袋银子,不拿也是死。那胥吏倒也不蠢,便帮他找到了芽儿巷那么一对狗男女,才有了今天的这些。

他摸出那枚小暑钱,展颜一笑,喃喃自语:"谱牒仙师真是不把钱当钱的货色,这等买卖,希望再来一打。"

耳畔有人微笑道:"你也不错啊,不把人命当命。"

他僵硬转头,瞧见了那个手摇折扇的白衣谪仙人,就站在几步外,自己竟浑然不觉。他颤声道:"大剑仙,不厉害不厉害,我这是形势所迫,不得已而为之。那个教我做事的梦粱峰谱牒仙师也就是嫌做这种事情脏了他的手,其实比我这种野修更不在意凡夫俗子的性命。"他挤出笑容,"你是不知道,那芽儿巷妇人天生一副蛇蝎心肠,她男人更是该死的腌臜货色。这等市井人物,也亏得就是资质不行,只能在烂泥里打滚,不然给他们成了修道之人,做起坏事来,那才叫一绝。"

陈平安微笑道:"不问心,只看事。不然天底下能活下多少? 你觉得呢?"

野修点头道:"对对对,剑仙大人说得都对。"

然后他就听到那个连天劫都能扛下而不死的外乡剑仙用略带讶异的语气问自己:"一个梦粱峰的小小谱牒仙师杀几个市井百姓尚且觉得脏了手,那你觉得我身为剑仙,杀你脏不脏手? 若非如此,街上求财的妇人、推粪车找乐子的市井地痞,还有那个躲在粪桶里吃屎的刺客,我为何不杀?"

野修双手托起那枚小暑钱,高高举起,深深弯腰,谄媚笑道:"剑仙大人既然觉得脏了手,就发发慈悲心肠,干脆放过小人吧,莫要脏了剑仙的神兵利器。我这种烂蛆臭虫一般的存在,哪里配得上剑仙出剑。"

"仙家术法,山上千万种,需要出剑?"

听到这句话后,野修大汗淋漓,再不敢多说一个字。

"这会儿,觉着我像是与你们一个德行的恶人,才觉得怕了?"陈平安合起手中折扇,轻轻敲打脑袋,意态慵懒,轻声笑道,"恶人眼前不言语,好人背后戳脊梁。闷葫芦是你们,眉飞色舞也还是你们。怪哉,妙也。"

野修不是不想逃,是手脚完全不听使唤了。

陈平安道:"来,容你撑开嗓子喊一句'剑仙杀人了',若是喊得满城皆闻,我可以饶你一饶。"

野修使劲摇头,硬着头皮,带着哭腔道:"不敢,小的绝不敢轻辱剑仙大人!"

陈平安哦了一声,道了一句"那你可就惨了",不等野修言语,以折扇轻轻拍在他的脑袋上,然后随手挥袖,拘起三魂七魄在手心,以罡气缓缓消磨之。

如果所有好人只能以恶人自有恶人磨来安慰自己的苦难,那么世道真不算好。

至于那枚小暑钱,就那么摔在了尸体旁边,最终滚落在缝隙中。

一袭白衣缓缓走出小巷,片刻之后,一道金色剑光冲天而起,那白衣仙人御剑离开随驾城,直直去往苍筠湖,城中鬼宅里也有一抹幽绿飞剑尾随而去。

梦粱国京城的国师府当中,有两位大修士隔着一片碧绿小湖相对而坐。一位青衫白发如那没有功名的老儒,一位是弱冠岁数的年轻男子。前者膝盖上趴着一只奄奄一息的小猴儿,后者腰间有一条似乎处于酣眠中的青色小蛇,额头已然生角,首尾衔接,如同一根青腰带。

儒衫老人身后远处站着一个脸色惨白的狐魅妇人,姿色一般,但是眼神妖媚,这会儿哪怕站在自己主人身后,与那年轻人隔着一片小湖,依旧有些战战兢兢。毕竟,那个"年轻人"的威名太过吓人。

他名为夏真,曾是一名一人占据广袤山头的野修,从未收取嫡传弟子,只是豢养了一些资质尚可的奴婢童子。后来,他将那个灵气充沛的风水宝地转手让出,只将一栋仙府以大神通搬离,从此在整个北俱芦洲东南版图消失,杳无音信。

正是这位大仙与自家主人做了那桩秘密约定。

狐魅只知道当年主人以巨大代价在十数国边境画出一座隔绝灵气往来的雷池,为的就是镇压那件行踪不定的功德异宝,最终将其收入囊中。而这个夏真则与主人结成盟友,以先前山头赠予附近两个大门派,作为交换,他得以将历来灵气相对稀薄的十数国不毛之地作为自家禁脔,就像此刻他身前的那片……小湖。

双方各取所需,各有长远谋划。但是狐魅如何都没有想到,本该在十数国疆域之外闭关修道的主人竟然会摇身一变，早早成了这梦粱国土生土长的国师大人！

关于梦粱国的形势，她自然是有所耳闻的。主人应该先是一个梦粱国小郡寒族出身的"少年神童"，而后金榜题名，高中状元，光耀门楣，进入仕途后如有天助，不但在诗词文章上才华横溢，并且极富治政才干，最终成了梦粱国历史上最年轻的一国宰相，不惑之年就已经位极人臣，却突然辞官退隐，传闻是得遇仙人传授道法，当年举国朝野上下不知打造了多少把真心实意的万民伞。他归隐山林后，潜心炼丹修道，短短十年便修成了仙法神通，当时狐魅还觉得是个装神弄鬼的把戏来着。

梦粱国刚刚登基没多久的新帝亲自去往仙山，将这位前朝宰相迎回京城，敕封为一国国师。当官时，国富民安；成仙后，风调雨顺。梦粱国简直就是在此人一力之下变成了路不拾遗的世外桃源，庙堂上文武荟萃，地方上官民和睦，先后两任皇帝在此人辅佐下励精图治，却从不擅自挑起边衅。

在随驾城被那些修士追杀的过程中，狐魅断了两条尾巴，伤了大道根本，但是主人现身后，不过是将她与那同僚一起带往梦粱国京城国师府，至今还没有封赏一二，这让她有些自怨自艾。失去了银屏国皇后娘娘的尊荣身份，重新回到主人身边当个小小婢女，竟是有些不习惯了。

夏真微笑道："恭喜道友得偿所愿，开宗立派指日可待。"

儒衫老人淡然道："我自会撤去金色雷池的剩余禁制，外边的灵气便要缓缓倾斜倒灌，百年之内就会有一个个修道坯子涌现的大年份。至于何露、晏清之流，如今年纪还小，更是近水楼台先得月，金丹可期。道友一门之内若是能够同时出现七八位金丹地仙，亦是开宗立派的雄厚根本，同喜同贺。"

夏真眼神真诚，感慨道："比起道友的手段与谋划，我自愧不如。竟然真能得到这件功德之宝，并且还是一枚先天剑丸，说实话，我当时觉得道友的谋划至少有六成的可能要打水漂。"

他瞥了眼那只腹部熠熠生辉的小猴儿，佩服不已。这个原本已经快要跌入金丹的老家伙竟然能够隐姓埋名，不但逃过了各方势力的觊觎杀心，更是胆大包天，就这么藏在自己的眼皮子底下，最终以造福一国的功德之身，天经地义地占据一件功德之宝，这份算计，当得起元婴身份。

儒衫老人笑道："道友你舍得以一个风水宝地换来这谁也瞧不上眼的十数国版图，亦是大手笔，大魄力。只要经营得当，定然可以百年回本，然后大赚千年。"

一人求宝，一人求才。两大元婴联手，才造就了这番大格局。

最终结果皆大欢喜，只不过双方心知肚明，只要其中一人，不管是谁，能够率先跻身上五境，之后的形势就不好说了。

真要能够开宗立派，谁都会嫌弃自己的地盘太小。当儒衫老人撤去雷池后，灵气倒灌十数国,夏真岂会眼睁睁看着那些浩浩荡荡的灵气随意流散,浪费在一群鸡犬打架多年的蝼蚁身上?至于范巍然、叶酣带着那么一大帮子废物都没能从狐魅和老者两人手上抢走那件异宝,其实夏真算不上有多恼火。那些灵气才是自己的大道根本,其余的就莫要贪心了,当初双方元婴盟约不是儿戏。再者,天底下哪有便宜占尽的好事,既然形势大好且稳妥,你炼化你的功德之宝,涉险转为剑修便是,我鲸吞我的灵气,同样有望破开层层瓶颈,快速跻身上五境。小聪明必须要有,但不能一辈子都靠小聪明吃饭,地仙就该有地仙的眼界和心境。

夏真似乎记起一事:"天劫过后,我走了趟随驾城,发现了一件很意外的事情。"

儒衫老人笑道:"道友请说。"

夏真双手撑在那青色"腰带"上,微笑道:"如果我没有看错,外乡剑修背着的那把剑是一件半仙兵!我厮杀搏命,还算有那么点儿本事,可惜炼化一道却是庸碌不堪。恰巧道友你精通炼法,不如你我再签订契约,当一回盟友?"

儒衫老人双眼精光绽放。若是法宝,他毫无兴趣,如今炼化那件功德不小的先天剑丸才是未来跻身上五境的立身之本,耽误一天都要心疼。可若是一件半仙兵……

不过老人很快就收敛心神。这么稀罕的物件,这夏真是自己爹还是自己儿子不成,要好心告诉自己?所以他摆手大笑道:"道友取走便是,也该道友有这一遭机缘。至于我,就算了。成功炼化此物之前,我行事有着诸多禁忌,这些天大的麻烦,想必道友也清楚。以道友的境界,打杀一个受了伤的年轻剑修肯定不难,我就在这里预祝道友马到成功,入手一件半仙兵!"

夏真笑着点头,丝毫不觉老人如此谨慎有什么奇怪的。双方都是野修出身的元婴,轻易就咬钩的话,万万活不到今天。

"咱们这些杀人越货不眨眼的人,夜路走多了,还是需要怕一怕鬼的。"

这句夏真在少年岁月听到的话,过了无数年还是记忆犹新,是当年那个就死在自己手上的五境野修师父这辈子留给他最大的一笔财富。而自己当时不过二境而已,为何能够险之又险地杀师夺宝取钱财?正是因为师徒二人不小心撞到了铁板一块。所以之后悠悠岁月,每当夏真发现自己志得意满之时,就要翻出这句陈芝麻烂谷子的话默默念叨几遍。

夏真起身笑道:"道友无须相送。"

儒衫老人抓起小猴儿,仍起了身:"道友也放心,我近期便会离开梦粱国。"

夏真身形化虹远去,瞬间小如芥子,破开一片低垂云海,逍遥远游。

儒衫老人晃了晃小猴儿,仰头笑道:"竟然忍得住不出手,难为他了。"

远处,狐魅和干瘦老者恭恭敬敬束手而立。狐魅轻声道:"主人,一件半仙兵,真就放着不管了?虽说夏真得之意义不大,可主人……"

儒衫老人以袖中乾坤的神通将猴子关押进小天地，转头说道："我在这梦梁国弹丸之地，远远不如夏真消息灵通，你要是眼馋那件半仙兵，你去帮我取来？"

狐魅大气都不敢喘。自己的身份已经被黄钺城叶酺揭穿，再不是什么银屏国的红颜祸水，只要返回随驾城，泄露了踪迹，只会是过街老鼠。

儒衫老人讥笑道："一个舍得去扛天劫的剑修，一个敢显露半仙兵的年轻人，是软柿子？若真是的话，夏真自己不去拿捏，偏要好心好意当面泄露这个天机给我？何况半仙兵一旦认主，尤其是当它们侍奉的主人身死，它们失控后是怎么个惨烈光景？你们啊，真是井底之蛙，不知半点轻重利害。"

第二章
如神祇高坐

云海之中,夏真不再化虹御风,而是双手负后,缓缓而行。

他神色无奈,自言自语道:"既然来自披麻宗,那就不去招惹了吧?"

他回望一眼梦梁国京城。得了那枚先天剑丸,又刚好有一件半仙兵的佩剑现身,如此命中注定的福缘,你也忍得住?胆儿如此小,怎么当的野修?当了几十年梦梁国的凡夫俗子,修心养性的功夫倒是练得真不错。

夏真伸出一只手,说了几个名字,刚好一手之数。再多,就要耽误自己的大道了。

范巍然,好使唤。

叶酊,比较聪明。

何露,资质好。

晏清,也不差。

那个翠丫头……有点小古怪。

夏真又抬起一只手报了五个名字,皆是岁数不大、暂时境界不高的人物。

他在云海上闲庭信步,看着两只手掌,轻轻握拳:"十个他人的金丹,比得上我自己的一个玉璞境?不如都杀了吧?"

只是他很快又摇摇头:"算了,不急。就留下五个金丹名额好了,谁有望跻身元婴就杀谁,刚好腾出位置来。"

他双手按住青腰带:"这家伙还是厉害。当初不知为何他非要我在誓约当中压制十数国武运,不许出现金身境武夫,原来是为了让十数国减少兵戈战事,好让他这个藏头藏尾的梦粱国宰相、国师不造杀业，安心积攒功德。"

夏真伸了个懒腰，没来由想起那天劫一幕，心情便凝重起来：难道是与那刘景龙、杨凝性身份相似的十人之一？可瞧着不像啊，仔细推敲后，明显一个都不符合。

夏真停下身影，环顾四周，微笑道："不知是哪位道友，为何不敢现身一见？"

视野尽头，云海那一端，有人站在原地不动，但是脚下却蓦然如浪花高高涌起，往夏真这边扑面迎来。

夏真纹丝不动，轻轻拍了一下腰间那条已成气象的化蛟青蛇，在心中微笑道："不用理会。近身厮杀，正合我意。"

那个不速之客似乎有些风尘仆仆，神色倦怠不已，当那翘起的云海如一个浪头打在滩头上时便飘然落地，缓缓向前，像是与一位久别重逢的老友絮叨寒暄，嘴上不断埋怨道："你们这家伙真是让人不省心，害我又从海上跑回来一趟，真把老子当跨洲渡船使唤了啊？这还不算什么，我差点没被恼羞成怒的小泉儿活活砍死。还好还好，所幸我与那自家兄弟还算心有灵犀，不然还真察觉不到这边的状况。可还是来得晚了，晚了啊。我这兄弟也是，不该如此报复对他痴心一片的女子。唉，罢了，不这样，也就不是我由衷佩服的那个兄弟了。再说那女子的痴心……也确实让人无福消受，过于霸道了些，怨不得我家兄弟的。"那人继续碎碎叨叨个没完没了了，"你们这北俱芦洲的风水跟我有仇咋的，就不能让我好好回去混吃等死？我当年在这儿处处与人为善，山上山下有口皆碑，可是你们北俱芦洲上门女婿一般的乖巧人儿，不该如此消遣我才对……"

口无遮拦，胡说八道。夏真听得十分迷糊，却不太在意。

得道之人，哪个会在言语上泄露蛛丝马迹？而且这么一嘴娴熟的北俱芦洲雅言，你跟我说是什么跨洲远游的外乡人？

眼前这位是张生面孔，千真万确不是什么障眼法，除非仙人境的山巅修士，否则障眼法在自己这边不管用。

那人脚下云海纷纷散去，夏真腹诽：境界不低，却喜好显摆这类雕虫小技。他不但没有后退，反而缓缓向前了几步，笑问道："敢问道友名讳？"

那人犹豫了一下，后退两步，回答道："小名周肥，大名……就不说了吧，我怕你家中或是师门里有女的。"

什么乱七八糟的。夏真依旧气定神闲："不知道友阻我去路所为何事？"

那人哭丧着脸道："算我求你们了行不行？你们这帮大爷就消停一点吧，能不能让我好好返回东宝瓶洲，嗯？！"

夏真叹了口气，满脸歉意道："道友再这么打机锋，说些没头没脑的昏话，我可就不奉陪了。"

那人愣了一下："我都说得这么直白了，你还没听懂？亲娘呀，真不是我说你们，如果不是仗着这元婴境界，你们也配跟我那兄弟玩心计？"

夏真这下子总算明白无误了，这是给那位年轻剑仙找回场子来了？他环顾四周，啧啧出声："就你一个对吧？听没听过一句话，十丈之内，我夏真可杀元婴？"

那人双脚并拢，一个蹦跳直接进入五丈之内，好似自己找死一般："好了，现在让我姜尚真帮你开窍。"

夏真差点当场崩溃。

北俱芦洲一向眼高于顶，尤其是剑修，更是目中无人，除了中土神洲之外，感觉都是废物，境界是废物，法宝是废物，家世是废物，全都不值一提。但是也有几个别洲外乡来的异类让北俱芦洲很是"念念不忘"，甚至还会主动关心他们返回本洲后的动静。就比如……中部和北方各有一位大剑仙扬言要亲手将其毙命的那个……桐叶洲姜尚真！

苍筤湖龙宫内又是一场盛大聚会。

湖君殷侯这次没有坐在龙椅下边的台阶上，而是站在双方之间，道："方才飞剑传信，那人朝我苍筤湖御剑而来。"

除了范巍然、叶醑、晏清、何露几人，其余人等皆震动不已，哗然一片。

殷侯脸色不善："叶醑，我的叶大城主，先前是谁说来着，这位外乡剑仙受了重创，会被咱们钝刀子割肉，慢慢磨死？咱们这都才刚刚布局，人家就杀到我苍筤湖老巢来了，接下来怎么讲？诸位跑路四散，被各个击破，还是待在这里，先揉揉膝盖，等下方便跪地磕头？"

何露镇定自若，手持竹笛，站起身："一阵设在随驾城外，另外一阵就设在这苍筤湖，再加上湖君的龙宫自身又有山水阵法庇护，我倒是觉得可以大开门户，放他入阵。我们三方势力联手，有我们城主在，有范老祖，再加上两座阵法和这满座百余修士，怎么都相当于一位仙人的实力吧？此人不来，只敢龟缩于随驾城，咱们还要白白折损诱饵，伤了大家的和气，他来了，岂不是更好？"

殷侯大怒道："何小仙师说得轻巧！这苍筤湖可是我积攒千年的家业，你们撑死不过是坏了一座符阵的些许神仙钱，到时候打得天昏地暗、尸横遍地、龙宫倾塌，最终即便惨胜了，诛杀了恶獠，若是还按照先前说好的分账，到时候我白白搭进去一座龙宫，岂不是要活活哭死？"

何露笑容灿烂："苍筤湖两成，宝峒仙境四成，我们黄钺城四成，这是先前的分账，现在我们黄钺城可以拿出一成来弥补湖君。此外，还是老规矩，若是谁看中了某件法宝，志在必得，便三方一起先合计出个大家都认可信服的公道价格，折算成雪花钱或是小暑钱，再加上溢价，就当是感谢其余两方的割爱。"说到这里，他望向对面，视线在那位瘠瘵求之的女子身上掠过，然后对老妪笑道："范老祖？"

范巍然笑了笑："可以，我们宝峒仙境也愿意拿出一成收益酬谢苍筠湖龙宫。"

殷侯望向叶醋，见后者轻轻点头，这才满意。

何露不再言语。苍筠湖龙宫上上下下看着这位丰神俊朗的少年，都有些心旌摇曳，钦佩不已。

若非此子并非黄钺城叶醋的子嗣，而黄钺城的城主之位又历来不外传别姓他人，不然就凭叶醋那两个废物儿子，怎么跟何露争抢？

大殿偏门上悬挂着一道琳琅满目的珠帘，一个貌美女子轻轻掀起帘子一角，含情脉脉地望向那位谈笑风生的俊美少年。

世间竟有如此出彩的少年郎，以前那些皮囊还算凑合的穷酸文士、权贵子弟加在一起都远远不如他。真是一位从那些稗官野史、文人笔札中翩然走出的俊俏儿郎，活生生站在自己眼前的谪仙人呢。

随驾城鬼宅，杜俞抱着那个依旧在襁褓中酣睡的孩子，无可奈何。然后他猛然转头，看到一个模样俊逸的修长男子翻墙而入，双足落地后，做了一个气运丹田的把式。

杜俞猛然起身，如临大敌，瞥了眼椅子上的朱红色酒葫芦，竟然没有飞剑掠出。

他有些绝望了，手心攥紧那颗前辈临行前赠送的核桃。

那人举起双手，笑道："莫紧张莫紧张，我叫周肥，是陈……好人，现在他是用这个名字的吧？总之是他的拜把子兄弟，意气相投。这不发现这边闹出这么大阵仗，我虽说修为不高，但是兄弟有难，义不容辞，就赶紧过来看看有没有什么需要我搭把手的地方。还好，你们这儿好找。我那兄弟人呢，你又是谁？"

杜俞半点不信。

周肥指了指椅子上的酒壶："里边两把飞剑，走了一把，还留下一把护着你，如果不是认得我，它会不露面？"

杜俞稍稍相信了一分而已。

周肥又瞥了眼杜俞的手："行了，那颗核桃是很天下无敌了，相当于地仙一击，对吧？但是砸坏人可以，可别拿来吓唬自家兄弟，我这体魄比脸皮还薄，别一不小心打死我。你叫啥？瞧你相貌堂堂、龙骧虎步的，一看就是个绝顶高手啊，难怪我兄弟放心让你来守家……咦？啥玩意儿，几天没见，我那兄弟连孩子都有了？！牛气啊，人比人气死人！"

杜俞觉得自己的脸庞有些僵硬。他娘的，怎么听着此人不着调的言语，反而别有韵味？真有点像是前辈的道上朋友啊……

周肥一路小跑到杜俞身前，杜俞一番天人交战，除了死死攥紧手中核桃之外，并无多余动作。

周肥倒也识趣，提起杜俞那张板凳，放在稍远的地方，一屁股坐下。

杜俞小心翼翼坐在竹椅上，沉声道："我叫杜俞，是鬼斧宫修士，是前辈让我暂时看顾着这个孩子。"

周肥立即竖起大拇指，满脸仰慕道："鬼斧宫，鼎鼎大名，仰慕已久！"

杜俞问道："你真是前辈的朋友？"

周肥笑道："千真万确，如假包换。"

杜俞哪敢完全相信，只见周肥又笑："我那兄弟是不是比较喜欢……讲道理，讲规矩？而且这些道理和规矩你一开始肯定不太当真，觉得莫名其妙，对吧？"

杜俞如释重负，整个人都垮了下来。他疑惑道："你真听说过我们鬼斧宫？"

周肥点头道："你不刚刚自我介绍了吗？有你这样的高手坐镇，我赶忙心生佩服，不也正常？"

杜俞苦笑道："既然你是前辈的朋友，也一定是世外高人了，就莫要取笑我了，我算哪门子的高手。"

但是周肥却道："你这还不算高手？你知不知道你所谓的前辈，我那好兄弟，几乎从来不信任何外人？嗯，这个'外'字说不定都可以去掉了，他甚至连自己都不信才对。所以杜俞，我真的很好奇，你到底是做了什么、说了什么，才让他对你刮目相看。"

杜俞摇摇头："不过是做了些许小事，只是前辈他老人家洞见万里，估摸着是想到了我自己都没察觉的好。"

周肥愣了半天，憋了许久才来了这么一句："他娘的，你小子跟我是大道之争的死敌啊？"不过又很快摇头，"罢了，先当你是同道中人的后生晚辈吧。"

他气呼呼站起身，不知怎么，就站在了杜俞身前，轻轻掀开襁褓一角，掐指一算，点点头，喃喃自语："小小因果，带走无妨，也好帮他省去些没必要的小麻烦。哪有一个游侠带着个小孤儿游历四方的道理，那还怎么讨仙子们的欢心？事已至此，我就只能做这么多了。这孩子，勉强有些修行资质，万事不怕，就怕有钱嘛。小娃儿，算你上辈子积德，先后碰到我们兄弟二人。"

不知不觉，杜俞双手一轻，那孩子就被周肥拿走了。他一个激灵，下意识就要跟此人拼命。毕竟，他这辈子的生死富贵，以及爹娘和师门的安危，可都交待在这栋小宅院了。

周肥笑道："行了，你回头就告诉我那兄弟，就说这小娃儿我带去东宝瓶洲安置了，让他安心远游便是，出不了差池。"

杜俞眼眶通红，就要去抢那孩子。哪有这样说拿走就拿走的道理！

周肥伸出一根手指，将杜俞定在原地，眨了眨眼睛："我听说过鬼斧宫了，那你听说过姜尚真吗？生姜的生，崇尚的崇，真假的假。"

杜俞差点给绕进去了，既惊惧又愤怒，猛然醒悟后吼道："我是你姜尚真大爷！孩子还我！"

周肥伸出手掌，轻轻覆盖襁褓，免得孩子被吵醒，然后伸出一根大拇指："好汉，比那会打也会跑、勉强有我当年一半风采的夏真还要了得，我兄弟让你看门护院果然有眼光。"

杜俞是真没听说过什么姜尚真，但是接下来，周肥就让他长了见识。只见周肥手腕一抖，拿出一枚金色的兵家甲丸，轻轻抛向杜俞，刚好放在无法动弹的杜俞头顶："既然是一位兵家的绝顶高手，那就送你一件符合高手身份的金乌甲。"然后用怜悯的眼神看了杜俞一眼，"你们鬼斧宫一定没有好看的仙子，我没有说错吧？"

杜俞脑子里还一片空白，周肥就这么凭空消失了，无声无息。

一个弹指声响起，杜俞身形一晃，手脚恢复正常。

他接住那枚金色的兵家甲丸，入手有点沉。

这是干吗呢？杜俞觉得做梦一般。

毕竟福祸难测，即便手捧重宝，也难免惴惴不安。

苍筠湖龙宫，湖君殷侯第一个大惊失色："大事不好！"

叶醋和范巍然亦是对视一眼，随后晏清猛然抬头望向大门，一直笑望向她的何露是顺着她的视线才看向门外。

整座龙宫都开始剧烈摇晃起来，一袭白衣御剑而至。只见他手持剑鞘，飘然落地之后，大步跨过宫殿门槛，长剑自行归鞘。湖中一串如同春雷震动的声音响起，竟是被此人远远落在身后。

白衣剑仙面带笑意，脚步不停，握着那剑鞘轻轻向前一推，长剑翻转，剑尖钉入龙宫地面，剑身倾斜，就那么插在地上。

那人潇洒站定之际，两只雪白大袖犹在飘摇。他一手负后，一手伸向地上那把剑，诸人只听他微笑道："凭君自取。"

但是接下来的那句话，比上一句话更让人心寒："取剑不成，那就留下头颅。"

第三句话，却又让人心弦稍稍一松，除了某个同样一袭白衣的少年郎：

"何露先来。"

何露脸色铁青，以范巍然为首的宝峒仙境练气士以及各方附庸修士的脸色则都有些复杂。照理说，这是看到了难得的热闹，还是个天大的热闹，可就怕看完了热闹，自己也成了热闹。

至于黄钺城的练气士，则一个个看上去义愤填膺，不过也没谁真敢出声。

两拨修士心中恨极了苍筠湖：什么狗屁龙宫山水大阵，刀切豆腐剑削泥吗?！

湖君殷侯一言不发,站在原地,视线低垂,只是看着地面。

这就很有嚼头了。富贵人家给人砸烂了一堵黄泥墙还要吃喝几声,自家龙宫大阵给人破开,损失的可是大把神仙钱,湖君也没个屁要放? 不都说苍筤湖是银屏国的头把交椅吗? 一国之内,山上的五岳神祇、山下的将相公卿都对苍筤湖敬重有加,连湖君殷侯大摇大摆身穿一件僭越的帝王龙袍都从来无人计较。

一些境界低脾气躁的练气士不是没有想挺身而出、对那身陷重重包围之中的年轻剑修训斥一二的,主要还是希冀着能够与何小仙师和黄钺城攒一份不花钱的香火情,只是不等发声,就都给各自身边老成持重的修士以心湖涟漪制止。

归根结底,这些好心出言提醒之人也怕被身边莽夫连累。一位剑仙的剑术既然连天劫都能扛下,那么随随便便剑光一闪,不小心误杀了几人就不奇怪了。

范巍然嘴角再无冷笑,神色瞧着有些木讷。

叶醋转过头,望向陈平安,道:"剑仙一定要鱼死网破才肯罢休?"

陈平安只是随手将手中剑鞘往地上一掷,插入地面,取出了别在腰上的折扇,既不看叶醋,也不看何露,以折扇轻轻敲打手心,满脸笑意,视线游移,从右手边一位盘腿而坐的白发老翁开始,一个个往下打量:"听说有个梦粱峰的仙师想法新奇,竟然请了个江湖宗师在粪桶里吃屎。是谁? 站起来让我仰慕一二。若是懒得起身,举个手也可以。"

宝峒仙境那边有一对年轻的负剑男女面面相觑。眼前这位剑仙,不就是当初在路边摊吃饼就粥的斗笠青衫客吗? 衣饰换了,神态变了,可那面容绝对没错!

那女子苦笑不已:师弟这张乌鸦嘴! 那肩头蹲猴儿的老人是夺走那件仙家重宝的罪魁祸首,如今那年轻游侠更是摇身一变成了位横空出世的剑仙!

陈平安视线最后停留在居中的一拨练气士身上,一个位置相对靠近宫殿大门的汉子缩了缩脖子。

问了问题,无须回答,答案自己就揭晓了。山上修士多是如此自求清净,不愿沾染他人是非的。当初他在城隍庙门口询问谁是阴阳司主官,其他城隍庙官吏那个不约而同的小动作那是相当不拖泥带水。和现在如出一辙。

陈平安抬起手,一团原本拳头大小的魂魄黑雾已经被罡气消磨得只剩枣核大小。他以一根手指轻轻旋转,丝丝缕缕的罡气将其缠绕,如磨盘碾压。他笑问道:"这位我忘了问名字的野修说你们梦粱峰的谱牒仙师才是真正的幕后主使,我知道你们未必有这个脑子和胆子,所以是那叶大城主还是何小仙师?"

梦粱峰四位练气士气得咬牙切齿,不过坐姿仍是稳如磐石。

陈平安笑道:"不想说就不说。我只是好奇一件事,谋而后动的叶醋也好,智谋百出的何露也罢,交代你们办这件事,有没有帮你们掏银子? 如果没有的话,黄钺城就不太厚道了。"

何露缓缓站起身,神色恢复正常,朗声道:"一人做事一人当,也别嚷嚷什么'何露先来'了,随驾城一切恩怨,就到我何露这里为止。我若死了,自然是剑仙技高一筹,我无怨无悔。剑仙觉得如何?"

叶酣微微一笑。不这样赌,在座诸人就会是一盘散沙,离心离德,纸面上大概等于一个仙人境的三方势力就会自行消散为一群乌合之众。

范巍然有些讶异,抬起视线。这是她第一次高看这黄钺城少年一眼,以前只觉得何露是个不输自家清丫头的修道坯子,脑子灵光,会做人,不承想生死一线还能如此镇静,殊为不易。胸有激雷而面如平湖者,可拜上将军,说的就是这少年吧。这种资质心性俱佳的修士,只要不半路夭折,大道可期!叶酣好大的福气,竟然能够有此臂助。

范巍然心中暗暗思量:此次渡过难关后,自己便干脆答应了清丫头与他的那桩天作之合?反正何露是个外姓人,注定无法继承叶酣的黄钺城,说不得还能靠着清丫头将他拐入宝峒仙境。此消彼长,既能将叶酣气个半死,也能帮自己门派百尺竿头更进一步。一旦这对人人艳羡的金童玉女成为神仙道侣,双双跻身金丹境,而青黄不接的黄钺城依然只能靠一个叶酣苦苦支撑。相信只要条件合适,到时候十数国山头大半都有可能是宝峒仙境的地盘。以这位少年的眼光和胸襟,这笔账,想必算得清楚。

"叶酣,只要此人言语稍有不妥就会引起众怒,咱们莫白白错过何露辛苦挣来的机会。"范巍然立即以心声告诉叶酣,"今天你我双方摒弃前嫌,精诚合作!都别再藏掖了,形势危急,由不得我们各怀心思。"

叶酣果断答应下来。

"我还以为你要说一句得饶人处且饶人。不过由此可见,随驾城的诸多谋划,真正操刀者,的确是你何露了。"陈平安笑道,"既然何小仙师如此有担当,我敬你是一条汉子。行啊,就到你何露为止,取不走剑,我今天在这苍筠湖龙宫就只取你头颅。"

何露愣住。别说其他人,就连范巍然都感到了一丝轻松:那剑仙的答复真是让人措手不及,可如果当真今天的厮杀点到为止,即便再多杀几个,只要不涉及宝峒仙境太多,她何乐而不为?先前与叶酣和黄钺城的秘密约定就此作废便是。

叶酣神色微变,陈平安以折扇指向斜插在地上的剑仙:"何小仙师,莫要客气,只管取剑。你死之后,多少修士念你恩情,也算死得其所了。"

何露再次绷不住脸色,视线微微转移,望向坐在一旁的师父叶酣。

大殿偏门的珠帘处走出一名貌美女子,恼火道:"你这厮端的蛮横!为何要如此仗势凌人?是一位人人怕你的剑仙又如何,修道之人,哪有你这么赶尽杀绝的……"

湖君殷侯怒气冲天,头也不转,一袖使劲挥去:"滚回去!"

龙女撞碎珠帘,砰然一声,应该是狠狠撞在了偏屋的墙壁上。

殷侯这一手可不算轻巧,分量很足。

陈平安望向他，笑了笑，仰头环顾四周："好地方。"

殷侯作揖而拜："剑仙大驾光临寒舍，小小宅邸，蓬荜生辉。"

陈平安以折扇点了两下，笑道："芍溪渠主水神庙，一次；苍筤湖上你我双方小打一场，又一次；以龙宫聚拢各方豪杰，与随驾城的我遥遥切磋道法，再一次。老话都说事不过三，加上这位仗义执言的龙女，已经是第四次了，怎么办？"

殷侯没有起身，只是稍稍抬头，沉声道："剑仙说怎么办，苍筤湖龙宫就怎么办！"

陈平安不置可否，善解人意道："湖君不急，等何小仙师出手拔剑再说，万一给他拔出了剑，岂不是你又要傻眼。现在早早撂下这些寒了盟友心的言语，会连累你们龙宫事后分账，要少赚许多神仙钱了。"

殷侯眼神哀怜，苦笑道："剑仙风趣。"

陈平安以折扇指向坐在何露身边的白发老翁道："该你出场补救危局了，再不用言语定人心，力挽狂澜，可就晚了。"

叶酣轻轻叹了口气。

那个刚刚得了城主秘密言语传授的老人一时间坐也不是站也不是，锐气丧失大半，硬着头皮站起身："那就让我这个半截身子入土的老东西斗胆与剑仙聒噪几句？"

但是龙宫大殿之上，只听那位剑仙轻声说了"可惜"二字，似乎神色有些意犹未尽？

剑仙之行事言语，果然不可理喻。

晏清转过头，因为身边那个模样娇憨的翠丫头在偷偷扯她的袖子。

她悄悄伸出一根手指，示意这个在师门从来言语无忌的丫头别出声。

少女会心一笑，轻轻点头，以心湖涟漪与晏清交流："晏师姑，他在小小地修心呢，好古怪的，便是我都只看出个大概，就像是……樵夫砍柴先磨刀吧，但是依稀瞧着他好像嫌弃咱们人少哩，磨石不够大，影影绰绰有个城池轮廓，他约莫在想随驾城茫茫多的百姓了……反正大概就是这么个意思。这家伙真狡猾，之前在苍筤湖上故意拿几条傻不拉几的蠢蛇淬炼体魄，这会儿又来。唉，晏师姑，你是晓得的，我以往最仰慕二祖经常念叨的那种剑仙啦，现在不敢仰慕了，吓死个人。"

晏清只觉得匪夷所思，越发心神憔悴。这是她自修道以来，从来没有过的紊乱心境。师门用来潜性藏真的仙家心法无用，自家功夫的静心凝神也无用。

白衣剑仙突然喃喃自语，似乎有些无奈："好吧，你说可以了，那就当是可以了吧。"

此人皮囊模样其实远远不如何露，可是扛不住人家是一位杀力无穷的剑仙。

这会儿龙宫大殿上落座众人都有些风声鹤唳，疑神疑鬼，总觉得眼前这位白衣仙人一言一行都带着道法深意……不愧是剑仙。

陈平安转头对那个已经酝酿好措辞的白发老翁道："闭嘴是最好。"

一抹幽绿剑光骤然现身，老翁神色剧变，一脚跺地，双袖一摇，整个人化作一只巴掌大小的纸折飞鸢，开始四处逃遁，飞剑如影随形。

雪白纸鸢的逃跑路线也颇多讲究，一次试图掠出大殿门口，被飞剑在翅膀上刺出一个窟窿后，便开始在宴席几案上游弋，以那些东倒西歪的练气士以及几案上的杯碗酒盏作为阻滞飞剑的障碍，如一只灵巧鸟雀绕枝飞花丛，不停穿梭其间，险之又险，更吓得那些练气士一个个脸色惨白，又不敢当着黄钺城和叶酣的面破口大骂，无比憋屈，心中愤恨这老不死的东西怎的就不死。

陈平安望向何露："最后一次提醒你取剑。"

何露闭口不言，只是握住竹笛的手青筋暴起。

叶酣缓缓起身，和颜悦色问道："剑仙既然安然无恙，我们也未曾真正铸成大错，犯下死罪，可到底在这段时日是我们叨扰了剑仙的清修，那么能否让我们黄钺城牵头，就由我叶酣亲自出面，帮着剑仙弥补一二？"

陈平安笑着点头："自然可以。随驾城城隍爷有句话说得好，天底下就没有不能好好商量的事情。"伸手一抓，将那把剑驾驭手中，随手横抹，"说吧，开个价。"

他的举动太过出人意料，出剑更是风驰电掣一般。等到他手腕一抖，随手将剑丢入剑鞘，众人都没有明白这一手的意义何在。

那位在十数国山上一向以温文尔雅、雅量过人著称于世的黄钺城城主突然暴怒道："竖子安敢当面杀人！"

所有人齐刷刷抬起头，最终视线停留在那个伸手捂住脖子的俊美少年身上。

手中那支仙家竹笛已经坠地，如珠玉碎裂声，叮咚不已。

何露身形踉跄地后退数步，已经有鲜血渗出指缝间。他满脸泪水，一手死死捂住脖颈，一手伸向叶酣，呜咽颤声道："父亲救我，救我……"

范巍然心中悚然，继而觉得自己被狠狠打了一记耳光，火辣辣疼。

她差点没气得白发竖立，直接弹飞那盏仙人赐下的金冠！

好一个何露，好一个叶酣，好一对算计了十数国修士的藏拙父子！

若是自己和宝峒仙境真有那促成晏清、何露结为道侣的念头，就凭他们父子二人的城府手腕，岂不是要肉包子打狗？清丫头只是潜心修道、不问俗事的单纯丫头，哪里比得上叶酣、何露这对老小狐狸。退一万步说，清丫头做不来欺师灭祖的勾当，不会帮何露对付宝峒仙境，可到时候道心终究是毁了大半，便是真的尊师重道，想要帮助师门对付黄钺城，都要有心无力！

范巍然痛饮了杯中酒，放声大笑道："痛快痛快，何露这坏种真是死得好！叶酣你痛失爱子，竟然还不含恨出手，与剑仙一较高下？！杀子之仇都能忍？换成是我，今天在这苍筠湖龙宫，死便死了。"

陈平安微笑道："你也会死的，别着急投胎。"

范巍然的畅快笑声戛然而止。

何露见叶酲刚要伸手却又缩了回去，心中悲恸且绝望，视线蒙眬，死死盯住不愿为自己出手的父亲，眼中满是仇恨，然后缓缓转头，望向满脸惊恐的晏清，眼神转为哀求："晏清，救我。"

晏清吐出一口浊气，抓住那把短剑，站起身后，转头望向陈平安："此次出剑，只为自己。"

陈平安双手负后，微笑点头道："求仁得仁，求死得死。这一座污秽龙宫，总算蹦出个像样的修道之人。"

晏清持短剑而立，洒然一笑，心境复归澄澈，灵气流淌全身，头顶金冠熠熠，越发衬托得这位倾国倾城的女子飘然欲仙。

虽然瞧着是真好看，可龙宫大殿内的所有练气士仍是觉得莫名其妙。

何露踉跄后退，最后背靠墙壁，颓然倒地，一颗头颅滑落。那点远远不如先前雷声大作的声响，让所有修士都觉得心口挨了一记重锤，有些喘不过气来。

黄钺城何露，就这么死了？一个有希望与叶酲、范巍然并肩立于山巅的修道天才，就这么尸首分离了？再看那风姿绰约的仙子晏清，更是满座讶异。

同样是十数国山上最出类拔萃的天之骄子，何露是那么心肝玲珑的一个人，不过是少了些运道，才死在这异国他乡。可仙子晏清明明有机会撇清自己，脑子怎的如此进水拎不清？这对差点成为神仙眷侣的金童玉女当初是如何走到一块去的？还是说她早已情根深种，见着了情郎身死道消，一怒之下便愤而出剑？只是向一位货真价实的剑仙出剑，真不是咱们瞧不起你晏清，自取其辱罢了。

就在晏清持剑蓄势、陈平安与之对视的关键时刻，异象横生！

叶酲那边的居中座位附近，一张摆满珍馐佳酿的几案砰然炸开，两边练气士直接横飞出去，撞倒了一大片。

一道浑身散发金光的壮实身影毫无征兆地破开几案之后，一步踏地，然后一拳递出，将陈平安直接打飞出去，大殿墙壁都被当场撞透。不但如此，破墙之声还接连响起。

这一拳，真是一个梦梁峰下五境练气士能够递出的？

范巍然和叶酲迅速对视一眼，都从对方眼中看出了震惊和恐慌。

此人隐藏如此之深，绝非双方棋子，说不定就是那养猴老者和银屏国狐魅皇后的真正同伙！这一拳，只要事先没有防备，便是他们两位金丹都绝对撑不下来，必然当场重伤。

那貌不惊人的汉子在这汇聚了毕生拳意的巅峰一拳酣畅淋漓递出后，竟是直接震碎了自己的整条胳膊。但是他豪气横生，视宫殿满座修士如鸡犬，快意大笑道："这一拳杀手锏本是要找机会递给那夏真老贼的，不承想被一个喜欢装蒜的愣头青抢了先。"

他透过一堵堵如同被开了门的墙壁望向灰尘四起的远处："都说你这剑仙不讲理，拥有一副金身境体魄。现在如何，还金身不金身了？我这一拳，便是真正的金身境武夫挨上了，也要五脏粉碎六腑稀烂，当场毙命！"

他吐出一口血水，瞥了眼地上的在鞘长剑："狗屁剑仙，什么玩意儿！忍你半天了！一剑宰了个观海境的鸡崽子，真当自己无敌了？"

殷侯嘴角翘起，然后幅度越来越大，最后整张脸庞都荡漾起笑意。

范巍然也笑了起来，唯独叶酣虽然也如释重负，但当他瞥到墙壁旁的无头尸体时，心情便又郁郁起来，依然半点笑不出来。

还好，这个隐藏身份的幼子终究是一位道法有成的观海境修士，已经自行收拢了魂魄在几座关键气府内。只是这么好的一副先天身躯，拥有那位仙人所谓的金枝玉叶之资质，以后上哪儿找去？将来还怎么跻身金丹境？甚至青出于蓝而胜于蓝，胜过自己，带着黄钺城走到山巅更高处？

梦粱峰其余三位练气士不由自主地咽了口口水。这个平日里几棍子打不出个屁的废物师弟，怎的就突然变成了一位拳出如炸雷的顶尖宗师？

大殿之上开始出现哄然喝彩声，一个个拍桌子叫好，还有人直接拿起酒壶仰头痛饮，朝那纯粹武夫竖起大拇指，更有人开始称赞梦粱国不但文运鼎盛，原来还如此武运昌隆，早就该吞并周边国家，说不得都可以成为一个大王朝了。

晏清站在喧闹不已、满座喜庆的大殿之中，心中空落落的。

怎么会这样？她失魂落魄。

范巍然笑得身体后仰，也学那粗鄙修士，仰头朝晏清伸出拇指："清丫头，你立了一桩奇功！好妮子，回了宝峒仙境，定要将祖师堂那件重器赏赐给你。我倒要看看，谁敢不服气！"

第一个察觉到不对劲的，是那个眨眼睛的翠丫头。只不过这一刻，她别说小动作，就连心湖涟漪都不敢开启了。她正襟危坐，当起了木头人。

然后才是那个在梦粱国一步一步偷偷攀爬到金身境的武夫汉子。当他脸色凝重起来之后，叶酣和范巍然也意识到事情不太妙。原本想要与这位壮士结识一番的湖君殷侯也一点一点收起了脸上笑意，赶紧屏气凝神。

有一位白衣剑仙走出"一扇扇大门"，最终出现在大殿之上。

范巍然那边位置居中的练气士早已连滚带爬，火急火燎地给他与那金身境宗师让出一条道路来。

只见那位剑仙拍了拍肩头，抖了抖雪白袖子，笑眯眯道："先前在渡船上，有人说你们这里的金丹境练气士都是纸糊的。"

他缓缓走向梦粱国武夫,哪里有半点"五脏粉碎六腑稀烂"的迹象?

他一边走一边笑道:"现在我看你这金身境武夫也好不到哪里去,烂泥捏成的吧,还是没晒干的那种,所以才打断了自己的一条胳膊。疼不疼?"

汉子沉声道:"你其实是一位远游境武夫!是也不是?!根本不是什么剑仙,对也不对?出拳之前,给我一个明明白白的说法!"

陈平安一手贴住腹部,一手抚额,满脸无奈:"这位大兄弟,别这样,真的,你今天在龙宫讲了这么多笑话,我在随驾城侥幸没被天劫压死,结果在这里快要被你笑死了。"

殷侯哀叹一声,坐在了台阶上,双手抱住脑袋:得嘞,老子算是认命了。打吧打吧,你们爱怎么折腾就怎么折腾,拆烂了龙宫,我只要皱一下眉头,以后就跟那剑仙一个姓。

一些个年轻修士先前是想哭不敢哭,这会儿想笑又不敢笑。

陈平安转过头望向范巍然和殷侯:"我是金身境武夫的体魄,是你们散布出去的消息?你们知不知道,给你们这么误打误撞的,让我好些算计都落了空?"

汉子深吸一口气,笑了笑,竟是半点没有退缩,右脚后撤一步,抬起仅剩的一只手臂,摆出一个拳意浑然圆满的架势:"管你是与我同境的武夫还是那飞来飞去的剑仙,我都再领教领教。"

陈平安瞥了眼其余三个梦粱峰修士,收回视线,笑道:"看来你们梦粱国藏龙卧虎啊,有点意思,谢了。"

汉子一步向前,一身拳意如洪水流泻,整座宫殿随之摇晃,几乎所有几案都是高高跃起。就在所有人都以为又是一场狭路相逢的死战之际,汉子竟是一个后仰,快若奔雷,倒撞向自己身后还没"开门"的墙壁,砰然碎裂之后,仿佛是那缩千里山河为方寸的仙人神通,瞬间就没了踪迹。

不愧是两百年未曾见的金身境武夫,身法确实神出鬼没,让人防不胜防。只是大殿之上,那位白衣剑仙也没了身影。然后新开辟出来的墙门那边,那位传说中的金身境武夫就那么倒退着一步步"走了"回来,只是有一只大袖和手掌从汉子心口处露出,不但瞬间挡住了汉子的去路,而且生死立判——那位剑仙直接以一只左手洞穿了对方的胸口和后背!

白衣剑仙抬起右手,按住汉子的头颅,轻轻一推。

汉子轻飘飘倒飞出去,刚好摔在大殿中央。

白衣剑仙一抖袖子,他身边地上顿时溅出一串猩红鲜血。而大殿上空,那只纸折飞鸢还在疯狂逃窜,躲避屁股后边的那抹幽绿剑光。

陈平安微笑道:"还没玩够?"

飞剑十五骤然加速,纸鸢化作齑粉,血肉模糊的白发老翁重重摔在大殿之上。

十五悠悠然掠回主人身边,如小鸟依人,缓缓流转,极其温顺。

陈平安瞥了眼那个身穿翠绿衣裙的少女，后者咧嘴一笑，然后又有些腼腆难为情，赶紧捂住嘴巴。

陈平安也笑了笑，说道："黄钺城何露、宝峒仙境晏清、苍筠湖湖君殷侯，这三人就没一个告诉你们最好将战场直接放在随驾城中？在那里，我最是束手束脚，而你们则相对稳妥，杀我不好说，至少跑路的机会更大。"

殷侯松开手，抬起头："剑仙，我是提过这么一嘴，何露也同意了，他还想出了不少的连环扣，例如以种种术法裹挟百姓蜂拥而上，直冲鬼宅之类的。只是到头来，双方都觉得太靠近随驾城，很容易惊动你这位可以飞剑取人头颅于千步之外的大剑仙，谁都不愿意先去送死。黄钺城和宝峒仙境的修士性命又金贵，他们不带头，其余的附庸山头也不全是傻子，有钱挣没命花的勾当谁乐意做，吵来吵去，就只好作罢了。剑仙，我该说的不该说的都说了，接下来，随便杀，我这龙宫千年基业，不要也罢。今天过后，只要剑仙开恩，我侥幸不死，苍筠湖一定好好修补随驾城的山水气运，就当是赎罪了。"

晏清在听到那句话的开头之后就脸色雪白，浑身颤抖起来。

道心不稳，气府灵气便不稳，握剑之手更是不稳。

陈平安双指并拢，轻轻一挥。

叶醋竟是故意一动不动，任由那把长剑穿透胸膛，将自己钉在墙壁上。

而距离范巍然眉心只有一尺之地，悬停有剑尖微颤的一把幽绿飞剑。她同样纹丝不动。

"就数你们最聪明了，一个比一个会审时度势，这一点我是真佩服，绝无半点冷嘲热讽的意思。"陈平安叹了口气，双手负后，缓缓走向前方，然后瞥见一只酒壶，随手一招，一手握住酒壶，一手持杯，倒了一杯酒，抿了一口，笑意浓郁，"这要是又有几个何露在场，或是随驾城百姓瞧见了，可不就得骂我这剑仙得理不饶人，民怨沸腾，众口铄金，质问我凭什么滥杀，见过几面而已的人，又没真打生打死，没少条胳膊断条腿吐几桶血，有什么道理去断人善恶、定人生死，何必如此咄咄逼人，大开杀戒，这般没有半点菩萨心肠的，想必与被杀之人是一丘之貉……"

这一番话，听得所有练气士遍体生寒：听这位大剑仙的言下之意，还没完？

陈平安望向范巍然："你运气好点，没有何露这样的好儿子，所以我们好商量。"

然后转头瞥了眼叶醋："叶城主可就难说了。"

翠丫头的睫毛动了动，身体依旧学那老和尚坐定，一动不动。身不动心不动，啥也不动，就是靠着那门仿佛是祖师爷赏饭吃的古怪神通偷瞅一眼。

陈平安突然停下脚步，似乎一瞬间就没了剑仙风采，神色疲惫，满是倦容，眼神黯淡，一如墙上那把贯穿叶醋身躯的长剑，金光不显。他环顾四周，又倒了一杯酒后，将酒壶随手丢回原处，再将杯中酒轻轻倒在身前，如同给人上坟敬酒，自言自语道："那些天劫过后在城隍庙虔诚烧香磕头的随驾城百姓只是随遇而安罢了,他们是真正的弱者,可能绝大多数,尤其是那拨选择沉默之人,一辈子都不清楚到底发生了什么,所以他们拜城隍爷拜错了,拜火神祠却是不能更对了。我对他们,与对你们的洁身自好、清净修为、漠视人间、厌恶红尘是一样的,谈不上喜欢不喜欢,没什么好说对错的,脚下大道千百条,谁走不是走。你说呢,随驾城火神爷? 到最后,你好像在祠庙屋顶上也没骂我一句,反而还自己撞向云海天劫,金身碎裂成两截? 我当时是真无法开口,不然一定要骂你几句,将你一拳打得滚回祠庙待着。小小天劫而已,我会死? 只是差点死了而已。我好歹也算是个修道之人,半死怕什么? 在这之前,我算计了多少,你我见得晚,来不及与你说罢了。当然,早见了我也不会说,人心尚且鬼蜮,谁敢信谁。"

言语之中,范巍然眉心处响起噗的一声,脑袋如遭重击,向后仰去,反而是叶酣依旧无恙。

但是范巍然也没真正身死道消,因为她的面容身躯瞬间枯萎,但是龙宫之内出现了一阵不同寻常的气机涟漪,一闪而逝。

陈平安似乎有些无奈,捏碎了手中酒杯。没办法,那张玉清光明符早就毁了,不然这种能够阴神涣散如雾、同时隐匿一颗本命金丹的仙家手段,再诡谲难测,只要一祭出它,瞬间笼罩方圆数里之地,这个宝峒仙境老祖师多半跑不掉。

自己大战过后已经无法画符,何况他精通的那几种《丹书真迹》符箓也没有能够针对这种情况的。

所以说,山上修士历来是胜易杀难,尤其是跻身了金丹境的练气士,谁没有几种保命手段? 这一点,纯粹武夫就要干脆利落多了,捉对厮杀,往往输就是死。

不过没关系,范巍然头顶那盏金冠犹在。可能是带不走,也可能是裹挟此物逃离就会显露明显痕迹。由此可见,她确实十分忌惮自己的飞剑。

陈平安拿出折扇,以双指捻动,缓缓开合,微笑道:"怎么,我说什么就信什么? 那我说我是一名六境武夫,根本不是什么剑修,你们信不信?"

他望向其中一个梦粱峰修士:"你来说说看?"

那人直接跪下,扯开嗓子大喊道:"剑仙说啥,小的都信!"

陈平安转过头去,望向那对年纪轻轻的负剑男女,道:"好巧,又见面了。随驾城之行,两位仙师可有收获?"

年轻男子一屁股坐地,年轻女子轻声道:"回禀剑仙,未有收获。"

陈平安笑问:"那肩头蹲猴儿的老人在混战当中就没惦念你们?"

年轻女子苦涩道:"一见是他,我们便直接远远逃了。"

陈平安点头道:"是该如此。以后让你这师弟脾气好一点,再有下山历练,行走江湖,多看少说。"

破天荒跟这位性情难测的年轻剑仙客套寒暄，年轻女子没有半点喜悦，只觉得万事皆休，不用想，她与师弟都要吃挂落了。何露、梦梁国金身境武夫、范巍然、黄钺城老供奉鸢仙、叶醋，这几人死的死伤的伤，与这剑仙搭上话聊过天的，哪个有好下场？

陈平安揉了揉眉心，微微皱眉，然后瞬间舒展，对两人笑道："相逢是缘，你们先走。"

瘫软在地的年轻男子爬起身，飞奔向大殿门口。他师姐劝阻不及，觉得马上就是一颗头颅被飞剑割下的血腥场景。不承想师弟不但跑远了，还着急喊道："师姐快点！"

年轻女子看着那笑意眼神似春风和煦又如古井深渊的白衣剑仙，犹豫了一下，行礼道："谢过剑仙法外开恩！"她战战兢兢运转灵气，缓缓掠出遍地狼藉的龙宫大殿。

陈平安径直向前，走上台阶，湖君殷侯就坐在那里。

陈平安却没有坐在如同帝王龙椅的位置上，只是伸出手指敲了敲，像是在……验货？他转过身，用手扶住龙椅把手，面对大殿众人："我这人眼拙，分不清人好人坏，就当你们好坏对半分，今夜宴席上，死一半，活一半。你们要么是至交好友，要么是恨不得打出脑浆的死敌，反正终归都熟悉各自的家底。来说说看，谁做了哪些恶事，尽量挑大的说，越惊世骇俗越好，别人有的，你们没有，可不就成了好人？那就有机会活。"

大殿之上寂静无言，陈平安又笑道："补充一句，山上打来打去、算计什么的，不作数，今夜咱们只说山下事。"

突然有一个稚嫩清脆的嗓音轻轻响起："剑仙，现在还是白天呢，不该说'今夜'。"

陈平安望向说话之人，正是那个翠绿衣裙的少女，看座位安排，应是宝峒仙境比较器重的子弟。

陈平安笑道："谢谢提醒，我看这龙宫大殿灯火辉煌的，误以为是夜晚了。"

叶醋突然道："剑仙的这把佩剑原来不是什么法宝，原来如此，不过这样才对。"

陈平安摆摆手："知道你们这些金丹神仙的手段层出不穷，赶紧滚吧。"

叶醋哈哈大笑，竟是直接向前走出，任由长剑整个穿过身躯，停留在墙壁上。他叹息道："不承想我们黄钺城竟然沦落至此，最有希望继承家业的儿子死了，首席供奉死了，我也伤了大道根本，此生再无希望往上跨出一步。这位剑仙，我要如何做，你才能不追杀到黄钺城，对我们斩草除根？"

陈平安微笑道："很简单，不用在这里跟我摆迷魂阵，我既然击不碎你的金丹，你就赶紧去找你的靠山。先前天劫过后，他是在随驾城上空露过面的，没猜错的话，你跟他怎么都有些关系。那人境界很高，害我不轻，他一来，刚好新账旧账一起算。不过他如果能够喊来成功夺宝之人的幕后主使一起对付我这么个晚辈，就算你的面子大，我只能脚底抹油跑路了。咱们这位湖君麾下有个渠主，她庙中有块匾额极好，绿水长流。"

叶醋无奈道："既然剑仙都道破了天机，是不是就只能不死不休，不会让我带走何露的魂魄？"

陈平安笑道:"我倒是想说让你带走何小仙师的三魂七魄,好让你远遁之法露出蛛丝马迹,就算先前我这么说,你叶酣敢这么做?我看你不会。"

叶酣点头道:"确实不会,那就如剑仙所言,绿水长流!"

这位黄钺城城主直接捏碎腰间玉牌,身形凭空消失。

陈平安转头望向屋顶,似乎视线已经去往了苍筠湖湖面远处。

这块玉牌缩地成寸的效果竟是比一张金色材质的方寸符还要夸张。

陈平安揉了揉眉心,头疼欲裂。

墙上长剑金光一闪,刺入何露那具无首身躯的一处关键窍穴。一阵黑烟涌出,瞬间化作十缕,试图各奔东西,却被陈平安一挥袖,全部砸在墙上,化作灰烬簌簌而落。当他抬起头,已经神色缓和:"你们可以开始摆事实讲道理了,要珍惜,我相信你们在以前的修道生涯中,没有几次是靠讲理就可以帮助自己活命的。"

他凌空一抓,剑鞘掠回,长剑在半空中归鞘。

之后,陈平安坐上龙椅,横剑在膝。

晏清面朝他,沉声道:"这样的你,真是可怕!"

陈平安微笑道:"别说你们,我连自己都怕。"

翠丫头赶紧一把抓住晏清的手腕,满脸焦急,眼眶中有些泪花,以心声道:"晏师姑,真的别再说了,他先前就已经有两次要杀你了,真真切切。加上这次,就是他说的'事不过三'了!这位剑仙说话虽然云遮雾绕,谁也听不明白猜不透,但是他的大致心意骗不了。晏师姑,算我求你了好不好?师门上下,就数你和二祖对我真心实意,我不希望你也死了。"

陈平安手肘抵在龙椅把手上,慵懒而坐:"再不说,我就随便砍杀一通了。"

于是开始有人揭穿敌对门派一位洞府境修士的底细。

门派底蕴不深,修士境界不高,做的坏事却不算少,是那开口之人精心挑选过的。生死一线,再不动点脑子,难道还要等去了传说中的冥府阎王殿再喊冤?

苍筠湖龙宫依旧灯火辉煌,难分昼夜。但是湖上景象已是月牙弯弯柳梢头,静谧安详。随驾城也已早早熄灯、摘下灯笼,家家户户闭门不出,都不敢在夜间增加光亮,徒惹是非。

碧波分开,走出一位白衣背剑的年轻剑仙,身旁是仿佛吃了一颗定心丸的苍筠湖湖君。至于龙宫之内,吵吵嚷嚷了那么久,最后死了大半,而不是事先说好的一半。侥幸活下来的所有人,没一个觉得这位剑仙老爷脾气差。自己都活下来了,还不知足?

陈平安手中多出一只晶莹剔透的瓷瓶,里边有碧绿流水微漾。这一瓶子水运精华稀罕值钱不说,而且对于自己无异于一场及时雨。

陈平安微笑道："湖君你说你的运气到底算好还是坏？"

殷侯微笑道："根本不想这些。以后我定会老老实实按照剑仙的吩咐，护着苍筠湖地界水域一百年风调雨顺，没有半点天灾，至于人祸，依旧是遵循剑仙的叮嘱，随他去。"

陈平安笑了笑，又道："还有那件事，别忘了。"

殷侯低头抱拳道："定当铭记在心。剑仙只管放心，若是不成，剑仙他年游历归来，路过这苍筠湖，再一剑砍死我便是。"

陈平安就此御剑远去，殷侯久久没有直腰起身，等到估摸着他已远去百余里后，这才长呼出一口气。

不承想，人只要活了下来，就会觉得莫大幸福。

大道无常，莫过于此。

先前那剑仙在自家龙宫大殿上，怎么感觉是当了个赏罚分明的城隍爷？奇了怪哉。这大概就是传说中的真正剑仙吧。

两位女修避水而出，来到湖面上。殷侯这会儿再见到那张绝美容颜，只觉得看一眼都烫眼睛：都是这帮宝峒仙境的修士惹来的滔天祸事！他冷哼一声，遁水而走。

翠丫头埋怨道："那剑仙好贪财，得了范老祖的仙家金冠之后，连晏师姑你头上的都不放过！这就罢了，还好意思询问有无小暑钱谷雨钱！果然，我不仰慕剑仙是对的，这种雁过拔毛的剑仙，半点都没有剑仙风采！"

晏清牵着她的手望向远方，神色恍惚，然后微笑道："对啊，翠丫头仰慕这种人作甚。"

翠丫头一把抱住晏清的胳膊，轻轻摇晃，娇憨问道："晏师姑，为什么我们不与师门一起返回宝峒仙境啊，外边的世道好危险的。"

晏清突然笑道："翠丫头，我们先不回师门，去走江湖吧？"

翠丫头想了想，笑容绽放，光彩照人："好，我早就想偷偷喝酒啦！"

陈平安御剑入城，却不是直接去往鬼宅，而是收剑在背后，落在了一条阴暗小巷中，弯腰捡起了一枚小暑钱。他一手持钱，一手以折扇拍在自己额头，哭丧着脸，似乎无地自容，喃喃道："这种脏手钱也捡？在湖底龙宫都发了那么一笔大财，不至于吧。算了算了，也对，不捡白不捡，放心吧，这么多年都没好好当个修道之人，我挣钱，我修行，我练拳，谁做得差了，谁是儿子孙子。打杀元婴登天难，与自己较劲，我输过？好吧，输过，还挺惨。可归根结底，还不是我厉害？"

这番话恐怕只有姜尚真，或是崇玄署杨凝性在这里，才听得明白。

大袖翻摇，陈平安就这么一路优哉游哉走回了鬼宅。

偶有经过门户的门神孕育了一点灵光，俱是瞬间退散躲藏起来。

陈平安脚尖一点，翻过墙头，落在院中，瞬间眯起眼。

杜俞吓了一大跳，如白日见鬼一般，赶忙摊开一手，露出手心那颗不知道可以买多少副神人承露甲的兵家甲丸，虽然牙齿打战，但依旧一鼓作气竹筒倒豆子诉苦道："前辈，一个先自称周肥、后又说自己叫姜尚真的家伙说是前辈的好兄弟，抢走了那个孩子。我被他施展了定身术，全身动弹不得，连拼个玉石俱焚都做不到。他还说，那个小孤儿有修行资质，他带回东宝瓶洲了，要前辈不用担心，只管放心游历北方。"

陈平安点点头，摘了剑仙随手一挥，连剑带鞘一并钉入一根廊柱当中，然后坐在竹椅上，别好养剑葫，飞剑十五欢快掠入其中。陈平安向后躺去，缓缓道："知道了。这枚金乌甲丸你就留着吧，该是你的，不用跟那个家伙客气，反正他有钱，钱多他烫手。"

杜俞欢天喜地，憋了半天，还是没能绷住笑脸，终于可以安安心心坐在小板凳上，细细打量那枚价值连城的兵家甲丸了。

陈平安瞥了他一眼，笑了笑："我不会在这里久留，你到时候随我一同出城，然后就各走各的。但是事先与你说好，以后你的生死福祸，我只能说不是必死。我已经跟苍筤湖湖君放出话去，这次北游之后，将来还会南返，对你而言，也算一张护身符，却仍然算不得是救命符。此次随驾城的谋划，如果我没有猜错，幕后不是一位大修士，而是两位，好在其中一人极有可能与梦粱国有关，他已经得手，杀我……理由是有的，却未必太过执着。当然，更好的情况就是他们不出手针对我，我又不死在北边，那张护身符就一直管用。我终究不是你的祖宗爹娘，接下来你就自求多福吧。所以你如果哪天被人打死，一定至少也是元婴出手了，我到时候尽量帮你报仇便是。"

有些话，他还是没讲，比如姜尚真做事情从不拖泥带水。说不定除了见杜俞一面之外，又有他不屑与外人言语的事情。

这个正宗谱牒仙师出身的家伙，是陈平安觉得行事比野修还要野路子的。而书简湖宫柳岛刘老成、青峡岛刘志茂这些野修的难缠，陈平安一清二楚，何况姜尚真还……有钱。陈平安都不敢确定这家伙碰上崔东山，到底是谁的法宝更多。估摸着两个人各自端了小板凳嗑瓜子，也不动手，就一人一件法宝，你砸过来，我丢过去，能唠上一晚？

所以说，还是要多挣钱啊。加上那个莫名其妙就等于"掉进钱窝里"的孩子，都算是他欠下的人情，不算小了。这让陈平安有些无奈。

杜俞仔细思量一番之后，小心翼翼将金乌甲丸收入袖中，眉开眼笑道："前辈，真不是我自夸，跟在前辈身边经历了这么多的事情，这会儿我胆子忒大！"

陈平安望向杜俞，杜俞嘿嘿一笑："我可拉倒吧！"

算是自己先把话说了，不劳前辈大驾。

陈平安打开折扇，轻轻摇晃，笑容灿烂道："哟，遇见了姜尚真之后，杜俞兄弟功力见长啊。"

杜俞贼兮兮笑道："不敢不敢，姜前辈是前辈的同辈好友，我这晚辈中的晚辈拍马难及。”

陈平安闭上眼睛，微笑道："又开始恶心人啦。"

杜俞挠挠头。

天亮后，陈平安交代杜俞去随驾城店铺买春联、彩绘门神和"春"字、"福"字。

杜俞惴惴不安，倒不是怕一出门就给人泼粪，而是怕给范老祖、叶城主之类的山巅神仙拣软柿子拿捏，抓住机会一巴掌拍死自己就跑。

昨晚前辈那趟苍筤湖之行结果如何，前辈自己不说，杜俞就没敢多问。他战战兢兢去买了那些这辈子都没碰过的物件，不但付了账，还多给了些碎银子赏钱。

他娘的，老子现在要每天慈眉善目，与人为善！万一吓到了哪个街上孩子，他都想要主动认个错了。

顺风顺水、全须全尾地回到了鬼宅，杜俞站在门外，背着包裹，抹了把汗水。江湖凶险，处处杀机，果然还是离前辈近一点才安心。这会儿，他在路上见谁都是隐藏极深的高手。

陈平安接过包裹，无须杜俞帮忙，他一个人就开始张贴。

当他贴完最后一个"春"字的时候，仰起头，怔怔无言。

杜俞没来由想起前辈曾经说过"春风一度"，还说这是世间顶好的说法，不该糟蹋。

之后两人离开鬼宅，去了趟火神祠废墟。所到之处，老百姓一哄而散，畏若豺狼虎豹。

陈平安蹲在主殿遗址上，拈出三炷香，上香插地之后，微笑道："可不能遂你的愿，一闭眼就拉倒了，还是要让你回来陪我一起糟心的。下次见面，骂完我之后，别忘了请我喝酒。"

杜俞不知道前辈为何如此说，这位死得不能再死的火神祠庙神灵老爷难道还能活过来不成？就算祠庙得以重建，当地官府重塑了泥塑像，又没给银屏国朝廷消除山水谱牒，可这得需要多少香火，多少随驾城老百姓虔诚的祈愿，才可以重塑金身？

上完香，两人一同离开随驾城，走了一些时日的山水路程，然后有一天，那位原本早已不再着斗笠青衫的前辈又取出了斗笠和行山杖，背上了笨重的大竹箱，但是依旧身穿一袭雪白长袍。

陈平安递给杜俞两张纸："一张名为阳气挑灯符，一张名为破障符。以后再行走江湖，行善为恶都是你自己的事情，但是只有遇上一些可做可不做的多余事，例如当个古道热肠的江湖侠客之类的，或是做一回斩妖除魔为民除害的练气士，才可以使用这两种符箓。不然就别贪心，学了画符之法也当它们是两张废纸，做得到吗？想好了，再决定接不接。如果接下，看完后记得销毁；如果不接，只管离去，不打紧。"

杜俞毫不犹豫接下："前辈放心，就像前辈说的，生死福祸都是自找的，我今天拿了这两张纸，将来学成了前辈传授的仙家符箓，只要不是那种必死的局面，又有那份心气，我一定会做上一做！"

陈平安笑了笑，拍了拍杜俞肩膀："挺好的。"

杜俞竟有些热泪盈眶，看着陈平安渐渐远去的身影，突然问道："前辈既然是剑仙，为何不御剑远游？"

陈平安只是扶了扶斗笠，摆摆手，继续前行。

第三章
好人和小姑娘

槐黄国是北地小国，不毛之地，朝野上下都穷，以至于君王都没办法派遣官员按时祭祀五岳神祇，所以就有了礼、户两部官员不上山的说法。

可能是朝廷不够礼敬五岳山主的关系，加上地方祠庙稀疏，香火不盛，槐黄国市井乡野常有妖魔作祟，故而常有别国真人、高僧游历山水，救民于水火。只不过这些在地方上颇为吃香的高人，从来走不进槐黄国的真正权贵门庭，后来干脆就直接绕开京城，省得碰一鼻子灰。

这天，槐黄国与南边银屏国接壤的边境关隘，有一名头戴斗笠的白衣书生递交了通关文牒，进了边城，游逛了一圈，在一处集市天桥，坐在竹箱上，啃着刚买来的葱油饼，与当地百姓和一些生意做得不大的行脚商贾一道，听那说书先生讲述一些神神怪怪的故事。说书先生已到古稀之年，不承想中气却足，扯开嗓门能震天响，正唾沫四溅，说那步摇郡先前出现了一只绝顶凶悍的大妖盘踞山头，一到夜晚就化作黑烟潜入郡城，专门掳掠黄花闺女，官府根本无法阻拦。一位郡守老爷邀请而来的老真人设坛作法，只见那原本月明星稀的夜空突然暴雨雷鸣，轰一下，就有一道雷电砸入了大妖隐匿瘴气横生的那处山头。事后有胆大樵夫循着动静入山一看，竟是一条粗如水井的大蛇给大雷活活劈死了，山坳当中骷髅遍地，应该都是那些不幸的女子，着实是可惜了。

听者人人倒抽一口冷气，毛发直立，背脊发凉，那个身穿雪白长袍的游学书生亦是跟着旁人一惊一乍。

叮叮咚咚，有听众上前带头给了赏钱，后边有人陆陆续续掏腰包，丢了些铜钱在大白碗里。说书先生瞥了眼碗里的收成，抚须一笑，够买两壶酒了。最后，说书先生又讲了玉笏郡亦有妖魔作怪，无法无天，只可惜此郡的太守老爷是个守财奴，既无人脉关系，又不愿重金聘请真人、仙师下山降妖，玉笏郡百姓实在可怜，被纠缠得鸡飞狗跳。所幸作祟妖魔虽然肆无忌惮，但是道行不高，远远不如那个被天雷劈杀的步摇郡蛇妖，不然真是人间惨事。

老百姓喜欢的是热闹，便有汉子询问那玉笏郡妖魔到底是何方神圣，说书先生便娓娓道来，说郡城有白衣吊死鬼，喜好吓唬更夫，深夜敲人门扉，使得郡城夜间无人胆敢出门。荒冢狐兔也经常出没，还有妖冶妇人花枝招展勾引男子，汲取精元。又有一伙凶煞厉鬼赶跑了寺庙僧人，鸠占鹊巢。渡口一绿衣少女也会以河水为宅，兴风作浪。

有人便不信，说银屏国与槐黄国一向安稳，已经好几百年不见精怪妖邪，怎的如今一股脑全冒出来，肯定是吃饱了撑着的家伙故意装神弄鬼骗人钱财。

说书先生吹胡子瞪眼睛，说自己便亲眼见着了那步摇郡蛇妖尸体与那渡口绿衣水鬼的惨白面容。听众嗤笑不已，皆是不信。

说书先生环视一圈，最后看着那个刚吃完葱油饼的白衣书生，伸手一指："这位外乡远游的读书人定然见多识广，你们问问他，世间到底有无鬼魅精怪。读书人，哪怕你不曾亲眼见过，听说过的也作数嘛。"

众人齐齐望向戴斗笠的年轻人，那人摇头道："不曾见过，也不曾听过。"

嘘声四起。说书先生一看不妙，赶忙收起大白碗念叨："收摊了收摊了。"他娘的，读书人没一个好东西，不捧个钱场也就罢了，捧个人场都不会，一看就是个没半点希望金榜题名的。

摊子一收，听众看客也就散去，说书先生狠狠瞪了眼那负笈游学的外乡书生。

陈平安笑了笑，站起身，背好竹箱，剑仙、养剑葫和玉竹扇都在里头，他手中就只有那根青翠欲滴的行山杖。这一路行来，行山杖已经炼化完毕，他同时在袖子里藏了几张普通材质的黄纸符箓，都是阳气挑灯符、涤尘符和破障符这些《丹书真迹》上的寻常入门符箓。

他走到说书先生身边："老先生，我请你喝酒，要不要喝？"

说书先生斜眼看他。这小子瞅着手无缚鸡之力，不像是什么打家劫舍的歹人，只是江湖路不好走，天晓得路上哪个瞧着水极浅的小水坑就要让人崴脚。所以哪怕实在嘴馋，说书先生也是强行咽了口唾沫，笑着拒绝道："不用不用，公子的好意我心领了，但我还要赶路，过关去往银屏国谋生，城中的客栈收钱如杀猪，露宿街头还要惹来麻烦，不如过了关去，睡在荒郊野岭，天不管地不管的。"

陈平安惋惜道："好吧，那我就不挽留老先生了，就当省了一壶碧山楼的蝇拂酒。"

说书先生眼睛一亮，肚子里的酒虫儿开始造反，立即变了嘴脸，抬头看了眼天色，哈哈笑道:"看这天色为时尚早,不着急不着急,且让银屏国的孔方兄们再等片刻。公子盛情款待,我就不拒绝了,走,去碧山楼。这蝇拂酒我还未尝过呢,托公子的福,要好好喝上一壶。"

陈平安点头笑道:"老先生不喊上徒弟一起?"

说书先生悻悻然,转头一招手,将那个率先丢钱入碗的家伙喊来身边,低声道:"公子好眼力。"

到了城中最大的酒楼,三人在殷勤伙计的带领下在二楼落座。

陈平安要了一桌菜、三壶蝇拂酒。说书先生等三壶酒上桌,这才默默将陈平安放在自己弟子身边的那壶放在了自己眼前,微笑道:"方才忘了与公子说一声,我这徒弟不会喝酒,公子破费了,破费了啊。"

陈平安恍然道:"我这就让店小二撤了多余的蝇拂酒,二两银子呢。"

说书先生赶忙用手臂环住两壶酒:"公子别介啊,哪有好酒上桌还撤走的道理。"

陈平安揭开泥封,给自己倒了一碗酒,笑问道:"老先生该不会是梦梁国人氏吧?"

说书先生摇头道:"老夫来自最西边的青精国,自二十六岁起就开始当这说书先生,十数国走过大半,梦梁国去过一趟,好一处人间难再有的世外桃源。我想着,以后养老之地就选梦梁国了,反正家乡早已无亲无故,了无牵挂,若是徒弟争气,挣得着真金白银,等我闭眼后,倒是可以葬在家乡。"

陈平安笑道:"那就只管喝酒。"

他只看得出眼前这说书先生是一名三境练气士,但这就意味着老人要么真是云游四方的下五境修士,要么修为境界远远高出叶醋、范巍然这两位纸糊金丹。在这十数国版图上,除了两个幕后主使,叶醋和范巍然就已是当之无愧的"山巅"修士。

先前有一天,十数国边境灵气涟漪震动不已,如春雷生发,使得陈平安心生感应,立即御剑升空。只见一条绵延极长的金色长线在大地上骤然显现,然后烧毁如灰烬,应该是其中一位大修士撤去了圈地为牢的神通禁制,多半是梦梁国那位得了随驾城异宝的幕后主使。至于另外一位暂时只知名叫夏真的大修士,至今不曾露面来找自己的麻烦,照理来说,这很不对劲。范巍然的宝峒仙境、叶醋的黄钺城,以及以双方势力为首的所有山头,极有可能都是此人饲养的笼中鸟、池中鱼,如此之大的折损,毫无动静,又有两种可能:狮子搏兔亦用全力,夏真如今就在某地等着自己,要么……就是姜尚真在随驾城现身之前已经偷偷收拾了烂摊子,夏真或者已死,或者侥幸脱险却元气大伤,无力再给予自己致命一击。

如果眼前这位说书先生真是专程跑来见自己一面的梦梁国高人,陈平安懒得与他言语机锋捣糨糊,卷起袖子厮杀一场便是。

说书先生笑道:"怎的,公子在梦梁国有熟人?是不共戴天的仇家,还是那牵肠挂肚的亲朋好友？若是后者，等我走完了银屏国，将来与傻徒弟一起游历梦粱国，可以帮公子捎话一二，就是……"他笑嘻嘻伸出两根手指轻轻捻动。

陈平安摇头道："无深仇无大怨，井水不犯河水，就是仰慕一位梦粱国高人的通天手段，缜密无错，很想要诚心诚意请他喝一壶酒。反正如今大局已定，就像棋局复盘，这位高人当年先手，力极大，中盘沉稳，收官时又下了那么多妙手，竟然无人领会，帮着喝彩几声。就像老先生你说故事，若是全场寂静，鸦雀无声，即便最后得了一大碗铜钱，岂不还是一桩不小的憾事？"

说书先生喝了口酒："虽然不知道公子在说什么，但是听上去是这么个理儿。那咱们就走一个？"

陈平安拿起酒碗，与他碰了一下，各自饮下。

不唯与意气相投之人痛饮醇酒才有滋味，刀光剑影之中，与蝇营狗苟、互视仇寇之辈钩心斗角，酒桌杯碗中杀气流转，亦是修行。

至于这座北地小国如今的新鲜异象，妖魔骤然增多，也与灵气如洪，从外边倒灌流入十数国版图有关。没了那座震慑万物的雷池存在，它们自然雀跃，如惊蛰过后，蛇虫皆蠢蠢欲动，破土而出。

只不过陈平安对于梦粱国高人与名为夏真的幕后修士暂时不打算撕破脸。金丹之上，元婴还好说，打不过还可以跑，可只要有一位玉璞境，都不用两人皆是，对于自己就是天大的麻烦。自己没有任何天时地利人和，对方真要不计代价击杀自己，就北俱芦洲修士的脾气，那是绝对不会有半点犹豫的。在这剑仙排外的北俱芦洲，有背景有靠山的外乡修士，暴毙的可不是只有一两个。不然的话，这些如潮水倒灌江河上游的灵气，陈平安心狠一点，大可以用那圣人玉牌收入囊中，只是会犯忌讳，说不定就要惹来一洲书院的反感和问责。

两个幕后人，相较于夏真，陈平安更忌惮那个与梦粱国有牵连的大修士。处心积虑，步步为营，根本无须那人自己出手，不过是派遣了两名手下，就获得了那件随驾城重宝。到最后，如果不是自己在苍筤湖龙宫破阵而入，那名在梦粱峰练气士中故意当孙子的金身境武夫肯定还会继续隐藏下去。

看到一个杜俞，就会大致知道鬼斧宫的状况；见着芍溪渠主和藻溪渠主，就会大致清楚苍筤湖的风土人情。见晏清而知宝峒仙境大概，见何露而知黄钺城作风，都是此理。当然会有误差，但是只要相处越久，看到的修士越多，距离事实和真相就越来越近，那个万一，就会随之越来越小。

有些时候，还能够见一而知全貌，是说那随驾城城隍爷、范巍然和叶醀，因为他们都是一家之主，家风如何，往往由他们来决定。一个往上看，一个往下看，两者相加，如同一条脉络的首尾两端，一旦被人拎起两头，任你伏线千里，也难逃法眼。

世道复杂,想要活得越来越轻松,要么被子蒙头,我只活我自己,吃苦享福都认命,要么就只能多看多想。后者却要劳心劳力,一山总比一山高,即便是坐镇小天地的各方圣人,只要哪天走出了自家小天地,一样束手束脚,寄人篱下,仍然需要放眼去看世间众多脉络、烦琐规矩。

讲道理,未必有用;懂规矩,绝非坏事。

湖君殷侯讲不讲理?可是人家却懂得去找出他人的规矩,抓住了陈平安的行事脉络,所以苍筼湖上,黑云密布笼罩辖境,陈平安就不敢杀他,怕一湖三河两渠皆洪水泛滥,殃及无辜百姓无数。龙宫之内,他半点不比叶酣、范巍然更少该死,可他主动承诺未来愿意庇护辖境苍生,修补山水气运,将功补过,所以陈平安的一拳一剑都没落在他头上。

酒桌上,说书先生与他徒弟狼吞虎咽,大快朵颐,陈平安只是缓缓喝着碗中酒,始终没有动筷子。

说书先生打了个饱嗝,笑呵呵道:"公子一筷子都不动,只是喝酒,是半点不饿?"

陈平安笑道:"确实不饿,何况这顿饭菜,我觉得就该是老先生的。"

说书先生无奈道:"公子言语怎的如秃驴说禅一般,教人摸不着头脑。"

陈平安问道:"老先生何时过关去往银屏国?"

说书先生笑道:"这就要走了,吃饱喝足。对了,我学了些相术,公子请我吃了这么一顿,不如替公子算一卦?公子放心,不收钱。"

陈平安点头道:"那就有劳老先生。"

说书先生从袖中摸出几枚先前得手的铜钱,随手往桌上一丢,捻须沉吟,沉默无语。

陈平安也笑着不说话。

说书先生轻轻以手指挪动桌上铜钱,皱眉道:"公子心善,是福缘深厚之人,但是也要切记,有福之人不落无福之地,老话从来不是空口无凭,听者莫做道头笼统语。我看公子此次北游槐黄国,处处可去,唯独前边百余里的髻鬏山去不得。于公子而言,那便是一处无福之地,去未必有多大的凶险,可若真遇上了挡路邪祟,节外生枝,终究不美。"

陈平安笑道:"好,那我就听老先生的,绕行髻鬏山。"

说书先生抬头笑道:"公子真信?"

陈平安笑道:"老人说老话,岂可不信,反正游历槐黄国,多走几步路又不算什么。"

说书先生起身赞叹道:"那我就不叨扰公子了,先行离去,速速出关。算卦一事,泄露天机,总是令人忐忑。"

陈平安点点头:"我将这壶酒喝完,也要绕路北上,不会去髻鬏山自找霉头。"

说书先生带着木讷徒弟一起离开碧山楼,陈平安喝完了那壶本地特产的蝇拂酒,下楼去结账的时候,愣了一下,然后笑着摇头,给了足足二十两银子。原来那说书先生下楼的时候偷偷带走了两壶碧山楼镇店之宝——二十年陈酿,说是楼上坐着的朋友会帮他结账。陈平安也不太上心,因为此人身份已经不用多猜了,省去一桩心事,不用分心耽搁修行,多掏十几两银子还是很划算的。最后,陈平安真的就绕过了髻鬟山。那里多叠瀑,本是一处想要去浏览的山水形胜之地。

髻鬟山一座供人歇脚的半山行亭中,一名腰间缠绕青玉带的年轻男子脸色铁青,身边是叶酣、范巍然与宝峒仙境的二祖。

男子正是侥幸逃过一死的夏真,他怒吼道:"老东西,你为何坏我大事?!我都已经明确告诉你,已经寄信给中部那位大剑仙。此人是姜尚真的同伙,哪怕姜尚真躲在暗处,一样要心惊胆战,畏畏缩缩!你这次吓跑了鱼饵,一旦大剑仙动怒,你真当自己已经炼化了先天剑丸,跻身上五境?!你是蠢吗?我已经说过,那把半仙兵归你,我只求他身上其余物件,你还不满足?!非要我们双方都一无所获才开心?"

远处一座山头,一位儒衫老者微微一笑,一个说书先生和神色木讷的青壮汉子出现在他身侧,然后身形重叠,变作一人。应该是阳神真身与阴神出窍一起远游的仙家手段。

老者正是梦粱国国师,他笑道:"别用这些虚头巴脑的言语吓唬我,就那位大剑仙的脾气,便是收到了密信,也不屑如此行事。还钓鱼,你真当是我们在这十数国的小打小闹吗,需要如此费劲?"他双指掐住一把传信飞剑,轻轻将其崩碎,"更何况,那位大剑仙也未曾收到你的密信。"

夏真脸色阴沉,蓦然怒极反笑:"你这是打算跟我结下死仇?!"

老国师微笑道:"这十数国版图疆域如今灵气增长不少,是一处不好也不坏的地方。你我多年邻居,你是出了名的难缠,虽说如今伤及大道根本,可我依旧杀你不成,你杀我更难,咱俩比的就是谁先跻身上五境,所以我为何要眼睁睁看着你传信中部那位大剑仙的仙家府邸?万一大剑仙真恨极了姜尚真,舍得放低身价,对一位小剑修出手,到时候你傍上了这么一条大腿,给人家记住你这份情谊,我将来便是跻身了玉璞境,还怎么好意思跟你争抢这十数国地盘?夏真,可惜喽,你气急败坏,放缓了鲸吞边境灵气的速度,也要在这髻鬟山带着三条走狗足足耗费两旬光阴,精心布置的移山阵,到头来似乎没机会派上用场了?"

夏真冷笑道:"你不是在吗?"

老国师故作恍然:"也对,就是不知道我这小炼的剑丸坯子对上你的移山阵,谁的杀力更强、威力更大。你我之间,迟早有一场厮杀,提前了,倒也省事。如今可不是当年,你强我弱,风水轮流转,你连这点形势都看不清?"他笑着摇摇头,"不过真不是我瞧不起你,这符阵确实能伤了他,却未必能困住他。我这是帮你悬崖勒马,你不该如此好心当作驴肝肺,靠一封不知道会不会泥牛入海的密信就敢与姜尚真玩什么玉石俱焚的伎俩。这数百年间的消息,我是不如你灵通,可是以前的一些陈年旧事,我可比你知道更多。你若是将密信寄给北方那位大剑仙,我是不会拦截这把飞剑的。"

老国师忍住笑意,眼神中满是讥讽和怜悯:"因为那是一位男剑仙,他心爱独女被姜尚真祸害,耽误了大道,杀姜尚真自然不遗余力。可你寄信的这位是女子啊,看来你是不太清楚她与姜尚真当年的恩怨情仇。她怨恨的可不是外界传闻那般痴心错付,而是痛恨此人移情别恋,到处拈花惹草。真要见了面,给姜尚真那张嘴瞎扯几句,灌了迷魂汤之后,搞不好还会反过来打赏你我一人一剑。所以说,你真算不得什么好的盟友,若是那年轻人道行高一些,与我们同是元婴,我说不得就要与他联手,将你打杀了事。至于现在,事已至此,多说无益,我也不与你拼杀消耗道行,你慢慢汲取灵气恢复便是,一步慢步步慢,按照我当年的推演之术,你的元婴瓶颈本就会比我晚上一甲子到来。现在看来,你其实还是道心不稳。到了你我这般境界,若是还处处以当年占尽便宜的野修风格行事,是要吃大苦头的。"

夏真所立行亭顿时化作齑粉,叶酣、范巍然和宝峒仙境二祖都纷纷被迫掠出,御风悬停,一个个脸色惊慌。

老国师视而不见:"你我好歹结盟共事一场,我在梦粱国隐姓埋名,虽说一开始是有所图谋,可是人间红尘历练一遭,确实裨益道心,所以能够处处压你一头,总是比你赚得更多,你真以为只是算计而已?非也,是我早于你抓住了元婴合道的一丝契机。姜尚真若真是那人好友,岂会故意留下后患,无非是看得比你我更远,算好了有今天这一遭罢了。你不怕?我是怕的,因为这是阳谋,我愿意自己入瓮坏你好事,为我未来开宗立派囊括十数国版图而出手。对你而言,自然是阴谋,一桩接一桩,次次竹篮打水一场空。我甚至猜测,这把被我截获的传信飞剑,是姜尚真故意留给我的。"

夏真收敛那股气势,微笑道:"坏我大事,还要乱我心境,你这老贼真是打得一副好算盘。"

老国师感慨道:"夏真,真真假假,好好坏坏,不管我初衷为何,按照先前约定,我不会刻意拦阻你汲取天地灵气,只不过我已经先行一步,不,应该是两步了。所以将来我破境跻身上五境之时,会再给你一个选择,是逃离此地继续当个居无定所的山泽野修,还是做我宗门的首席供奉,你我再无须为这点山水地盘做那不必要的大道之争。若是能够一门两玉璞,荣辱与共,休戚相关,你我皆是被人唾弃的野修出身,何尝不是北俱芦洲的一桩千古美谈?"

夏真默不作声,仰头凝视着那位站在山巅的儒衫老者,最后笑问:"你是一开始就有这么大的胃口,想要拉拢我当你的宗门供奉?"

老国师摇头道："上五境之下，任你是世人所谓的陆地地仙，依旧人人随波逐流。我是得了功德异宝之后，如今心境趋于圆满，才有如此胸襟眼界，故而姜尚真将你打伤之后，才毫无痛打落水狗的念头，不然我既然截获了飞剑，岂会眼睁睁看着你在这髻鬟山盘桓不去？以伤换伤，也要斩草除根，哪个野修不会？"

夏真双手按住那条陷入酣眠的犄角青蛇，扯了扯嘴角："那你有没有想过，我的传信飞剑不止一把，你截获那把只是障眼法，是我故意让你抓到手的？你不如算一算，姜尚真离开随驾城南返之时，与我出现在髻鬟山的时日，是不是我算好了他与北方剑仙有望一起现身。"

老国师叹息一声："言尽于此，你要赌就随你，反正你已经赌红了眼，多说无益。"

夏真狞笑道："对，我现在已经赌红了眼，你再在这里站着说话不腰疼，可别怪我拼着再次受伤也要让你慢些炼化剑丸！"

老国师摆摆手："罢了，就当我未来宗门少去一位玉璞境供奉。"

夏真大袖一挥，厉色道："老狗滚蛋，见你就烦！"

老国师一笑置之，身形消散。

夏真站在行亭废墟当中，如牢笼困兽，绕圈而走，然后双手挥动，髻鬟山在内的十数座大小山峰如山根被刀切一般悬空升起，山尖指地，倒立悬停，然后纷纷砸地，惊起遮天蔽日的灰尘。每一次山峰砸地的威势都已是介于金丹与元婴之间的惊人杀力，只可惜这搬山符阵是死物，耗时太久，而且挪不走。那个活该千刀万剐的年轻剑仙给老王八蛋打草惊蛇，不走入髻鬟山地界，气势恢宏的大手笔搬山阵就成了一个笑话和摆设，便被夏真拿来发泄满腔怒火。

方圆千里之内都感到了一阵阵地牛翻背的惊人动静，看得叶酣三人心弦紧绷。

夏真最后就要将脚下的这座髻鬟山一并拔断山根，驾驭到云海之中再高高砸落，只是突然皱了皱眉头。

山脊道路上走下来两人，准确说是三人。

一对道侣模样的男女并肩而立，有说有笑。女子腰间悬挂一把极其纤长的雪白长剑，手捧褓褓，眼神温柔，已经让夏真头皮发麻。至于那男子，更是让夏真背脊发凉。

只听他抱怨道："干吗呢干吗呢，吵到了我和郦姐姐的孩子，又要好一阵做鬼脸逗乐才能消停。"

夏真这一次是真绝望了。那个被男人昵称为郦姐姐的女子如果真是自己猜测的那位，今天就是拼了命都别想逃走了。

北俱芦洲中部有女剑仙名郦采，本命飞剑名雪花，佩剑名霜蛟，是未曾一起去往倒悬山、如今还留在北俱芦洲的剑仙之一，为表敬意，于是剑仙就成了大剑仙。

听着很牵强，可是那份杀力是实打实的。每一位北俱芦洲的上五境剑仙都没有半点水分，玉璞境的修士，例如琼林宗那位，哪怕元婴剑修都不太稀罕去挑衅，打赢了都嫌弃丢人。可若是有新剑修跻身玉璞境，几乎都要与其他剑仙拼杀几场。死了，自然是运道不济，本事不高还敢当出头鸟，担不起剑仙头衔，死了拉倒；可若是能够不死，便有资格一起屹立于北俱芦洲大地之上。

夏真一咬牙，面朝山路行礼道："见过郦大剑仙，见过姜前辈。"

姜尚真嬉皮笑脸："哟，这会儿知道喊我前辈啦。"

郦采皱眉道："如果不是看你还算识趣，知道飞剑寄信通知我的分上，你这会儿已经死了。你这野修懂不懂礼数，顺序换一下。"

夏真差点当场脑瓜子炸裂开来，颤声道："见过姜前辈，见过郦大剑仙！"

姜尚真拍了拍郦采的胳膊："别这样，我是什么样的人，郦姐姐还不清楚？从来不介意这些虚礼的。"

郦采冷哼道："你的账等会儿再算。我可没答应去书简湖帮你抖威风。"

姜尚真神色自若，弯下腰，掀起襁褓一角，柔声笑道："小妮儿，你刚认的娘亲生气喽，快点长大，学会了说话后，好帮着爹求情。"

郦采嘴角翘起又压下，可怜夏真都快要疯了。

姜尚真转过头望向他："你啊，像我当年，会打能跑，难能可贵，所以我才留你半条狗命，想着只要我见过了郦姐姐，携手南下的时候，你能够安生一点，我就不与你太多计较。没奈何你跑路本事有我当年一半，可是脑子嘛，就糨糊了。那梦粱国国师与你说了那么多实诚话，句句当你是他亲生儿子来说，你倒好，是半句都听不进去。我当年在你们北俱芦洲见多了一心求死，然后让我帮他们达成心愿的山上人，但是你这样变着花样求死的还真不常见。"

夏真沉声道："恳请姜前辈再给我一次机会，最后一次！"

姜尚真笑道："北方那位大剑仙是真给你偷偷勾引来了，只不过我们夫妻同心，共同御敌，好不容易才打退了去。中部那条大渎附近被劈砍出了巨大河床和一个大窟窿，如今应该都已经白白多出了一座大湖，你说好不好玩？真是难为他了，一位剑仙，就为了杀我，还要拗着性子藏头藏尾。亏得郦姐姐熟悉他的一身剑意，不然我不留条胳膊留条腿在你们北俱芦洲，那剑仙就该自己拿块豆腐撞死了。险之又险的那个险啊，你夏真真是不消停的主，算我怕你了，行不行？夏真夏大爷，算我求你了，中不中？"

夏真再无任何犹豫，绝对无法善了！

砰然一声，从真身当中变幻出成百上千的夏真，或御风或狂奔或遁地，纷纷逃散。只要能遁其一，就可以活！这等代价极大的秘法，即便会让自己伤上加伤，也总好过被两位上五境修士活活打得形神俱灭。

姜尚真惊讶道："上回可不是这样的跑路法子，好家伙，真不愧是这帮蝼蚁眼中的仙人,吓死我了。"

郦采扯了扯嘴角,手心抵住佩剑的剑柄,轻轻一声颤鸣过后,剑未出鞘,髻鬙山的天地四面八方皆有一条条雪白剑气滚滚而来,或笔直或蜿蜒或飘荡。刹那之间,就天地寂静了。

姜尚真伸出一手,抓住一颗金丹与一个米粒大小的小人儿,收入袖中乾坤小天地,再一抓,将地上那条萎靡不振的犄角青蛇一并收入袖中,懊恼道:"烦死了,又让老子挣钱得宝!"

郦采瞪了他一眼,姜尚真朝她怀中那襁褓中的孩子轻轻喊了几声刚让郦采取的闺名,微笑道:"无妨无妨,就给这小妮儿当未来嫁妆了。"

郦采瞧着那边三人有些碍眼,便不耐烦道:"这三只井底之蛙怎么说?"

夏真可是他们心中的山巅仙人,就这么眨眼工夫便身死道消了?

姜尚真动作轻柔地拍了拍郦采的一只袖子:"不如就算了吧?当着咱们闺女的面儿呢……"言语之中,一枚柳叶瞬间接连穿过叶酣、范巍然两人眉心,最终没入姜尚真身体中,"反正小妮儿在睡觉,瞧不见。"

两具金丹修士的尸体坠入髻鬙山的山脚,姜尚真看都不看一眼。

就他们身上那点破烂家当,值得我弯腰伸手?

只剩下宝峒仙境的二祖,一位龙门境修士,依旧身躯颤抖,伏地不起。

两人开始御风南下。郦采见怪不怪,根本没有丝毫讶异。

当年如果不是身边这个嘴花花的男人,自己早在金丹瓶颈那个关口就已经死了。

那一次,姜尚真丢了半条命。这是他北俱芦洲之行寥寥无几的赔本买卖之一,但是她却至今都不知道他为何要如此做。

他当年喜欢自己自然是真,但也只是与他喜欢其他漂亮女子一般而已,兴许稍稍多出一点半点,可绝对不该如此为她拼命才对。她这么多年来一直很想知道答案,甚至还专门跑了一趟桐叶洲。只是那次没能遇到姜尚真,玉圭宗老宗主荀渊说姜尚真去了云窟福地,暂时不会返回。老宗主还帮她骂了一通姜尚真,说这种负情薄幸的王八蛋就该死在云窟福地里边,她多瞧一眼都脏了眼睛……不过郦采也知道,老宗主还是向着姜尚真的。只是这次与姜尚真重逢后,她反而不想知道答案了。

郦采转头望了一眼,问道:"你不去打声招呼?"

姜尚真摇头道:"跟贺小凉实在是牵扯太多,加上你在我身边,我是外乡人,不怕麻烦,可你是这儿的修士,我总不能连累你。"

郦采微微一笑,突然又皱眉问道:"那随驾城天劫,我看云海余韵,弱一些的元婴都是天大的麻烦事,到底是怎么挡下来的?"

姜尚真笑道:"还能如何,拼命而已。心诚则灵,偶尔还是要信一信的。人算不如天算,地理不如天理,至理也。那个假扮梦梁国国师的,到底是抓到了一点皮毛。元婴境窥天,殊为不易,所以自然要比夏真前途远大。"

郦采点点头,深以为然。

姜尚真突然道:"听说你收了个极好的女弟子,如今还有望跻身下一届十人之列。"

郦采脸色古怪起来,姜尚真翻白眼道:"担心我作甚,兔子不吃窝边草,一家山头只喜欢一个,这是我行走山上快如风、千年不倒稳如松的宗旨所在!"

郦采脸若冰霜,追问:"那你问这个作甚?"

姜尚真笑道:"我这不是怕她重蹈覆辙嘛,弟子学师父,喜欢上一个千金难换的好男儿。"

郦采摇摇头:"我那弟子道心之坚定犹胜我当年,这辈子都不会喜欢谁的。好女怕缠郎这一套,在我弟子身上行不通。"

姜尚真哈哈大笑道:"错了,我是怕她缠上我那好人兄弟。"

郦采嗤笑不已,姜尚真嬉皮笑脸道:"郦姐姐,那咱们赌一赌,如果我输了,我便任凭发落;可若是郦姐姐你输了,就在书简湖当我新宗门的挂名供奉?"

郦采点头道:"可以!"

姜尚真神色古怪地道:"我这赌术赌运,郦姐姐当年是亲身领教过的,为何这次如此爽快?"

郦采微笑道:"我那弟子需要闭关三十年,那个年轻人能在北俱芦洲逛荡三十年?"

姜尚真伸手抓住她的袖子:"好姐姐,就饶了我这回吧?"

郦采神色落寞,问道:"就不能只喜欢一人吗?"

姜尚真微笑道:"等哪天郦姐姐比我高出一境再说。"

郦采叹息一声,以心剑斩断些许涟漪,与姜尚真一起去往骸骨滩,乘坐披麻宗跨洲渡船去往东宝瓶洲。

据说身边这个王八蛋要去大骊龙泉郡一个叫落魄山的地方,以元婴境周肥的身份求一个记名供奉的名头。听他的语气,好像还未必能够成事。

郦采转头看了一眼沉静想事的姜尚真。笑起来与人言语,欠揍;不笑之时,便很认真。可惜这么一个人,据说他一辈子唯一无法释怀的女子竟然是山下的寻常女子,并且还从未染指,就只是目送她嫁人生子,红颜老去,白发苍苍,无灾无殃安详离世。

郦采犹豫了一下:"姜尚真,如果你今天再遇上同样的女子,还会如此喜欢吗?"

姜尚真摇头道:"自然不会了。"

郦采有些疑惑不解,姜尚真缓缓道:"人生之初见,如山野见少女婀娜,登高见山河壮阔,仰头见仙人腾云,御风见日月悬空,与以后见多了类似画面,是绝然不同的风景。

不一定是初见之人事一定有多美,但是那份感觉萦绕心扉,千百年再难忘记。"他又笑了,转过头,"就像当年我初次见到郦姐姐,划袜步香阶,手提金缕鞋……"

郦采羞恼道:"闭上你的狗嘴!"

姜尚真柔声道:"娘子莫娇羞,夫君心乱矣。"

槐黄国玉笏郡。

郡城城门上贴了不少官府和有钱人家的告示,都是些请高人去往家中作法的内容,末尾大多是必有重金犒赏的言语,至于具体是多少银子,只字不提。

陈平安在墙下仔细看遍那些告示,看样子,郡城内外是挺乱的。

添置了一些干粮物件,陈平安当晚在客栈落脚,夜幕中,坐在屋脊上悄悄喝酒。

果然,郡城深夜大街上有一抹雪白身影四处飞掠,吐着舌头,面容扭曲。她双脚离地,飘来荡去,不过一身煞气浅薄,只要是张贴有门神的家家户户,不管有无一点灵气孕育,她都不去。如今郡城更夫换了两个胆大包天的青壮男子,阳气旺盛,衙门还特意给他们一笔赏钱,每天可以买酒两壶。那白衣吊死女鬼几次想要靠近他们,都被那些无形阳气一撞而退,几次碰壁之后,她便悻悻然远去,到一些贫寒市井人家抓挠柴门院墙。一些睡意深沉的,鼾声如雷,是全然听不见外边的动静,只有一些睡眠浅的吓得瑟瑟发抖,惹来她咯咯而笑,越发瘆人。

陈平安见那吊死鬼没有真正入室害人,也就当没看见,躺在屋檐上,跷起二郎腿,取出折扇轻轻晃动清风。

脉络最怕拉长,两端看不真切,一旦上达碧落下及黄泉,又有那前世来生,高低、前后皆不定。更怕一条线上枝丫交错,岔出无数条细线,善恶模糊,相互交缠,一团乱麻。尤其是当一条线被拉长,无法就事论事,那么看得越远,就会越吃力。

就像那女鬼吓人扰民,任何修道之人将其打杀都不算错,积攒阴德也有理,可若是再稍稍看远些许,这玉笏郡城周边的凡夫俗子晓得了天地之间有鬼物,以后歹念一生,想要为恶之时,是不是要多掂量一下善恶有报、世道轮回这个说法?那女鬼游弋夜间,只要她未曾真正害人,到底该怎么算对错是非?又或者她当年为何上吊而死,执念不散、沦为鬼物,又是遭了什么冤屈?

陈平安闭上眼睛,一觉睡到天明。

如今修行,处处时时皆是,所以当下怎么游历,走的快慢,都无所谓了。

这天清晨时分,陈平安出城的时候,看到一行四人大大咧咧揭下了一份官府榜文,看样子竟然是要直接去找那拨窃据寺庙鬼物的麻烦。

陈平安有些疑惑。这四人两女两男,穿着都不算鲜亮,不是装穷,而是真不算有钱。年纪最大的是个二境武夫修为的中年男子,那少年应该是他的徒弟,勉强算是一个纯粹武夫。至于两名女子，瞧着应该是姐妹，也是刚刚涉足修道之路的练气士，气府蕴含的灵气淡薄，几乎可以忽略不计。

若说那位假扮说书先生的梦粱国大修士能够让陈平安看出三境练气士修为，却偏偏心生警惕，其实还是气象使然。眼前这四位男女，就真的只是道行浅薄了。对付那只在郡城中飘荡的白衣吊死鬼估计不难，但是城外寺庙明摆着是鬼物成群的声势，他们四人应该很难对付，没点压箱底的保命手段，在那寺庙给包了饺子都说不定。

陈平安想了想，便没有直接出城，听他们四人自以为无人听闻的窃窃私语。

一个两颊被冻出两坨红晕的少女说最好是能够向官府讨要些定金，再通过郡守的公文，去城隍庙和文武庙借几件香火熏陶的器物，这样胜算更大，金铎寺之行就可以更加稳妥了。

少年有些埋怨为何不降服那些狐魅兔精，这种赏钱定然挣得轻松些，风险不大。那个身材修长、中人之姿的年长女子便解释说一旦被金铎寺鬼魅知道他们的行踪，只会严加戒备，就更难成功了。

陈平安听他们交谈的口气很是郑重其事，并无半点轻松，不像汉子揭下榜文时那般英雄气概。他便离开郡城，去往相距三十里路的城外金铎寺。在离金铎寺还有七八里的一处路边行亭歇脚等待，行亭外就是依山的潺潺溪水。

一直等到晌午时分，才等到那一行四人的身影。陈平安不等他们靠近，就开始向金铎寺行去。背着竹箱，手持行山杖，放缓脚步，好似文弱书生在吃力行路。

四人很快就跟上了他，擦肩而过的时候，为首汉子手持一只大香筒，瞥了他一眼，很快就收回视线。看似憨厚木讷的少年咧嘴笑了笑，那个读书人也就跟他笑了笑，于是少年笑得更厉害了，哪怕已经转过头去，也没立即合拢嘴。

年长女子皱了皱眉头，但是没有开口，她妹妹想要开口，却被她抓住了袖子，示意别多事。少女便作罢，但是走出去几步后仍是忍不住转头笑问道："你这个读书人是去金铎寺烧香？你难道不知道整个玉笏郡百姓都不去了，你倒好，是为了抢头香不成？"

读书人抹了把额头汗水，喘了口气，笑道："我刚来玉笏郡，有朋友与金铎寺僧人相熟，说那里可以借宿读书，既清净，又不花银子。"

少女正要说话，又被她姐掐了下胳膊，疼得她脸蛋皱起，转头低声道："姐，这大白天大日头的，附近不会有鬼魅来刺探消息的。这读书人若是跟着去了金铎寺，到时候咱们与那些鬼物打起来，到底救还是不救？反正不救的话，便是杀了妖魔挣了银子，我良心上还是过不去。我要与他知会一声，要他莫要去白白送死了。读书哪里不好读，非要往鬼窟里闯。这家伙也真是的，就他这么糟糕的运气，一看就没金榜题名的好命。"

她姐姐叹息一声，用手指重重弹了一下少女额头："尽量少说话，拦下了读书人，你就不许再任性了，这趟金铎寺之行都得听我的！"

少女欢天喜地,放慢了脚步,与那读书人并肩而行,第一句话就很有灵气了:"这位读书人,可曾婚配? 你觉得我姐姐长得咋样?"

负笈游学的外乡读书人笑道:"姑娘就莫要说笑了。"

少女蓦然而笑:"逗你玩呢。"然后板起脸,"接下来就不是玩笑话了。那金铎寺现在很危险,有一大帮凶鬼'横空出世',在暮色中赶跑了僧人,连一位会些佛法的方丈都死在了当场,还死了好些逃跑不及的僧人和香客。它们占着寺庙,可是真会吃人的,所以你就别去了,如今寺中一个光头和尚也没有。真不是我吓唬你,你要是不信,可以去郡城打听打听,如果我骗你,你不过是白跑一趟,可如果我没骗你,你岂不是要枉死他乡? 还怎么考取功名,光耀门楣?"

读书人问道:"那你们怎么去烧香?"

少女一跺脚道:"你就看不出我们是降妖除魔的能人异士?!"

读书人愣了一下,大笑道:"世上哪来的妖魔鬼怪,姑娘莫诓我了。"

前边女子和汉子对视一眼,都摇了摇头。少年更是扯了扯嘴角。

少女有些急眼了:"我姐姐说你们读书人犯倔最难回头,你再这么不知轻重,我可就要一拳打晕你,然后将你丢在行亭了。可这也是有危险的,万一入夜时分,有那么一两只鬼魅逃窜出来,给它们闻着了人味儿,你还是要死的。你这读书读傻了的呆头鹅,赶紧走!"

读书人傻乎乎道:"我这会儿饿坏了,囊中羞涩,真没法子走一趟郡城来回。我等下就在金铎寺外边看一眼,如果真没有半个香客僧人,我立即掉头。"

少女哀叹道:"我姐说了,那些道行高深的鬼物可以运转神通,煞气遮天,黑云蔽日,到时候你还怎么跑?"

她又朝前喊:"姐,我还是把这个呆头鹅先带回郡城吧,大不了我跑得快些,一定赶在天黑之前到达金铎寺。"

她姐姐怒道:"时辰都是我们事先选好的,就是担心寺中鬼物能够白天现身,尽量多张贴一些符箓,一旦那拨恶煞凶鬼可以驾驭乌云笼罩寺庙,少了你,我们怎么办,你是想要事后帮我们三人收尸不成? 之前那次风波你忘了?!"

少女闷闷不乐,哦了一声,垂头丧气,对读书人道:"读书人,走吧,我们又不认识,不至于拿你寻乐子,故意骗你金铎寺鬼魅出没的。"

但是那个读书人让她气得眼眶子泪花儿打转,竟然执意说一定要到金铎寺门口看一眼。她就要伸手给他一拳,他好心当作驴肝肺,可她总不能就这么眼睁睁看他去涉险送死。

不承想那个书呆子竟然向后退了一步:"姑娘可别动手打人啊,君子动口不动手,若是给你打晕了摔在行亭不管,到时候有人偷走了我的竹箱,你赔我钱?"

少女转过身,快步跟上姐姐,抬手使劲抹了把脸庞。

她觉得天底下怎么有这么昧良心的人,她都快要伤心死了。

可是她又忍不住转头去看,那个家伙还真跟着。

当她犹豫要不要来一记黑拳的时候,好家伙,该聪明的时候不聪明、该笨的时候不笨,那人竟是站住了不往前走。她刚要骂他几句,已经给姐姐抓住胳膊:"别胡闹了!"

少女低下头,陈平安会心一笑:看来是让一个好人失望了。

他依旧缓缓跟在后边,双方距离越来越远。

少女还想转头,她姐姐怒斥道:"非要害死我们你才开心对不对? 你就不怕那人其实是恶煞帮凶的伥鬼?"

少女终于不再转身,低头走路,一脚一个小石子。

她姐姐哀叹一声:"你这性子,迟早要吃大亏的。好心恶报的事情,我们这一路见的还少吗?"

少女哦了一声,不反驳。

远处,陈平安百无聊赖,将一颗颗石子以行山杖拨回原来位置,微笑道:"真是这样吗?"

临近金铎寺,少女偷偷转头,山路迂回一弯又一弯,已经见不着那个读书人的身影了。

四人再前行一里路,视野豁然开朗,年长女子神色凝重,道:"到了。"

汉子点点头。

只见金铎寺内淡淡的煞气流转不定,只是极为稀薄,风吹即散。女子疑惑道:"似乎不太对劲,昨夜我们远眺寺庙,阴煞之气不该如此少。"

汉子思量片刻,说道:"这是好事,兴许真是大日当空,逼得那些污秽鬼物只能遁地不出,正好让我们师徒张贴符箓、撒糯米、倒狗血,由你们布下阵法。到了黄昏时分,天有余晖,再以雷霆手段将它们从地底打出来,这群阴物没了天时地利,我们便稳妥了。"

年长女子点点头,转头对跃跃欲试的妹妹说道:"打起精神来,别掉以轻心,阴物的鬼蜮手段层出不穷,这金铎寺真要是一处诱敌深入的陷阱,我们要吃不了兜着走。"

少女眼神熠熠发光:"姐,你放心吧。"

到了金铎寺大门口,少女身形矫健,掠上墙头,迅猛丢掷出一张以昂贵金粉写就的黄纸符箓,刚好贴在大殿门楣上。符箓竟是半点没有燃烧的迹象,片刻之后,她转头说道:"前殿暂无鬼物,宋大叔可以放心在寺门上贴符,进入后只管绕墙撒米。"

然后姐妹二人兔起鹘落,率先进入寺庙,在墙头、廊柱各处张贴寻常的黄纸符箓,唯有一些类似大殿门上、匾额的重要地方才张贴金粉研磨作朱墨的珍稀符箓。

师徒二人更是在寺外便随手丢了香筒,分别摘下包裹,取出一只装有沉甸甸陈年糯米的棉布袋子,以及几只装有黑狗血的牛皮水囊,从前殿开始熟门熟路地布阵。

一直到这座占地广袤的寺庙最后，四人碰头，都安然无恙。唯独一座大门紧闭的偏殿内，少女说煞气很重，所以他们合力在门窗、屋脊翘檐张贴了数十张黄纸符箓。屋顶由年轻女子亲自贴符，然后少女开始将瓦片一块块掀去，任由阳光洒入，里边传来一阵哀嚎声，以及黑雾被阳光灼烧为灰烬的滋滋声响。

四人最后落在偏殿门口，相视一笑。

年长女子手持一条当年倾家荡产才买来的缚妖索，值四十枚雪花钱！

她妹妹更加古怪，先念念有词，蹲在地上，掏出一只绣袋，打开绳结后，那些模样各异的古老铜钱便自行滚动四散。

至于师徒二人，赤手空拳。不过汉子挂了一圈飞镖在腰间，刻有符箓篆文，显然不是江湖武夫的世俗兵器。

女子和汉子相视一笑。看来寺中邪祟的道行不如他们预期的那么高深，而且十分畏惧阳光。不出意外的话，金铎寺根本没有数十只凶煞聚集，只是玉笏郡的百姓太过畏惧，以讹传讹，才有了他们挣大钱的机会。

真是撞了大运，说是鸿运当头都不过分了！

先前在郡守衙署跟那个抠抠搜搜的官老爷一番讨价还价，连哄带骗再吓唬，这才得了官府出钱白银五千两的承诺。若只是这点银子，哪怕他们历经千辛万苦镇压了金铎寺中盘踞不去的鬼物也绝对不划算，万一有个伤亡就更是不值。但是除了衙署悬赏之外，还有大头收入，便是太守答应下来的另外一笔，是城中富贵香客愿意凑钱添补的三万两银子。如此一来，就很值得冒险走一趟了，不承想白捡了一个大漏。

汉子心中大喜，环顾四周，志得意满。只要收拾了偏殿内的鬼物，就可以打道回府，向衙署讨要那三万五千两白银，到时候按照事先说好的三七分，他们师徒二人也能得一万两出头。果然，今天是一个适宜斩妖除魔的黄道吉日！

接下来，双方开始真正出手。围绕着偏殿的铜钱一枚枚竖立起来，当少女双指并拢，默念口诀之后，它们瞬间钻地。少女脸色微白，望向自己姐姐。

年长女子点点头，对那汉子轻声说道："我与妹妹等下先去屋顶上试试鬼物的深浅，若是它们被逼出来，你们就立即出手，千万别让它们逃往寺庙别处地下。若是它们躲藏不出，趁着日头还大，你们干脆就拆了偏殿。我妹妹的铜钱可以在地底下画地为牢，但是支撑不了太久，所以到时候出手一定要快。"

汉子点头："放心吧。"

姐妹二人再次去往偏殿屋顶，往里边丢掷黄纸符箓，偶尔夹杂有一张金粉篆文图案的珍贵符箓。那少年也取出了一面铜镜，镜面倾斜，照向偏殿窗户各地。

陈平安其实就坐在不远处的屋顶上，只是他身上贴有一张鬼斧宫秘传驮碑符，以四人的修为，自然看不见。

接下来,就是一场"荡气回肠"的厮杀。

黑烟滚滚冲天,似乎逃离偏殿牢笼后仍是肆虐无忌,当那些被缚妖索、符箓和铜镜打散的黑雾飘开之后,竟是变成了一处类似鬼打墙的地界,四人深陷其中,哪怕少女竭力驾驭一张张符箓,仍是只能变作一条条纤细火龙,无法破开遮天蔽日的黑雾墙壁,让阳光透过其中。场面顿时险象环生,姐妹、师徒各自背对背,已经身上带伤。少女为了救持镜少年,还被一道黑烟撞在后背,口吐鲜血,仍是竭力挣扎起身,继续拿出一摞她一笔一笔画出的黄纸符箓,掐诀丢符,最终变成一条符箓火龙,不惜耗竭自身灵气也要围护住四人。

陈平安皱了皱眉头,一拍额头,无奈道:"就你们这点本事,还敢来金铎寺降妖除魔,这还是我已经帮你们打杀了十之八九的凶物啊。"

他微微一笑,轻轻打了个响指。那股先前没了某种禁制压胜的黑烟顿时运转凝滞,落地变作一只身高丈余的凶鬼,加上大日曝晒,总算被那四人险象环生地打杀了。

少女弯着腰,抹去嘴角和鼻子的鲜血,灿烂笑道:"姐,这次我没拖后腿吧?!"

劫后余生的年长女子红着眼睛,快步走到她身边,搀扶着已经站不稳的妹妹,瞪眼道:"逞什么英雄,少说话,好好养伤。"

少年看着手中已经破碎不堪的古镜,然后瞥了眼身边气喘如牛的师父。后者愣了一下,看到少年眼中的狠厉之色,犹豫了一下,轻轻点头。

汉子环顾四周,大笑道:"熙宁姑娘、荃丫头,如今天地清明,一看就是妖魔尽除了,不如咱们今天就在寺庙休养一天,明日再去郡城?"

名叫熙宁的年长女子皱了皱眉头:"虽说金铎寺确实已经没了煞气,可毕竟凶鬼盘踞已久,万一有漏网之鱼,我与妹妹已经用完符箓,无力再战,还是速速返回郡城为妙。"

少年摇头道:"熙宁姐姐,我们若是去得早了,郡城太守肯定要误以为我们降妖太过简单,真要遇上一个不要脸的,五千两白银还好说,白纸黑字的,我们多半还能拿走,可是剩下的三万两银子就难说了。咱们啊,今天非但不能走,反而还要多拆掉一些寺庙墙头,回头才能拿到足额的赏钱,并且更要故意告诉那太守,此地凶煞厉鬼还走脱了一两只,我们拿了钱之后,要再加五千两,才能做到除恶务尽。"

荃丫头翻了个白眼,又赶紧捂嘴转过头。又吐血了,有些丢人啊。

熙宁思量一番,点头笑道:"那就这样,明天再回郡城,咱们先在寺中待一晚上,刚好我妹妹要好好休息。"

就在此时,从前殿侧道那边跑来一个惊慌失措的白衣读书人:"寺庙前殿地上怎的有那么多白骨,为何一个僧人都瞧不见……难道真有妖魔作祟……"

荃丫头现在贼烦他,只是瞧见他还活蹦乱跳的,便又有些安心。

之后师徒二人去收起剩余的符箓,并将那些陈年糯米装回袋子,以后还用得着。

第三章 好人和小姑娘

熙宁拣选了一处寺庙供有钱香客居住抄经的僻静厢房后继续去巡视各地,免得还有一些意外。荃丫头盘腿坐在廊道上,开始呼吸吐纳。那个胆小鬼书生一定要跟着她们,摘了竹箱,就坐在台阶上当门神。

黄昏中,熙宁搜刮了一些瞧着还比较值钱的善本经书等物件,装在一只大包裹里边背了回来。

荃丫头睁开眼睛,对那个读书人的背影笑道:"这可马上就到晚上了,很快就会有凶鬼闹哄哄出现,你还不跑?"

读书人转头对她微笑道:"书上说,人怕鬼,鬼更怕人心。可我觉得姑娘你是好人,所以还是留在你身边不走更好些。"

荃丫头使劲想了想,扬起拳头:"你到底是夸我还是骂我?你再这样混账,小心我打你啊!"

读书人举起双手:"君子动口不动手。"

荃丫头嘿了一声,玩心四起:"我可不是君子,是女子。来,让本姑娘赏你一拳,将你打得聪明一些,说不得就能金榜题名了!"

那人还真是个读傻了的书呆子,竟然笑道:"我瞅姑娘行事光明磊落,宅心仁厚,不比君子差了。"

熙宁面有不悦:"既然公子是位以君子自称的读书人,就该知道些男女大防的礼数,为何还死皮赖脸待在这里,合适吗?"

荃丫头觉得读书人又变聪明了一些,只听他说道:"我又不是君子,就是个穷书生,金铎寺真有鬼,我总不能跑出去送死,还是待在这里好。"

熙宁厉色道:"滚!"

荃丫头正要说话,却被姐姐瞪眼吓住。

读书人只好战战兢兢抱着竹箱走出院子,多半是在墙根面壁思过去了?

荃丫头轻声道:"姐,这么凶干什么,就是个书呆子。"

熙宁皱眉道:"你如今需要养伤,不能出任何纰漏。此人出现在烧香道路上就已有古怪,跟着我们进入金铎寺更是不同寻常。如果不是他先于我们走在这条路上,别说是拿话赶人,我对他出手都不会含糊。"她放柔语气,"好了,你继续休息。"

荃丫头点点头,只是依旧斜瞥院门。

熙宁气笑道:"都已经没鬼魅了,就咱们五个大活人,他不过就是在外边提心吊胆睡一宿。你不担心自己的亲姐,也不担心与咱们并肩作战的师徒二人,偏偏担心他一个外人作甚?怎么,见他是个读书人就动心了?我与你说过,天底下就数这读书人最不靠谱……"

荃丫头哀求道:"好啦好啦,我这就修行,好好修行!"

夜幕沉沉，她坐在廊道上静心吐纳，心神沉浸。

熙宁就坐在台阶上微微休憩，不敢睡死过去，毕竟是在金铎寺。

骤然之间，一把把飞镖从院门处破空而至，一个熟悉身影不断向前大踏步走来。

熙宁虽然惊恐，仍是大袖翻摇，将那些凌厉飞镖纷纷打散。

一把尖刀直直朝荃丫头脖颈处丢掷而出，势大力沉，是蹲在墙头的少年出的手。

熙宁任由一枚飞镖钉入自己肩头，一掠而去，用手抓住那把距离妹妹脖子只差两寸的尖刀，但是那身为纯粹武夫的汉子已经一步来到她身侧，一拳砸在她太阳穴上，打得她撞破墙壁和大半窗户，撞入厢房当中，吐血不止，挣扎了几次都没能起身。

少年轻轻跃下墙头，坏笑道："师父，荃丫头能不能先别杀啊，最好熙宁姐姐也别打死了，废掉她们的手脚就行啦。"

汉子一掌拍向荃丫头，摇头道："这小丫头更棘手，师父帮你留着她姐姐便是。"

少年哈哈大笑道："财色双收！"

汉子猛然转头，一手掐住少女脖子，望向院门口。少年也迅速来到他身旁。

院门口探出一颗脑袋，怯生生道："佛门清净地，你们做这些勾当不太好吧？"

脸色铁青的少女嘴唇微动，似乎是想要提醒那个呆头鹅赶紧跑。

那人似乎也瞧见了少女的模样，愣了一下："这位好人小姑娘，是要我救你？放心吧，我这个人最是侠义心肠，读了那么多圣贤书，实不相瞒，我其实积攒了一肚子的浩然正气，千里快哉……"

荃丫头竭力想要摇头，有泪水滑落脸颊。小姑娘两坨腮红，很可爱的。

那人眼神缓缓眯起，不再有那种痴傻蠢笨的神色，光明正大地现身，抬起一手，打了个响指："出来吧，有些阳间人就该被阴间鬼吃了果腹。"

只见那个废物书生的身后畏畏缩缩地走出一只身高一丈多的凶鬼，戾气之重，远胜先前那只。

汉子第一时间松开了少女的脖子："公子其实是此处鬼王吧。都是误会，我们师徒其实无心冒犯贵地，都是这两位修道之人贪图功德和赏钱……"

厉鬼化作一团滚滚黑烟，瞬间将汉子包裹其中，顿时响起血肉撕裂、骨骼炸裂以及他撕心裂肺的喊叫声。

少年竟是这都没有被吓破胆，还有气力脚尖一点，跃上墙头，迅速远去。

厉鬼似乎得了敕令，放开那个已经毙命的男子，掠出院墙追杀而去，很快就响起如出一辙的惨烈动静。然后一道剑光从天而降，外边那只鬼物哀嚎一声，响彻天地，估摸着郡城都能听到，肯定要吓到无数百姓，只是很快便天地寂静无声。

荃丫头目瞪口呆，痴痴问道："你是鬼王？"

读书人笑了笑，坐在台阶上，反问道："你说呢？"

荃丫头突然说道:"先别吃我啊,我先去看看我姐。"

读书人点头道:"好嘞。"

少女想要瞪他一眼,只是一想到他极有可能是金铎寺鬼王,便赶紧去看自己姐姐,搀扶着姐姐走出屋子。

熙宁苦笑无言,束手待毙。先前外边的动静,她听得一清二楚。

荃丫头看着地上那摊血肉,脸色复杂,眼神黯然。

怎么会这样?没死在鬼物手上,竟然差点死在了与她们一起游历了大半个槐黄国的这对师徒手上。他们平时瞧着挺好的啊。

当她们走出屋子后,那个白衣读书人已经站起身走向院子,只是转头对小姑娘说道:"回头你姐姐肯定会更加语气笃定地对你说天底下总是这样多坏人。小姑娘,你不用感到失望,世间人事不是从来如此。不管你看过多少,遇到多少,希望你记住,你还是对的。"他取出一顶斗笠戴在头上,"你瞧,好人好报,恶人恶报,至少在今夜是真的。"

读书人走出院子后,突然身体后仰,笑容灿烂道:"小姑娘,你好看极了,以后一定可以找到如意郎君。"

荃丫头啼笑皆非,抹了把脸上泪水:"讨厌!"她突然想起那道金光,眼神熠熠,"你其实是一位剑仙,对不对?"

陈平安缓缓站直,微笑道:"我是一名读书读傻了的剑客。"

那之后,他便化作一道白虹,往北方而去。

槐黄国以北是宝相国,佛法昌盛,寺庙如林。

陈平安在边境关隘加盖了通关文牒,有事没事就拿出来翻一翻。手头这关牒是新的,魏檗的手笔,以前那份已经被盖得密密麻麻,如今留在了竹楼。

陈平安依旧头戴斗笠身背竹箱,手持行山杖,跋山涉水,独自一人寻幽探险,偶尔御剑凌风,遇见了人间城池便徒步而行,如今离渡船金丹宋兰樵所在的春露圃还有不少的山水路程。

市井坊间往往是驼子多见驼子,瘸子多见瘸子。涉足长生路的修道之人也是如此,会见到更多的修士,当然也有山泽精怪、潜伏鬼魅。

陈平安一路从银屏国随驾城来到宝相国边境,便见到了不少往南走的山野精魅。不过除了在槐黄国玉笏郡出手一次,其余他就只是远观,居高临下,在山上俯瞰人间,总算有些修道之人的心态了。

只不过依旧练拳不停。在鬼蜮谷之后,陈平安就开始专心练习六步走桩,打算凑足两百万拳再说。先前如果不是遇上了那斩妖除魔的一行四人,他原本是想要自己单独镇杀群鬼之后,等到僧人返回,就在金铎寺多待几天,将那青纸金字页经书上的梵文内容拆开来,分几次问一问僧人。经书本就只有两百六十个字,刨开那些雷同的部分,想必问起来不难。财帛动人心,一念起就魔生,人心鬼蜮鬼怕人,金铎寺那对武人师徒便是如此。

走过了两座宝相国南部城池,陈平安发现这边多行脚僧,面容枯槁,托钵苦行,化缘四方。路上遇见了,他便单手竖起在身前,轻轻点头致礼。

宝相国除了僧人多寺庙多香火多外,江湖武夫也多如牛毛。这天,陈平安就在一片黄沙中遇到了一队去往北方州城的镖师,除了装满货物的车马,还有叮叮咚咚的驼铃声。镖师们一个个孔武有力,便是女子也肌肤黝黑,透着一股英姿飒爽,这样的女子,其实也很好看。

一个骑马的年轻人瞧见了前边的白衣书生,不但雪白袍子上满是黄沙尘土,头上也沾了不少,正在迎风艰难缓行,步履蹒跚,不断被车队落在身后。他放缓马蹄,弯腰摘下一只挂在马鞍旁的水囊,笑问道:"这黄风谷还有百余里路,小夫子身上水带得够不够?不够的话,只管拿去,不用客气。"

陈平安转头望向那个嘴唇干裂渗血的年轻镖师,指了指腰间养剑葫,笑道:"不用了,壶里有水,竹箱里还备有水囊。"

年轻人收起水囊,又笑道:"黄风谷夜间极凉,而且如今世道古怪,越发不太平了,越来越多的脏东西闯入市井,所以各大寺庙近期才有大量僧人走出。小夫子尽量跟上我们,最好一起在前方的哑巴湖边落脚过夜,人多阳气盛,还好有个照应。此地夜间本就多有精怪作祟,绝非危言耸听,所以小夫子千万别落了单。不过也不用太过害怕,黄风谷经常会有高僧大德结茅念经,真有那些污秽东西出没,也未必就真敢近身害人。"

陈平安点点头:"谢过少侠提醒,我一定会在天黑前走到哑巴湖。"

宝相国不在包括银屏、槐黄在内的十数国版图之列,故而市井百姓和江湖武人对于精怪鬼魅早已习以为常。北俱芦洲东南一带,精魅与人杂处已经无数年了,所以对付鬼物邪祟一事,宝相国朝野上下都有各自的应对之策。只不过那位梦粱国"说书先生"撤去雷池大阵后,灵气从外倒灌入十数国,这等异象,边境线上的修士感知最早,修成手段的精怪鬼魅也不会慢,熙熙攘攘,商人求利,鬼魅也会顺着本能去追逐灵气,所以才有槐黄国步摇、玉笏两郡的异象,多是从宝相国流窜进入南方的,故而年轻镖师才会说世道越发不太平。

夕阳西下,陈平安不急不缓地走到了那不知为何被当地百姓称呼为哑巴湖的碧绿小湖。已经有数拨人在此聚集,篝火连绵,人人饮酒驱寒。

这天夜里,从西边亮起数道剑光,气势如虹掠向黄风谷,落在距离哑巴湖数十里外的大地上。剑光纵横,伴随着鬼物哀嚎嘶吼。约莫一炷香后,一条条璀璨剑光便离地远去。在这期间,镖师这些会些拳架的武把式也好,过路商贾也罢,竟是人人泰然自若,只管喝酒,热热闹闹,讨论到底是哪家山头的剑修来此练剑。等夜深了,湖边依旧少有人歇息,竟然还有些顽皮稚童手持木刀竹剑相互比拼切磋,胡乱挑起黄沙,嬉笑追逐。

陈平安喝着养剑葫里边的宝镜山深涧水,背靠竹箱坐在湖边,瞧见一个头戴幂篱的女子独自离了队伍,蹲在水边,想要掬水洗脸。她抬起一只手,手腕上系挂有一串雪白铃铛。当她掀开幂篱一角,陈平安便已经收回了视线,望向据说深不见底的哑巴湖。市井传闻,这片小湖千年不曾干涸,任你大旱数年,湖面不降一尺;任你暴雨连绵,湖水不高一寸。

湖心处出现一丝涟漪,一个小黑粒探头探脑,然后迅速没入水中。幂篱女子仿佛浑然不觉,只是细心打理着额头和鬓角青丝,每一次举手抬腕,便有铃铛声轻轻响起,只是被湖边众人饮酒作乐的喧哗声给掩盖了。

湖面无声无息出现一个巨大漩涡,然后骤然跃出一条长达十数丈的怪鱼,通体漆黑如墨,蓦然朝幂篱女子张嘴,牙齿锋利如沙场刀阵。

陈平安盘腿而坐,纹丝不动,单手托腮,望向一人一鱼。

哑巴湖八个方向同时出现八人,各自手持罗盘,瞬间砸入沙面之下,然后纷纷站定,手指掐诀,脚踩罡步。刹那之间,便有一条银线如绳索激射向湖心处。当那条银色绳索汇集在圆心一点,湖面之上瞬间出现一个大放光明的银色八卦图阵法,可与月色争辉。

八人应该师出同门,配合默契,各自伸手一抓,从地上罗盘中拽出一条银线,然后双指并拢,向湖心上空一点,如渔夫大起网捕鱼,又飞出八条银线,打造出一座牢笼。然后八人开始旋转绕圈,不断为这座符阵牢笼增加一条条弧线"栅栏"。至于那个单独与鱼怪对峙的女子安危,八人毫不担心。

鱼怪在罗盘砸地之际就已经意识到不对劲,迅速合拢大嘴,只是巨大的惯性让它依旧冲向那个已经猛然起身的幂篱女子。

不退反进的女子一步跨出,高高跃起,一拳就将鱼怪打得坠向湖面八卦阵中。当那副庞然身躯触及八卦阵当中的艮卦,鱼怪头顶顿时砸下一座小山头,可怜鱼怪被弹向震卦,顿时电光闪烁,滋滋作响。鱼怪蹦跳带滑行落入离卦,便有大火熊熊燃烧,就是这样凄惨。然后鱼怪又尝过了冰锥子从湖中戳出枪戟如林的阵仗,最终变化成一个黑衣小姑娘的模样不断飞奔,一边号啕大哭一边抹脸擦泪,又是躲火龙又是躲冰锥,偶尔还要被一条条闪电打得浑身抽搐几下,痛得直翻白眼。

这一幕幕,陈平安都有些不忍直视,稍稍转移视线,还闭上了一只眼睛。他见过不少凶神恶煞为害一方的精怪,不管下场如何,刚抛头露面那会儿大多一个比一个威风八面,比如鬼蜮谷肤腻城范云萝的辇车,就连那与铜臭城鬼物对峙的精怪都有一帮喽啰帮它扛着一块大木板,陈平安还真没见过眼前这么下场凄凉的可怜虫。

湖边众人看着湖上场景，喝彩不断，那些个顽劣孩子也躲在各自长辈身边，除了一开始大鱼跳出湖面张嘴吃人的模样有些吓人，现在倒是都没怎么怕了。宝相国一带，最大的热闹就是仙师捉妖，只要瞧见了，比过年还喜庆。

当尽量离湖面八卦阵法一尺高度的黑衣小姑娘飞奔闯入巽卦当中，一根粗如水井口的圆木立即砸下。她来不及躲避，深吸一口气，双手举过头顶，死死撑住那根圆木，一脸的鼻涕眼泪，哽咽道："那串铃铛是我的，当年送给了一个差点死掉的过路书生，他说要进京赶考，身上没盘缠了，我就送了他。他说好了要还我的，这都一百多年了，他也没还，呜呜呜，大骗子……"

这看似荒诞的话，陈平安信。哑巴湖有此水面不增不减的异象，应该就要归功于这个真身模样不太讨喜的鱼怪小丫头。这么多年下来，商贾过客都在此驻扎过夜，也从未有过伤亡。其实人也好，鬼也罢，任你说得天花乱坠，很多时候都不如一个事实、一条脉络。不管怎么说，这么多年来，当地百姓和过路商贾其实应该感激她的庇护才对，无论她的初衷是什么都该如此，该念她一份香火情。只不过仙师降妖捉妖怪亦是天经地义的事情，所以陈平安哪怕在鱼怪一露头的时候就知道她身上并无煞气杀心，多半是眼馋那串铃铛，加上起了一份戏谑之心，因为他早已看穿那幂篱女子是一位深藏不露的五境武夫……也可能是宝相国的六境？总之，他没有出手拦阻。不过幂篱女子手上那串铃铛本就是鱼怪小姑娘的物件，这一点，还是有些出乎他的意料。

当小姑娘道破真相后，那一拳退敌的幂篱女子站在碧绿小湖边上，笑道："放心吧，捉你回去不是要杀你，而是牵勾国国师的意思。他们那边缺一个河婆，国师大人相中了你，需要你去坐镇水运，不全是坏事。不过事先说好，我也不愿蒙你，你是此湖水怪出身，天生亲水，塑造金身成为河婆的可能性要比人死为英灵的那些存在机会更大，但也不是板上钉钉。没法子，我们与牵勾国朝廷世代交好，人家国师府又给了一大笔神仙钱……强行将你从哑巴湖掳走是有些不厚道，之所以与你说这些，是我觉得你当年赠送铃铛的牵勾国书生更不厚道，不但没有还你铃铛的意思，还珍藏起来，当了家传宝。铃铛也是他后人赠送给牵勾国国师的，为此还得以官升一品，顺便帮祖先要到了一个追赠谥号。你要骂，可以等成了河婆再使劲骂，这会儿你还是乖乖束手就擒，省得继续吃苦头。"

黑衣小姑娘双手还撑着那缓缓下坠的圆木，当她双脚就要触及湖面八卦阵的时候，越发哀号道："我都快要成水煮鱼了，你们这些就喜欢打打杀杀的大坏蛋！我不跟你们走，我喜欢这儿，这儿是我的家，我哪里都不去！我才不要挪窝当什么河婆，我还小，婆什么婆！"

幂篱女子叹了口气，示意其余八位师门修士不用着急合拢阵法，循循善诱道："那我跟你打个商量？我可以帮你跟那位国师大人求个情，那笔神仙钱我就先不挣了，但是你必须跟我返回师门。还是要挪个窝，我不能白跑一趟，若是空手而返，师父会怪罪的。我师门附近有一条江河，如今就有水神坐镇，你先瞧瞧人家当水神是个什么滋味，哪天觉得当河婆也不错了，我再带你登门国师府，如何？”

黑衣小姑娘轻轻点头，幂篱女子双手掐诀，念念有词，竟也能驾驭灵气，撤掉了巽卦上空那根圆柱。

黑衣小姑娘在原地蹦跳了几下，双臂弯曲，前后摇晃，眼珠子滴溜溜转。

幂篱女子笑道：“别想跑啊，不然红烧鱼、清蒸鱼都是有可能的。”

黑衣小姑娘抽了抽鼻子，哭丧着脸道：“那你还是打死我吧，离了这里，我还不如死了算了。”

幂篱女子有些无奈，其余仙师似乎也觉得好玩，一个个都不急于收网抓妖。

骤然之间，从天际极远处亮起一抹耀眼剑光，转瞬即至，御剑悬停众人头顶，是一位身穿浅紫法袍的年轻剑修，发髻间别有一根断断续续有雷电交织的金色簪子。他微笑道：“这只哑巴湖小妖极难捕捉，你们好手段。多少钱，我买了。”

幂篱女子微笑道：“可是金乌宫晋公子？”

年轻剑修笑道：“正是在下。”

幂篱女子摇头带着歉意道：“这只妖物不能卖给晋公子。”

年轻剑修皱了皱眉头：“我出双倍价钱，我师娘身边刚好缺一个丫鬟。”

幂篱女子犹豫了一下，仍是摇头道：“抱歉，恕难从命。此物是师门答应牵勾国国师的，我今夜做不得主。”

金乌宫宫主夫人性情暴虐，本命物是一根传说以青神山绿竹炼制而成的打鬼鞭，最是嗜好鞭杀婢女，身边除了一人能够侥幸活成教习老嬷嬷，其余的都死绝了，而且还会被抛尸于金乌宫之巅的雷云当中，不得超生。但是金乌宫倒也绝对不算什么邪门魔修，下山杀妖除魔亦是不遗余力，而且一向喜欢拣选难缠的鬼王凶妖。只是金乌宫的宫主，一位堂堂金丹剑修，偏偏最是畏惧身为大岳山君之女的夫人，以至于金乌宫的所有女修和婢女都不太敢跟宫主多言语半句，不然这笔买卖不是完全不可以谈，师门和牵勾国国师想必都不介意卖一个人情给势力庞大的金乌宫。

年轻剑修一挑眉：“好好讲理不听，非要我出剑不成？你这青磬府的小婆姨，六境武夫，加一些符箓手段，信不信我挑花了你这张本来就不咋的的脸庞，再买下那只小妖？”他冷笑着强调，“放心，我还是会买！不过从今往后，我晋乐就记住你们青磬府了。”

幂篱女子心中叹息。总不能因为自己连累整座师门，金乌宫修士一向爱憎分明，并且喜怒无常，一旦不讲理之后，那是难缠至极。她转头看了眼那个双手抱头骗自己的小姑娘。

就在她正要点头答应的时候，落针可闻的哑巴湖边上有一个早早摘了斗笠放在书箱上的白衣文弱书生手持折扇缓缓起身,微笑道:"如果这也算讲理,我看还是一开始就不讲理的好,强买强卖便是,反正谁本事高谁大爷,不用脱裤子放屁拉屎。"

黑衣小姑娘耳朵尖尖微颤,抬起头,疑惑道:"脱裤子放屁是不对,咱们黄风谷风大夜凉,露腚儿可要凉飕飕,可拉屎又没法子,怎么就不要脱裤子啦?"

白衣书生以折扇一拍脑袋,恍然大悟道:"对哟。"

小姑娘眉开眼笑,悬停空中,盘腿而坐,双手抱胸:"读书人都愣头愣脑的。"

只是一想到那串好心好意送人当盘缠的铃铛,她便又开始抽鼻子皱小脸。

都是骗人的,装的!当年那家伙还说他这辈子最大的兴趣不是当官,是写一本脍炙人口的志怪小说呢,到时候一定会写一篇关于她的文章,而且一定篇幅极长,浓墨重彩。他当时连名字都取好了,就叫《哑巴湖大水怪》,把她给憧憬得都快要流口水了,还专门提醒他一定要把自己描绘得凶神恶煞一些,道行高一些。他当时答应得很爽快来着,怎的如今连那串铃铛都见着了,却没能见到那篇眼巴巴等了百来年的文章呢?哪怕字数少一些也没关系啊。

晋乐弯腰前倾,凝视着那个人模狗样的白衣书生,笑呵呵道:"哟,跟这小妖一唱一和的,你们俩搁这儿唱双簧呢?"

书生手握折扇抱拳道:"恳请金乌宫晋公子高抬贵手。"

又有一抹剑光破空而至,悬停在晋乐身旁,是一位身姿曼妙的中年女修,以金色钗子别在发髻间。她瞥了眼湖上光景,笑道:"行了,这次历练,在小师叔祖的眼皮子底下,咱们没能斩杀那黄风老祖,知道你这会儿心情不好,可是小师叔祖还在等着你呢,等久了,不好。"

晋乐点了点头,伸出手指:"青磬府对吧,我记住了,你们等我近期登门拜访便是。"

然后又指向那在偷偷擦拭额头汗水的白衣书生。书生在与自己对视后,立即停下动作,故意打开折扇,轻轻扇动清风。晋乐笑道:"知道你也是修士,身上其实穿着件法袍吧。是个儿子就别跟我装孙子,敢不敢报上名号和师门?"

那人笑道:"行不更名坐不改姓,姓陈名好人。"

晋乐脸色阴沉,对中年女修道:"师姐,这我可忍不了,就让我出一剑吧,就一剑。"

中年女修轻声提醒道:"小师叔祖兴许在看着咱们呢。"

晋乐对陈平安冷哼一声:"赶紧去烧香拜佛,求着以后别落在我手里。"

两位金乌宫剑修就此御剑远去,拖曳出两条极长剑光。

已经聚在幂篱女子身边的青磬府八位仙师看到两道剑光消逝后都松了口气,只是一想到晋乐的登门说法,便俱是相视苦笑。尤其是幂篱女子,更是心情沉重。不过九人望向那个这会儿正在使劲擦拭额头的白衣书生,都有些心怀感激。若不是此人挺身而出,分摊了晋乐的注意力,不然他们九人更是麻烦,说不定今夜就难逃一劫,要厮杀一场了。青磬府虽然势力逊色金乌宫一筹，可还真不至于见着了两位剑修就得跪地磕头。可不管怎么说，这趟下山出门捉妖，委实是流年不利。将来师门挡住晋乐的登山问剑，以青磬府的底蕴自然不难，可青磬府从此与金乌宫不对付是在所难免。

幂篱女子抱拳笑道："这位陈公子，我叫毛秋露，来自宝相国东北方桃枝国的青磬府，谢过陈公子的仗义执言。"

陈平安笑道："我不是仗义执言，只是想要买下那只哑巴湖水怪。"

黑衣小姑娘依旧双臂环胸，嚷嚷道："大水怪！"

陈平安转头笑道："方才见着了金乌宫剑仙，你咋不自称大水怪?!"

黑衣小姑娘眼珠子一转："方才我嗓子眼冒火，说不出话来。你有本事再让那金乌宫狗屁剑仙回来，看我不说上一说……"

不等她说完话，只见天幕远处出现了一条兴许长达千余丈的一线金光，直直激射向黄风谷某地深处。

陈平安眯起眼，瞥了一眼便收回视线。哟，还是一位金丹境剑修，看来是金乌宫两人口中的那位小师叔祖亲自出手了？

在这之后，天地恢复清明，那道剑光缓缓消逝。

黑衣小姑娘赶紧抱住脑袋大喊道："小水怪，我只是米粒儿小的小水怪……"

毛秋露对着一位师门老者苦笑道："若是这人出手向我们问剑，就有大麻烦了。"

老者摇头，轻声笑道："这位剑仙性子冷清，倨傲是真，可是行事作风全然不似喜好抖威风的晋乐，还是很山上人的，目中无尘事，每次悄然下山只为杀妖除魔，以此洗剑。这次估计是帮晋乐他们护道，毕竟此地的黄风老祖可是实打实的老金丹，又擅长遁法，一个不小心，很容易遭殃身死。我看这一剑下去，黄风老祖几十年内是不敢再露头专吃僧人了。"

毛秋露望向陈平安，摇头笑道："一来国师府出价购买此妖，价格很高；二来如今惹到了金乌宫晋乐，陈公子你若是接手这烫手芋头，并不妥当。我们青磬府虽说不如金乌宫强势，可在这事上好歹占着理，还不至于对金乌宫太过畏惧。"

陈平安收起折扇别在腰间，微笑道："没事，我这一路往北远游，辛苦挣钱就是为了花钱来着，毛仙师只管开价。而且我是行踪不定如一叶浮萍的野修，金乌宫想要发火，也得找得着我才行，所以只要毛仙师愿意卖，我就可以买。"

黑衣小姑娘气呼呼道："我才不要卖给你呢，读书人蔫儿坏，还不如去青磬府跟一位江河水神当邻居，说不定还能骗些吃喝。"

陈平安转头笑道："不怕那金乌宫剑仙的剑光了？一旦被晋大剑仙知晓你的踪迹，从来只有千日做贼的，哪有千日防贼的，每天提心吊胆，你这大水怪受得了？"

黑衣小姑娘的眉头皱了起来，开始使劲想问题。想事情用不用心，只需要看她眉头皱得有多厉害就行了。

陈平安望向那拨青磬府仙师,笑道:"开价吧。"

毛秋露望向老者,后者轻轻点头。但她仍小声问道:"陈公子当真不怕金乌宫纠缠不休?"

陈平安点头道:"我躲着他们便是。"

毛秋露有些为难,说道:"可是国师府出价一枚谷雨钱……其实平时卖不了这么高价格,但是勾连着那个河婆神位,所以……"

黑衣小姑娘怒道:"啥,才一枚?不是一百枚吗?!气死我了!读书人,快点,给这拳头恁软的小姑娘一百枚谷雨钱,你要是眨一下眼睛,都不算英雄好汉!"

陈平安懒得理这个脑子进水的小水怪,递出一枚谷雨钱。

毛秋露满脸惊讶,无奈道:"陈公子还真买啊?"

就在此时,一位形容枯槁的老僧飘然而至,站在坡顶,身后跟着十数位神色木讷的僧侣,年龄悬殊。他们人人身前悬挂佛珠,虽是寻常材质,却金光流转,在夜幕中极其令人瞩目。

老僧站定后,沉声道:"金乌宫剑仙已远去,黄风老祖受了重伤,狂性大发,竟是不躲在山根休养,反要吃人。贫僧师伯已经与他在十数里外对峙,但也困不住太久。你们速随贫僧一起离开黄风谷地界,实在是拖延不得片刻。"

陈平安将那枚谷雨钱轻轻抛给毛秋露,笑道:"做完买卖,咱们就都可以跑路了。"

毛秋露一咬牙,接住攥在手心,的确是一枚谷雨钱,千真万确。

黑衣小姑娘急匆匆喊道:"还有那串铃铛别忘了!你也要花一枚谷雨钱买下来!"

陈平安还是不理她,她腮帮鼓鼓,觉得这读书人忒不爽利。

毛秋露笑着摘下手腕上那串铃铛,交给陈平安。

她的那位师门长者一挥手,以整座湖面作为八卦的符阵顿时收拢在一起,将那在银色符箓大网中浑身抽搐的小丫头拘押到岸边,其余青磬府仙师也纷纷驭回罗盘。

毛秋露笑道:"我们撤去符阵,陈公子可要看好了,千万别让她逃窜入湖水。"

陈平安笑着点头道:"自然。"

符阵莹光瞬间消散,陈平安一步跨出,拎住黑衣小姑娘的后领高高提起。她悬在空中,依旧板着脸,双臂环胸。

山坡上那些走镖江湖客和过路商贾都已迅速收拾妥当,开始在僧人的护送下匆忙夜行赶路。而那拨青磬府仙师根本没有言语交流就自行走入队伍当中,显然是要一起护送。

陈平安大声喊道:"那位镖师!"

一个骑马来到坡顶的年轻镖师转过头望去,只见那白衣书生除了一手拎着小姑娘,手中还多出了一只酒壶,然后使劲一甩,朝他高高抛来。他伸手就接住,然后收起,露出笑容,抱拳致谢。

江湖偶遇,萍水相逢。投缘便饮酒,无须寒暄,莫问姓名。

毛秋露转头问道:"陈公子不一起走?!"

陈平安大大方方笑道:"我换个方向跑路,你们人多,黄风老祖肯定先找你们。"

毛秋露气得说不出一个字来,转过身去,背对那人,高高举起手臂,伸出大拇指,然后缓缓朝下。可那人竟然还好意思说:"回头有机会去你们青磬府做客啊。"

毛秋露收起手势,置若罔闻,大步离去。

黑衣小姑娘摇头晃脑,幸灾乐祸道:"读书人,你看不出来吧,她原先对你可是有点好感的,现在是半点都没有喽。"

后领一松,她双脚落地。

陈平安笑道:"没瞧出来,你挺有江湖经验啊。"

黑衣小姑娘双手负后,瞪大眼睛,使劲看着他手中的铃铛。

陈平安将铃铛抛给她,然后戴好斗笠,弯腰侧身背起大竹箱。

黑衣小姑娘愣在当场,然后转了一圈,真没啥异样。她伸长脖子,整张小脸蛋和淡淡的眉毛都皱在了一起,表明她脑子里现在是一团糨糊。她问道:"干吗呢,你就这么不管我了? 你是真不把一只大水怪当大水怪了是吧?"

陈平安一手推在她额头上:"滚蛋。"

黑衣小姑娘怒道:"干吗呢干吗呢?"她蓦然张大嘴巴,小脸蛋顿时咧开大嘴,露出雪亮的锋利牙齿,"怕不怕?"

陈平安背着竹箱,缓缓走向山坡,撂下一句:"怕死了。"

山坡北边不远处的动静越来越大了,黑衣小姑娘犹豫了一下,随手将铃铛抛入湖中,然后捏着下巴,开始皱眉想问题,眼睁睁看着陈平安走上了山坡。

她冷哼一声,转身大摇大摆走向碧绿小湖,然后猛然站定转头,结果只看到那人已经站在了坡顶,脚步不停,就那么走了。

她使劲挠挠头,总觉得哪里不对劲,一个纵身飞跃坠入水中,现出真身,追着不断下坠的铃铛,摇头摆尾,往湖底游弋而去。

陈平安走出数里路,摘下斗笠和竹箱,看见一位浑身浴血的老僧坐在原地默默诵经,一身鲜血竟是淡金色。他身边黄沙地上插有一根锡杖,铜环相互剧烈撞击。

随着老僧入定诵经,周围方丈之地不断绽放出一朵朵金色莲花。

他四周有一道黄色龙卷风不断席卷,隐约可见一袭黄袍藏匿其中。

被那股黄沙龙卷风疯狂冲击,那些金色莲花一瓣瓣凋零。

老僧虽然双眼紧闭,却仍是一挥袖子,沉声道:"快走! 抓紧老僧锡杖,它会助你远离此地，莫要回头！"

　　锡杖向陈平安掠去，悬停在他身边，环环相扣，似乎十分焦急，催促书生赶快抓住，逃离这是非之地。

　　老僧分心驾驭锡杖离地救人，已经出现破绽，黄沙龙卷风越发气势汹汹，方丈之地的金色莲花已经所剩无几。

　　就在老僧要彻底被黄沙裹挟、消磨金身之际，耳畔有一个温醇嗓音轻轻响起："大师只管入定说佛法，小子有幸聆听一二，感激不尽。"

　　然后他一步前掠十数丈，同时出声道："随我降妖！"

　　只见竹箱自行打开，掠出一根金色缚妖索，如一条金色蛟龙尾随雪白身形一起前冲。

　　缚妖索钻入黄沙龙卷风当中，困住那一袭黄袍。

　　陈平安出拳如雷，声势惊人，一袖子下去，整个冲天龙卷都要被当场打成两截。

　　老僧缓缓睁开眼睛，微微一笑，双手合十，低头却不是诵经，而是呢喃道："威德巍巍，住心看净。可惜无茶，不然上座。"

　　那一袭白衣与那道龙卷风打得远去了，老僧缓缓起身，走到竹箱旁，抓回那根铜环已然寂静无声的锡杖，佛唱一声，大步离去。

第四章
让 你 三 拳

　　这一天夜幕中，一名白衣书生背箱持杖，缓缓而行。一个黑衣小姑娘双手死死抱住他的脚踝，所以他每走一步，就要拖着那个牛皮糖似的小丫头滑出一步。

　　陈平安也不低头："你就这么缠着我？"

　　身上还缠绕着一个包裹的小姑娘点头道："我包裹里边这些湖底宝贝怎么都不止一枚谷雨钱了。说好了，都送给你，但是你必须帮我找到一个会写书的读书人，帮我写一个我特别吓人的精彩故事。"

　　陈平安无奈道："你再这样，我就对你不客气了啊。"

　　黑衣小姑娘糊了一把眼泪鼻涕在他腿上，哽咽道："求求你了，就带我一起走江湖吧，你本事那么大，黄风老祖都给你打杀了，跟着你混，我吃香喝辣不愁啊。我一定要找到个读书人写我的故事，我要名垂青史，家家户户都晓得我是哑巴湖的一只大水怪。"

　　陈平安停下脚步，低头问道："还不松手？"

　　黑衣小姑娘打死不松手，晃了晃脑袋，用自己的脸庞将他雪白长袍上的鼻涕擦掉，然后抬起头，皱着脸道："就不松手。"

　　陈平安一抬脚："走你。"

　　黑衣小姑娘被直接摔向哑巴湖，在空中不断翻滚，抛出一道极长的弧线。

　　片刻之后，陈平安转头望去。身后远远跟着一个跟屁虫，见到他转头就立即站定，开始抬头望月。

　　陈平安叹了口气："跟在我身边，说不定会死的。"

黑衣小姑娘屁颠屁颠往前跑，只是一见到他皱眉，就赶紧一个急停，闷闷道："谁不会死啊，反正都是要死的，我又不怕这个，我就是想要谁都知道我，知道了，死也就死了。"

陈平安继续前行，她便跟在后边。

其间她蹲在地上，直愣愣盯着地面，歪着脑袋，然后蓦然张大牙齿锋利的嘴巴，一口将一只蜥蜴吞下。站起身后，背着个包裹的小姑娘眉开眼笑："美味！"

只是她突然发现那人又转过头，便立即绷脸，视线游移不定，只是腮帮忍不住动了动。

陈平安笑了笑："那就跟着吧，争取到了春露圃帮你找个落脚的地方。可是丑话说在前头，你要是半路反悔了，想要返回哑巴湖，你自己走，我不会管你。"

黑衣小姑娘飞奔到他身边，挺起胸膛："我会反悔？呵呵，我可是大水怪！"

陈平安嗯了一声："米粒儿大小的大水怪。"

黑衣小姑娘破天荒有些难为情。这件芝麻大小的糗事是万万不能写到书里去的。

之后，陈平安身边便跟着一个经常嚷着口渴的黑衣小姑娘了。

一起跋山涉水，小丫头觉得倍儿有意思。

那人会带着她一起坐在一条街上的墙头，看两家门神吵架。

张贴文财神的那户人家出了一位任侠仗义的好汉，贴有武财神的却出了一位读书种子，美姿容，在当地县城素有神童美誉。

此后他们还一起看到了山神嫁女给水神之子的场景，瞧着是锣鼓喧天的大排场，可其实寂静无声。那人当时让出道路，但是山神爷队伍里的一位老嬷嬷主动给了他一个喜钱红包，他竟然也收了，还客客气气地说了一通恭贺言语。

真是丢人现眼，里边就一枚雪花钱好吗。

后来，他们又见到了传说中的五岳山君巡游，金衣神人身骑白马，身后是一条长长的尾巴，很是威风。

他们还在一座占地很大却破败不堪的娘娘祠庙旁边亲眼见到了三个漂亮女子从祠庙西廊一间帷幔敝损、人迹罕至的地方姗姗走出，去与一个阳间书生私会，可惜那之后的羞人光景，身边那个家伙竟然不去看了，也不许她去偷窥。第二天他们再去那边一瞧，只见那三尊彩绘斑驳的美姬泥像相较之前各自少了一块帕巾、一支金钗和一枚手镯。

更好玩的还是那次他们误打误撞找到一处隐匿在山林中的世外桃源，里边有几个装扮成文人雅士的精魅，遇见他们俩后，一开始还很热情，只是当那些山野精怪开口询问他能否即兴吟诗一首的时候，他傻眼了，然后那些家伙就开始赶人，说怎的来了一个俗坏子。他们俩只好狼狈退出那处府邸，她朝他挤眉弄眼，他倒也没生气。

这些都是极有意思的事情，其实更多的还是昼夜赶路、生火煮饭这么没劲的事情。

不过有些时候，这个怪人也是真的很怪。他有一次行走在山崖栈道上，望向对面青山崖壁，不知为何就一掠而去，直接撞入了山崖当中，然后咚咚咚，就那么直接出拳凿穿了整座山头。还好意思经常说她脑子进水拎不清？大哥别说二姐啊。

他还会经常在夜宿山巅的时候一个人走圈，就那么走一个晚上，似睡非睡。她反正是只要有了睡意就要倒头睡的，大清早睁眼一看，他还在那边散步转圈圈。

他也有不太正经的时候。有次路过郡城之外的水榭，是文人骚客的集会。暴雨时分，众人凉亭观雨如观瀑，一个个兴致颇高，然后那人就嗖一下不见了，不知怎么做到的，就只有那座水榭附近没有了大雨，凉亭里边的读书人一个个呆若木鸡，看得她躲在水里捧腹大笑。

每隔一段时间，在溪涧旁边，他就会一拍酒葫芦，取出一把小巧玲珑的飞剑……刮胡子。有次还转头对她一笑，她可半点笑不出来，那可是仙人的飞剑！

他也曾帮庄稼汉子下地插秧，那会儿，摘了书箱斗笠去往田间忙碌，好像特别开心。一开始，乡野村夫们还害怕这个读书人是瞎胡闹，帮倒忙，不承想真正上手了，半点不生疏。等到劳作之后，村民们想要邀请他们去吃饭，他又笑着离开了。

只不过这些鸡毛蒜皮事儿都不太威风赫赫就是了，让她觉得半点不过瘾。跟了他这么久，半点没有闯出名堂来，还是谁都不知道她是一只哑巴湖大水怪，见着了谁，他都只会介绍她姓周，然后啥都没啦。

唯独一次，她对他稍稍有那么丁点儿佩服。

一条大河之上，一艘逆流楼船撞向躲避不及的一叶扁舟。然后他便御剑而至，飘落在那一叶扁舟上，伸出一手撑住楼船，一手持酒壶，仰头喝酒。

后来他们俩一起坐在一座人间繁华京城的高楼上俯瞰夜景，灯火辉煌，像那璀璨星河。他总算说了一句有那么点书生气的话，说那头顶也星河，脚下也星河，天上天下皆有无声大美。

她见他喝了酒，便劝他多说一点。他便又说月色入高楼，烦，它也来；恋，它也去。

她便有些忧伤，就只是莫名其妙有些米粒儿大小的伤感。其实不是她怀念家乡，她这一路走来，半点都不想，只是当她转头看着那个人的侧脸，好像他想起了一些想念的人，伤心的事。可能吧，谁知道呢，她只是一只年复一年偷偷看着那些人来人往的大水怪，她又不真的是人。

这么一想，她也有些伤感了。那人转过头，膝上横着那根行山杖，抱着酒壶，却伸手轻轻揉了揉她的脑袋。

那一刻，她觉得他可能真的就叫陈好人吧。

这一路逛荡，经过了桃枝国却不去拜访青磬府，黑衣小姑娘有些不开心；绕过了传说中经常剑光嗖嗖嗖的金乌宫，她的心情就又好了，这转变，就如那天上的云。

这天，在一座处处都是新鲜事的仙家小渡口，终于可以乘坐腾云驾雾的渡船，去往春露圃了！这一路好走，累死个人。

黑衣小姑娘站在大竹箱里边，瞪圆了眼眸，差点没把眼睛看得发酸。只可惜双方事先约好了，到了修士扎堆的地方，她必须站在箱子里边乖乖当个小哑巴。大竹箱里边其实没啥物件，就一把从没见他拔出鞘的破剑，便偷偷端了几脚。只是每次当她蹲下身想要拔出鞘来看看，那人便开口要她别这么做，还吓唬她说那把剑忍她很久了，再得寸进尺，他可就不管了。这让她憋屈了好久，这会儿便抬起一只手，犹豫了半天，仍是一栗暴砸在那伙后脑勺上，然后开始双手扶住竹箱故意打瞌睡，呼呼大睡的那种。陈平安一开始没在意，在一间铺子里忙着跟掌柜讨价还价购买一套古碑拓本，后来小姑娘觉得挺好玩，卷起袖子就是砰砰砰一顿敲。陈平安花了十枚雪花钱买下那套总计三十二张的碑拓，走出铺子后，也没转头，问道："还没完了？"

黑衣小姑娘一条胳膊僵在空中，然后动作轻柔地拍了拍他的肩膀："好了，这下子纤尘不染，瞧着更像是读书人喽。姓陈的，真不是我说你，你真是榆木疙瘩，半点不解风情，大江之上拦下了那艘楼船，上边多少显贵的妇人良家女瞧你的眼神都要吃人，你咋个就登船喝个茶酒？她们又不是真吃人。"

陈平安却转移话题："你打了我十六下，我记在账本上，一下一枚雪花钱。"

黑衣小姑娘双手环胸，踮起脚尖站在书箱中嗤笑道："小钱钱，毛毛雨！"

陈平安带着她一起登上了渡船。

这么背着个小精怪，还是有些引人注目，不过瞧来的视线多轻视讥讽。

出门在外，修道之人能够以一只山中君作为坐骑翻山越岭、骑着蛟龙入水翻江倒海，那才是大豪杰、真神仙。

陈平安觉得挺好。谷雨时节经常昼晴夜雨，雨生百谷，天地万物清净明洁，其实适合徒步赶路欣赏沿路山水。只是他还是希冀着能够赶上春露圃集会的尾巴，自己这个包袱斋，不能总是游手好闲。

黑衣小姑娘还是不依不饶："上楼船喝个茶水也好啊，我当时在岸边可是瞧得真切，有两个衣裙华美的妙龄女子的模样真是不差，这可是红袖添香的好事啊。"

陈平安轻声笑道："你要是个男的，我估摸着在哑巴湖待久了，迟早见色起意，为祸一方，若是那个时候被我撞见，青磐府抓你去当河婆，或是给金乌宫掳去当丫鬟，我可不会出手，只会在一旁拍手叫好。"

黑衣小姑娘气得一拳打在这个口无遮拦的家伙肩头："胡说，我是大水怪，却从不害人，连吓人都不稀罕做的！"

陈平安不以为意："又是一枚雪花钱。"

黑衣小姑娘就要给陈平安的后脑勺来上一拳，不承想陈平安道："打头的话，一下一枚小暑钱。"

黑衣小姑娘掂量了一下自己的家底，刨开那枚算是给自己赎身的谷雨钱，其实所剩不多了。难怪那些路过哑巴湖的江湖人经常念叨那钱财便是英雄胆啊。她皱着眉头想了想："姓陈的，你借我一枚谷雨钱吧？我这会儿手头紧，打不了你几下。"

陈平安干脆就没搭理她，只是问道："知道我为什么先前在郡城要买一坛酸菜吗？"

黑衣小姑娘疑惑道："我咋知道你想了啥。是这一路上腌菜吃完啦？我也吃得不多啊，你恁小气，每次夹那么一小筷子就拿眼神瞧我。"

陈平安笑了笑："听说酸菜鱼贼好吃。"

黑衣小姑娘觉得自己真是聪明，一下子就听明白了。她泫然欲泣，蹲在竹箱中默默擦拭眼泪。她真是又机灵又命苦啊。只是到了渡船底层房间，那家伙放下竹箱后，她便一个蹦跳离开，双手负后，一脸嫌弃，啧啧道："寒酸！"

陈平安摘了斗笠，桌上有茶水，据说是渡口本地特产绕村茶，别处喝不着，便倒了一杯，灵气几无，但是喝着确实甘甜清冽。相传在渡口创建之前，曾有一位辞官隐士想要打造一座避暑宅邸，开山伐竹，见一小潭，当时只见朝霞如笼纱，水尤清冽，烹茶第一，酿酒次之。后来慕名而来者众，其中就有与文豪经常诗词唱和的修道之人，才发现原来此潭灵气充裕，可都被拘了在小山头附近，才有了一座仙家渡口，其实离渡口主人的门派祖师堂相距颇远。

陈平安开始练习剑炉立桩，黑衣小姑娘坐在椅子上摇晃双腿，闷闷道："我想吃渡口街角店铺的龟苓膏了，凉凉苦苦的。当时我只能站在竹箱里边，颠簸得头晕，没尝出真正的滋味来。还不是怪你喜欢乱逛，这里看那里瞧，东西没买几件，路没少走。快，你赔我一碗龟苓膏。"

陈平安置若罔闻。

黑衣小姑娘其实也就是闷得慌，随便聊点。可是当陈平安又开始来回瞎走，她便知道自己只能继续一个人无聊了。

她跳下椅子，一路拖到窗边，站上去，双臂环胸。渡船有两层楼，那家伙吝啬，不愿意去视野更好的楼上住着，所以这间屋子外边经常会有人在船板上路过，栏杆旁还有三三两两的人待着，也是让她心烦。这么多人，就没一个晓得她是哑巴湖的大水怪。

渡船缓缓升空，她摇摇晃晃，一下子心情大好，转头对陈平安道："飞升了飞升了，快看，渡口的铺子都变小啦！米粒儿小！"

这可是她这辈子头回乘坐仙家渡船。不晓得天上的云海能不能吃？在哑巴湖水底待了那么多年，一直疑惑来着。

陈平安只是在屋子里边来回走。

渡船栏杆旁的人不少,聊着许多新近发生的趣事,只要是一说到宝相国和黄风谷的,黑衣小姑娘就立即竖起耳朵,格外用心,不愿错过一个字。

有人说黄风谷的黄风老祖竟然身死道消了,却不是被金乌宫宫主的小师叔一剑斩杀,只是因此受了重伤,然后被宝相国一位路过的大德高僧给降服了。但是不知为何,那位老僧并未承认此事,却也没有透露更多。

黑衣小姑娘气得摇头晃脑,双手挠头。如果不是姓陈的告诉她不许对外人胡乱张嘴,她能把嘴咧得簸箕那么大!她真的很想对窗户外边大声嚷嚷:那黄风老祖是给我们俩打杀了的!

她委屈得转过头,压低嗓音:"我可以现出真身,自己剐下几斤肉来,你拿去做水煮鱼好了,然后你能不能让我跟那些人说上一说啊,我不会说是你打杀了黄风老祖,只说我是哑巴湖的大水怪,亲眼瞧见了那场大战。"

陈平安却不近人情:"急什么,以后等到有人写完了志怪小说或是山水游记,版刻出书了,自然都会知道的,说是你一拳打死了黄风老祖都可以。"

黑衣小姑娘想了想,还是眼神幽怨,只不过好像是这么个理儿。

好在姓陈的还算有点良心:"渡船一楼房间不附赠山上邸报,你去买一份过来,如果有先前没卖出去的也可以买,不过如果太贵就算了。"

黑衣小姑娘哦了一声。只要能够在渡船外边多走几步,也不亏。她跳下椅子,解下包裹,自己掏出一只锦霞灿烂宝光外泄的袋子。陈平安一拂袖关上了窗户,并且丢出了一张驮碑符贴在窗户上。小姑娘见怪不怪,从小袋子里取出一把雪花钱,想了想,又拣出一枚小暑钱。这个过程当中,袋子里边叮当作响,除了神仙钱外,还装满了乱七八糟的小巧物件,如那串当年送人的雪白铃铛一样,都是她这么多年辛苦积攒下来的宝贝。然后她将袋子放回包裹,再将包裹随便搁在桌上,出门的时候,提醒道:"行走江湖要老到些啊,莫要让毛贼偷了咱们俩的家当,不然你就喝西北风去吧!"

陈平安笑道:"哟,今儿出手阔气啊,都愿意自己掏钱啦。"

走到门口的黑衣小姑娘一挑眉,转头道:"你再这样拐弯说我,买邸报的钱咱俩可就要对半分了!"

陈平安果然立即闭嘴。黑衣小姑娘叹了口气,老气横秋道:"你这样走江湖,怎么能让那些山上仙子喜欢呢?"

陈平安走桩不停,笑道:"老规矩,不许胡闹,买了邸报就立即回来。"

约莫一炷香后,黑衣小姑娘推开了门,大摇大摆回来,将一摞邸报重重地拍在了桌上,然后在陈平安背对着自己走桩的时候,赶紧龇牙咧嘴,嘴巴微动,咽了咽,等到那人转头走桩,她立即双臂环胸,端坐在椅子上。

陈平安停下拳桩,取出折扇,坐在桌旁,瞥了她一眼:"有没有买贵了?"

她讥笑道："我是那种蠢蛋吗，这么多珍贵的山上邸报，原价两枚小暑钱，可我才花了一枚！我是谁，哑巴湖的大水怪，见惯了做买卖的生意人，我砍起价来，能让对方刀刀割肉，揪心不已。"

陈平安有些无奈，翻翻拣拣那些邸报，有些还是前年的了，若是按照正常市价，总价确实需要一枚小暑钱，可邸报如时令蔬果，往往是过期作废，这邸报瞧着是多，可其实半枚小暑钱都不值。这些都不算什么，生意是生意，只要你情我愿，天底下就没有只有该我赚的买卖。可是有些事情，既然不是买卖了，那就不该这么好说话。

眼前这个小姑娘，其实很好，一根筋，傻乎乎的，但是她身上有些东西千金难买。就像嘴唇干裂渗血的年轻镖师坐在马背上递出的那只水囊，陈平安哪怕不接，也能解渴。

小丫头在外边给人欺负得惨了，她似乎会认为那就是外边的事情，踉踉跄跄返回，开门之前，先躲在廊道尽头的远处，好久才缓过来，然后走到了屋子里，不会觉得自己身边有个……熟悉的剑仙，就一定要如何。大概她觉得这就是自己的江湖？自己在江湖里积攒下来的未来书上故事之一，有些必须写在书上，有些糗事小事就算了，不用写。

陈平安背靠椅子，手持折扇，轻轻扇动阵阵清风："疼，就嚷嚷几声，我又不是那个帮你写故事的读书人，怕什么。"

黑衣小姑娘一下子垮了脸，一脸鼻涕眼泪，只是没忘记赶紧转过头去，使劲咽下嘴中一口鲜血。

陈平安笑问道："具体是怎么回事？"

黑衣小姑娘抬起双手，胡乱抹了把脸，低着头，不说话。

陈平安微笑道："怎么，怕说了，觉着好不容易今天有机会离开竹箱，一个人出门短暂游玩一趟，结果就惹了事，所以以后就没机会了？"

其实一起走过了这么多的山山水水，她从来没有惹过事，就只是睁大眼睛，对外边的广袤天地充满了好奇和憧憬。

黑衣小姑娘轻轻点头，病恹恹的。

陈平安合起折扇，笑道："说说看。这一路走来，你看了我那么多笑话，也该让我乐呵乐呵了吧？这就叫礼尚往来。"

小姑娘趴在桌上，歪着脑袋贴在桌面上，伸出一根手指轻轻擦拭桌面，没有心结，也没有愤懑，就是有些米粒儿大小的忧愁，轻轻说道："不想说，又不是啥大事。我是见过好多生生死死的大水怪，见过很多人就死在哑巴湖附近，我都不敢救他们。黄风老祖很厉害的，我只要一出去，救不了谁，我自己也会死的。我就只能偷偷将一些尸骸收拢起来，有些会被人哭着搬走，有些就那么留在了风沙里边，很可怜。我不是怕死，就是怕没人记得我，天下这么多人，还没有一个人知道我呢。"

陈平安身体前倾，以折扇轻轻打了一下小姑娘的脑袋："再不说，等会儿我可就你要说也不听了。"

小姑娘坐直身，嘿了一声，摇头晃脑，左摇右摆，开心笑道："就不说，就不说。"

然后她看到那个白衣书生歪着脑袋，以折扇抵住自己脑袋，笑眯眯道："你知不知道，很多时候很多人，爹娘不教，先生不教，师父不教，就该让世道来教他们做人？"

黑衣小姑娘又开始皱着小脸蛋和淡淡的眉毛了。他在说个啥，没听明白，可是自己如果让他知道自己不明白好像不太好，那就假装自己听得明白？可是假装这个有点难，就像那次他们俩误入世外桃源，他被那几只身穿儒衫的山野精怪要求吟诗一首，不就完全没辙嘛。

陈平安站起身，也没见他如何动作，符箓就离开窗户掠回他袖中，窗户更是自己打开。

他站在窗口，渡船已在云海上，清风拂面，两只雪白大袖飘然摇晃。

黑衣小姑娘有些生气：个儿高了不起啊！她犹豫了一下，站在椅子上，突然想通了一件事情：行走江湖遇上些许凶险，岂不是更显得她见多识广？

她立即眉开眼笑，双手负后，在椅子那么点的地盘上挺胸散步，笑道："我掏钱买了邸报之后，那个卖我邸报的渡船管事就跟一旁的朋友大笑出声。我又不知道他们笑什么，就转头也对他们笑了笑。你不是说过吗，无论是走在山上山下，也无论自己是人是妖，都要待人客气些。然后那个渡船管事的朋友刚好也要离开屋子，就不小心撞了我一下，我一个没站稳，邸报撒了一地。我说没关系，然后去捡邸报，结果那人踩了我一脚，还拿脚尖重重踮了一下，应该不是不小心了。我一个没忍住，就皱眉咧嘴了，结果给他一脚踹飞了。渡船人说我好歹是客人，那凶凶的汉子这才没搭理我，我捡了邸报就跑回来了。"她双臂环胸，神色认真，"可不是蒙你，我当时吃不住疼，就咧嘴了一丢丢！"她害怕陈平安不信，伸出两根手指，"最多就这么多！"

陈平安转过头，笑问道："你说，时时刻刻事事处处与人为善到底对不对？是不是应该一拆为二，与善人为善，与恶人为恶？对为恶之人的先后顺序、大小算计都捋清楚了，施加在他们身上的责罚大小若是出现前后不对称的情况，是否自身就违背了先后顺序？善恶对撞，结果恶恶相生，点滴累积，亦是一种积土成山、风雨兴焉的气象，只不过却是那阴风煞雨，这可如何是好？"

黑衣小姑娘用力皱着脸，默默告诉自己：我听得懂，可我就是懒得开口，没吃饱没气力呢。

陈平安笑眯眯，以折扇轻轻敲打自己心口："你不用多想，我只是在扪心自问。"

黑衣小姑娘不想他这个样子，所以有些自责。与其他这样云遮雾绕让人看不真切，她还是更喜欢那个下田插秧、以拳开山的他。

好在陈平安很快蓦然而笑，一个身形翻摇跃过了窗户，站在外边的船板上："走，咱们赏景去。不唯有乌烟瘴气，更有山河壮丽。"

他趴在窗台上，伸出一只手打趣："我把你拎出来。"

黑衣小姑娘怒道："起开！我自己就可以！"

她跃出窗户，只是有些一朝被蛇咬十年怕井绳，便畏缩缩抓住陈平安的袖子，竟是觉得站在书箱里边挺好的。

她转头看了眼打开的窗户，轻声道："咱俩穷归穷，可好歹衣食无忧，要是给人偷了家当，岂不是雪上加霜？我不想吃酸菜鱼，你也别想。"

陈平安却道："那也得看他们偷了东西，有没有命拿住。"

黑衣小姑娘眨了眨眼睛，使劲点头："霸气！"

陈平安用折扇一敲她脑袋："别不学好。"

她抱住脑袋，一脚踩在他脚背上。

陈平安笑道："这就很好。"

最后，黑衣小姑娘死活不敢走上栏杆，还是被陈平安抱着放在了栏杆上。

然后她走着走着，就觉得倍儿有面子，好多人都瞧着她呢。

她低头望去，那个家伙就懒洋洋走在下边，一手摇扇，一手高高举起，刚好牵着她的小手，于是她便说不用他护着了，她可以自己走，稳当得很！

那一刻的渡船，很多修道之人和纯粹武夫都瞧见了这古怪一幕。

一个黑衣小姑娘双臂晃荡，仰头挺胸大步走着。

脚下有个手持折扇的白衣书生，面带笑意缓缓而行。

黑衣小姑娘随口问道："姓陈的，有一次我半夜睡醒，见你不在身边呢，去哪儿了？"

陈平安笑道："随便逛逛。装作差点被人打死，然后差点打坏……没什么了，就当是翻书翻到一个没劲的书上故事好了。看到一半，就觉得困了，合上书以后再说。"

黑衣小姑娘皱眉道："你这样话说一半很烦啊。"

陈平安微笑道："一起行走江湖，多担待些嘛。"

黑衣小姑娘双臂环胸，走在栏杆上："那我要吃龟苓膏！一碗可不够，必须两大碗。邸报是我花钱买的，两碗龟苓膏你来掏钱。"

陈平安点头道："行啊，但是得下一座渡口有龟苓膏卖才行。"

黑衣小姑娘皱眉道："没了龟苓膏，我就换一种。"

话一说出口，她就觉得自己真是贼精贼聪明，算无遗策！

陈平安犹豫了半天："太贵的，可不行。"

黑衣小姑娘一脚轻轻缓缓递去："踹你啊。"

陈平安也慢悠悠歪头躲开，用折扇拍掉她的脚："好好走路。"

看客当中,有渡船管事和杂役,也有一个站在二楼观景台赏景的汉子,他与七八人一起众星拱月地护着一对年轻男女。他住在这艘渡船的天字号房隔壁,一样价格不菲,属于沾光,不用他自己掏一枚雪花钱。

这就是师门山头之间有香火情带来的好处,呼朋唤友,山上御风,山下历练,傲视王侯,睥睨江湖。

一个姿容平平但身穿珍稀法袍的年轻女修笑道:"这只小鱼怪有无跻身洞府境?"

她身边那位面如冠玉的年轻修士点头道:"如果我没有看错,刚好是洞府境,还未熟稔御风。如果不是渡船阵法庇护,一不小心摔下去,若脚下恰好是江河湖泊还好说,可要是岸上山头,必死无疑。"

汉子轻声笑道:"魏公子,这不知来历的小水怪先前去找渡船柳管事买邸报,很是冤大头,花了足足一枚小暑钱。"

被称为魏公子的俊美青年故作讶异:"这么阔绰有钱?"

女子掩嘴娇笑,望向身边的年轻人,眼神脉脉含情,一览无余。

其余人等更是附和大笑,好像听到了一句极有学问的妙言佳话。

帮闲,可不就是察言观色,帮着将那独乐乐变成众乐乐吗?

年轻女修又问道:"魏公子,那个白衣读书人瞧着像是那小脏东西的主人?为何不像是中五境的练气士,反而更像是一个粗鄙武夫?"

魏公子笑了起来,转过头望向她:"这话可不能当着我爹的面讲,会让他难堪的,他如今可是咱们大观王朝头一号武人。"

年轻女修赶紧怀着歉意笑道:"是青青失言了。"

魏公子无奈笑道:"青青,你这么客气,是在跟我见外吗?"

被昵称为青青的年轻女修立即笑靥如花。她来自春露圃的照夜草堂,父亲是春露圃的供奉之一,而且生财有道,单独经营着春露圃半条山脉,是世俗王朝和帝王将相眼中高高在上的金丹地仙,下山走到哪里都是豪门府邸、仙家山头的座上宾。此次她下山,是专程邀请身边这位贵公子去往春露圃赶上集会压轴的那场辞春宴。

东南沿海有一座大观王朝,仅是藩属屏障便有三国,魏公子出身的铁艟府是王朝最有势力的三大豪阀之一,世代簪缨,原来都在京城当官,如今家主魏鹰年轻的时候投笔从戎,竟然为家族别开生面,手握兵权,是第一大边关砥柱。长子则在朝为官,已是一部侍郎。而这位魏公子魏白作为魏大将军的幼子,从小就倍受宠溺,且他自己就是一个修道有成的年轻天才,在王朝内极负盛名,甚至有一桩美谈:春露圃的元婴老祖一次难得下山游历,路过魏氏铁艟府,看着那对大开仪门相迎的父子,笑言:"如今见到你们父子,外人介绍,提及魏白,还是大将军魏鹰之子,可是不出三十年,外人见你们父子,就只会说你魏鹰是魏白之父了。"

魏鹰开怀大笑。由不得他不畅快,毕竟春露圃的祖师爷轻易可不夸人。

魏白得了一位元婴老祖的亲口嘉奖,认可其修行资质,更是惹来朝野上下无数艳羡,就连皇帝陛下都为此赐下了一道圣旨和一件秘库重宝给铁箍府,希望魏白能够再接再厉,安心修行,早早成为国之栋梁。

她与魏白,其实不算真正的门当户对。两人最早见到的时候,铁箍府就有意撮合他们,魏鹰当着她的面,说他们是天造地设的神仙眷侣。只是那会儿春露圃老祖还未下山去过大观王朝,她爹便不太乐意,觉得一个尚未跻身洞府境的魏白前程难测,毕竟成为练气士之后,洞府境才是第一道大门槛。

之后魏白在修行路上一帆风顺,年纪轻轻就有望破开洞府境瓶颈,又得了春露圃老祖师毫不掩饰的青睐,铁箍府也随之在大观王朝水涨船高,结果就成了她爹着急,铁箍府开始处处推托了,所以才有了她这次下山。

其实不用她爹催促,她自己就百般愿意。她没有携带扈从,在东海沿海一带,春露圃虽说势力不算最顶尖,但是交友广泛,谁都会卖春露圃修士的几分薄面。例如金乌宫的小师叔祖,每隔几年就会一人一剑去往春露圃僻静山脉当中汲水煮茶。

但是魏白身边却有两名扈从——一个沉默寡言的铁箍府供奉修士,据说曾经是魔道修士,已经在铁箍府避难数十年。另外一个更是足可影响一座藩属小国武运的七境金身武夫。

魏白转过头,望向站在人群后边的壮硕老者,问道:"廖师父,看得出那白衣书生的根脚吗?"

那人原本在闭目养神,听到铁箍府小公子的问话后,睁眼笑道:"听呼吸和脚步,应该相当于咱们大观王朝边境上的五境武夫,比起寻常的江湖五境草包还是要略强一筹。"

他身边一个面容天然阴鸷狠厉的老嬷嬷沙哑道:"小公子,廖小子说得差不离。"

壮硕老者冷哼一声。按照双方悬殊的岁数,给这老婆娘说一声小子其实不算她托大,可自己毕竟是一个战阵厮杀出来的金身境武夫,老婆娘仗着练气士的身份,对自己从来没有半点敬意。

那个来自大观王朝一个江湖大派的汉子搓手笑道:"魏公子,不然我下去试试那个沐猴而冠的年轻武夫的深浅?就当杂耍,给大家逗逗乐子,解解闷。顺便我斗胆讨个巧儿,好让廖先生为我的拳法指点一二。"

他所在门派是大观王朝南方江湖的执牛耳者,门中杂七杂八的帮众号称近万人,掌握着许多与漕运、盐引有关的偏财,财源滚滚。其实这都要归功于铁箍府的面子,不然这钱吃不进肚子,会烫穿喉咙的。他门中亦是有一位金身境的武学大宗师,只不过私底下说过,自称对上了那个姓廖的,输多胜少。

北方江湖则有一个人人用剑的帮派,宗主加上弟子不过百余人,就能号令北方武林群雄。那位喜好独自行走江湖的老宗主是一位传说中已经悄悄跻身了远游境的大宗师，只是已经小二十年不曾有人亲眼见他出剑，可是南方江湖中人都说老家伙之所以行踪不定就是为了躲避那些山上地仙，尤其是骄横剑修的挑衅，因为一座江湖门派胆敢带个"宗"字，不是欠收拾是什么？

听到汉子的殷勤言语，魏白却摇头笑道："我看还是算了吧，你们山下武夫不比我们铁艟府的沙场将士，一个比一个好面子。我看那年轻武夫也不容易，应该是觉得自己好不容易得了一桩本该属于修道之人的机缘，让那小水怪认了做主人，所以这趟出门游历，登上了仙家渡船，还是忘不了江湖脾气，喜欢处处显摆。由着他去了，到了春露圃，鱼龙混杂，还敢这么不知收敛，一样会吃苦头。"

汉子一脸佩服道："魏公子真是菩萨心肠，仙人气度。"

魏白笑着摇头："我如今算什么仙人，以后再说吧。"他又突然转过头，"不过你丁潼是江湖中人，不是我们修道之人，只能活得久一些、再久一些，像那位行踪飘忽不定的彭宗主，才有机会说类似的言语了。"

老嬷嬷嗤笑道："那姓彭的活该成了远游境，更要东躲西藏。若是与廖小子一般的金身境，倒也惹不来麻烦。一脚踩死他，我们修士都嫌脏了鞋底板。如今偷偷摸摸跻身了武夫第八境，成了大一点的蚂蚱，偏偏还要剑，门派带了个'宗'字，山上人不踩他踩谁啊？"

姓廖的壮硕老者冷笑道："这种话你敢当着彭老儿的面说？"

老嬷嬷啧啧道："别说当面了，他敢站在我跟前，我都要指着他的鼻子说。"

金身境老者懒得跟一个老婆姨掰扯，重新开始闭目养神。

叫丁潼的武夫半点不觉得尴尬，反正不是说他。便是说他又如何，能够让一个铁艟府老供奉说上几句，那是莫大的荣幸，回了门派中就是一桩谈资。

魏白伸手扶住栏杆，感慨道："据说北方那位贺宗主前不久南下了一趟。贺宗主不但天资卓绝，如此年轻便跻身了上五境，而且福缘不断，作为东宝瓶洲那种小地方出身的修道之人，能够一到咱们北俱芦洲，先是找到一座小洞天，又接连降服诸多大妖鬼魅，最终在这么短的时间内创建一座'宗'字头仙家，并且还站稳了脚跟，凭借护山阵法和小洞天先后打退了两位玉璞境，真是令人神往！将来我游历北方，一定要去看一看她，哪怕远远看一眼也值了。"

女修青青听了这话难免有些心情郁郁，只是很快就释然。因为魏白自己都一清二楚，他与那位高不可攀的贺宗主，也就只是他有机会远远看她一眼而已了。

魏白突然凑近身边女子，轻声道："青青，天上月是天上月，眼前人是眼前人，我心里有数的。"

年轻女修顿时愁眉舒展，笑意盈盈。

一楼船栏,那个不知天高地厚的小脏东西还在栏杆上欢快飞奔。

至于那个一袭白袍微有泥垢尘土的年轻人,也依旧在附庸风雅,摇动折扇。

魏白突然会心一笑,二楼别处竟然有人终于觉得碍眼,选择出手了。

只是他又突然皱了皱眉头。

那一缕灵气凝聚为袖箭的偷袭本该打在那黑衣小丫头的腿上,黑衣小丫头被击碎膝盖后,再被那股穿透骨头的袖箭劲头一带,刚好能够破开渡船飞掠的那点浅薄阵法屏障,外人瞧着,也就是小丫头一个没站稳,摔出了渡船,然后不小心摔死而已,这艘渡船都不用担责任。自己走栏杆摔死,渡船一没晃二没摇的,怪得着谁?只可惜那一道隐蔽的灵气袖箭竟然被那白衣书生以扇子挡住,但是瞧着挡得也不轻松好受,他快步后撤两步,背靠栏杆,这才稳住身形。

魏白摇摇头,原来真是个废物啊。先前幸好没让身边那个狗腿子出手,不然这要是传出去,还不是自己和铁臁府丢脸,这趟春露圃之行就要糟心了。

白衣书生一脸怒容,高声喊道:"你们渡船就没人管管?二楼有人行凶!"

黑衣小姑娘赶忙停下,跳下栏杆,躲在他身边,脸色惨白,没忘记他的叮嘱,以心湖涟漪询问道:"比那黄风老祖还要厉害?"

陈平安没有以心声言语,而是直接点头轻声道:"厉害多了。"

只不过厉害不在道行修为,人心坏水罢了。

黑衣小姑娘有些急眼了:"那咱们赶紧跑路吧?"

陈平安突然变了神色,一手轻轻放在她脑袋上,合起折扇,微笑道:"我们今天跑了,由着这帮祸害明天去害其他人?世道是一锅粥,那些老鼠屎就该夹上来丢出去,见一颗丢一颗。还记得我们在江湖上遇到的那拨人吗?记得我事后是怎么说的吗?"

黑衣小姑娘想了想,点点头:"你说当灾难真的临头了,好像人人都是弱者。在这之前,人人又好像都是强者,因为总有更弱的弱者存在。"

先前他们一起缓缓登山,据当地百姓说那座山上最近有古怪,他们就想去瞅瞅,在僻静山路上遇到了一拨快马饮酒的江湖豪侠,意气风发,言语高声,说要宰了那只精怪才好扬名立万。

不知为何,当时走在道路中间的陈平安没有让路,然后就被一匹高头大马给直接撞飞了出去。骑马之人人人放声大笑,马蹄阵阵,扬长而去。

不过当时她倒是没担心,这可是一个能活活打死黄风老祖的剑仙,而且当时都没使出养在酒壶里的飞剑。

可她就是觉得生气,忍不住张开了嘴巴。结果陈平安来到她身边,轻轻按住了她的脑袋,笑着说没关系。

之后他们两人就看到那拨江湖武人被一只身高两丈的獠牙精怪堵住了路，那精怪当时嘴上还大口嚼着一条胳膊，手中攥着一名男子血肉模糊的尸体。

黑衣小姑娘大致瞧出死了的正是那个一马当先撞飞陈平安的坏蛋，她躲在他身后，他就伸出那把合拢的折扇指向那只暴戾吃人的魁梧精怪，笑道："你先吃饱了这顿断头饭再说。"

那只拦路精怪竟是丢了手中尸体，想要往密林深处逃窜。

那些早先吃饱了撑的要上山杀妖的江湖人开始跪地磕头，祈求救命。

黑衣小姑娘不太喜欢这个江湖故事，从开头到结尾，她都不太喜欢。

渡船二楼的一处观景台上亦是成群结队，那里的人瞧着白衣书生挡下了那一手后，便觉得没劲了，让过那一大一小便是。而那个白衣书生也没胆子兴师问罪，似乎就那么假装什么事情都没发生了。

众人哄然大笑，毫不忌惮给那一大一小知晓是谁出的手。

一个渡船伙计硬着头皮走到白衣书生身边，不是担心他会絮叨，而是担心自己被管事逼着过来这里，不小心惹来了二楼贵客们的厌弃，此后可就讨不着半点赏钱了。

年轻伙计板着脸站在陈平安身前，问道："你瞎嚷嚷什么，你哪只狗眼看到有人行凶了？"

陈平安转头望向黑衣小姑娘："是他卖给你邸报，还劝说另外那个客人不要打死你，当了一回大好人？"

黑衣小姑娘摇摇头，说是个年纪更老的。

陈平安以折扇轻轻拍打心口，自言自语道："修道之人要多修心，不然瘸腿走路，走不到最高处。"

黑衣小姑娘扯了扯他的袖子，一只手挡在嘴边，仰着脑袋悄悄对他道："不许生气，不然我就对你生气了啊，我很凶的。"

陈平安仰头望向二楼："不行，我要讲讲道理，上次在苍筤湖没说够。"

年轻伙计伸手就要推搡那个瞧着就不顺眼的白衣书生："你还不消停了是吧？滚回屋子一边凉快去！"

然后他目瞪口呆。自己的手掌，怎的在那人身前一寸外就伸不过去了？

陈平安也不看他，笑眯眯道："压在四境，就真当我是四境武夫了啊。"

年轻伙计突然一弯腰，抱拳笑道："客人你继续赏景，小的就不打搅了。"

二话不说，转身就跑。跑到船头那边，转头一看，白衣书生已经没了身影，只剩下一个皱着眉头的黑衣小姑娘。

二楼观景台，七八个联袂游历的男女修士一起齐齐后退。眼睛一花，那个挡下一记灵气袖箭都很吃力的白衣书生就已经莫名其妙地站在了栏杆上，一手负后，一手轻轻摇扇,居高临下地看着他们。当一个人想要开口说话的时候,一身灵气运转骤然凝滞,如背负山岳,竟是涨红了脸,哑口无言。

陈平安微笑道:"我讲道理的时候,你们听着就行了。"

啪一声,合拢折扇,轻轻一提。那个发出袖箭的练气士被他悬空提起,随手向后一丢,直接摔出了渡船之外。

折扇又一提,又是一人被勒紧脖子一般悬高,同样被一袖子拍向渡船外。

观景台上瞬时就变得空空荡荡,全部人都扔了出去。陈平安一个后仰,竟是跟着倒飞出了渡船之外,两只雪白大袖猎猎作响,瞬间下坠,不见踪迹。片刻之后,他又出现在了渡船栏杆上,仰头望向天字号房的观景台,笑眯眯不言语。

魏白扯了扯嘴角:"廖师父,怎么说?"

壮硕老者已经大步向前,以罡气弹开那些只会吹嘘拍马的山上山下帮闲废物,凝视着白衣书生,沉声道:"不好说。"

魏白转头瞥了眼脸色微白的丁潼,收回视线后,笑道:"那岂不是有些难办了?"

老嬷嬷也站在了魏白身边:"这有什么麻烦的,让廖小子下去陪他玩一会儿,到底有几斤几两,掂量一下便晓得了。"

魏白没有擅作主张。寄人篱下的家奴供奉也是人,尤其是确实有大本事的,他一向不吝啬自己的亲近与尊敬。所以他轻声道:"廖师父你不用强出头。"

壮硕老者一手握拳,浑身关节如爆竹炸响,冷笑道:"南边的绣花枕头经不起打,北边彭老儿的剑客又是那位相国护着的,好不容易遇到一个敢挑衅我们铁艟府的,管他是武夫还是修士,我今儿就不错过了。"

他没有气势如虹地一拳直去,而是单手撑在栏杆上,轻轻飘落在一楼船板上,笑道:"小子,陪我热热手?放心,不打死你,无冤无仇的。"

陈平安仰起头,以折扇抵住下巴,似乎在想事情,然后收起折扇,也飘落在地:"让人一招的下场都不太好……"他停顿片刻,然后笑容灿烂道,"那就让人三招好了。"他一手负后,手握折扇,指了指自己额头,"你先出三拳,之后再说。生死自负,如何?"

两人极有默契,各自站在了渡船两侧,相距约莫二十步。

渡船所有乘客都在窃窃私语,魏白那边更是觉得匪夷所思,唯独一个从宝相国更南边动身向春露圃逃难的一楼渡船客人面色惨白,嘴唇发抖,欲哭无泪:我怎么又碰到这个性情难测、道法高深的年轻剑仙了?年轻剑仙老爷,我这是跑路啊,就为了不再见到您老人家啊,真不是故意要与您同乘一艘渡船的啊!

姓廖的金身境武夫老者嗤笑道:"小子,真要让我三拳?"

陈平安一脸讶异道:"不够?那就四拳?你要觉得把握不大,五拳,就五拳好了,真不能更多了。多了,看热闹的会觉得乏味。"

老人竖起大拇指笑道:"三拳过后,希望你还有个全尸。"

他不再言语,拳架拉开,罡气汹涌,拳意暴涨。一楼二楼竟是人人大风扑面的处境,一些个道行不高的练气士和武夫几乎都要睁不开眼睛。

轰然一声,屋舍房间那一侧的墙壁窗户竟是出现了一阵持续不绝的龟裂声响。

壮硕老者站在了陈平安先前所站位置,再一看,那个白衣书生竟然没有四分五裂,而是站在了船头,一身白袍与大袖翻滚如雪飞,这让一些个认出了老人铁艚府身份的家伙只得将一些喝彩声咽回肚子。

陈平安喉结微动,似乎也绝对没有表面那么轻松,应该是强撑着咽下了涌到嘴边的鲜血,然后仍是笑眯眯道:"这一拳下去,换成别人,最多就是让六境武夫当场毙命,老前辈还是厚道,心慈手软了。"

壮硕老者眯眼。年轻人身上那件白袍这会儿才被自己的拳罡震散尘土,但是却没有丝毫裂缝出现。他沉声道:"一件上品法袍,难怪难怪!好心机,好城府,藏得深!"

陈平安依旧手持折扇,缓缓走向前:"我砸锅卖铁好不容易买了件法袍,埋怨我没被你一拳打死?老前辈你再这样,可就不讲江湖道义了啊。行行行,我撤去法袍功效便是,还有两拳。"

老人一步踏地,整艘渡船竟是都下坠了一丈多。他身形如奔雷向前,递出毕生拳意巅峰的迅猛一拳。

这一下子,那个白衣书生的身体总该直接炸开,至少也该被一拳打穿船头,坠入地面了吧?

没有。不但如此,那人还站在原地,依旧一手持扇,只是抬起了原本负后的那只手掌而已。

这一次,换成壮硕老者倒滑出去,站定后,肩头微微倾斜。

二楼魏白脸色阴沉,那老嬷嬷更是面沉如水,心思不定。

陈平安半天没动,然后哎哟一声,双脚不动,装模作样摇晃了几下身躯:"前辈拳法如神,可怕可怕。所幸前辈只有一拳了,心有余悸。幸好前辈客气,没答应我一口气让你五拳,我这会儿很是后怕了。"

所有渡船客人都快要崩溃了。他娘的,这辈子都没见过明明这么会演戏又这么不用心的家伙!

壮硕老者笑了笑:"那就最后一拳!"

深吸一口气,老者一身雄浑罡气撑开了长衫。

下一刻,异象突起。堂堂铁艚府金身境武夫老者竟是没有直接对那个白衣书生出拳,而是半路偏移路线,去找那个一直站在栏杆旁的黑衣小姑娘。她每次见白衣书生安然无恙,便会绷着脸忍着笑,偷偷抬起两只小手轻轻拍掌。拍掌动作很快,但是无声无息,应该是刻意让双掌不合拢。

又是一瞬间,如同光阴长河就那么静止了。

只见一袭白衣站在了黑衣小姑娘身边,左手五指如钩,掐住那铁瞳府武学宗师的脖子,让身体前倾的后者咫尺都无法向前走出。后者脖颈处血流如注,白衣书生一手握折扇,轻轻松开手指,推在老者额头上。砰然一声,一名在战阵上厮杀出来的金身境武夫直接撞开船尾,坠出渡船。

陈平安转头望向二楼,左手在栏杆上反复擦拭了几下,眯眼笑问:"怎么说?"

魏白没说话,老嬷嬷没说话。

片刻之后,所有人都听到了远处的声响。

渡船后方有一粒金光炸开,然后骤然而至。一个少年模样、头别金簪的御剑之人望向栏杆,问道:"就是你一剑劈开了我金乌宫那座雷云?"

陈平安一脸茫然,问道:"你在说什么?"

少年剑仙无奈一笑:"到了春露圃,我请你喝茶。"

剑光远去,黑衣小姑娘不知为何,突然觉得这样的山上故事是很豪气了,但是她就是开心不起来,低下头,走到陈平安身边,轻轻扯了扯他的袖子:"对不起。"

陈平安蹲下身,双手扯住她的脸蛋,轻轻一拽,然后朝她做了个鬼脸,柔声笑道:"干吗呢干吗呢?"

黑衣小姑娘腼腆一笑。

陈平安突然一扯身上金醴法袍往她脑袋上一罩,瞬间黑衣小姑娘就变成了白衣小丫头。只是白衣书生的雪白长袍里边,竟然又有一件白色法袍。

陈平安眼神清澈,缓缓起身,轻声道:"等下不管发生什么,不要动,一动都不要动。如果你今天死了,我会让整个北俱芦洲都知道你是哑巴湖的大水怪,姓周,那就叫周米粒好了。但是别怕,我会争取护着你,就像我会努力去护着有些人一样。"

然后陈平安转过身,视线扫过渡船一楼和二楼,不急不缓,淡然道:"高承,我知道你就在这艘渡船上,忍了这么久,还是没能想出一个确定可以杀我的万全之策?是你离开老巢之后太弱了,还是我……太强?要是再不动手,等到了春露圃,我觉得你得手的机会会更小。"

渡船所有人都没听明白这个家伙在说什么,只有屈指可数的渡船乘客依稀觉得高承这个名字好像有些熟悉,只是一时半会儿又想不起来。

渡船只是在云海之上缓缓而行,沐浴在阳光下,像是披上了一层金色衣裳。

陈平安一拍腰间养剑葫,聚音成线,嘴唇微动,笑道:"怎么,怕我还有后手?堂堂京观城城主、骸骨滩鬼物共主,不至于这么胆小吧?随驾城的动静你肯定知道了,我是真的差点死了的。为了怕你看戏乏味,我都将五拳减少为三拳了,我的待客之道不比你们骸骨滩好太多？飞剑初一就在我这里，你和整个骸骨滩的大道根本都在这里，过了这村可就没这店了。"

只要是高承，自然听得到，也一定听到了。

陈平安笑道："是觉得我注定无法请你现身？"

一个躲在船头拐角处的渡船伙计眼眸瞬间漆黑如墨，一个在苍筠湖龙宫侥幸活下、只为避难去往春露圃的银屏国修士亦是如此异象，他们自身的三魂七魄瞬间崩碎，再无生机。在死之前，他们根本毫无察觉，更不会知道自己的神魂深处已经有一粒种子一直在悄然开花结果。

两个死人，一个缓缓走出，一个站在了窗口。他们面带笑意，各自以心湖涟漪言语。其中一人笑道："除了竺泉，还有谁？披麻宗其余哪位老祖？还是他们三人都来了？嗯，应该是都来了。"

另外一人说道："你与我当年真像，看到你，我便有些怀念当年必须绞尽脑汁求活的岁月，很艰难，但却很充实，那段岁月让我活得比人还像人。"

陈平安视线却不在两个死人身上，依旧视线巡游，聚音成线："我听说真正的山巅得道之人不只是阴神出窍远游和阳神身外身这么简单。藏得这么深，一定是不怕披麻宗找出你了。怎么，笃定我和披麻宗不会杀掉所有渡船乘客？托你高承和贺小凉的福，我这会儿做事情已经很像你们了。再者，你真正的杀手锏一定是一位杀力巨大的强势金丹，或是一位藏藏掖掖的远游境武夫，很难找吗？从我算准你一定会离开骸骨滩的那一刻起，再到我登上这艘渡船，你高承就已经输了。"

寂静片刻，那个站在窗口的死人开口道："是靠赌？"

陈平安依旧是那个陈平安，却如白衣书生一般眯眼，冷笑道："赌？别人是上了赌桌再赌，我从记事起，这辈子就都在赌！赌运不去说它，赌术，我真没见过比我更好的同龄人，曹慈不行，马苦玄也不行，杨凝性更不行。"他以左手卷起右手袖子，向前走出一步，再以右手卷起左手袖子，又向前走出一步，动作极其缓慢，仰起头，清风拂面，抖了抖袖子，两袖卷起之后，自然再无春风盈袖，"我设想过鬼斧宫杜俞是你，故意躲在粪桶里吃屎的刺客是你，小巷中拿出一枚小暑钱的野修是你，赠予我水囊的年轻镖师是你，甚至那个与黄风老祖对峙的老僧是你，也想过身边的小丫头会是你。没办法，因为你是高承，所以'万一'就会比较多，多到不是什么千一百一，就是那个想什么就来什么的万一。所以我这一路走得很辛苦，但是很值得，我的修心一事从未如此一日千里。我劝你在今天的本事大一点，不然我马上就会掉头去往骸骨滩，礼尚往来，相信我，你和骸骨滩会有一个不小的意外。"

那个渡船伙计点头笑道："我信你，我高承生前死后亦是从来不说那些有的没的。"

窗口那人恍然，却是一脸诚挚笑意，道："明白了。我独独漏掉了一个最想你死的人，该我吃这一亏。随驾城一役，她定然伤到了一些大道根本，换成我是她贺小凉，便会彻底斩断与你冥冥之中的那层关系，免得以后再被你牵连。但既然她是贺小凉，说不定就只是躲进了那处宗门小洞天的秘境，暂时与你撇清因果。这些都不重要，重要的是，我高承因为你们这对莫名其妙的狗男女，犯了一个极端相反却结果相同的错误。她在的时候，我都会对你出手；她不在了，我自然更会对你出手。你的想法真有意思。"

陈平安伸出大拇指擦了擦嘴角："我跟贺小凉不熟。骂我是狗可以，但是别把我跟她扯上关系。接下来怎么说，两只金丹鬼物，到底是羞辱我，还是羞辱你自己？"

有一名背剑老者缓缓从船尾走出，应该是住在了另外一侧的渡船靠窗房间。但是不知为何，高大老人的脚步有些摇摇晃晃，脸庞扭曲，像是在做挣扎，片刻之后，长呼出一口气，同样是以聚音成线的武夫手段感慨道："每一个拴不住的自己，果然都会变成另外一个人。你也当引以为戒。"

在老人出现之后，渡船之外便有人合力施展了隔绝小天地的神通，老人全然不以为意。

陈平安道："需要你来教我？你配吗？"

老人凝视着他，笑了笑："你真确定，当下是自己想要的那种主次之分？"

陈平安眉心处渗出一粒猩红血滴，他突然抬起手，像是在示意外人不用插手。他一拍养剑葫，本名小鄹都的飞剑初一就悬停在葫口上方。他狞笑道："飞剑就在这里，我们赌一赌？！"

老人看着他的笑容，亦是满脸笑意，竟有些快意神色，道："很好，我可以确定，你与我高承，最早的时候，一定是差不多的出身和境遇。我现在只有一个问题，在随驾城，竺泉等人为何不出手帮你抵御天劫？"

陈平安以左手抹脸，将笑意一点一点抹去，缓缓道："很简单，我与竺宗主一开始就说过，只要不是你亲手杀我，那么就算我死了，他们也不用现身。"

老人点头道："这种事情，也就只有披麻宗修士会答应了。这种决定，也就只有现在的你及以前的高承做得出来。这个天下，就该我们这种人一直往上走的。别死在别人手上，我在京观城等你。我怕你到时候会自己改变主意，所以劝你直接杀穿骸骨滩，一鼓作气杀到京观城。"他仰头望向远方，大概是北俱芦洲的最南方，"大道之上，孑然一身，终于看到了一位真正的同道中人。此次杀你不成，反而付出一魂一魄的代价，其实仔细想一想，也没有那么无法接受。对了，你该好好谢一谢那个金铎寺少女还有你身后的这个小水怪，没有这两个小小的意外帮你安稳心境，你再小心也走不到这艘渡船，竺泉三人兴许抢得下飞剑，却绝对救不了你这条命。"

老人抖了抖袖子，被他一分为二的那缕魂彻底消散于天地间。

两个死人这才真正死去，瞬间变作一副白骨，摔碎在地。

老人伸手绕过肩头，缓缓拔出那把长剑，陈平安竟是纹丝不动。

老人大笑道："就算只是我高承的一魂一魄，披麻宗三个玉璞境还真不配有此斩获。"他用剑一寸一寸割掉自己的脖子，死死盯住那个好像半点不意外的年轻人，"苍筤湖龙宫的神灵高坐更像我高承，在骸骨滩分出生死后，你死了，我会带你去瞧一瞧什么叫真正的酆都门。我死了，你也可以自己走去看看。不过，我真的很难死就是了。"

一位远游境的纯粹武夫，就这么自己割掉了自己的整个头颅。

头颅滚落在地，无头尸体依旧双手拄剑，屹立不倒。

渡船之上，瞬间就又隔绝出一座小天地，三位披麻宗老祖联袂出现。

两位男性老祖分别去往两具白骨附近，各自以神通术法查看勘验。

竺泉站在陈平安身边，叹息一声："陈平安，你再这样下去，会很凶险的。"

但是陈平安却道："我以自己的恶念磨剑，无碍天地。"

竺泉欲言又止，摇摇头，转头看了眼那具无头尸体，沉默许久："陈平安，你会变成第二个高承吗？"

陈平安一言不发，只是缓缓抹平两只袖子。

竺泉眼神复杂："我对京观城和高承自然恨之入骨，但是我不得不承认，我内心深处一直很敬重高承。"

陈平安只是转过身，低头看着那个在停滞的光阴长河中一动不动的小姑娘。她穿着那件金醴法袍，似乎越发显黑了。陈平安便有些笑意：再黑也没那丫头黑不是？

竺泉笑道："不管怎么说，我们披麻宗都欠你一个天大的人情。"

陈平安摇头道："只是扯平了。"

竺泉收回视线，好奇道："你真要跟我们一起返回骸骨滩，找高承砸场子去？"

陈平安摇摇头："先让他等着吧，我先走完北俱芦洲再说。"

竺泉哑然失笑。

陈平安转头问道："能不能先给这个小姑娘解开禁制？"

竺泉点点头。刹那之间，从黑衣变成白衣的小姑娘就眨了眨眼睛，然后愣住，先看了看陈平安，然后看了看四周，一脸迷糊，又开始使劲皱着淡淡的眉毛。

陈平安蹲下身，笑问："你是想要去春露圃找个落脚地儿，还是去我的家乡看看？"

周米粒问道："可以选跟你一起走江湖不？"

陈平安笑着摇头："不可以。"

周米粒皱着脸，商量道："我跟在你身边，你可以吃酸菜鱼的哦。"

陈平安还是摇头："去我家乡吧，那边有好吃的好玩的，说不定你还可以找到新的朋友。还有，我有个朋友叫徐远霞，是一位大侠，而且他刚好在写一部山水游记，你可以把你的故事说给他听，让他帮你写到书里去。"

周米粒有些心动。她突然想起一件事,使劲扯了扯身上那件竟然很合身的雪白袍子。

陈平安笑道:"你就继续穿着吧,它如今对我来说已经意义不大了,先前穿着不过是糊弄坏人的障眼法罢了。"

周米粒只是摇头,陈平安只好轻轻一扯衣领,然后摊开双手,法袍金醴便自行穿在了他身上。

竺泉啧啧出声。好家伙,从青衫斗笠换成这身行头,瞅着还挺俊嘛。

陈平安把周米粒抱到栏杆上,自己也一跃而上,转头问道:"竺宗主,能不能别偷听了,就一会儿。"

竺泉笑了笑,点头。

陈平安眺望远方,双手握拳,轻轻放在膝盖上,问旁边的小姑娘:"前边我说的那些话有没有吓到你?"

周米粒双臂环胸,冷哼道:"屁咧,我又不是吓大的!"

陈平安嗯了一声:"敢给我吃一串栗暴的,确实胆子不小。"

周米粒嘿嘿笑着。

陈平安问道:"周米粒这个名字咋样? 你是不知道,我取名字是出了名的好,人人伸大拇指。"

周米粒将信将疑,不过觉得有个名字总比只有一个姓氏好些。

陈平安从咫尺物当中取出一壶酒,揭了泥封,喝了一口,道:"以后我不在你身边了,你一定要知道一件事。恶人恶行,不全是那长得凶神恶煞,瞅着很吓人的,滥杀无辜,一听就毛骨悚然的,更多的……就像那黄风谷的夜间阴风,我们行走无碍,就是觉得不自在,不好受。你将来一定要小心这些看不见摸不着的恶意。知道了这些,不是要你去学坏人,而是你才会对人世间大大小小的善意更加珍惜,更加知道它们的来之不易。"他伸手绕过身后,指了指渡船二楼,"打个比方,除了那个撞了你还踢了你的坏人,你还要小心那个最早出现在我跟前,连修士都不是的年轻伙计,对他的小心要远远多于那个卖给你邸报的管事。更要小心那个老嬷嬷身边的人,不是那个公子哥,更不是那个年轻女子,要多看看他们身边更不起眼的人,可能就是某个站在最角落的人。你一定要小心那些不那么明显的恶意,一种是聪明的坏人,藏得很深,算计极远;一种是蠢笨的坏人,他们有着自己都浑然不觉的本能。所以我们一定要比他们想得更多,尽量让自己更聪明才行。所有能够被我们一眼看见、看穿的强大,飞剑、拳法、法袍、城府、家世,都不是真正的强大和凶险。"

周米粒使劲被皱着小脸蛋和眉毛。这一次她没有不懂装懂,而是真的想要听懂他在说什么。因为她知道,他是为了她好。哪怕她仍然不太清楚,为什么为了她好就要说这些真的很难懂的事情。

然后那个人伸出手，轻轻按在了她的脑袋上："知道你听不懂，可我就是忍不住要说。所以我希望你去我家乡，等长大一些再去走江湖。长大这种事情，你是一只大水怪，又不是贫苦人家的孩子，是不用太着急的。不要急，慢一些长大。"

周米粒嗯了一声："我都记住了……好吧，我不骗你，我其实只记住了大半。"

陈平安喝着酒："前边这些都没记住也没关系，但是接下来的几件事情，一定不可以忘记。第一，我家乡是东宝瓶洲一个叫龙泉郡的地方，我有好些山头，其中一座叫落魄山。我有一个开山大弟子叫裴钱，你一定一定不要跟她说漏嘴了，说你敲过她师父的栗暴，而且还不止一两个。你不用怕她，就按照我教你的，说我让你捎话，要她一定要好好抄书读书，就够了。"说到这里，陈平安收回手，摇晃着酒壶，微笑，"可以再加上一句，就说师父挺想念她的。第二件事，我还有个学生叫崔东山，如果遇到了他，觉得他脑子好像比谁都进水，更不用怕他，他敢欺负你，你就跟裴钱借一个小账本，记在上边，以后我帮你出气。还有个老厨子叫朱敛，你遇到了什么事情都可以跟他说。落魄山还有很多人……算了，你到了龙泉郡，自己去认识他们好了。"

陈平安转过头，轻轻喊了一声："周米粒。"

周米粒正在忙着掰手指头记事情呢，听到他喊自己的新名字后，歪着头看过来。

陈平安张大嘴巴，晃了晃脑袋。

周米粒翻了个白眼。学她做什么，还学得不像。

陈平安仰头一口喝完壶中酒，抬手一抹嘴，哈哈大笑。

有些事情没忍住，说给了小姑娘听。可有些心里话，却依旧留在了心中。

在刚离开家乡的时候，他会想不明白很多事情，哪怕那个时候泥瓶巷的草鞋少年才刚刚练拳没多久，反而不会心神摇晃，只管埋头赶路。

后来大了一些，在去往倒悬山的时候，已经练拳将近一百万，可在一个叫蛟龙沟的地方，当他听到了那些念头心声，会无比失望。

在书简湖，他是一个差点死过好几次的人，都快可以跟一位金丹神仙掰手腕，却偏偏在性命无忧的处境中几乎绝望。

回到了家乡，去了东宝瓶洲中部的江湖，如今又走到了北俱芦洲。

蔡金简、苻南华、正阳山搬山猿、截江真君刘志茂、蛟龙沟老蛟、藕花福地丁婴、飞升境杜懋、宫柳岛刘老成、京观城高承……走着走着，就走过了千山万水。学了拳，练了剑，如今还成了修道之人。

竺泉突然出声提醒道："陈平安，我们差不多要离开了。小天地的光阴长河滞留太久，凡夫俗子会承受不住的。"

陈平安赶紧转头，同时拍了拍身边小姑娘的脑袋："咱们这位哑巴湖大水怪就托付给竺宗主帮忙送去龙泉郡牛角山渡口了。"

周米粒扯了扯他的袖子，满脸不安。

陈平安立即心领神会，伸出一只手掌挡在嘴边，转过身，弯腰轻声道："是一位玉璞境的神仙，很厉害的。"

周米粒也赶忙抬起手掌——她只知道金丹、元婴地仙，不知道什么听都没听过的玉璞境——压低嗓音问道："多厉害？有黄风老祖那么厉害吗？"

陈平安点头道："更厉害。"

周米粒又问道："我该怎么称呼？"

陈平安低声道："就喊竺姐姐，准没错，比喊竺宗主或是竺姨好。"

周米粒还是偷偷摸摸问道："乘坐跨洲渡船，如果我钱不够，怎么办？"

陈平安就悄悄回答道："先欠着。"

"这样好吗？"

"没关系，那位竺姐姐很有钱，比我们两个加在一起还要有钱。"

"可我还是有些怕她。"

"那就假装不怕。"

一旁的竺泉伸手揉了揉额头。这一大一小怎么凑一堆的？

最后，周米粒背起了那只包裹，她想要送给他，可是他不要。

她问道："你真的叫陈好人吗？"

他摇摇头，笑道："我叫陈平安，平平安安的平安。"

周米粒被竺泉抱在怀中,与两位披麻宗老祖一起御风离去。烂摊子都收拾了,披麻宗也必须要收拾,高承的可怕之处远远不是一位坐镇鬼蜮谷的玉璞境英灵而已。在光阴流水停滞期间,两位老祖已经将渡船上的所有人都——探查过,确定高承再没有隐蔽手段。其实就算有,他们离开后,以那个年轻人的心性和手段,一样完全不怕。

小天地禁制很快随之消逝,渡船上的所有人只看到栏杆上坐着一位白衣书生。他背对众人,轻轻拍打双膝,依稀听到是在说什么臭豆腐好吃。

二楼观景台,魏白身边那个名叫丁潼的江湖武夫已经站不稳,就要被魏白一巴掌拍死,不承想那个白衣书生抬手摇了摇:"不用了,什么时候记起来了,我自己来杀他。"

魏白果真收回手,微微一笑,抱拳道:"铁矗府魏白,谨遵剑仙法旨。"

丁潼呆若木鸡,像是连害怕都忘了。

陈平安沉默片刻,转过头,望向他,笑问道:"怕不怕? 应该不会怕,对吧,高承?"

随口一问之后,他便转过身。

丁潼气势浑然一变,笑着越过观景台,站在了他身边的栏杆上,坐下后,笑问道:"怎么想到的?"

陈平安笑道:"这次只是随便猜的。把死敌想得更聪明一点,又不是什么坏事。"

高承问道:"那么所谓的走完北俱芦洲再找我的麻烦,也是假设我还在,故意说给我听的?"

陈平安点点头,高承痛快大笑,双手握拳,眺望远方:"你说这个世道如果都是我们这样的人,这样的鬼,该有多好!"

陈平安问道:"你是什么时候掌控的他?"

高承摇了摇头,似乎很可惜,讥笑道:"想知道此人是不是真的该死? 原来你我还是不太一样。"

陈平安取出两壶酒,自己一壶,抛给高承一壶,揭了泥封,喝了一大口酒:"当年沙场上死了那么多个高承,高承从尸骨堆里站起来后,又要死多少个高承?"

高承喝了口酒,笑了笑:"谁说不是呢。"

结果那个年轻人突然来了一句:"所以说要多读书啊。"

高承随手抛掉酒壶:"龟苓膏好不好吃?"

陈平安叹了口气:"一魄而已,就能够分出这么多吗? 我服了。难怪会有那么多修道之人拼死也要走上山顶去看一看。"

高承摊开一只手,手心处出现一个黑色旋涡,依稀可见极其细微的星星点点光亮,如那星河旋转:"不着急,想好了再决定要不要送出飞剑,由我送往京观城。"

陈平安扯了扯嘴角,一拍养剑葫,双指拈住初一,放入手心旋涡之中。

高承攥紧拳头,转过头:"杀你不易,骗你倒是不难。我想要躲过披麻宗两位玉璞境的勘察,若是分出的魂魄多了,又在光阴长河之中,当真有那么容易瞒天过海? 竺泉能够硬扛着鬼蜮谷,真不是什么废物。"

陈平安无动于衷。

高承点头道:"这就对了。"他依旧双手握拳,"我这辈子只敬重两位,一个是先教我怎么不怕死、再教我怎么当逃卒的老伍长,他骗了我一辈子,说他有个漂亮的女儿,到最后我才晓得什么都没有,早年妻儿都死绝了。还有一位是那尊菩萨。陈平安,这把飞剑其实取不走,也无须我取,回头等你走完了北俱芦洲,自会主动送我。"

高承摊开手,飞剑初一悬停手心,寂静不动。

一缕缕青烟从名叫丁潼的武夫七窍当中掠出,最终缓缓消散。

陈平安怔怔出神,飞剑初一返回养剑葫当中。

丁潼打了个激灵,一头雾水,猛然发现自己坐在了栏杆上。转头望去后,那位白衣书生微笑道:"这么巧,也看风景啊?"

丁潼双手扶住栏杆,不知道自己为何会坐在这里,呆呆地问道:"我是不是要死了?"

陈平安取出折扇,伸长手臂,拍遍栏杆。

丁潼转头望去,渡口二楼观景台上,铁艟府魏白、春露圃青青仙子、模样丑陋令人生畏的老嬷嬷,那些平日里不介意他是武夫身份、愿意一起痛饮的谱牒仙师,人人冷漠。

一楼的人则有些在看热闹,有些偷偷对他笑了笑,尤其是一个人,还朝他伸了伸大拇指。

丁潼转回头,先是绝望,然后麻木,低头望向脚下的云海。

陈平安一抬手，一道金色剑光从窗户掠出，然后冲天而起。他笑道："知道为什么明明你是个废物，还是罪魁祸首，我却始终没有对你出手，那个金身境老者明明可以置身事外，我却打杀了吗？"

丁潼摇摇头，沙哑道："不太明白。"

陈平安出剑驭剑之后便再无动静，仰头望向远处："一个七境武夫随手为之的恶，跟你一个五境武夫铆足劲为的恶，对于这方天地的影响，有天壤之别。地盘越小，在弱者眼中，你们就越像手握生杀大权的老天爷。何况那个纸糊金身说好了无冤无仇不杀人，第一拳就已经杀了他心目中的那个外乡人，但是我可以接受这个，所以真心实意让了他第二拳，第三拳他就开始自己找死了。至于你，你得感谢那个喊我剑仙的年轻人当初拦下你跳出观景台来跟我讨教拳法，不然死的就不是帮你挡灾的老人，而是你了。就事论事，你罪不至死，何况那个高承还留下了一点悬念故意恶心人。没关系，我就当你与我当年一样，是被别人施展了道法在心田，故而性情被牵引，才会做一些'一心求死'的事情。道理，不是弱者只能拿来诉苦喊冤的东西，不是必须要跪下磕头才能开口的言语。"

丁潼脑子一片空白，根本没有听进去多少。他只是在想，是等那把剑落下，然后自己死了，还是好歹英雄气概一点，自己跳下渡船，当一回御风远游的八境武夫。

陈平安也不再说话。

你们这些人，就是那一个个自己去山上送死的骑马武人，顺便还会撞死几个只是碍你们眼的行人。人生道路上，处处都是那不为人知的荒郊野岭，都是行凶为恶的大好地方。在乡野，在市井，在江湖，在官场，在山上。这样的人，不计其数。父母先生是如此，他们自己是如此，子孙后代也是如此。拦都拦不住啊。

当初在槐黄国金铎寺，小姑娘为何会伤心，会失望？因为当时故意为之的白衣书生陈平安，若是撇开真实身份和修为，只说那条道路上他表露出来的言行，与那些上山送死的人完全一样。

最伤她心的不是那个文弱书生的迂腐，而是类似"若是给你打晕了摔在行亭不管，到时候有人偷走了我的竹箱，你赔我钱？"这样的言语和心态。我给予了世界和他人善意，但是那个人非但不领情，还还给她一份恶意。

金铎寺小姑娘好就好在，哪怕如此伤心了，依旧由衷牵挂着那个又蠢又坏之人的安危。而陈平安如今能做到的，只是告诉自己"行善为恶，自家事"，所以陈平安觉得她比自己要好多了，更应该被称为好人。

陈平安默然无语，既是在等待那拨披麻宗修士去而复还，也是在聆听自己的心声。

高承的问心局不算太高明，阳谋倒是有些让人刮目相看。

他以折扇抵住心口，自言自语道："这次措手不及与披麻宗有什么关系？连我都知道这样迁怒披麻宗不是我之心性，怎的，就准一些蝼蚁使用你看得穿的伎俩，高承稍稍超乎你的掌控了就受不得这点憋屈？你这样的修道之人，你这样的修行修心，我看也好不到哪里去，乖乖当你的剑客吧，剑仙就别想了。"

竺泉以心湖涟漪告诉他，下了渡船，笔直往南方御剑十里，在云海深处见面。若再来一次割据天地的神通，渡船上边的凡夫俗子就真要消磨本元了。

陈平安站起身，一步跨出，一道金色剑光从天而降，刚好悬停在他脚下，人与剑转瞬即逝。

云海之中，除了竺泉和两位披麻宗老祖，还有一位陌生的老道人，身穿道袍样式从未见过，明显不在三脉之列，也不是龙虎山天师府的道士。在陈平安御剑悬停之际，一个中年道人破开云海从远处大步走来，山河缩地，数里云海路，就两步而已。

中年道人沉声道："阵法已经完成，只要高承胆敢以掌观山河的神通窥探我们，就要吃一点小苦头了。"

竺泉有些神色尴尬，仍是说道："没能在那武夫身上找出高承遗留的蛛丝马迹，是我的错。"

老道人犹豫了一下，见身边一位披麻宗祖师堂掌律老祖摇摇头，便没有开口。

陈平安摇头道："是我自己输给高承，被他耍了一次，怨不得别人。"

竺泉依旧抱着周米粒，只是小姑娘这会儿已经酣睡过去。竺泉毫不掩饰，有一说一，直白无误道："先前我们离去后其实一直留意着渡船的动静，就是怕有万一，结果怕什么来什么，你与高承的对话，我们都听到了。在高承散去残魄的时候，小姑娘打了一个饱嗝，也有一缕青烟从她嘴中飘出，与那武夫如出一辙，应该就是在龟苓膏中动了手脚。好在这一次，我可以跟你保证，高承除了待在京观城，有可能对我们掌观山河，其余的，至少在小姑娘身上，已经没有后手了。"

那个中年道人语气淡漠，但偏偏让人觉得更有讥讽之意："为了一个人，置整片骸骨滩乃至整个北俱芦洲南方于不顾，你陈平安若是权衡利弊，思量许久，然后做了，贫道置身事外，到底不好多说什么，可你倒好，毫不犹豫。"

陈平安一句话就让他差点心湖起浪："你的道法不太高深。"

中年道人嗤笑道："你既然如此重情重义，随便路上捡了个小水怪便舍得交出重宝，我若是恶人，遇见了你，真是天大的福缘。"

陈平安取出折扇，轻轻拍打自己脑袋："你比杜懋境界更高？"

中年道人冷笑道："虽然不知具体的真相内幕，可你如今才什么境界，想必当年更是不堪，面对飞升境能躲过一劫，还不是靠那暗处的靠山？难怪敢威胁高承，扬言要去鬼蜮谷给京观城一个意外，需不需要贫道帮你飞剑跨洲传信？"

陈平安笑眯眯道："你知不知道我的靠山都不稀罕正眼看你一下？你说气不气？"

中年道人脸色阴沉，然后洒然一笑："不气，就是看你小子不顺眼。一个会被高承视为同道中人的半吊子剑修，靠山倒是厉害，加上你这小小年纪的深厚城府，高承眼光不错，看人真准。你也不差，能够与高承这位鬼蜮谷英灵共主谈笑风生，这要是传出去，有人能够赠送高承一壶酒，高承还喝完了，你在北俱芦洲的名气会一夜之间传遍所有山上宗门。"

陈平安哦了一声，以折扇拍打手心："你可以闭嘴了，我不过是看在竺宗主的面子上陪你客气一下，现在你与我说话的份额已经用完了。"

中年道人微笑道："切磋切磋？你不是觉得自己很能打吗？"

陈平安说道："那么看在你师父那杯千年桃浆茶的分上，我再多跟你说一句。"

中年道人等了片刻，结果陈平安就那么不言不语，只是眼神怜悯。

道人猛然醒悟，所谓的多说一句，就真的只是这么一句。

竺泉有些担忧。她是真怕两个人再这么聊下去，就开始卷袖子干架。到时候自己帮谁都不好，两不相帮更不是她的脾气。或者明着劝架，然后给他们一人来几下？打架她竺泉擅长，劝架不太擅长，有些误伤也在情理之中。

老道人轻声道："无妨，对陈平安，还有我这徒弟，皆是好事。"

竺泉叹了口气，说道："陈平安，你既然已经猜出来了，我就不多做介绍了。这两位道门高人都来自鬼蜮谷的小玄都观，这次是被我们邀请出山。你也知道，我们披麻宗打打杀杀还算可以，但是应对高承这种鬼蜮手段，还是需要观主这样的道门高人在旁盯着。"

陈平安点头，没有说话。

这位小玄都观老道人，按照姜尚真所说，应该是杨凝性的短暂护道人。那晚在铁索桥悬崖畔，这位有望跻身天君之位的观主守了一夜，就怕自己直接打死了杨凝性。

至于那杯由一尊金甲神人捎话的千年桃浆茶，到底是一位道门真君的一时兴起，还是跟高承差不多的待客之道，陈平安对小玄都观所知甚少，脉络线头太少，暂时还猜不出对方的真实用意。

陈平安看了眼竺泉怀中的小姑娘，道："可能要多麻烦竺宗主一件事了。我不是信不过披麻宗与观主，而是信不过高承，所以劳烦披麻宗以跨洲渡船将周米粒送往龙泉郡后，跟披云山魏檗说一声，让他帮我找一个叫崔东山的人，就说我让崔东山立即返回落魄山，仔细查探周米粒的神魂。"

披麻宗修士，陈平安相信，可眼前这位教出徐㣇那么一个弟子的小玄都观观主，再加上眼前这位脾气不太好脑子更不好的元婴弟子，他还真不太信。

徐㣇皱了皱眉头。听说披云山魏檗身为大骊北岳正神，有望立即跻身玉璞境，如今大骊北岳地界已经隐隐约约有了一些祥瑞异象。

竺泉是直性子："这个崔东山行不行？"

陈平安缓缓道："他若是不行，就没人行了。"

观主老道人微笑道："行事确实需要稳妥一些。贫道只敢说尽力之后，未能在这小姑娘身上发现端倪，若真是百密一疏，后果就严重了。多一人探查，是好事。"

陈平安笑道："观主大量。"

老道人一笑置之。

竺泉见事情聊得差不多了，突然道："观主，你们先走一步，我留下来跟陈平安说点私事。"

徐霂收起了云海阵法。

别的不说，这手段又让陈平安见识到了山上术法的玄妙和狠辣。原来一个人施展掌观山河，都可能会引火上身。

小玄都观师徒二人及两位披麻宗祖师先行御风南下。

竺泉开门见山道："那位观主大弟子一向是个喜欢说怪话的，我烦他不是一天两天了，可又不好对他出手。不过此人很擅长斗法，小玄都观的压箱底本事据说被他学了七八成去。你这会儿不用理他，哪天境界高了，再打他个半死就成。"

陈平安收起折扇，御剑来到竺泉身边，伸出手。

竺泉将周米粒递给他，调侃道："你一个大老爷们也会抱孩子？咋的，跟姜尚真学的，想要以后在江湖上、山上，靠这种剑走偏锋的伎俩骗女子？"

陈平安盘腿坐下，将周米粒抱在怀中，听见她微微的鼾声，笑了笑，眼中却有细细碎碎的哀伤："我年纪不大的时候，天天抱孩子逗孩子带孩子。"

竺泉瞥了眼他。看样子，应该是真事。

竺泉坐在云海上，似乎有些犹豫要不要开口说话，这可是破天荒的事情。

陈平安没有抬头，却似乎猜到了她心中所想，缓缓说道："我一直觉得竺宗主才是骸骨滩最聪明的人，就是懒得想懒得做而已。"

竺泉点头道："那我就懂了，我信你。不过你与高承那些真真假假的言语，连我这种算是熟悉你的人都要心生怀疑，更何况是与你不熟的老观主跟他那个修力不修心的大弟子。"

陈平安说道："最前边的话都是真的，我已经做好了最坏的打算，周米粒死在渡船上，我护不住，只能报仇，就这么简单。至于后边的，不值一提，相互试探，双方都在争取多看一些对方的心路脉络。高承也担心，看了我一路，结果都是我有意给他看的，他害怕输了两次，再输，就连争夺那把小鄹都的心气都没有了。说到底，其实就是心境上拔河的小把戏而已。"他腾出一手，轻轻屈指敲击腰间养剑葫，飞剑初一缓缓掠出，就那么悬停在他肩头，难得如此温驯乖巧，"高承有些话也自然是真的，例如觉得我跟他是一路人。大概他认为我们都靠着一次次去赌,一点点将那差点给压垮压断了的脊梁挺直过来,然后越走越高。就像你敬重高承,一样能杀他,绝不含糊,哪怕只是高承一魂一魄的损失,竺宗主都觉得已经欠了我一个天大人情,我也不会因为与他是生死大敌,就看不见他的种种强大。"

竺泉嗯了一声:"理当如此,事情分开看,然后该怎么做,就怎么做。很多宗门秘事我不好说给你这个外人听,反正高承这只鬼物不简单。就比如我哪天彻底打杀了他,将京观城打了个稀烂,也一定会拿出一壶好酒来敬当年的步卒高承,再敬如今的京观城城主,最后敬他为我们披麻宗砥砺道心。"

陈平安说道:"不知道为什么,这个世道总是有人觉得必须对所有恶人龇牙咧嘴是一件多好的事情,又有那么多人喜欢应当问心之时论事,该论事之时又去问心。"

竺泉想了想,一巴掌重重拍在陈平安肩膀上:"拿酒来,要两壶,胜过他高承才行!喝过了酒,我再与你说几句妙不可言的肺腑之言!"

陈平安取出两壶酒,都给了竺泉,小声提醒道:"喝酒的时候记得散散酒气,不然说不定她就醒了,到时候见着了我,又得一通好劝才能让她去往龙泉郡,她嘴馋惦念我的酒水不是一天两天了。龟苓膏这件事情,竺宗主与她直说也无妨,小姑娘胆儿其实很大,藏不住半点恶念头。"

竺泉一口喝完一壶酒,壶中滴酒不剩。

只是她仰头喝酒,姿态豪迈,半点不讲究,酒水洒了最少得有两成。

陈平安无奈道:"竺宗主,你这喝酒的习惯真得改改,每次喝酒都要敬天敬地呢?"

竺泉气笑道:"已经送了酒给我,管得着吗你?"

陈平安望向远方,笑道:"若是能够与竺宗主当朋友,很好,可要是一起合伙做生意,得哭死。"

竺泉恢复神色,有些认真:"一个修士真正的强大,不是与这个世界怡然共处,哪怕他可以鹤立鸡群,卓尔不群,而是证道长生之外,他改变了世道多少……甚至说句山上无情的话,无论结果是好是坏,无关人心善恶。只要是改变了世道很多,他就是强者,这一点,咱们得认!"

陈平安点点头:"认可他们是强者之后,还敢向他们出拳,更是真正的强者。"

竺泉点了点头,揭开泥封。这一次就开始勤俭持家了,只是小口饮酒,不是真改了脾气,而是她历来如此:酒多时,豪饮;酒少时,慢酌。

陈平安转头笑望向竺泉,说道:"其实我一名弟子曾经说了一句与竺宗主意思相近的话。他说一个国家真正的强大,不是掩盖错误的能力,而是纠正错误的能力。"

竺泉笑道:"山下事我不上心,这辈子对付一个鬼蜮谷一个高承就已经够我喝一壶了。不过以后杜文思、庞兰溪肯定会做得比我更好一些,你大可以拭目以待。"她继而重重呼出一口气，"有些说出来会让人难堪的话我还是问了吧，不然憋在心里不痛快，与其让我自己不痛快，还不如让你小子一起跟着不痛快，不然我喝再多的酒也没屁用。你说你可以给京观城一个意外，此事说在了开头，是真，我自然是猜不出你会如何做，我也不在乎，反正你小子别的不说，做事情还是稳当的，对别人狠，最狠的却是对自己。如此说来，你真怨不得那个小玄都观道人担心你会变成第二个高承，或是与高承结盟。"

陈平安点头道："可以理解这种看似人之常情的想法，但是我不接受。"

竺泉直截了当问道："那么当时高承以龟苓膏之事要挟你拿出肩头这把飞剑，你是不是真的被他骗了？"

陈平安毫不犹豫点头道："是的。所以我以后对于一位玉璞境修士在打杀之外的术法神通，会想得更多一些。"

竺泉追问道："那你是在初一和小姑娘之间，在那一念之间就做出了决断，舍弃初一，救下小姑娘？"

陈平安还是点头："不然？周米粒死了，我上哪儿找她去？初一，哪怕高承不是骗我，真的有能力当场就取走飞剑，直接丢往京观城，又如何？"他眯起眼，笑容陌生，"知道吗，我当时有多希望高承取走飞剑，好让我做我这么多年生生死死都没做过的一件事，但却是山上山下都极其喜欢、都认为是天经地义的一件事！"

陈平安伸手抵住眉心，眉头舒展后，动作轻柔地将怀中小姑娘交给竺泉，缓缓起身，手腕一抖，双袖迅速卷起。他站在剑仙之上，站在雾蒙蒙的云海之中，眼神炙热："高承可谓手段尽出，真被他拿走初一，我就再无任何选择了，这会是一件极有意思的事情。竺宗主，你猜猜看，我会怎么做？"

竺泉抱着周米粒，站起身后，笑道："我可猜不着。"

陈平安娓娓道来："我会先让一个名叫李二的十境武夫还我一个人情，赶赴骸骨滩。我会要我那个暂时只是元婴的弟子为先生解忧，跨洲赶来骸骨滩。我会去求人，是我这么多年来第一次求人！我会求那个同样是十境武道巅峰的老人崔诚出山，离开竹楼，为身为他半个弟子的陈平安出拳一次。既然求人了，那就不用再扭捏了，我最后会求一个名叫左右的剑修，说他小师弟有难将死，恳请大师兄出剑！到时候只管打他个天翻地覆！"

堂堂披麻宗宗主、敢向高承出刀不停的竺泉竟然感到了一丝……恐惧。那个年轻人身上，有一种无关善恶的纯粹气势。

那人高高举起一只手，一跺脚，将那把半仙兵踩得直直下坠。只听他淡然道："如果高承这都没死，甚至再跑出什么一个两个的飞升境靠山，没关系。我不用求人了，谁都不求。"他放声大笑，最终轻轻言语，似乎在与人细语呢喃，"我有一剑，随我同行。"

剑仙原本想要掠回，竟是丝毫不敢近身了，远远悬停在云海边缘。

竺泉看到那人低下头去看着卷起的双袖,默默流泪,然后缓缓抬起左手,死死抓住一只袖子,哽咽道:"齐先生因我而死,天底下最不该让他失望的人不是我吗?我怎么可以这么做?谁都可以,泥瓶巷陈平安不行的。"

竺泉沉默许久之后开口打趣:"不是还差了一境吗,真当自己是远游境武夫了?"

脚下没了剑仙的陈平安轻轻踩脚,云海凝如实质,就像白玉石板,仙家术法确实玄妙。他微笑道:"谢了。"

竺泉笑道:"说出来之后,心里边可有痛快一些?"

陈平安抱住后脑勺:"好多了。"

竺泉摇摇头:"说几句话、吐掉几口浊气无法真正顶事,你再这样下去,会把自己压垮的。一个人的精气神不是拳意,不是锤炼打熬到一粒芥子,然后一拳挥出就可以天崩地裂的,长长久久的精神气必然要堂堂正正。但是有些话,我一个外人哪怕是说些我觉得是好话的,其实还是有些站着说话不腰疼了,就像这次追杀高承,换成是我,假设与你一般修为一般境地,早死了几十次了。"

陈平安诚心诚意道:"所以我会仰慕竺宗主,大道艰辛,走得坦荡。"

没有几个站在山巅的修道之人肯在已经尽心尽力做到最好的前提下自言自己错了,欠他人一个天大人情。

竺泉抽出一只手,大手一挥:"马屁话少来,我这儿可没廊填本神女图送你。"

陈平安笑道:"我躺会儿,竺宗主别觉得我是不敬。"

竺泉一伸手:"天底下就没有一壶酒摆平不了的竺泉。"

陈平安刚要从咫尺物当中取酒,竺泉瞪眼道:"必须是好酒!少拿市井米酒糊弄我。我自幼生长在山上,装不来市井老百姓,这辈子就跟家门口的骨头架子们耗上了,更无乡愁!"

陈平安有些为难。咫尺物当中的仙家酿酒可不多,就竺泉这种讨酒喝的气派和花样,真遭不住她几次伸手。可酒还是得拿的,不但如此,陈平安直接拿了三壶根脚不同的仙酿,有老龙城的桂花酿、蜂尾渡的水井仙人酿、书简湖的紫鹏汗,一壶一壶轻轻抛过去。果不其然,竺泉先收了两壶放于袖中乾坤,有些难为情:"有点多了,哪里好意思。"

陈平安躺在仿佛白玉石板的云海上,就像当年躺在山崖书院崔东山的青竹廊道上,都不是家乡,但也似家乡。离开骸骨滩这一路,确实有些累了。

竺泉坐在他旁边,将周米粒轻轻放在身边,轻轻拂袖,让天上罡风如水遇砥柱,绕过她。她依旧睡得香甜,无虑方能无忧。

竺泉喝着酒,忧愁道:"如果按照你先前的说法,万一高承心知必死,抱着玉石俱焚的想法,不惜拉着京观城和鬼蜮谷一起陪葬,木衣山都得打烂不说,骸骨滩也差不多要毁了,摇曳河水运必然跟着牵连。加上鬼蜮谷的阴煞之气往上游一直蔓延过去,那些个国家千万人不知要死多少。果然是一个'打他个翻天覆地'。"

陈平安说道："不是万一，是一万。"

竺泉感慨道："是啊。"

陈平安缓缓道："竺宗主知道壁画城每天的人流量、奈何关集市的百姓数量、骸骨滩的门派数量吗？知道摇曳河上游数国的人口吗？"

竺泉愣了一下："我知道这些做啥？我真顾不上，又要乌龟爬爬修行，又要辛辛苦苦当宗主，很累的。"

陈平安说道："我在路过骸骨滩沿途的时候就见过、算过、打听过，也在书上翻过，所以我知道。"

竺泉无奈道："陈平安，不是我说你，你这脑瓜子到底成天在想啥？"

陈平安双手枕在后脑勺下边："离开木衣山后，我看谁都是高承；到了随驾城鬼宅后，我看谁都是陈平安。所以我也很累。"

竺泉疑惑道："那你为何要来北俱芦洲，这儿可是喜欢打生打死的地方，你这么怕死一人，就不能境界高一些再来？而且你跑路的手段还是太少了，底子还是那纯粹武夫，所以最多就是靠一把半仙兵和方寸符瞬间拉开一段距离。可是不说我们这些上五境，地仙练气士哪个不是能够一股气跑上几千里路的崽儿？你一旦无法近身，迅速分出胜负生死，会被耗死的。"她一拍脑袋，"算了，当我没说。怪胎一个。"

穿着个法袍，还他娘的一穿就是两件；挂着个养剑葫，藏了不是本命物的飞剑，而且又他娘的是两把。既可以假装下五境修士，也可以假装剑修，还可以有事没事假装四境五境武夫，花样百出，处处障眼法，一旦厮杀搏命，可不就是骤然近身，乱拳打死老师傅，外加方寸符和递出几剑，寻常金丹还真扛不住陈平安这三板斧。而且这小子是真能抗揍啊，竺泉都有点手痒痒了，渡船上一位大观王朝的金身境武夫打他怎么就跟小娘儿们挠痒痒似的？

陈平安突然说道："我其实还没跻身金身境。虽然在随驾城天劫云海当中损失惨重，几乎所有好的符箓都用光了，但是淬炼体魄大受神益，效果比家乡竹楼还要好，毕竟在自家被人喂拳，难免还是清楚对方不会真打死我，就只是疼一点，不会像自己深陷天劫云海当中就真的会死。可哪怕如此，距离打破金身境瓶颈还是差了两点意思，一点是尚无结成英雄胆，一点是由于学拳驳杂，我贪多嚼不烂，难免导致拳架打架，故而始终没能达到春雷炸响、一拳开山那两种殊途同归的意思。"

竺泉好奇道："你这都还只是六境武夫?!"

陈平安点点头。

竺泉气笑道："那我们北俱芦洲的七境武夫怎么都不去死啊？"

陈平安想了想："不能这么说，不然天底下除了曹慈，所有山巅境之下的纯粹武夫都可以去死了。"

竺泉灌了一口酒："曹慈那家伙连我这种人都听说过，咋的，你这都能认识？"

陈平安嗯了一声，坐起身："在剑气长城上，我连输了他三场。"

竺泉瞪大眼睛，这次轮到陈平安有些难为情："是有点丢人。"但他很快眼神坚毅，面带笑意，云风拂面，两袖留清风，"没关系，武学之路，我只要不被曹慈拉开两境距离，这辈子就有希望赢回来！"

竺泉知道他误会了自己。世间年轻武夫有几人能够让曹慈陪着连打三场？就像天下下棋之人，白帝城城主愿意与谁多下几局？那个欺师灭祖的崔瀺而已。当然，更厉害的还是能够让白帝城城主主动离开城中、主动邀请手谈的读书人齐静春。

文圣一脉确实人少，但是个个厉害。齐静春当初扛下那场惊世骇俗的大劫难，由于骸骨滩位于北俱芦洲最南，而大骊又是东宝瓶洲最北，当时木衣山上，竺泉是看到了一些端倪的。再说那练剑极晚、剑气极长、毁人无数的剑修左右，据说当年曾经出现在北俱芦洲版图附近的海外，北俱芦洲接连去了四位剑仙，但是后边三位问剑之后人人沉默，唯独那个率先赶去拦截的玉璞境剑仙，身为一洲杀力最为出众的玉璞境剑修之一，返回之后，就直接放话给整个北俱芦洲："玉璞境别去了啊，仙人起步！"

关于文圣一脉弟子的故事其实还有很多，比起亚圣一脉的人才济济、蔚为壮观，已经几乎算是断了香火的文圣一脉弟子虽少，故事却多。而北俱芦洲大概算是天底下对文圣一脉最具好感的洲了，道理很简单，能打。竺泉尤其仰慕左右，不叨叨，那暴脾气，啧啧啧，比北俱芦洲还北俱芦洲，豪杰啊，听说模样还周正，瞧着挺斯文的……但是那叫一个能打，打得北俱芦洲的剑仙都觉得这等人物没生在北俱芦洲，还那么性情孤僻，不喜欢人间，可惜了，不然每天都可以切磋剑术。

竺泉呵呵笑着，抹了把嘴。若是能见上一面，得劲儿。至于身边这小子误会就误会了，觉得她是笑话他连输三场很没面子，随他去……等会儿！竺泉僵硬转头，凶神恶煞道："陈平安，你刚才说谁是你大师兄？！齐先生到底是哪个齐先生？！"

他娘的，一开始她有些被这小子的气势镇住了。一个十境武夫欠人情，弟子是元婴什么的，又有乱七八糟的半个师父，还是十境巅峰武夫，已经让她脑子有些转不过弯来，加上更多还是担心这小子心境会当场崩碎，这会儿总算回过神了。

竺泉怒问道："左右怎么就是你大师兄了？！"

陈平安眨了眨眼睛："竺宗主在说啥？喝酒说醉话呢？"

竺泉站起身，满脸笑意，一屁股坐在陈平安身边，小声道："打个商量，回头让你那师兄，嗯，就是那个用剑的，来我木衣山做客？就说有人想请他喝酒。若是不愿上岸也没关系，我可以去海上找他。回头你牵线搭桥，帮忙约个地儿。到时候我请庞山岭随行，我站在你师兄身边，让庞老儿执笔给我俩画一幅画。哎哟，真是怪不好意思的。"

陈平安揉了揉额头，心道：不好意思就别说出口啊。

竺泉怒了："别跟我装傻啊！就一句话，行还是很行?!"

陈平安双手揉着脸颊。真是头疼，何况这种事情不是什么能拿来开玩笑的。他只好实话实说："他没觉得我有资格可以当他的小师弟，他是当我面说这话的。所以我前边才说要去求啊，未必能求来的。"

竺泉一巴掌挥去，陈平安身体后仰，等到那手臂掠过头顶，这才直起身。

竺泉悻悻然收回手，微笑道："我把酒还你，成不成?"

陈平安摇头道："真不成。"

竺泉一拍膝盖："磨磨叽叽，难怪左右不肯认你这个小师弟。"

不过直到这一刻，她倒是有些明白了为何身边年轻人会对徐㻏那么说。左右若是来到北俱芦洲，还真不会正眼看他一眼，半眼都不会。不纯粹是境界悬殊，别的中土剑仙不好说，只是对于左右而言，还真不是你飞升境我就看你一眼，也不是凡夫俗子就不看你一眼。这也是北俱芦洲剑修特别敬仰左右的关键所在，还是心性。

竺泉看了眼天色，恼火道："不行，得走了，之前说了是聊点私事，不承想待了这么久。去晚了，就我那两个道貌岸然的师伯师叔，啥德行我不清楚？恨不得只要是个瞎了眼的男人愿意娶我他们就要拍手叫好，说不定还要挤出点泪花来，然后将那男人当菩萨供起来。完蛋，回头两个老东西看我的眼神，非得认定我是在云海里边与你搅和了一场。他娘的，老娘一世英名毁于一旦，这老牛吃嫩草的名声铁定要传遍木衣山了。"

然后她自己还没觉得如何冤枉，就看到那个年轻人比自己还要慌张，赶紧站起身后退两步，正色道："恳求竺宗主一定、千万、务必要掐断这些流言蜚语的苗头！不然我这辈子都不会去木衣山了！"

竺泉就奇了怪了。这小子天不怕地不怕的，对付高承也没见他皱一下眉头，这会儿怎的脸色都发白了？老娘就这么姿色不堪？好吧，长得是不咋的。

竺泉这还没伸手呢，那小王八蛋就立即掏出一壶仙家酒酿了，不但如此，还说道："我这会儿真没几壶了，先欠着，等我走完北俱芦洲，一定给竺宗主多带些好酒。"

竺泉摆摆手。已经收了人家三壶好酒，手里这壶还没喝完呢。

不承想那人已经将酒抛了回来："竺宗主，其余的先欠着，回头有机会去木衣山做客再说，如果实在没机会拜访披麻宗，我就让人把酒寄往木衣山。"然后他一抬手，将剑仙驭回脚下，直接御剑跑了，飞快。

竺泉轻轻抱起周米粒，疑惑道："这小子不缺小姑娘喜欢吧，而且如此有主见，年纪轻轻，一身本事也真不算小了，为何还会如此？"

她一摇头，不去想了。高承吃了这么一个大闷亏，鬼蜮谷多半不会安生了。

她御风南下。至于有些话，不是她不想多说几句，是说不得。

心结唯有自解，尤其是那种为人处世看似最不喜欢钻牛角尖的人偏偏钻了牛角尖，真是神仙难解。

陈平安背剑在身后，落在了渡船栏杆上，脚尖一点，雪白大袖翻飞，直接从窗户掠回了房间，窗户自行关闭。

还一动不动坐在原地"看风景"的丁潼心弦一松，直接后仰倒去，摔在了船板上。

二楼观景台已经空无一人，事实上，二楼所有客人都撤回了屋子。

渡船方面甚至担心突如其来一剑斩下，然后就什么都没了。

那个当初卖给周米粒一摞邸报的管事心情不比丁潼强多少，难兄难弟。

最可怕的地方，不是那个年轻剑仙修为高，而是性情难测。不然一剑过后，生生死死都是爽快事，也就是磕头求饶，赔钱赔命。

可是当一个足可以随意定人生死的家伙看你是笑眯眯如老子看儿子的，言语是和和气气如哥俩好的，手段是层出不穷想也想不到的时候，你能怎么办，又敢怎么办？

魏白那边就气氛凝重，陷入了这种困境。

照理说，对于整个魏氏而言，死掉一位沙场出身的金身境武夫，损失不可谓不大，魏白就该掂量双方斤两。可是在屋内与老嬷嬷一合计，好像竟然没能琢磨出一个合适的对策，好像做什么说什么都有可能错上加错，后果难测，甚至有可能无法活着走下渡船，都没机会等到了春露圃再稳住局势，可什么都不做又都觉得是在自己找死。

敲门声轻轻响起。

老嬷嬷脸色难看至极，因为她完全没有察觉到动静，对方一路行来，无声无息。

屋内众人兴许对比那个家伙，修为都不高，可是既然今天能够坐在这间屋子里，就没有一盏省油的灯，所以都知道了来者何人。

春露圃照夜草堂的年轻女修青青稳了稳心神，不愿自己心仪的男子为难，就要起身去开门。

魏白叹了口气，已经率先起身，伸手示意青青不要冲动，亲自去开了门，以读书人身份作揖道："铁艟府魏白，拜见剑仙。"

陈平安手持折扇，笑着跨过门槛："魏公子无须如此客气，不打不相识嘛。"

这句话听得屋内众人眼皮子直跳。他们先前在魏白起身相迎的时候就已经纷纷起身，并且除了老嬷嬷和青青之外，都有意无意远离了那张桌子几步，一个个屏气凝神，如临大敌。

魏白想要去轻轻关上门，可陈平安跨过门槛之后，房门就自己关上了。

魏白收回手，跟着那人一起走向桌子。事到临头，他反而松了口气，那种给人刀子抵住心尖却不动的感觉才是最难受的。

陈平安落座后，拈起一只杯口犹然朝下的茶杯给自己倒了一杯茶："二楼屋舍的绕村茶滋味是要好一些。"

魏白坐下后，老嬷嬷站在了他身后，唯独青青跟着魏白一起坐下。

陈平安随便指了一个人："劳烦大驾，去将渡船管事的人喊来。"

那人连忙低头哈腰，连说"不敢"，立即出门去喊人。

随着房门开了又关，屋内出现了一阵难熬的寂静沉默。片刻之后，陈平安笑道："我这一趟往返，恰巧看到了前辈离开渡船后，行走在地上的山野。"

魏白心中了然，又松了口气："廖师父能够与剑仙前辈酣畅切磋一场，说不定返回铁艟府后，稍作修养就可以破开瓶颈，百尺竿头更进一步。"

春露圃年轻女修青青兴许是屋内最后一个想明白其中关节的人，其余人等，只是比魏白稍晚领会这场对话的精妙所在，对魏白更是佩服。

那剑仙不知为何，是给了铁艟府魏氏一个台阶下的，但是给台阶的同时，又是一种无形的威慑，是另外一种方式的咄咄逼人：我一拳打死了你家金身境武夫供奉，我还要来你屋子里喝茶，你魏白和铁艟府要不要与我算一算账？但是与此同时，铁艟府如果愿意息事宁人，倒也有另外一种光景。

可说来说去，还是铁艟府难熬，至少当下是，至于以后，天晓得。魏白选择了顺着台阶走下去，打落牙齿和血吞不说，还全盘接下了对方迂回的得寸进尺。

敲门声轻轻响起，那人带着渡船管事走入了屋子。

老嬷嬷一挑眉。好家伙，是这位年轻剑仙算准了的。原来这话既是说给小公子听的，也是说给渡船那边听的。只要小公子愿意息事宁人，那么先前年轻剑仙听着刺耳的言语，这会儿就变得小有诚意了。毕竟铁艟府自己去嚷着我家姓廖的金身境其实没有被人活活打死，只会是个笑话，但如果渡船这边主动帮着解释一番，铁艟府的面子会好一些。当然了，小公子也可以主动找到渡船管事暗示一番，对方也肯定愿意卖一个人情给铁艟府，只是那么一来，小公子就会更加糟心了。

小事是小事，但若是小公子能够因此小中观大，见微知著，那就可以领会到第三层意思：打架，你家豢养的金身境武夫也就是我一拳的事情。而你们庙堂官场这一套我也熟稔，给了面子你魏白都兜不住，真有资格与我这外乡剑仙撕破脸皮？

铁艟府未必忌惮一个只晓得打打杀杀的剑修。在北俱芦洲，只要有钱，是可以请金丹剑仙下山"练剑"的，钱够多，元婴剑仙都可以请得动！可是，眼前这位喜欢穿两件法袍的年轻剑仙脑子很好使。

老嬷嬷是魔道修士出身，眼中没有好坏之分，天底下任何人只有强弱之别。而强大又分两种，一种是已经注定无法招惹的，一种是可以招惹却最好别去招惹的，前者自然更强，可是后者随时都会变成前者，有些时候甚至会更加难缠。

铁箧府归根结底还是世俗王朝的山下势力,对于官场那套规矩熟稔异常,越是如此,对于那些行事干脆利落的山上修士,尤其是直肠子的,其实应对起来并不难,难的是那些比官员还要弯弯肠子的谱牒仙师。

魏氏在内的大观王朝三大豪阀,恰恰因为家世煊赫,反而沉寂夭折的读书种子、武将坯子还少吗?许多水土不服的豪阀子弟,在京为官还好说,一旦外放为官,当个郡城佐官或是县令什么的,官场上下那些个老狐狸小油子拿捏他们起来,真是怎么隐晦怎么恶心怎么来,花样百出,把他们玩得团团转,钝刀子割肉。

所以这些年,铁箧府对于魏白的庇护不遗余力,甚至还有些风声鹤唳,就怕哪天小公子突然暴毙了,事后连个仇家都找不到。

但是以往每一次小公子出行反而是最安生的:路线固定,扈从跟随,仙家接应。为此还钓出了许多隐藏极深的敌对势力,顺藤摸瓜,让铁箧府在暗中借机扫清了不少隐患,庙堂的、山上的、江湖的,都有。

只是这一次,实在是天大的意外。如今渡船犹在大观王朝的一个藩属国境内,可对方偏偏连铁箧府和春露圃的面子都不卖,那人出手之前,那么多的窃窃私语,就算之前不知道小公子的显贵身份,听也该听明白了。

陈平安以折扇指了指桌子:"渡船大管事,咱们可是做过两笔买卖的人,这么客气拘谨做什么?坐,喝茶。"他以折扇随便一横抹,茶杯就滑到了渡船管事身前的桌边,半只茶杯在桌外边,微微摇晃,将坠未坠。

陈平安又提起茶壶,管事连忙上前两步,双手抓住那只茶杯,弯下腰,双手递出茶杯后,等到他倒了茶,这才落座。从头到尾,没说一句多余的奉承话。

如今尚未入夏,自己这艘渡船就已是多事之秋。

所谓的两笔买卖,一笔是掏钱乘坐渡船,一笔自然就是买邸报了。

陈平安提起茶杯,悠悠喝了一口,轻轻搁在桌上,背靠椅子,打开折扇轻轻扇动,清风阵阵。

魏白这才跟着举杯慢饮快放,渡船管事则是在魏白之后慢提茶杯快喝茶,然后双手托杯不放下。

陈平安笑道:"有些误会,说开了就是了,出门在外,和气生财。"

魏白给自己倒了一杯茶,倒满了,一手持杯,一手虚托,笑着点头道:"剑仙前辈难得游历山水,这次是我们铁箧府顶撞了剑仙前辈,晚辈以茶代酒,斗胆自罚一杯?"

陈平安点点头,魏白一饮而尽。

渡船管事额头渗出细密汗水。他一个观海境修士,如坐针毡。

陈平安转头望向那位年轻女修:"这位仙子是?"

魏白放下茶杯后,微笑道:"是春露圃照夜草堂唐仙师的独女,唐青青。"

陈平安笑道:"唐仙子是先前屋内第一个想要开门迎客的人吧,美人恩重,魏公子可莫要辜负了啊。"

魏白笑着点头:"就等双方长辈点头了。"

陈平安嗯了一声,笑眯眯道:"不过我估计草堂那边还好说,魏公子这样的乘龙快婿谁不喜欢,就是魏大将军那一关难过,毕竟山上山下还是有些不一样的。当然了,还是看缘分,棒打鸳鸯不好,强扭的瓜也不甜。"

魏白又他娘的松了口气,那唐青青竟然有些感激。

屋内那些站着的与铁觥府或是春露圃交好的各家修士都有些云里雾里。除了开始那会儿还能让旁观之人感到隐隐约约的杀机四伏,这会儿瞅着像是拉家常来了?

陈平安突然说道:"唐仙子应该认识宋兰樵宋前辈吧?"

唐青青赶紧说道:"自然认识,宋船主是我爹的师兄,皆是春露圃兰字辈修士。"

陈平安笑道:"那就好。我先前乘坐过宋前辈的渡船,十分投缘,属于忘年之交,看来此次去往春露圃,一定要叨扰照夜草堂了。"

唐青青嫣然一笑:"剑仙前辈能够莅临草堂,是我们的荣幸。"

就算是魏白都有些嫉妒唐青青的这份香火情了。

陈平安突然问道:"魏公子,先前那个御剑而过的少年剑仙说了一番没头没尾的怪话,还要请我喝茶,姓甚名谁?"

魏白说道:"如果晚辈没有看错的话,应该是金乌宫的小师叔祖,柳质清,柳剑仙。"

唐青青点头笑道:"这位金乌宫柳剑仙每隔几年就会去往我们春露圃一处他早年私人购买下来的山泉,汲水烹茶。"

陈平安恍然道:"我在春露圃那本《春露冬在》上边看到过这一段内容,原来那少年就是金乌宫柳质清,久仰大名了。早知道先前就厚着脸皮与柳剑仙打声招呼,到了春露圃也好帮自己挣点名声。"

魏白笑容如常,老嬷嬷却是嘴角微微抽搐了两下。

渡船管事手中那杯至今还没敢喝完的绕村茶不苦,可是心中却悲苦得很:这位剑仙老爷,您一剑劈了人家金乌宫的雷云,柳质清还要盛情邀请您去喝茶,您老人家需要这么点名声吗? 咱们做人能不能稍微敞亮一点,给一句痛快话,别再这么煎熬人心了?

陈平安转过头:"这位老嬷嬷似乎觉得我不太有资格与柳剑仙喝茶?"

老嬷嬷皮笑肉不笑道:"不敢。两位剑仙,林下泉边,对坐饮茶,一桩美谈。春露圃的那本小册子,今年便可以重新刊印了。"

陈平安保持转头微笑的姿势,老嬷嬷脸色越来越僵硬。

陈平安突然眯眼说道:"我听说山下王朝都有一个主辱臣死的说法。"

老嬷嬷绷着脸,陈平安又道:"关于美谈一事,我听说大观王朝亦有一桩。当年魏公子赏雪湖上，见一翩翩美少年走过拱桥，身边有妙龄美婢悄然一笑，魏公子便询问她是否愿意与那少年成为神仙眷侣，说君子有成人之美。婢女无言，片刻之后，便有老妪掠湖捧匣而去，赠礼少年。敢问这位老嬷嬷，匣内是何物？我是穷地方来的，十分好奇，不知是什么贵重物件，能够让一个少年那般动容失色。"

老嬷嬷已经做好了最坏的打算。拼死打杀一场便是，拉着铁簾府小公子和春露圃唐仙师独女一起死，到时候她倒要看看，这年轻剑仙怎么与柳质清喝那茶水！

但是陈平安却已经转过头："难怪这边寺庙香火鼎盛。"

魏白身体紧绷，挤出笑容道："让剑仙前辈见笑了。"

陈平安缓缓起身，最后只是用折扇拍了拍渡船管事的肩膀，擦肩而过的时候，道："别再有第三笔买卖了。夜路走多了，容易见到人。"

唐青青愣了一下。不是容易见到鬼吗？

陈平安径直走向房门，抬起手臂，摇了摇手中那把合拢折扇："不用送了。"

房门依旧自己打开，再自行关闭。

魏白苦笑不已。鬼走夜路见到人吗？

沉默了很久，在大致确定那人都可以往返一趟渡船后，魏白笑着对老嬷嬷说道："别介意。山上高人，百无禁忌，我们羡慕不来的。"

老嬷嬷笑着点头。

魏白心中冷笑：你不介意，是真是假，我不管。可我很介意！方才你这老婆姨流露出来的那一抹浅淡杀机，虽说是针对那年轻剑仙的，可我魏白又不傻！狗咬人也好，人打狗也罢，哪里比得上狗往死里咬狗的凶狠。

陈平安返回屋子后，开始六步走桩。突然又停下脚步，来到窗边。

夜幕降临，他轻轻跃上船栏，缓缓而行。

就这样走了一夜，当大日出海之际，陈平安停下脚步，举目远眺，一袭雪白法袍沐浴在朝霞中，如天下地上的一尊金身神灵。

黄昏中，龙泉郡骑龙巷一间铺子门口，一个黑炭丫头端着小板凳坐着。铺子里边，石柔偶尔瞥一眼外边的动静。

裴钱经常会坐在门口嗑瓜子，石柔知道，这是想她的师父了。

在陈平安从牛角山渡口去往北俱芦洲后，一开始有朱敛盯着学塾，足足盯了约莫一旬光阴，裴钱总算习惯了在那里的求学生涯，再不会想着翻墙翘课。但是哪怕如此，她也不消停。朱敛有一次去学塾向授业夫子询问近况，结果半喜半忧。喜的是裴钱在学塾里边没跟人打架，骂战都没有；忧的是老夫子们对裴钱也很无奈。小丫头对圣贤书籍那是半点谈不上敬意，上课的时候就一丝不苟坐在靠窗位置，默默地在每一页书的边角上画小人儿，下了课就哗啦啦翻书。有位老夫子不知从哪里得了消息，就翻看了裴钱所有的书籍，结果真是一页不落下啊，那些小人儿画得粗糙，一个圆圈是脑袋，五根小枝丫应该就是身体和四肢，合上书后，那么一掀书角，然后就跟神仙画似的，要么就是小人儿打拳，要么是小人儿多出一条线，应该算是练剑了。老夫子当时哭笑不得，倒是没有立即发火，开始询问裴钱的功课，要她背诵书籍段落，不承想小姑娘还真能一字不差背出来。老夫子也就作罢，只是提醒她不许在圣贤书籍上鬼画符。后来小姑娘不知道从哪里买了些学塾之外的书籍，课业照旧不好不坏，小人儿照样画得勤快。

下课的时候，她偶尔也会独自去树底下抓只蚂蚁回来放在一小张雪白宣纸上，一条胳膊挡在桌前，一手持笔在纸上画横竖，阻挡蚂蚁的逃跑路线，这样都能画满一张宣纸，跟迷宫似的，可怜那只蚂蚁就在迷宫里边兜兜转转。由于龙尾郡陈氏公子嘱咐过所有夫子只需要将裴钱当作寻常的龙泉郡孩子对待，所以学塾大大小小的蒙童都只知道这个小黑炭家住骑龙巷的压岁铺子，除非是跟夫子问答才会开口，每天在学塾几乎从来不跟人讲话。她早晚上学下课两趟都喜欢走骑龙巷上边的阶梯，还喜欢侧着身子横着走，总之是一个特别古怪的家伙，学塾同窗们都跟她不太亲近。

日子久了，有些消息便传开来，说这个黑炭丫头是个财迷，每天都会在压岁铺子里跟人做生意，帮铺子挣钱，应该是个没爹没娘的，就跟铺子那个掌柜糟老头子一起厮混。还有蒙童信誓旦旦地说早先亲眼见过这个小黑炭喜欢跟街巷里边的大白鹅较劲。又有邻近骑龙巷的蒙童说每天一大早上学的时候，裴钱就故意学公鸡打鸣，吵得很，坏得很。再有人说裴钱欺负过了大白鹅之后，还会跟小镇最北边那只大公鸡打架，还嚷嚷着什么"吃我一记旋风腿"，或是蹲在地上对那大公鸡出拳，是不是疯了？

朱敛去过一次学塾后，回来跟裴钱聊了一回，裴钱终于不在书上画小人儿，也不在宣纸上给蚂蚁造迷宫了，就只是放学后在骑龙巷附近的一处僻静角落用泥土蘸水捏小泥人儿，排兵布阵，指挥双方打架，硬是给她捏出了三四十个小泥人儿。每次打完架，她就鸣金收兵，将那些小人儿就近藏好。石柔看到了，私底下跟朱敛说了，朱敛说不用管。

后来有一天，裴钱抄完书后，兴冲冲跑去当那沙场秋点兵的大将军，结果很快就回来了。石柔一问，裴钱闷闷不乐地站在柜台后边的凳子上，把脑袋搁在柜台上，说是前些天下大雨，两军将士们都阵亡了。这让石柔有些忧虑，就裴钱那精明劲儿，怎么可能让那些家当给雨淋坏了？可来朱敛还是说随她。

但接下来发生的一件事，就连朱敛也皱起了眉头。得到石柔的消息后，专程从落魄山跑了一趟骑龙巷。石柔告诉他，有天放学，裴钱拽着一只死了的大白鹅脖子，扛着回到了骑龙巷铺子，然后将大白鹅埋在了不知道什么地方。

裴钱当时在自己屋子里边一个人抄着书，朱敛站在铺子大门口，石柔说裴钱什么都不愿意说，是她自己去打听来的消息。

裴钱在放学回来的路上被一个市井妇人拦住了，说一定是裴钱打死了家里的大白鹅，骂了一大通难听话。裴钱一开始说不是她做的，妇人就动了手，裴钱躲开之后，还是只说不是她做的。到最后，裴钱就拿出了自己的一袋子私房钱，将辛苦攒下来的两粒碎银子和所有铜钱都给了那妇人，说她可以买下这只死了的大白鹅，但是大白鹅不是她打死的。

石柔忧心忡忡地问朱敛怎么办，要不要跟裴钱谈谈心。朱敛当时背对着柜台，面向骑龙巷的道路，说不是不可以谈，但没用，裴钱只会听谁的，石柔又不是不清楚。石柔便出主意，说自己去找那妇人聊一聊，再用点手段，找出真凶，要双方给裴钱道个歉。结果一向嬉皮笑脸的朱敛竟然爆了粗口："有个屁用，你以为就只是事情的事情吗？"吓得石柔脸色惨白。

不过到最后，朱敛在门口站了半天，也只是悄悄返回落魄山，没有做任何事情。

在那之后，裴钱就再没有让人不放心的地方，乖乖去学塾听夫子们讲课，早出晚归，准时准点，然后一得闲就帮铺子做生意、抄书、走桩、练习她的疯魔剑法，但是这种放心，反而让石柔更不放心。石柔倒是宁可裴钱一巴掌打倒那市井妇人，或是在学塾跟某位老夫子吵架，可是裴钱都没有。那一刻，石柔才意识到，原来不只陈平安在不在落魄山会是两座落魄山，他在不在裴钱身边，裴钱更是两个裴钱。

好在裴钱还会像今天这样，一个人端着板凳坐在铺子门口，嗑着瓜子，絮絮叨叨不知道说些什么，时不时抬头望向巷子尽头。这个时候的裴钱，石柔会瞧着比较熟悉。

这天，裴钱刚端了板凳走回铺子后院，打算练习一下几乎趋于圆满的疯魔剑法，就听到朱敛在前边铺子喊道："赔钱货！赔钱货快出来！"

裴钱手持行山杖，怒气冲冲跑出去："老厨子你找打是不是？！"

等到裴钱走到铺子前边，看到朱敛身边站着个双臂环胸的小丫头片子，绷着脸跟裴钱对视，愣了愣，一本正经道："这谁啊？老厨子你那个流落在外的私生女终于给你找回来啦？"

朱敛骂了一句滚蛋，拍了拍站在门槛上小姑娘的脑袋："她叫周米粒，是你师父从北俱芦洲送来的。"

裴钱以拳击掌，眼神熠熠："师父真是厉害，如今不光是捡钱，都能捡丫头了！"

周米粒皱着脸和淡淡的眉毛，歪着脑袋，使劲眯眼望向那个个儿也不算太高的小黑炭。

裴钱瞪大眼睛，然后笑眯眯道："我晚上请你吃水煮鱼好不好？"

说完，裴钱一手手掌作刀，一手手心作砧板，手刀来回抬起放下，快得让人眼花缭乱，嘴上还发出咄咄咄的声响，收工之后，气沉丹田，沉声道："我这刀法当世第二，只比我师父略逊一筹！"她双手摊开，"你吃过这么大的鱼吗？你吃过这么大的螃蟹吗？"

周米粒立即不敢再摆出双臂环胸的姿态,皱着脸,满脸的汗水,眼珠子急转。

石柔笑了笑,不愧是一只小鱼怪。

周米粒灵机一动,用别别扭扭的大骊官话说道:"你师父让我帮忙捎话,说他很想念你呢。"

裴钱一双眼眸蓦然放光,周米粒赶紧跳下门槛,有些害怕。

裴钱重新拿起那根斜靠着肩头的行山杖,大摇大摆走到门槛附近,望向周米粒的眼神那叫一个……慈祥,伸手摸着她的小脑袋,笑眯眯道:"个儿不高哩,白长了几百年的矮冬瓜啊。没事没事,我不会瞧不起你的,我作为师父的开山大弟子,就不是那种以貌取人的人!"

周米粒学了一路的大骊官话,虽然说得还不顺畅,可都听得懂。

朱敛笑着对裴钱道:"以后周米粒就交给你了,这可是公子的意思,你怎么个说法?要是不乐意,我就领着周米粒回落魄山了。"

裴钱扯了扯嘴角,斜眼看那老厨子:"天大地大当然是师父最大,以后这小个儿矮冬瓜就交给我照顾好了,我带她顿顿吃……"

周米粒立即喊道:"只要不吃鱼,吃什么都行!"

裴钱笑眯眯揉着她的脑袋:"真乖。"

朱敛走了,石柔趴在柜台上乐呵。

在那之后,骑龙巷铺子里就多了个黑衣小姑娘。

那条狗也会经常跑来,每天学塾约莫就要结束一天课业的时候,周米粒就跟它一起蹲在大门口,迎接裴钱返回骑龙巷。

这天裴钱飞奔出来,瞧见了怀抱着一根行山杖的周米粒和那条趴在地上的土狗。裴钱蹲下身,一把抓住狗的嘴巴,一拧:"说,今儿还有没有人欺负小冬瓜?"

那条已经成精了的狗想死的心都有了:老子咋个说嘛。

裴钱手腕一抖,将狗头拧向另外一个方向:"不说?!想要造反?!"

周米粒怯生生道:"大师姐,没人欺负我。"

裴钱点点头,松开手,一巴掌拍在狗头之上:"你这骑龙巷左护法怎么当的,再这么不知上进,屁用没有,骑龙巷就只有一个右护法了!"

周米粒立即站直身体,踮起脚尖,双手牢牢抓住那根行山杖。他们一起穿街过巷,跑回骑龙巷,飞奔下台阶,结果一袭白衣从天而降,大袖翻滚,猎猎作响,以一个金鸡独立的姿势落在地上,一臂横在身前,一手双指并拢指天:"要想从此过,留下买路财!"

土狗夹着尾巴掉头就跑,周米粒有些紧张,扯了扯裴钱的袖子:"大师姐,这是谁啊?好凶的。"

她倒是没觉得对方一定是个多厉害的坏人,就是瞅着脑子有毛病,个儿又高,万一他靠着力气大打伤了自己和大师姐,都没办法讲理啊。

裴钱却一脸凝重,缓缓道:"是一个江湖上凶名赫赫的大魔头,极其棘手,不知道多少江湖绝顶高手都败在了他手上,我对付起来都有些困难。你且站在我身后,放心,这条骑龙巷是我罩着的,容不得外人在此撒野!看我取他项上狗头!"

周米粒使劲点头,抹了额头汗水,后退一步。然后她就看到裴钱一个跳跃,刚好落在那个白衣人旁边,再一行山杖横扫出去。

周米粒瞪大眼睛:咋个回事,这一棍子横扫有点慢啊,慢得不比蚂蚁挪窝快啊。

而那个白衣人就一个慢悠悠后仰,两只雪白大袖亦是缓缓提起,如同两张缓缓铺开的宣纸,刚好躲过行山杖那一记横扫。

而后你来我往,依旧是慢得吓死人,你一棍子,我抬个脚。周米粒感觉自己都快能够跑完一趟骑龙巷了,两条眉毛挤一堆,她是真没看懂啊。

最后,裴钱和那个长得贼好看、脑子贼有问题的白衣人几乎同时收手,都做了一个气沉丹田的动作。裴钱嗯了一声:"高手!可以挡得下我这套疯魔剑法六式,打遍一国江湖无敌手,绰绰有余了。"

那个白衣人也点点头:"确实如此。"

周米粒有些迷糊,自顾自挠头。然后就听白衣人笑容灿烂道:"你就是周米粒吧,我叫崔东山,你可以喊我小师兄。"

周米粒赶紧起身,跑下台阶,伸长脖子看着那个自称崔东山的人:"陈平安说你会欺负人,我看不像啊。"

那人一挥袖子,翘起兰花指,一手捂脸,"娇羞"道:"我家先生最会开玩笑啦。"

周米粒嘴角抽搐,转头望向裴钱。

裴钱一脚踹在崔东山小腿上:"正经点,别丢我师父的脸。"

崔东山咳嗽了两声,蹲下身,微笑道:"站着就行。"

周米粒眨了眨眼睛,那人伸出一根手指,轻轻抵住她的眉心。她晕晕乎乎,有些犯困,不知道过了多久,眉心处传来一阵刺痛,之后就再无异样。

崔东山站起身,一手轻轻拍着周米粒的脑袋,笑道:"没事了。走吧,一起回铺子。"

裴钱皱眉道:"可要小心些,这可是我师父交代给你的事情!"

崔东山一手负后,与两个走在一起的小丫头侧身而立,神色无奈道:"知道啦。走吧走吧。"

骑龙巷前边,两个小姑娘如出一辙,大摇大摆。这叫走路嚣张,妖魔慌张。

裴钱对周米粒是真的好,还拿出了自己珍藏的一张符箓,吐了唾沫,一巴掌贴在了周米粒的额头上。

崔东山在两个小姑娘身后缓缓而行,望向她们,笑了笑。

日月之辉，米粒之光。

崔东山负后之手轻轻抬起，双指之间拈住一粒漆黑如墨的魂魄残余。

他扯了扯嘴角："不好意思，遇上我崔东山，算你倒了八辈子血霉。"

第六章
琢 磨

春露圃渡口。

祖师堂在得到唐青青的飞剑传信后，一致决定宋兰樵暂时不用看顾渡船了，近期就留在春露圃亲自接待那位来自骸骨滩的外乡年轻剑仙，直到辞春宴结束，到时候如果陈剑仙还愿意留在春露圃赏景自然更好。

宋兰樵在渡口已经等了将近一个时辰，但是仍然心情大好，与熟悉面孔打招呼多了几分真诚笑意。天底下的渡船管事都是修行路上的可怜人，不是师门弃子胜似弃子，宋兰樵也不例外。除了他的恩师之外，祖师堂其余几位长辈和供奉客卿，哪怕绝大多数明明与他境界相当，有些只是比他高出一个辈分，名字中将"兰"字变成了"竹"字而已，可对他是真不待见。一来同门不同脉，二来一年到头的渡船收入、嘉木山脉出产的奇花异草美木良材，这些神仙钱其实从来不过他的手，渡船之上专门会有祖师堂嫡传心腹负责与各地仙家势力交接，他只是以船主的身份获取一点残羹冷炙的分红而已，一旦有了意外，祖师堂还会问责颇多，谈不上苦不堪言，反正舒心日子是没有几天的。

一艘渡船缓缓停岸，然后异常繁华的春露圃符水渡里来自北俱芦洲各地的大小渡船都发现了一桩怪事——那艘渡船的乘客竟然就没一个御风而下的，也没谁一跃而下，无一例外，全部老老实实靠两条腿走下渡船。不但如此，下了船后，一个个都露出像是死里逃生的神色。

陈平安走下渡船，魏白和唐青青那拨人随后，但是隔了几十步路。

见到了越发热络的宋兰樵，陈平安笑着被这位春露圃金丹领着去往嘉木山脉一处形胜之地,那边专门有招待贵客的府邸,一栋栋古色古香的宅子位于竹海之中。

两人坐上一艘符箓小舟,撑篙舟子是一个妙龄女子,小舟之上茶具齐全,她跪坐在小舟一端,煮茶手法娴熟。

宋兰樵与陈平安一起饮茶赏景,宋兰樵介绍了沿途各地建筑店铺、山峰洞府和山水景点。

嘉木山脉占地广袤,符箓小舟航行了差不多半个时辰才进入灵气远胜别处的竹海地界,又约莫一刻钟,才停在山巅竹海中的凉亭旁边。

陈平安此次露面再没有背竹箱戴斗笠,也没有拿行山杖,就连剑仙都已收起,就是腰悬养剑葫,手持一把玉竹折扇,白衣翩翩,风采照人。

那位有修行资质却境界不高的春露圃女舟子站在小舟旁,嫣然浅笑,这一路行来,除了递茶添茶时的必要言语之外,就再未出声。

陈平安走近,双指拈住一枚雪花钱。那女修似乎有些意外,犹豫了一下,赶紧伸手。陈平安松开手指,轻轻将那枚雪花钱落在她手心,道了一声谢。

宋兰樵看她似乎有些忐忑,笑道:"只管收下,别处那点死规矩,在竹海不作数。"

陈平安与宋兰樵走向府邸的时候,疑惑问道:"宋前辈,可是我坏了春露圃的山门规矩?"

宋兰樵摇头笑道:"嘉木山脉别处款待客人的府邸是有规矩约束的,不许舟子收取客人赏钱,但是到了竹海就随意了。陈公子若是舍得,给一枚小暑钱都行,而且绝对全是舟子的私房钱,春露圃绝对不抽成一毫一厘。"

陈平安笑道:"打肿脸充胖子这种事,做不得。"

辞春宴在三天后举办,刚好在夏至之前。而且宋兰樵说入夏之后犹有一场鹿角宴,只是比不得先前集市的规模了,所以如今渡船都是去多来少,毕竟春露圃以春为贵。

两人在竹林小径中缓缓而行,来到一座悬挂"惊蛰"匾额的幽静宅子,三进院落。

春露圃有六座以春季六个节气命名的府邸最为清贵,有三座就位于这片竹海之中,不过其中"清明"府邸一般客人不太愿意入住,毕竟名字不是特别吉庆,但是造访春露圃的道家高人却最喜好选择此宅下榻。

其实每次辞春宴前后,关于这六栋宅子的归属都是一件让春露圃祖师堂挺头疼的事情,给谁不给谁,一个不慎,就是惹来怨怼的坏事。

其实还有一栋最有殊荣的"立春"府邸,这两天一位元婴贵客刚离开,暂时也空着,虽说很抢手,但不是不可以拿出来让那位年轻剑仙入住,可祖师堂商议之后,觉得这栋宅子离玉莹崖实在太近,而那位金乌宫小师叔祖就待在那边汲水煮茶,还是不妥。万一真打起来,好事都要变成祸事。

在商议此事的时候,一大帮原本鼻孔朝天的师门长辈和供奉郑重其事地询问宋兰樵意见，这让宋兰樵有了那么点扬眉吐气的感觉。不过毕竟是一位老金丹，倒不会流露出半点得意神色，反而比以往更加姿态恭敬，应对得滴水不漏。

山上事，最讲究一个细水长流。今日得意事，明天失意人，太多了。

宋兰樵进了惊蛰府邸，但是没多待，很快就告辞离去。

宅子里边有两名姿容出彩的年轻女修，其中一个竟然还是一位春露圃金丹修士的嫡传弟子。她们按例负责担任住客的临时侍女，这让陈平安别扭得不行，在将宋兰樵送到门口的时候，直接询问能否辞退两女。

宋兰樵笑呵呵道："陈公子，你是我们春露圃的头等贵客，当然可以如此做，只不过那两个丫头回头定然是要吃挂落的。"

陈平安叹了口气，摇动折扇，不再言语。

宋兰樵轻声说道："我们老祖原本是要亲自迎接陈公子的，只是刚好辞春宴筹办一事上出了些意外，必须由她老人家亲自操办。她又是心细如发的脾气，委实是脱不开身，只好让我与陈公子告罪一声。"

陈平安笑道："谈老祖实在是太客气了。"

等到宋兰樵的身影消失在竹林小径尽头，陈平安没有立即返回惊蛰府邸，而是开始四处逛荡。等他返回的时候，就看到了金乌宫柳质清站在门口，少年模样，头别金簪，玉树临风。两名年轻女修随侍一旁，眼神温柔，不只是女修看待剑仙的那种仰慕，还有女子看待俊美男子的秋波流转。

陈平安笑了笑。人比人气死人，要是自己那个学生站在这里，估摸着这两个春露圃女修眼中就再无什么柳剑仙了吧。

柳质清问道："要不要去我玉莹崖喝茶？"

陈平安摇头笑道："柳剑仙对我似有误会，我不敢去玉莹崖，怕喝的是罚酒。"

柳质清说道："我对玉莹崖那汪清泉的喜好远胜金乌宫雷云。"

陈平安恍然道："那就好。咱俩是徒步行去，还是御风而游？"

柳质清微笑道："随你。"

陈平安望向那个金丹嫡传的春露圃女修："劳烦仙子祭出符舟送我们一程。"

女修当然不会有异议，与柳剑仙乘舟远游玉莹崖可是一份求之不得的殊荣，何况眼前这位亦是春露圃的头等贵客，虽说只有别脉的金丹师叔宋兰樵一人出迎，比不得柳剑仙当初入山的阵势，可既然能够下榻此地，自然也非俗子。

符箓小舟升空远去，三人脚下的竹林广袤如一片青翠云海，山风吹拂，依次摇曳，美不胜收。这一次女修没有煮茶待客，在柳剑仙面前卖弄自己那点茶道，委实是贻笑大方。

到了玉莹崖小渡口，柳质清和陈平安下舟后，陈平安好奇问道："柳剑仙难道不知道这边的规矩？”

柳质清疑惑道：“什么规矩？”

陈平安说道：“仙子驾舟，客人要打赏一枚小暑钱礼钱啊。”

惊蛰府女修一脸茫然，柳质清却哦了一声，抛出一枚小暑钱给她，道：“以往是我失礼了。”

而后缓缓前行：“再前行千余步，即是玉莹崖畔的那口竹筒泉。”

陈平安环顾四周：“听说整座玉莹崖都被柳剑仙买下了？”

柳质清点点头：“五枚谷雨钱，五百年期限，如今已经过去两百年。”

陈平安转头说道：“仙子只管先行返回，到时候我自己去竹海，认得路了。”

年轻女修点点头，犹豫了半天，还是没有开口说话，免得打搅了两位贵客的雅兴，打算回去跟师父好好商量一下，再决定收不收这枚莫名其妙的小暑钱。

春露圃专程重金聘请太真宫打造的符舟样式古朴雅致，并且路过灵气稍稍充沛流溢之地便会有文豪诗文、青词宝诰在小舟壁上显现出来，若是客人恰巧遇上了喜欢的词句，还可以随意抓取文字，如掬水在手，放于扇面、书页之中，文字经久不散，极具风雅古韵。

客人从符舟取字带走一事，春露圃从来乐见其成。先前宋兰樵就介绍过，只是当时陈平安没好意思下手，这会儿与柳质清同行就没客气，撷取了两句“盛放”在折扇一面上，总计十字：灵书藏洞天，长在玉京悬。

与柳质清在青石板小径上一起并肩走向那汪清泉，陈平安摊开扇面轻轻晃荡，那十个行书文字便如水草轻轻荡漾。

柳质清轻声道：“到了。”

玉莹崖畔有一座茅草凉亭，稍远处还有一座围有篱笆栅栏的茅屋。

凉亭内有茶具几案，崖下有一汪清澈见底的清潭，水至清则无鱼，水底唯有莹莹生辉的漂亮鹅卵石。

陈平安与柳质清相对而坐，合拢折扇，笑道：“喝茶就算了，柳剑仙说说看，找我所为何事？”

柳质清笑道：“你不喝，我还要喝的。”

他一手在几案上画“真火”二字，金光流转，很快笔画汇聚成一线，变作两条红色火蛟，在几案上盘旋缠绕。他轻轻挥袖，如龙汲水，水潭中约莫数斤重的泉水飞往几案之上，凝聚成球，片刻之后，泉水沸腾开来。柳质清将一只青瓷茶杯放在一旁，又从茶罐中拈出几枚茶叶轻轻丢入茶杯，一指轻弹，煮开的清泉沸水如岔出一条纤细支流，潺潺涌入青瓷茶杯当中，刚好七分满。

柳质清举杯缓缓饮茶，陈平安道：“给我也来一杯。”

柳质清笑了笑，又拈起一只茶杯，倒了一杯茶，轻轻一推，滑到陈平安身前。

陈平安喝了一口，点头道："柳剑仙是我见过煮茶第二好的世外高人。"

第一，自然还是陆抬。

柳质清微笑道："有机会的话，陈公子可以带那第一高人来我这玉莹崖坐一坐。"

陈平安放下茶杯，问道："当初在金乌宫，柳剑仙虽未露面，却应该有所洞察，为何不阻拦我那一剑？"

柳质清叹了口气，放下了已经举到嘴边的茶杯，轻轻搁在桌上："拦下了又如何？没头没脑厮杀一场？没意思。在我跻身金丹之后，这么多年来，金乌宫剑修下山游历，靠着我这名字做了多少错事？只可惜我这个人不擅长打理庶务，所以觉得金乌宫雷云碍眼、厌烦那师侄道侣、不喜晋乐之流的桀骜晚辈，却也只能假装眼不见心不烦。"

陈平安点头道："有此迥异于金乌宫修士的心思，是柳剑仙能够跻身金丹、高人一等的道理所在，但也极有可能是柳剑仙未能破开金丹瓶颈、跻身元婴的症结所在。来此喝茶，可以解忧，但未必能够真正裨益道行。"

柳质清听闻此话，笑了笑，又端起茶杯，喝了口茶，然后道："先前在宝相国黄风谷，你应该见到我出剑。在北俱芦洲南方诸多金丹剑修当中，气力不算小了。"

陈平安想起黄风谷最后一剑，剑光从天而降。正是柳质清此剑伤及了黄风老祖的根本，使得它在确定金乌宫剑修远去之后，明知道宝相国高僧在旁，仍然想要饱餐一顿，以人肉魂魄补给妖丹本元。

柳质清缓缓道："但是剑有双刃，就有了天大的麻烦。我出剑历来追求'剑出无回'的宗旨，所以砥砺剑锋、历练道心一事，境界低的时候十分顺遂，不高的时候受益最大，可越到后来越麻烦。剑修之外的元婴地仙不易见，元婴之下的别家金丹修士，无论是不是剑修，只要听闻我御剑过境，便是那些恶贯满盈的魔道中人，要么躲得深，要么干脆摆出一副引颈就戮的无赖架势。我早先也就一剑宰了两个，其中一个该死数次，第二个却是可死可不死的。后来我便越发觉得无聊，除了护送金乌宫晚辈下山练剑与来此饮茶两事，几乎不再离开山头，这破境一事就越来越希望渺茫。"

这涉及他人大道，陈平安便缄默无言，只是喝茶。这茶水水运荟萃，对于关键气府壮大如江河湖泊的柳质清而言，这点灵气早已无足轻重，对于陈平安这位"下五境"修士而言，却是每一杯茶水就是一场干涸旱田的及时雨，多多益善。

柳质清正色问道："所以我请你喝茶，就是想问问你先前在金乌宫山头外递出那一剑是为何而出，如何而出，为何能够如此……心剑皆无凝滞，请你说一说大道之外的可说之语，兴许对我而言便是他山之石可以攻玉。哪怕只有一丝明悟，都是价值千金的天大收获。"

陈平安举起一杯茶，笑问道："如果我说了，让你了悟一二，你自己都说是价值千金的天大收获,结果就用一杯茶水打发我?"

柳质清微笑道:"你开口扬言多喝一杯茶,除了那点茶水灵气之外,无非是想要看清我画符、运气的独门手法,这算不算报答?"

陈平安摇头道:"一时半会儿我可看不懂一位金丹瓶颈剑仙的画符真意,而且事不过三,看不懂就算了。"

柳质清大笑,抬起手,指了指一旁的清潭和陡崖,道:"若是有所得,我便将还剩下三百年的玉莹崖转赠给你,如何?到时候你是自己拿来待客,还是倒手租赁给春露圃或是任何人,都随你。"

陈平安打开折扇,在身前轻轻扇动清风:"那就有劳柳剑仙再来一杯茶水,咱们慢慢喝茶慢慢聊。做生意嘛,先确定了双方人品,就万事好商量了。"

柳质清会心一笑,此后双方一人以心湖涟漪言语,一人以聚音成线的武夫手段开始"做买卖"。

一炷香后,陈平安又伸手讨要一杯茶水,柳质清板着脸:"劳烦这位好人兄有点诚意好不好?"

陈平安正色道:"句句是真,字字皆诚!"

柳质清大袖一挥:"恕不远送。"

陈平安想了想,一手摇扇,另外一只手掌一扫而过,从那几案上的符上沸水灵泉当中抓取些许泉水,在自己身前点了两滴,然后以此作为两端,画出一条直线,再以指尖轻点一端,缓缓向右边抹去,直至另外一端才停下:"不去看大,只看一时一地一些人。假设这条线便是柳剑仙所在的小天地,那么柳剑仙是金乌宫土生土长的修士,心性在此端;而金乌宫风俗人情心性,有剑修心性在此、在此,也在此,不断偏移,远离你之心性;更多的剑修,例如那性情暴虐的宫主夫人、行事跋扈的晋乐,还是在另外一端扎堆。而柳剑仙在金乌宫修行便会觉得处处碍眼,只是你境界够高,辈分更高,护得住本心,但也止步于此了,因为你一心练剑,登高望远,一心欲要以地仙修士为自己磨剑洗剑,懒得去管眼皮子底下那些鸡毛蒜皮琐碎事,觉得虚耗光阴、拖泥带水,对也不对?"

柳质清轻轻点头,正襟危坐:"确实如此。"

陈平安再次抬起手指,指向象征柳质清心性的那一端,突然问道:"出剑一事,为何舍近求远?能够胜人者,与自胜者,山下推崇前者,山上似乎更加推崇后者吧?剑修杀力巨大,被誉为天下第一,那么还需不需要问心修心?剑修的那一柄飞剑,那一把佩剑,与驾驭它们的主人,到底要不要在物、心两事之上皆纯粹无杂质?"陈平安收起手,从左端缓缓移动折扇,指向最右端,"你柳质清,能否以此轨迹出剑,直到剑心通明?"

柳质清陷入沉思,陈平安突然又问道:"柳剑仙是自幼便是山上人,还是年少时登山修道?"

柳质清凝视着那条线，轻声道："自记事起就在金乌宫山上追随恩师修行，从来不理红尘俗世。"

陈平安哀叹一声，起身道："那当我什么都没说，只能建议柳剑仙以后多下山，多远游了。"

柳质清抬起手，虚按两下："我虽然不谙庶务，但是对于人心一事，不敢说看得透彻，还是有些了解的，所以你少在这里抖搂那些江湖伎俩故意诈我。玉莹崖你显然是志在必得，转手一卖，剩余三百年，别说三枚谷雨钱，翻一番绝对不难，运作得当，十枚都有希望。"

陈平安果然赶紧坐回原地，笑道："与聪明人做生意，就是痛快爽利。"

柳质清抬起头，好奇问道："你对于钱财一事就这么在意？何必如此？"

只见陈平安哀叹一声："可怜山泽野修，挣钱大不易啊。"

柳质清摇摇头，懒得计较此人的胡说八道。他沉默片刻，开口道："你的意思，是要将金乌宫的风俗人心作为洗剑之地？"

陈平安微笑道："一样米百样人，一句话千种意，柳剑仙天资聪慧，自己悟去。"

柳质清望向那条直线脉络，自言自语道："无论结果如何，最终我去不去以此洗剑，仅是这个念头，就大有裨益。"他抬起头，"按照约定，玉莹崖归你了。地契拿好，回头我再去跟春露圃祖师堂说一声。"

一张本身就价值连城的金玉笺飘落在陈平安身前，双方画押，春露圃是一个祖师堂玺印的古篆"春"字，柳质清是一个如剑的"柳"字，两百年之后，字中犹有剑意蕴藉。

陈平安没有立即收起那张至少价值六枚谷雨钱的地契，笑问道："柳剑仙这般出手阔绰，我看那个念头其实是没什么裨益的，说不得还是坏事。我这人做买卖向来公道，童叟无欺，更不敢坑害一位杀力无穷的剑仙。还请柳剑仙收回地契，近期能够让我来此不掏钱喝茶就行。"

柳质清心思剔透，笑道："离开玉莹崖返回金乌宫后，若是果真以种种人心洗剑，自然不会是这种心性手段了。所以地契只管拿走。"

陈平安想了想，以折扇在几案那条横线上轻轻从上往下画出一条条竖线："金乌宫宫主、宫主夫人、晋乐及那位劝说晋乐不要对我出剑的女修，他们的各自出身、师道传承、修行节点、下山历练、盟友挚友、信奉至理、恩怨情仇……你真有兴趣知道？一旦选择洗剑，就需要直指本心，你身为金丹瓶颈剑修的本命飞剑、一身修为、师门辈分反而才是你最大的敌人，真能够暂时抛开？你如果半途而废，无法一鼓作气走到另外一端，只会有损本心，导致剑心蒙尘、剑意瑕疵。"

柳质清微笑道："我可以确定你不是一位剑修了，其中修行之苦熬，消磨心志之劫难，你应该暂时还不太清楚。金乌宫洗剑，难在琐碎事情多如牛毛，也难在人心叵测，但是归根结底,与最早的炼化剑胚之难,务必纤毫不差,有着异曲同工之妙。我不过相当于再走一趟当年最早的修行路,当初都可以,如今成了金丹剑修,又有何难?"

陈平安摇头微笑:"同一件事,时过境迁,偏是两种难。"

柳质清咀嚼一番,微笑点头道:"受教了。"

陈平安笑道:"我故作高深,柳剑仙也真信?真不怕被我从仙家府邸带到山脚水沟里去?"

柳质清站起身:"就不叨扰了,希望以后有机会来此做客饮茶,主人依旧。"

在柳质清眼中,此处玉莹崖,他已是客人。

陈平安看了眼几案上的地契,再抬头看了眼他:"金乌宫怎么就有你这么一位剑修,祖上积德吗?"

柳质清笑道:"你这话难听,不过我就当是好话了。说真的,非是我自夸,金乌宫前辈修士早年口碑确实比如今要好许多。只可惜口碑换不来道行和家业,世事无奈,莫过于此。所以我很多时候都认为我那师侄只是做得不合己意,而并非真是什么错事。"

陈平安站起身:"我与你再做一桩买卖,如何?"

柳质清问道:"此话怎讲?"

陈平安先问一个问题:"春露圃修士会不会窥探此地?"

柳质清指了指凉亭外的茅屋:"当我的剑是摆设吗?有些规矩还是要讲一讲的,例如我在此饮茶,就处处遵守春露圃的规矩,曾经在嘉木山脉见到一个就连我也想出剑的金乌宫仇家,最后不也视而不见了吗?那么礼尚往来,春露圃如果连这点规矩都不讲,我觉得这是请我出剑的取死之道。"

"如此最好。"陈平安指了指自己,"你不是纠结找不到一块磨剑石吗?"

柳质清环顾四周:"就不怕玉莹崖毁于一旦?如今崖泉都是你的了。"

陈平安说道:"拣选一处,画地为牢,你出剑我出拳,如何?"

柳质清笑道:"我怕你死了。"

"求之不得。"陈平安别好折扇,重复,"求之不得。"

一句话两个意思。

辞春宴上,金乌宫剑仙柳质清未曾现身,而住在惊蛰府邸的年轻剑仙一样没有露面,这让如今小道消息满天飞的春露圃人人遗憾。

柳质清不去说他,是北俱芦洲东南沿海最拔尖的修士之一,虽然才金丹境界,毕竟年轻,且是一位剑修。"金乌宫剑修"这块金字招牌,在当年那位元婴剑修的宫主兵解逝世之后,几乎就是靠着柳质清一人一剑支撑起来的。

春露圃本土和外乡修士更多兴趣还是在那个故事多多的年轻外乡剑仙身上。一是一剑劈开了金乌宫的护山雷云，传闻这是柳质清亲口所说，做不得假，还邀请此人去往玉莹崖饮茶。二是根据那艘渡船的流言蜚语，此人凭借先天剑胚将体魄淬炼得极其强横，不输金身境武夫，一拳就将铁艛府宗师供奉打落渡船，据说坠船之后只剩下半条命了，而铁艛府小公子魏白对此并不否认，没有任何藏掖，照夜草堂唐青青更是坦言这位年轻剑仙与春露圃极有渊源，与他父亲还有宋兰樵皆是旧识。三是那位下榻于竹海惊蛰府邸的陈姓剑仙每天都会在竹海和玉莹崖往返一趟，至于与柳质清关系如何，外界唯有猜测。

在此期间，春露圃祖师堂又有一场秘密会议，商讨之后，关于一些虚而大的传闻，不加拘束，任其流传，但是开始有意无意帮忙遮掩陈剑仙在春露圃的行踪、真实相貌和先前那场渡船风波的具体过程，开始故布疑阵。一时间，嘉木山脉各地谣言四起，今天说陈剑仙在谷雨府邸入住了，明天说搬去了立春府邸，后天又说去了照夜草堂饮茶，使得许多慕名前往的修士都没能目睹剑仙的风姿。

辞春宴结束之后，修士纷纷打道回府，宋兰樵也在之后重新登上已经往返骸骨滩一趟的渡船。但是在嘉木山脉的老槐街上，有个小店铺更换了掌柜，悄无声息地开张了。掌柜是个青衫年轻人，腰挂朱红色酒葫芦，手持折扇，坐在门口一张小竹椅上，也不怎么吆喝生意，就是晒太阳，愿者上钩。

商贸繁华的老槐街寸土寸金，来往修士熙熙攘攘，巴掌大小的一间铺子每年交给春露圃的租金都是一大笔神仙钱。

这间悬挂"蚍蜉"匾额的小铺子里边放满了杂七杂八的山上山下物件，不过一件件在多宝橱上摆放得井然有序。店铺柜台上搁一张宣纸裁剪成条的便笺，上书"恕不还价"四个大字，字条头脚以两方印章作为镇纸压着。除此之外，每一架多宝橱还张贴有一页纸，纸上写满了所卖货物的名称、价格。

铺子有内外之分，只是后边铺子房门紧闭，又有纸张张贴："镇店之宝，有缘者得"。字大如拳，若是有人愿意细看，就会发现"有缘者得"的旁边又有四个蝇头小楷好似旁注："价高者得"。

毕竟是可以开在老槐街的铺子，价实不好说，货真还是有保证的。何况一间新开的铺子，按照常理来说，一定会拿出些好东西来赚取眼光，老槐街几间山门实力雄厚的老字号店铺都有一两件法宝作为镇店之宝供人参观，不用买，毕竟动辄十几枚谷雨钱，有几人掏得出来？其实就是帮店铺攒个人气。而这间"蚍蜉"铺子就比较寒酸了，虽然标明来自骸骨滩的一副副莹白玉骨还算稀罕，壁画城的整套硬黄本神女图也属不俗，可是总觉得缺了点让人能一眼记住的真正仙家重宝，更多的还算些零碎讨巧的古玩，灵器都未必能算，而且……脂粉气也太重了点，有足足两架多宝橱都摆满了仿佛豪阀女子的闺阁物件。所以一旬过后，店铺客人几乎都变成了闻讯赶来的女子，既有各个山头的年轻女修,也有大观王朝在内许多权贵门户里的女子,成群结队,莺莺燕燕,联袂而至,翻翻拣拣,遇见了有眼缘的物件,只需要朝铺子门口喊一声。若是询问那年轻掌柜能不能便宜一些,那家伙便会摆摆手,不管女子们如何语气娇柔,软磨硬泡,皆是无用,那年轻掌柜只是雷打不动,绝不打折。许多不缺金银万两却最烦"不能还价一两枚铜钱"的女子便尤为失望恼火,就此赌气离去。但是那年轻掌柜至多就是笑言一句"欢迎客人再来",从不挽留,更改主意。久而久之,这间小铺子就有了喜好宰人的坏名声。

不承想一天黄昏时分,唐青青带着一拨与照夜草堂关系较好的春露圃女修闹哄哄来到铺子,人人都挑了一件有眼缘的物件,也不还价,放下一枚枚神仙钱便走,也不再继续逛其他店。在那之后,店铺生意变好了一些,但真正让店铺人满为患的,还是那金乌宫生得比美人还要好看的柳剑仙来了一遭,砸了钱,不知为何,拽着一副骸骨滩白骨走了一路才离开老槐街。

这天,店铺挂起打烊的牌子,既无账房先生也无伙计帮忙的年轻掌柜独自一人趴在柜台上清点神仙钱,雪花钱堆积成山,小暑钱也有几枚。

一个头别金簪的白衣少年跨过门槛,走入铺子,看着那个财迷掌柜,无奈笑道:"我就想不明白了,你至于这么精明求财吗?"

陈平安头也不抬:"早跟你柳大剑仙说过了,我们这些如无根浮萍的山泽野修,脑袋拴在裤腰带上挣钱,你们这些谱牒仙师不会懂。"

柳质清摇摇头:"我得走了,已经跟谈老祖说过玉莹崖一事,但是我还是希望你别转手卖掉,最好都别租给别人,不然以后我就不来春露圃汲水煮茶了。"

陈平安抬头笑道:"那可是六枚谷雨钱,我又没办法在春露圃常驻,到时候蚍蜉铺子还可以找个春露圃修士帮我打理,分账而已,我还是能挣钱的,可玉莹崖不卖还不租,我留着一张地契做什么,放着吃灰发霉啊,三百年后再作废?"

柳质清叹了口气,陈平安微笑道:"其实想来春露圃煮茶还不简单,你给我三枚谷雨钱,以后三百年你随便来,我离开之前会跟春露圃说好,到时候肯定没人拦着你。"

柳质清问道:"你当我的谷雨钱是天上掉下来的?"

陈平安挥挥手:"跟你开玩笑呢,以后随便煮茶。"

柳质清站着不动,陈平安疑惑道:"咋了,难道还要我花钱请你来喝茶?这就过分了吧?"

柳质清恼火道:"那几百颗清潭水底的鹅卵石怎么一颗不剩了?也就值两三百枚雪花钱,你连这都贪?!"

陈平安一拍桌子:"地契在手,整个玉莹崖都是我的家业,我捡几颗破石头放兜里,你管得着?!"

柳质清无奈道:"那算我跟你买那些鹅卵石,放回玉莹崖下,如何?"

陈平安伸出一只手掌："五枚小暑钱,本店不打折!"

柳质清一巴掌拍在柜台上,抬手后,桌上多出了五枚小暑钱。他转身就走:"我下次再来春露圃,如果水中少了一颗鹅卵石,看我不砍死你!"

陈平安一根手指轻轻按住柜台,不然那么多依次排列开来的神仙钱会乱了阵形。

又多出五枚小暑钱,有点烦。太会做生意,也不太好啊。

陈平安觉得今天是个做生意的好日子,收起了所有神仙钱,绕出柜台,去门外摘了打烊的牌子,继续坐在店门口的小竹椅上,只不过从晒日头变成了纳凉。

与柳质清切磋,自然是分胜负不分生死的那种,是为了掂量一下金丹瓶颈剑修的飞剑到底有多快。

三场切磋,柳质清从出力五分,到七分,最后到九分,陈平安大致有数了。

不过柳质清如今火气这么大,也不怪他,毕竟恐怕他这辈子都没吃过这么多泥土。

当然,陈平安与柳质清的三次切磋,他各有压境,也不太好受。

第四场是不会有的,不然双方就只能是生死相向了,没有必要。

至于为何三场切磋之后,陈平安还留在春露圃,除了当一回包袱斋挣点钱,为咫尺物腾出些位置来,他还要等待一封回信。

先前通过春露圃剑房给披麻宗木衣山寄去了一封密信,所谓密信,哪怕传信飞剑被拦截下来,也都是一些让披麻宗少年庞兰溪寄往龙泉郡的家常事。所以什么时候龙泉郡寄信到骸骨滩再到春露圃,只需要看那位谈老祖何时现身就知道了。

这位管着春露圃数千谱牒仙师、杂役子弟的元婴老祖师从头到尾都没有出现在陈平安面前,但是只要披麻宗木衣山真的回信,她定力再好、事务再多,也一定坐不住,会走一趟铺子或是惊蛰府邸。

夜幕中,老槐街灯火辉煌,"蚍蜉"铺子又有些进账。

陈平安起身,打算关门了,之后只需祭出暂借而来的一艘符舟,就可以御风返回竹海惊蛰府邸。他刚拿起小竹椅,就又放下了,望向店铺。一个身材修长的年轻妇人凭空出现,微笑而立。

陈平安跨过门槛,抱拳笑道:"拜见谈夫人。"

这位春露圃主人姓谈,单名一个陵字。春露圃除了她之外的祖师堂嫡传谱牒仙师,皆是三字姓名,例如金丹宋兰樵便是兰字辈。

谈陵没有久留,只是一番客套寒暄,将披麻宗祖师堂剑匣交给陈平安后,就笑着告辞离去。

春露圃的生意已经不需要涉险求大了,送出一间老槐街小铺子,以及随后的一艘锦上添花的符舟,火候刚好。

陈平安关上铺子,在僻静处乘坐符舟去往竹海惊蛰府邸,在房间内打开剑匣,有飞剑两柄。春露圃也收到了一封披麻宗的飞剑传信，说这是木衣山祖师堂给陈公子的馈赠回礼，剑匣所藏两把传信飞剑可往返十万里，元婴难截。

陈平安对于剑匣一物并不陌生，自己就有，书简湖那只，路程不长，品秩远远不如这只。

坐在屋内，打开一封信，一看字迹，陈平安会心一笑。

自己那位开山大弟子在信上絮絮叨叨了几千字，一本正经地告诉师父她在学塾的求学生涯，风雨无阻，寒窗苦读，一丝不苟，老夫子们差点感动得老泪纵横……而一些真正涉及机密的事务，应该是崔东山亲自担任了刀笔吏。例如周米粒一事，信上隐晦写了一句"学生已了然，有事也无事了"。

陈平安反复看了几遍。嗯，裴钱的字写得越发工整了，抄书应该是真的没有偷懒，只是写的全是些"师父，我那疯魔剑法已经炉火纯青，师父这都不回家瞅一眼，那就很遗憾了""我给铺子挣了小山一般的银子，师父你快回家看一看，万一银子长脚跑路我可拦不住""师父，我麾下虽然阵亡了数十位将士，但是我又收了左右两大护法，骑龙巷这儿家家户户路不拾遗""师父你放一百个一千个一万个心，矮冬瓜听话得很，就是饭桶一个，挣钱又不太行，我得掏出私房钱帮她垫伙食费呢。我如今学成了绝世剑术、刀法和拳法，便是有人欺负我，我也不与他们计较，但是矮冬瓜我一定会好好保护的，因为她是师父说的弱者嘛，我已经不是了哩"这样的话。

陈平安笑着轻轻折起这封家书，缓缓收入方寸物当中。

他如今早已脱掉金醴、雪花两件法袍，唯有一袭青衫悬酒壶。

他起身来到廊道上，眺望院墙高处的远方，竹海繁密，人间颜色青翠欲滴。

崔东山风尘仆仆赶回龙泉郡后，在骑龙巷铺子里吃了顿晚饭。饭桌上主位始终空着，崔东山想要去坐，与裴钱打闹了半天，才只能坐在裴钱对面。小水怪周米粒就坐在裴钱身边，石柔只要落座，从来只是坐在背对大门的长凳上。而且她也根本无须进食，以往是陪着裴钱聊天，今天是不敢不来。一顿饭，她就是凑个数，象征性动了几筷子，其余三个狼吞虎咽，风卷残云，尤其是周米粒，下筷如飞。

之后，崔东山就离开了骑龙巷铺子，说是去落魄山蹭点酒喝。

裴钱也不管他，在院子里边练习了一套疯魔剑法，周米粒在一旁使劲鼓掌。

崔东山没有直接去往落魄山竹楼，而是出现在山脚，如今那里有了栋像样的宅邸。

院子里边，魏檗与朱敛对弈，郑大风在旁边嗑瓜子，指点江山。

崔东山坐在墙头看了半天，忍不住骂道："三个臭棋篓子凑一堆，辣瞎我眼睛！"

他飘落过去，只是等他一屁股坐下，魏檗和朱敛就开始各自拈起棋子放回棋罐。

他伸出双手："别啊，稚子下棋，别有风趣的。"

郑大风开始赶人，魏檗直接返回披云山，朱敛和崔东山一起登山。

崔东山双袖挥动如老母鸡振翅，扑腾扑腾，三两台阶往上飞一次，随口问道："姜尚真来过落魄山了？"

朱敛笑道："你说那周肥兄弟啊，来过了，说要以元婴境的身份当个咱们落魄山的供奉。"

崔东山冷笑道："你答应了？"

朱敛双手负后，笑眯眯转头道："你猜？"

崔东山大袖不停："哟，朱敛，长进了啊。"

朱敛笑道："别打脸。其余，随便。"

崔东山悬停空中，离地不过一尺，斜眼看他："姜尚真不简单，荀渊更不简单。"

朱敛微笑道："所以我拒绝了嘛。这家伙马屁功夫不行，还需要好好修行，暂时入不得我落魄山。周肥兄弟也觉得是这么个理儿，说是回去好好钻研，下次再来向我讨教一番。"

崔东山这才一个落地，继续拍打两只雪白"翅膀"，向上缓缓飞去："那个玉璞境剑修郦采呢？"

朱敛哦了一声："周肥兄弟才情极好，只是我觉得事事差了那么点意思。大概这就是美中不足了，马屁是如此，对付女子也是如此。那郦采受不了大风兄弟的眼神，想要出剑，我是拦不住，所以被竹楼那位递出了……半拳，加上周肥兄弟好说歹说，总算劝阻了下来。"

崔东山脸色阴沉。如今他负责南边事宜，北边事他还真不太清楚。

朱敛笑道："家大业大了，迎来送往，三教九流各有脾气，是常有的事情。"

崔东山嗤笑道："还不是怪你本事不高，拳法不精。"

朱敛无奈道："我这是撒尿拉屎的时候都在狠狠憋着拳意呢，还要我如何？"

崔东山双脚落地，开始行走上山，随口道："卢白象已经开始打江山收地盘了。"

朱敛双手负后，弯腰登山，嬉皮笑脸道："与魏羡一个德行，狼行千里吃肉，狗走万里还是吃屎。"

崔东山突然停下脚步："我就不上山了，你跟魏檗说一声，让他飞剑传信披麻宗木衣山，询问高承的生辰八字、家乡、族谱、祖坟所在，什么都可以，反正知道什么就抖搂什么，多多益善。如果整座披麻宗半点用处没有，也无所谓，不过还是让魏檗最后跟披麻宗说一句肺腑之言，天底下没有这么躺着赚大钱的好事了。"

朱敛问道："先前魏檗就在你跟前，你怎么不说？"

崔东山笑道："你去说，就是你欠人情。"

朱敛点点头："有道理。"

崔东山不再登山，化虹返回小镇。

如今阮铁匠不在龙泉郡，来去自由。

崔东山在夜色中去了一趟戒备森严的老瓷山，背了一大麻袋离去。然后在一栋当年待过的祖宅里住了几天，每天不知道在捣鼓什么，就算裴钱去了，他也没开门。

裴钱打算带着周米粒上屋揭瓦，爬上去后，才发现原来有一口天井，只可惜低头望去雾蒙蒙的，什么都瞅不见，她只得带着周米粒返回骑龙巷。

这天，崔东山大摇大摆来到铺子，刚好碰到从台阶上飞奔下来的裴钱和周米粒。

到了院子，裴钱一边练习再难百尺竿头更进一步的疯魔剑法一边问道："今儿又有人打算欺负矮冬瓜了，咋办？"

崔东山笑道："能躲就躲嘛，还能如何，说又说不通，难不成一棍子打死他们？"

裴钱停下手中行山杖，周米粒赶紧搬来小板凳。裴钱坐下后，周米粒就蹲在一旁，上下牙齿轻轻打架，闹着玩。

裴钱横放行山杖，皱眉道："教书的老夫子们怎么回事啊，就只教书上一个字一个字的道理吗？背书谁不会啊……"说到这里，她一抬下巴，"右护法！该你出马了。"

周米粒心有灵犀，帮大师姐说出剩余的话语："有嘛用！"

"不分老幼男女，总有一些好玩的人。"崔东山笑道，"见人处处不顺眼，自然是自己过得事事不如意；过得事事不如意，自然更会见人处处不顺眼。"

裴钱大怒："说我？"

崔东山双手抱住后脑勺，身体后仰，抬起双脚轻轻摇晃，倒也不倒："怎么可能是说你，我是解释为何先前要你们躲开那些人，千万别靠近他们，就跟水鬼似的，会拖人下水的。"

他抬起一只手，佯装手持折扇，轻轻晃动手腕。

裴钱问道："这么喜欢扇扇子，干吗送给我师父？"

崔东山动作不停："我扇子一大堆，只是最喜欢的那把送给了先生罢了。"

裴钱小声问道："你在那栋宅子里边做啥？该不会是偷东西搬东西吧？"

崔东山闭眼睡觉，裴钱打了个手势，带着周米粒一左一右蹑手蹑脚地来到横躺着却不摔倒的崔东山身边蹲下。

周米粒伸出一只手掌挡住嘴巴："大师姐，真睡着啦。"

裴钱翻了个白眼，想了想，大手一挥，示意跟她一起回屋子抄书去。

其后，崔东山悄然离开了骑龙巷和龙泉郡，但是裴钱却有些奇怪。龙尾郡陈氏开设的龙泉郡小镇学塾一向深居简出的老夫子们竟然开始一家不落地走访蒙童家中。比如她所在的骑龙巷铺子也一样来了位老夫子，与石柔掰扯了半天有的没的，最后还吃了顿饭来着。不但如此，原本只在学塾传授道德学问、讲解圣人书籍的教书先生们还会帮着下地干活、上山砍柴、带着学生们一起去往龙窑游览之类的。私底下似乎有夫子埋怨这些是有辱斯文的粗鄙行径，但也就是嘴上埋怨几句，该如何还是如何。不久之后，这座学塾悄悄辞去了几位夫子，又来了几位新面孔的先生。

一个一路往南走的白衣少年早已远离大骊，这天在山林溪涧旁掬水月在手，低头看了眼手中月，喝了口水，微笑道："留不住月，却可饮水。"

然后他一抖袖，从雪白大袖当中摔出一个尺余高的小瓷人，身体四肢犹有无数裂缝，而且尚未"开脸"，相较于当年那个出现在老宅的瓷人少年，无非是还差了许多道工序而已，手法其实已经更加娴熟。

崔东山转头望去，伸出手轻轻抚摸瓷人的小脑袋，微笑道："对不对啊，高老弟？"

陈平安走出惊蛰府邸，手持与竹林相得益彰的翠绿行山杖，孤身一人行到竹林尽头。犹豫了一下，祭出符舟，御风去往玉莹崖。其实在春露圃期间，暂借符舟之外，府邸侍女笑言符舟往来府邸、老槐街的一切开销，惊蛰府上都有一袋子神仙钱备好了的，只不过陈平安从来没有打开。入乡随俗，循规蹈矩是一事，自己也有自己的规矩，只要两者不对立，悠然其中，那么规矩牢笼就成了可以帮人浏览大好山河的符舟。

陈平安到了玉莹崖，就看到柳质清脱了靴子，卷起袖管裤管，站在清潭下边的溪涧当中，正在弯腰捡取鹅卵石，见着了一颗顺眼的，就头也不抬，精准抛入崖畔清潭中。在陈平安落地将宝舟收为符箓放入袖中后，柳质清依旧没有抬头，一路往下游赤脚走去，语气不善道："闭嘴，不想听你讲话。"

多半是这位金乌宫小师叔祖不相信那个财迷会将几百颗鹅卵石放回清潭，至于更大的原因，还是柳质清对于起念之事有些苛求，务求尽善尽美。他原本应该早已御剑返回金乌宫，可是到了半路，总觉得清潭里边空落落的，他就心烦意乱，干脆返回玉莹崖。已经在老槐街店铺与那姓陈的道别，又不好押着他赶紧放回鹅卵石，柳质清只好自己动手，能多捡一颗是一颗。

陈平安也脱了靴子走入溪涧当中，刚捡起一颗莹莹可爱的鹅卵石，想要帮着丢入清潭，就听到柳质清出声道："那颗不行，颜色太艳了。"

陈平安依旧丢向崖上清潭，结果被柳质清一袖子挥去，将那颗鹅卵石打回溪涧。

柳质清怒道："姓陈的！"

"行行行，好心当作驴肝肺，接下来咱俩各忙各的。"陈平安伸手一抓，将那颗鹅卵石取回，双手一搓，擦干净水渍，呵了口气，笑眯眯收入咫尺物当中，"都是真金白银啊。压手，真是压手。"

玉莹崖下那汪清潭，泉水来源是山根水脉交汇处，得天独厚，灵气盎然。清潭水底石子品秩最佳，受灵气清泉浸染不知几个千百年。溪涧之中的石子略逊一筹，不过拿来雕琢印章，或是类似羊脂美玉的手把件，稍作修饰，随手摩挲，作为达官显贵的文房清供，还是一等一的好，书房有此物"压胜"，又很养眼，延年益寿兴许做不到，但是足可让人心旷神怡几分。

柳质清挑挑拣拣，十分细致，丢了几十颗溪涧石子进入清潭，感觉比挑媳妇选道侣还要用心。

陈平安跟在柳质清身后一路捡漏，多是柳质清拿起端详片刻又放下的，于是他又有四五十颗鹅卵石进账。陈平安已经想好了，老槐街有一家专门贩卖文房用品的老字号铺子，掌柜老师傅就算了，请不起，而且对方也未必瞧得上这些鹅卵石。他只需要找一两个店里的伙计学徒，哪怕只有老掌柜一半的功底，对付这些鹅卵石也绰绰有余。他打算让他们帮着雕琢一番，或素印章或手把件或小砚台，到时候往自己的蚍蜉铺子一放，说是玉莹崖老坑出产，再随便讲个金乌宫柳剑仙观石悟剑的唬人故事，价格肯定水涨船高。

至于从清潭水底捞取的那些鹅卵石，还是要老老实实全部放回去的。买卖想要做得长久，"精明"二字永远在诚信之后。毕竟在春露圃得了一间铺子的自己，已经不算真正的包袱斋了。至于春露圃祖师堂为何要送一间铺子，很简单，渡船上那个长相十分辟邪的铁臁府老嬷嬷早已一语道破天机，《春露冬在》小册子的确是要写上几笔"陈剑仙"的，但是宋兰樵提及此事的时候，明言春露圃执笔人在陈平安离开之前，会将新版《春露冬在》中关于他的那些篇幅内容先交予他过目。哪些可以写哪些不可以写，其实春露圃早就胸有成竹，做了这么多年的山上买卖，对于这些仙家忌讳自然十分清楚。

对于这些生财有道的生意经，陈平安乐在其中，半点不觉得厌烦，当时与宋兰樵聊得格外起劲，毕竟以后落魄山也可以拿来现学现用。

柳质清上了岸，往玉莹崖走去，看到那个家伙还没有上岸的意思，看样子是打算再将溪涧搜刮一遍，免得有所遗漏。他气笑道："好人兄，你掉钱眼里了吧？"

陈平安弯腰捡起一颗质地细腻如墨玉的鹅卵石，轻轻翻转，瞧瞧有无讨喜的天然纹路，笑道："小时候穷怕了，没法子。"

柳质清之所以没有御剑离开春露圃，自然是想要亲眼看着那家伙将数百颗清潭石子物归原处才能放心。但是他现在都怀疑那家伙会不会在自己离开后立马就重新收起来，总觉得这种丧心病狂的事情，那个姓陈的真做得出来。

陈平安将那好似墨玉的石子收入咫尺物，视线游移不定。地上捡钱，比从别人兜里挣钱放入自己口袋容易太多了，这要都不弯个腰伸个手，陈平安害怕自己遭雷劈。

因为陈平安的缘故，柳质清走回玉莹崖畔花费了足足半个时辰。

两人到了茅草亭子，陈平安站着不动，柳质清就那么盯着他。

陈平安一拍脑袋，嚷了句"瞧我这记性"，一挥袖子，数百颗鹅卵石如雨落清潭。柳质清聚精会神地盯着那些石子,大致数目差不多,关键是十数颗他最喜欢的鹅卵石一颗都没少,这才脸色好转。若是少了一颗,他觉得以后就不用来此饮茶了,财迷不财迷,那是姓陈的自家事,能从自己这边挣钱,更是他的本事,可若是不守信,则是天壤之别的两种事。玉莹崖进了这种人手里,柳质清就当玉莹崖已经毁了,不会再有半点留恋。

陈平安拍了拍袖子,说道:"你有没有想过,溪涧捡取石子,也是修心? 你的脾气我大致清楚了,喜欢追求圆满无瑕,这种心境和性情,可能炼剑是好事,但放在修心一途上,以金乌宫人心洗剑,你多半会很糟心的,所以我现在其实有些后悔与你说那些了。"

柳质清摇头道:"越是如此麻烦,越是能够说明一旦洗剑成功,收获会比我想象的更大。"

陈平安笑道:"就是随便找个由头,给你提个醒。"

柳质清犹豫了一下,落座,开始手指画符。只是这一次动作缓慢,并且并不刻意掩饰自己的灵气涟漪,很快就又有两条鲜红火蛟盘旋。他抬起头问道:"学会了吗?"

陈平安摇头道:"手法记住了,灵气运转的轨迹我也大致看得清楚,不过我如今做不到。"

柳质清皱眉道:"你要是肯将做生意的心思挪出一半花在修行上,会是这么个惨淡光景?"

陈平安苦笑道:"柳质清,你少在这里'坐'着说话不腰疼。我是一个断过长生桥的人,能够有今天的光景,已经很不惨淡了。"

先前三次切磋,柳质清品行如何,陈平安心里有数。

最早约好了柳质清这位金丹境瓶颈剑修只出五分力,他则只出拳。

陈平安画了一个方圆十丈的圈,便以老龙城时候的修为应对柳质清的飞剑。

柳质清因为小觑了陈平安的体魄坚韧程度,又不太适应对方这种以伤换伤、一拳能撂倒绝不递出两拳的手法,而且说好了只分胜负不分生死,所以那柄名为"瀑布"的本命飞剑第一次现身时虽然快若一条天上瀑布迅猛倾泻人间,仍然只是刺向了陈平安的心口往上一寸。结果陈平安任由飞剑穿透肩头,瞬间就来到了柳质清身前,速度极快的飞剑又一次旋转而回,刺中了陈平安的脚踝。柳质清刚挪出几丈外,就被陈平安如影随形,一拳打出圈子之外。所幸陈平安出拳之后、击中之前刻意留力了,可柳质清仍是摔在地上,倒滑出去数丈,满身尘土。他飘然起身,看着那个肩头和脚踝的的确确被飞剑穿透的家伙,问道:"不疼?"

剑修飞剑的难缠,除了快之外,一旦穿透对方身躯、气府,极难快速愈合,而且会拥有一种类似"大道冲突"的可怕效果。世间其余攻伐法宝也可以做到伤害持久,甚至后患无穷,但是都不如剑气遗留这么难缠,急促却凶狠,如瞬间洪水决堤。就像人身小天地当中闯入一条过江龙,翻江倒海,极大影响气府灵气的运转。而修士厮杀搏命,往往一个灵气紊乱就会致命,况且一般的练气士淬炼体魄,终究不如兵家修士和纯粹武夫,一个骤然吃痛,难免影响心境。

一剑犹然如此,多中剑修几剑又当如何?

当时陈平安笑道:"不妨碍出拳。"

后来第二场切磋,柳质清就开始小心双方距离。

要知道,剑修,尤其是地仙剑修,远攻近战都很擅长。

陈平安开始以初到骸骨滩的修为对敌,以此躲避神出鬼没的柳质清本命飞剑。

那一场结束后,两人各自盘腿坐在圆圈外,陈平安浑身细小伤口无数,柳质清也是一身尘土。那会儿陈平安忍不住开口询问道:"我曾经领教过一位金丹老剑修的飞剑,为何你才出了七分气力就如此之快?"

柳质清当时心情不佳:"就只是七分,信不信由你。"

第三天,柳质清看着好似半点事情都没有的那个家伙:"不是装的?今天剑出九分,你我虽然说好了不分生死,但是……"

不等柳质清说完,陈平安就笑道:"只管出剑。"

陈平安以扛下云海天劫后的修为,只是不去用一些压箱底的拳招而已,再次迎敌。

最后柳质清站在圈外,不得不以手揉着红肿脸颊,以灵气缓缓散瘀。

陈平安站在圈子那条线上,笑容灿烂。身上多了几个鲜血淋漓的窟窿而已,反正不是致命伤,只需休养一段时日即可。

柳质清不得不再次询问同样的问题:"真不疼?"

陈平安当时眨了眨眼睛:"你猜?"

三场切磋之后,便是朋友了。

陈平安和柳质清心知肚明,只不过谁都不愿意挂在嘴边罢了。

不然就柳质清的清高,岂会愿意去给陈平安的老槐街蚍蜉铺子捧场,还要硬着头皮、拗着性子拽着一副白骨走在街上?

这会儿,玉莹崖下重现水底莹莹生辉的景象,失而复得,尤为动人,柳质清心情不错。至于陈平安长生桥被打断一事,他虽然心中震惊,不知他到底是如何重建的长生桥,却不会多问。

柳质清驱散几案上那两条符字汇聚而成的纤细火蛟,问道:"伤势如何?"

陈平安笑道:"没事,这段时日在老槐街养伤挣钱两不误。"

柳质清又问道:"你先前说你拳法根本的那部拳谱来自我们北俱芦洲的东南一带,线索与蚍蜉搬石入水有关,可有收获?"

陈平安摇摇头:"先前为了挣钱省心省力,放出话说铺子绝不打折,导致我少去许多攀谈机会,有些可惜。"

柳质清点点头:"活该。"

陈平安无奈一笑。除了《撼山谱》的来历之外,其实还有一事,就是打醮山当年那艘跨洲渡船覆灭于东宝瓶洲中部的惨剧。但是不用陈平安如何询问,因为问不出什么,这座仙家已经封山多年。先前渡船上被周米粒买来的那一摞山水邸报,关于打醮山的消息也有几个,多是不痛不痒的散乱传言。而且自己一个外乡人,突兀询问打醮山事宜内幕,会有人算不如天算的一些个意外,他自然慎之又慎。

所以他已经打算去往北俱芦洲中部,走一走那条横贯一洲东西的入海大渎。需要小心避开的,自然是大源王朝的崇玄署云霄宫。那个杨凝性,抛开以芥子恶念化身的"书生"不说,其实是一个很有气象的修道之人。但是大源王朝崇玄署在北俱芦洲的口碑毁誉参半,而且行事极为刚烈霸道,这就是天大的麻烦。所以那趟路途遥远的大渎之行,勘验各国山水、神祇祠庙、仙家势力,陈平安需要小心再小心。

不管如何,撇开陆沉的算计不说,既然是自家青衣小童将来证道机缘所在,陈平安又与崔东山和魏檗都反复推演过此事,他们都认为事已至此,可以一做,所以陈平安自然会尽心尽力去办。

陈平安记起一事,一拍养剑葫,飞出初一、十五。

柳质清瞥了一眼,没好气道:"暴殄天物。"

他其实早已看出那只朱红色酒葫芦是一只养剑葫,半看气象半猜测。至于这两把看不出品秩到底有多高的飞剑,落在陈平安手中,"暴殄天物"这个说法,半点不冤枉这位"好人兄"。

柳质清缓缓道:"这两柄飞剑的速度,若是剑修真正炼化了,会很快,可惜你不是先天剑胚,它们并非你的本命物。我不知道你所谓的那位金丹老剑修杀力如何,且不说他那把本命飞剑的古怪天赋,至少他的飞剑速度真是够慢的。我只是个例外,你要是觉得北俱芦洲的剑修飞剑都是如此龟速,那你接下来肯定会吃大苦头。地仙剑修与人誓死搏杀之际可不止剑出十分,使出一些不惜损耗本元的神通术法之后,十二分都有可能。"

陈平安伸出手掌,一雪白一幽绿两把袖珍飞剑轻轻悬停在手心。他望向初一:"最早的时候,我是想要炼化这把作为五行之外的本命物。侥幸成功了,不敢说有剑修本命飞剑那么好,可是比起现在这般境地,自然更强。因为赠送之人,我没有任何怀疑,只是这把飞剑不太乐意,只愿意跟随我在养剑葫里边待着,我不好强求,何况强求也求不得。"他视线偏移,望向十五,"这把我很喜欢,与我做买卖的人,我也不是信不过,照理说也可以毫不怀疑,可我就是怕,怕万一,所以一直觉得挺对不住它。"

柳质清沉声道:"炼化这类剑仙遗留飞剑,品秩越高,风险越大。我只说一件事,你有适宜它们栖息、温养、成长的关键窍穴吗? 此事不成,万事不成,这跟你挣了多少神仙钱、拥有多少天材地宝都没关系。世间为何剑修最金贵，不是没有理由的。"

陈平安笑着点头："有，还是三处。"

柳质清突然说道："姓陈的，你教我几句骂人话！"

陈平安摆摆手："我这人，拳头还算有点斤两，却最不会损人骂人了。"

柳质清站起身："没得聊，走了。"

陈平安也跟着站起身，收敛笑意，道："柳质清，你返回金乌宫洗剑之前，我还要最后问你一件事。"

柳质清问道："但说无妨。"

陈平安缓缓道："你凭什么要金乌宫事事合你心意？"

柳质清沉默不语。

陈平安说道："洗剑之前，还是先想清楚为好。"

柳质清笑了笑："简单，我只要洗剑成功，金乌宫就可以多出一位元婴剑修，之前受我洗剑之苦，来年就可以得元婴庇护之福。"

陈平安撇撇嘴："剑修行事，真是爽快。"

柳质清微笑道："不然学你，在铺子门口晒太阳，来溪涧里摸石头？"

陈平安摆摆手："滚吧滚吧，看见你就烦，一想到你有可能成为元婴剑修就更烦。以后再有切磋，还怎么让你柳剑仙吃土？"

柳质清嘻笑道："你会烦？玉莹崖水中原本几百两银子的石子，你不能卖出一两枚雪花钱的天价？我估摸着你都已经想好了吧，那四十九颗鹅卵石先不着急卖，压一压，待价而沽，最好是等我跻身了元婴境再出手。"

陈平安哈哈笑道："你不学我做买卖真是可惜了，可造之才，可造之才。"

柳质清就要御剑远游，陈平安突然说道："给你个不收钱的小建议，到了金乌宫，别着急洗剑，可以先当个……账房先生，将祖师堂谱牒拓印一份放在手边，然后在自己山头默默看着金乌宫一年半载，远观所有修士的一言一行，谁说了什么话、做了什么事情，都记下，与他们的最早出身、当下境界做个对比，多思量一番他们为何会说此话、行此事。你看得越久越多，捋清楚了条条人心脉络，如那神人掌观山河，将来你出手洗剑，应该会更加得心应手。"

柳质清点点头："可行。"

陈平安挥手作别："预祝柳剑仙洗出一把好剑。"

柳质清问道："你人走了，老槐街铺子怎么办？"

陈平安笑道："托付给宋兰樵某位弟子或是照夜草堂某位修士即可，九一分成。我在铺子里边留下了几件法宝的，有成双成对的两盏大小金冠，还有苍筤湖某位湖君的龙椅。反正价格都是定死了的，到时候返回铺子，清点货物，就知道挣了多少神仙钱。"

若是我不在铺子的时候，不小心遗失或是遭了盗窃，想必春露圃都会原价补偿。总之我不愁，旱涝保收。"

至于姹紫法袍等物，陈平安不会卖。这类仙家物件比较特殊，无比稀罕，类似兵家甲丸，往往溢价极多依旧有价无市，以后落魄山在内的那些个山头，人多了之后，只会嫌少。

柳质清突然面有犹豫。陈平安道："相中了哪一件？朋友归朋友，买卖归买卖，我至多破例给你打个……八折，不能再低了。"

柳质清笑道："那么多套骸骨滩壁画城的硬黄本神女图，你卖两枚小暑钱，好像还有不少积压，送我一套如何？谈钱伤感情，什么八折不八折的，我不买，送我就行。"

陈平安瞥了眼老槐街方向："老远了。"

柳质清嘻笑道："我可以去虻蜉铺子自取，回头你自己记得换锁。"

陈平安哀叹一声，取出一套留在咫尺物当中的廊填本神女图，连同木匣一起抛给柳质清。

柳质清收入袖中，心满意足。美人美景，好酒好茶，他还是喜欢的。他在金乌宫熔铸峰上的数名婢女姿色都很出彩，只不过用来养眼而已。再者，若是熔铸峰不收下她们，就凭她们的姿色和平庸资质，落入宫主夫人手中，无非就是某天雷云溅起些许雷电涟漪而已。

陈平安突然说道："其实我有两套庞山岭最得意之作，比起这些已经足够精良的廊填本，依旧有着云泥之别。"

柳质清摇头道："你自己留着吧，君子不夺人所好。"

陈平安伸出两根手指，轻轻捻了捻。

柳质清怒道："没钱！"

陈平安收起手，笑道："那两套神女图不能送你，不过以后等我回到了披麻宗，可以跟庞老先生聊聊，看能否再请老先生动笔。成了，我寄往金乌宫熔铸峰；不成，你就当没这回事。"

柳质清御剑远离玉莹崖，陈平安也祭出符箓小舟，返回竹海。

一晚上，走桩的走桩，修行的修行，这才是真正的一心二用，两不耽误。

在深夜时分，陈平安摘了养剑葫放在桌上，从竹箱中取出剑仙，又从飞剑十五当中取出一物，以迅雷不及掩耳之势拔剑出鞘，一剑斩下，将一块长条磨剑石一劈为二。初一和十五悬停在一旁，跃跃欲试。陈平安持剑的整条胳膊都开始发麻，暂时失去了知觉，仍是赶紧提起剑仙，瞪大眼睛，仔细凝视着剑锋，见并无任何细微的瑕疵缺口，这才松了口气。

陈平安盘腿而坐，开始小炼两块斩龙台，打算收入两座窍穴当中，让初一和十五离开养剑葫后，以此磨砺剑锋，一点一点吃掉它们。

这块斩龙台，是剑灵姐姐在老龙城现身后，赠送的三块磨剑石当中最大的一块，自己一直不舍得给初一、十五吃。现在既然真正走上修行路了，尤其是下定决心要将初一、十五同时炼化为与自己生死与共的本命物，就无须任何犹豫了。

通过与柳质清这位金丹瓶颈剑修的切磋，陈平安觉得自己压箱底的手段还是差了点，不够，远远不够。

技多不压身，连那符箓手段也可以拿来当一层障眼法。

穿了法袍，袖中藏一大摞寻常符箓，假扮以量取胜的符箓修士，近身之后就是一名纯粹武夫。厮杀之间，审时度势，找机会再变为剑修，两把速度得到极大提升的本命物飞剑让对方躲得过初一，躲不过十五。最后才是剑仙。

陈平安在清晨时分去了趟老槐街，却没有开门做生意，而是去了那家专门售卖文房清供的老字号铺子，找机会跟一个学徒套近乎，大致谈妥了那笔买卖。年轻学徒觉得问题不大，但是他只坚持一件事情：那四十九颗出自玉莹崖的鹅卵石，由他雕琢成各色雅致物件，三天之内，最多十天就可完成，十枚雪花钱，但是不能在蚍蜉铺子售卖，不然他以后就别想在老槐街混饭吃了。陈平安答应下来，两人约好等文房铺子打烊后，再在蚍蜉铺子细聊。

陈平安随后去了趟路途较远的照夜草堂，见了春露圃两大财神爷之一的唐仙师。此人也是春露圃一位传奇修士，早年资质不算出众，并未跻身祖师堂三脉嫡传弟子，但极擅长做生意，靠着丰厚的分成收入一次次破境，最终跻身了金丹境，并且无人小觑，毕竟春露圃的修士历来重视商贸。

唐青青自然在场，不过铁艨府魏白与那位老嬷嬷已经返回大观王朝。

唐青青亲自煮茶，对坐闲聊之中，唐仙师得知陈平安打算当一个甩手掌柜，便主动请求派遣一名伶俐修士去蚍蜉铺子帮忙。陈平安说九一分成，唐仙师笑着说没有这样的好事，一成分红太多了，不过就是个蹲着店铺每天收钱的简单活计，不如将酬金定死，一年下来，照夜草堂派去铺子的修士收取三十枚雪花钱就足够。只不过陈平安觉得还是按照九一分成比较合理，唐仙师也就答应下来，反而细致询问，若是在老槐街不伤回头客和铺子口碑的前提下，靠口才和本事卖出了溢价，该怎么算，陈平安就说将溢价部分对半分账。唐仙师笑着点头，然后试探性询问他能否允许照夜草堂派出的伙计在来日入驻蚍蜉铺子后，将既有标价抬高一两成，也好让客人们砍价，但是砍价底线当然不会低于如今的标价。陈平安笑着说如此最好，自己做买卖还是眼窝子浅，果然交予照夜草堂打理是最好的选择。

喝过茶水，聊完正事，双方你说我好、我说你更好地客气一番，陈平安告辞离去。

唐青青与她爹站在大门外，疑惑道："爹，渡船上边的事我可是与你一五一十说清楚了的，如今咱们春露圃又那么重视他，还是一位能够让柳剑仙离开玉莹崖、亲自跑去惊蛰府邸邀请喝茶的高人，今儿人家找上门来喝咱们家的茶水，多大的面子啊，爹为何还要如此斤斤计较？真要与他交好，咱们家又不缺神仙钱，直接全盘买下铺子存货不就成了，他赚了大钱，咱们稍微亏一点，又不是赔本买卖，不是更好？"

唐仙师摇头道："天底下没有这么做买卖的。这位年轻剑仙要是明摆着上门要钱，爹不但会给，还会给一大笔，眉头都不皱一下，就当是破财消灾了。但既然他是来与咱们做买卖的，那就需要各自按照规矩来，如此才能真正长久，不会将好事变成坏事。"

他看自己女儿还没有完全想明白，便笑道："除了那种骤然富贵的情况，世间所有长久买卖，各式各样的生意人，各种各样的生财之道，有一点是相通的。"他从袖中取出一枚珍藏多年的山下王朝最普通的铜钱摊放在手心，"对此物，得尊重。"

陈平安随后又去拜访了一位老妪，是宋兰樵的恩师。老妪同样是金丹修士，不过在春露圃祖师堂有一席之地，宋兰樵却无此待遇。简单而言，就是春露圃祖师堂议事，老妪与老祖谈陵在内八人是有椅子可坐的，唐仙师也有一把椅子，只是位置最靠后，而宋兰樵就只能站着。

老妪见到了他，笑逐颜开，拉着他客套寒暄了足足大半个时辰。陈平安始终不急不躁，直到老妪自己开口，说不耽误他修行了，他这才起身告辞。

登门拜访老妪的礼物是一件没有放到蚍蜉店铺的灵器，不俗气，却不算太值钱，但是十分讨喜。老妪想要回礼一份，被陈平安婉拒了，说："前辈若是如此，下次我便不敢两手空空登门了。"老妪开怀大笑，这才作罢。

等到陈平安返回老槐街，刚过晌午，便开了铺子大门，依旧坐在小竹椅上晒太阳。

生意有些冷清啊。来来往往，瞧着热闹，一个时辰才做成了一桩买卖，入账六枚雪花钱。有个年轻女修买走了避暑娘娘一件闺房之物，往柜台上丢下神仙钱，出门的时候脚步匆匆，害得陈平安都没好意思说下次再来。

他有些后悔没把柳质清再拉来当个伙计。柳大剑仙好意思白要一套廊填本神女图，他怎么就不好意思让他来帮铺子招徕生意了？这是帮他修心好不好。

黄昏来临，那个老字号店铺的学徒快步走来。陈平安挂上打烊的木牌，从一个包裹当中取出四十九颗鹅卵石，堆满了柜台。

年轻人咽了口唾沫，战战兢兢问道："真是玉莹崖之物？"

陈平安笑道："放心，不是什么烫手东西，至于到底怎么来的，你别管。你只需要知道，我是在老槐街有一间不长脚铺子的人，又有这么多贵重之物搁在里边，你觉得我会为了这点神仙钱，去试一试柳大剑仙的飞剑快不快？"

年轻人松了口气，抓起一颗鹅卵石，掂量了一下，仔细打量一番，笑道："不愧是玉莹崖灵泉里边的石头，石质莹澈异常，而且温润，没有那股子山中玉石很难退干净的火气,确实都是好东西,放在山下匠人眼中,恐怕就要来一句美石不雕了。掌柜的,这笔买卖我做了,这么多年好不容易跟师父学成了一身本事,只是山上的好物件难寻,我们铺子眼光又高,师父不愿糟践了好东西,所以喜欢自己动手,只是让我们在一旁观摩,我们这些徒弟也没辙,这些刚好可以拿来练练手……"说到这里,他有些尴尬。

陈平安笑道:"没关系,实话再难听,也是实话。只是希望你练手可以,还是要多花些心思,毕竟玉莹崖老坑石头就只有这么多了,你刻坏一颗就少一颗。"

年轻人双指并拢,手腕一拧,脸上满是自信神色,向陈平安拍胸脯保证道:"这可是我出道以来的前几刀,不会马虎的。"

陈平安趴在柜台上,笑道:"那我就将第一颗鹅卵石送给你,算是恭贺许小师傅头回出刀。"

年轻人有些腼腆:"这不太好。"

陈平安指了指那堆鹅卵石,笑道:"随便挑一颗。但是必须答应我,第一颗之后,其余的再下刀,也要上心。"

年轻人涨红了脸:"掌柜的,只管放心!保证颗颗都是我的十分气力,十成功力!说不定还有一两刀神来之笔,总之绝不让掌柜的蚍蜉铺子所托非人。"

陈平安笑着点头。

刻石如烧瓷拉坯,一样讲究熟能生巧,万事开头难。

第一颗属于年轻人自己的鹅卵石,他只要铆足劲真正用心了,那么随后下刀就会有一种水到渠成的意思,哪怕稍稍分心一二,相较于先前的纯粹为买卖而下刀,总体而言,所有石头的整体品秩依旧会更好,蚍蜉铺子自然可以卖价更高,轻松就找补回来一颗玉莹崖鹅卵石的损失,不出意外,蚍蜉铺子只会挣得更多。

世事从来不简单,就看愿不愿意琢磨了。至于会不会因为来蚍蜉铺子接私活,而坏了年轻人在师父那边的前程,春露圃多的是会打算盘的聪明人。

陈平安让年轻人将那些鹅卵石连同包裹一起带走,每雕琢成一件文房清供后,只需要自己或是让朋友送来蚍蜉铺子即可,就说自己是老掌柜的朋友,到时候新掌柜不会有任何为难,或是雕一件来铺子取走一件。年轻人一番权衡,觉得后者更加安稳,便让这位好说话的年轻掌柜放心,若是丢了某颗鹅卵石,他便自己掏腰包赔偿一枚雪花钱。不承想那位年轻掌柜又说,真丢了又赔不起,无妨,只要手艺在,他都好商量。年轻人笑着离去,陈平安站在店铺门口目送,依稀看到了一个草鞋少年取信送信的影子。

随后一天,挂了足足两天打烊牌子的蚍蜉铺子开门之后,竟然换了一位新掌柜,眼力好的,知道此人来自唐仙师的照夜草堂,笑脸殷勤,迎来送往,滴水不漏,而且铺子里边的货物总算可以还价了。

这天,依旧一袭普通青衫的陈平安背起竹箱,戴起斗笠,手持行山杖,跟那两个宅邸侍女说是今天就要离开春露圃。那位身为金丹修士嫡传弟子的年轻女修说谈老祖已经捎话给宅邸，符舟赠予陈剑仙了，无须客气。

陈平安道谢之后，也就真不客气了。祭出符舟去了一趟老槐街，街尽头就是那棵荫覆数亩地的老槐树。

年轻青衫客站在槐树底下仰头望去，站了许久。

许多过往之人事，可想可念不可及。

第七章
山水迢迢

一袭青衫一路北游，来到了兰房国。兰房国盛产名贵兰花，一国如狂不惜金，家底厚薄如何，几乎只看天价兰花有几株。除此之外，再无特殊，但是会有一些习俗，让人记忆深刻。例如妇人喜欢往江中投掷金钱卜问吉凶；另，国内百姓无论富贵贫贱皆喜放生，只是上游虔诚放生，下游捕鱼捉龟的场景却多有发生；更有那拉船纤夫，无论青壮老弱，皆裸露上身，任由日头曝晒背脊，勒痕如旱田沟壑；还有各地遇上那旱涝，都喜欢扎纸龙王游街，却不是向龙王爷祈雨或是避雨，而是不断鞭打纸龙王，直至稀碎。

兰房国以北是青祠国，君主公卿崇尚道家，道观如云，朝廷大肆打压佛门，偶见寺庙，也香火冷落。

再往北是大篆王朝的南方藩属金扉国。金扉国尚武之风极其浓烈，市井斗殴几乎处处可见，而且往往见血，多有富贵门户的年少恃强者嗜好张弓横刀，呼朋结党，策马远游，臂鹰携妓狩猎四方，旁若无人。金扉国君主自身便是沙场行伍出身，属于篡位登基坐上的龙椅，崇武抑文，庙堂之上经常会有文臣高官鼻青脸肿地退朝回家养伤的情形。在别处匪夷所思的事情，在金扉国百姓眼中亦是习以为常，什么大学士被喷了一脸唾沫星子，什么礼部尚书满嘴圣贤道理讲不过大将军的钵大拳头，不过是茶余饭后的谈资而已。

这一路，在山崖栈道遇细雨，雨幕如帘，雨声淅沥如微风铃声。

有山野樵夫在深山偶遇一株兰花，手舞足蹈，貌似癫狂。

深夜虫鸣啾啾，月色如水洗青衫，山中篝火旁，火光摇曳。

即将进入梅雨时节了。

这天,陈平安在金扉国一座郡城外的山野缓行,此处虎患成灾,金扉国任侠使气的权贵子弟经常来此狩猎。陈平安一路上已经见过好几拨佩刀负弓的游猎之人,来往呼啸成风,而且大多是少年郎,其中不乏年轻女子,英姿飒爽,弓马熟谙,年纪大一些的随行扈从,一看就是沙场悍卒出身。

陈平安前几天亲眼见到一伙金扉国京城子弟在一座山神庙聚众豪饮,在祠庙墙壁上胡乱留下"墨宝",其中一个身材高大的少年直接扛起了那尊彩绘木雕神像走出祠庙大门,将神像摔出,嚷着要与山神比一比膂力。祠庙远处躲清静的山神老爷和土地公相对无言,唉声叹气。

黄昏中,陈平安没有走入郡城,而是远离官道,翻山越岭,大致沿着一条山野小路蜿蜒前行,一袭青衫在山林中如一缕青烟拂过,偶尔能看到一些人影,多身形矫健,应该都属于江湖上的练家子。入夜后,小径上的行人依旧没有举烛。

深夜时分,陈平安骤然而停,站在一棵参天大树上举目远眺,对面一座四面皆悬崖峭壁的巨大孤峰之巅灯火通明,屋舍密集,唯有陈平安脚下这座高山与之牵连的一座铁索木板桥可以去往那座山顶"小镇"。夜间山风拂过,整座桥微微晃荡。

那里瞧着像是一个声势不小的江湖门派,因为附近灵气淡薄,只比银屏国、槐黄国边境线略好而已,不是一处适宜练气士修行的风水宝地。

陈平安坐在树枝上嚼着一块干饼,养剑葫内已经装上了十数斤兰房国酒水,一路上喝酒次数少,剩下颇多。

他开始闭目养神,哪怕是小炼,依旧进展缓慢,一路行来,那两块斩龙台都没能完整炼化。

不知不觉,对面山顶灯火渐熄,最终唯有星星点点的亮光。

天亮时分,陈平安睁开眼睛,往自己身上贴了一张驮碑符,继续修行。

北游之路,走走停停,随心所欲,只需要在入秋之前赶到北俱芦洲东部的绿莺国即可,绿莺国是那条大渎入海口。北俱芦洲中部高耸,东西不断向海面倾斜,北方更高。整个北俱芦洲,从骸骨滩往北,地势依次升高。大渎源头在北方,有十数条水势巨大的江河汇入大渎河床当中,造就了一条大渎拥有两大入海口的罕见奇观。

陈平安每次小炼完两块斩龙台,便化虚搁放在两处曾经各有"一缕极小剑气"盘桓的窍穴当中,让飞剑初一、十五分别入驻其中。

每次飞剑撞击斩龙台、磨砺剑锋引发的火星四溅,陈平安都心如刀割,这也是他这一路走不快的根本缘由,他的小炼速度堪堪与初一、十五"进食"斩龙台的速度持平。它们吃光斩龙台实为铺垫,接下来将初一、十五炼化为本命物才是关键,过程注定凶险且难熬。但是这种仿佛重返落魄山竹楼给人喂拳的感觉,陈平安反而觉得格外踏实。

桥上,响起一辆辆粪车的轱辘声,桥这边的高山之中开辟出大片的菜圃,一群人去远处山涧挑水,有稚童折柳尾随,蹦蹦跳跳,手中晃荡着一个做样子的小水桶,山顶小镇之中随即响起武人练习拳桩刀枪的呼喝声。

在山上居住,又不是辟谷的修道之人,到底是有些麻烦的。先前那些在后半夜陆续返回山上小镇的身影,也大多人人背包,其间还有人牵着驮着重物的骡马过桥返家。

陈平安打算再在这边留两天,争取一鼓作气以那脱胎于碧游宫祈雨碑文的仙诀彻底小炼两块斩龙台,随后再动身赶路。

包括金扉国在内的春露圃以北十数国,以大篆王朝为首,武运鼎盛,江湖武夫横行,甚至到了动辄数百武夫联手围攻山上仙门的夸张地步,广袤版图上也只有一位元婴坐镇的金鳞宫能够勉强不遭灾厄,只是门中弟子下山历练依旧需要小心翼翼。

陈平安一开始在春露圃听说此事也觉得匪夷所思,只是当他听说北俱芦洲的四位十境武夫其中一人就在大篆王朝之后,便有些明白了。

北俱芦洲如今拥有四位止境武夫,最年老一位本是德高望重的山下强者,与数位山上剑仙都是至交好友,却不知为何在数年前走火入魔。数位上五境修士费了九牛二虎之力才合力将其拘押起来,毕竟不能放开手脚厮杀,免得不小心伤了老武夫的性命,那老武夫因此还重伤了一位玉璞境道门神仙,暂时被关在天君府,等待天君谢实从东宝瓶洲返回后颁布法旨。

最年轻的一位刚刚百岁,是北方一座"宗"字头仙家的首席供奉,妻子是一位刚刚跻身玉璞境的剑仙。其实双方年龄悬殊,两人能够走到一起,也是故事极多。

然后就是大篆王朝一位孤云野鹤的世外高人,数十年间神龙见首不见尾,众说纷纭。有的说他已经死于与一位宿敌大剑仙的生死搏杀中,只是大篆王朝遮掩得好;也有的说他去了茶花洞天,试图大逆行事,以灵气淬炼体魄,如同年少时在海边打潮熬炼体魄,等待机会再与那位在甲子前刚刚破境的猿啼山大剑仙厮杀一场。

最新一位来历古怪,出手次数寥寥无几,拳下几乎不会死人,但是拆了两座山头的祖师堂,俱是有元婴剑修坐镇的仙家府邸,所以北俱芦洲山水邸报才敢断言此人又是一位新崛起的止境武夫。据说此人与狮子峰有些关系,叫李二,应该是个化名。

大篆王朝还有一位八境武夫相对容易见到,是位女子大宗师,也是一名剑客,如今担任大篆周氏皇帝的贴身扈从。但是此人前程不被看好,跻身远游境就已是强弩之末,此生注定无望山巅境。

简而言之,在这里,江湖武夫嗓门最大、拳头最硬。

陈平安如今对于落魄山之外的金身境武夫,实在是有些捉摸不透了。当初想要向宋老前辈问剑的青竹剑仙苏琅是第一个,苍筤湖龙宫向自己偷袭出拳的是第二个,渡船之上铁艟府小公子魏白身边的廖姓扈从是第三个。

陈平安其实挺想找一位远游境武夫切磋一下，渡船上高承的分身应该就是，只可惜那位气势极其不俗的老剑客自己拿剑抹了脖子。头颅坠地之前，说出那句"三位披麻宗玉璞境，不配有此斩获"，其实也算英雄气概。

先前在金扉国一处湖面上，陈平安租借了一艘小舟在夜中垂钓，远远旁观了一场血腥味十足的厮杀。似乎是一场早有预谋的围剿，先是一艘停泊在湖心的楼船上发生了内讧，数十人分成两派，兵器各异，其中有十余位约莫是五六境武夫的江湖人。双方打得胳膊头颅乱飞，随后出现了七八艘金扉国军方的楼船战舰，高悬明灯，湖上光亮如昼，将最早那艘楼船重重围困，先是十数轮强弩劲弓的密集攒射，等到厮杀双方撂下十数条尸体，余下众人纷纷逃入船舱躲避后，军方楼船以拍杆重击那艘楼船。其间有负伤的江湖高手试图冲出重围，不愿束手待毙，只是刚刚掠出楼船，要么被弓弩箭雨逼退，要么被一位身穿蟒服的老宦官当场击杀，要么被一位年纪不大的女剑客以剑气拦腰斩断。还有一位身披甘露甲的魁梧大将站在楼船底层，手持一杆铁枪。一些个佯装负伤坠湖，尝试闭气潜水远遁的江湖高手被水底精怪逼出水面，然后那魁梧大将取来一张强弓，一一将之射杀。

在金扉国军方战船靠近后，陈平安就已驾驭一叶扁舟悄然远去。

最后一幕，让陈平安记忆深刻。那女剑客站在船头不断出剑，无论是漂浮水上的尸体还是负伤坠湖之人，都被她一剑戳去，补上一缕凌厉剑气。估计最后湖心楼船就没能活下几个，能活下来的，极有可能都是朝廷的内应。因为他看到有三人走上了那艘战船顶层，向身披甘露甲的魁梧大将抱拳行礼。

陈平安闭上眼睛，继续小炼斩龙台。

修行一事，真正涉足之后，就会发现最不值钱又最值钱的，都是光阴岁月。

至于那桩江湖事，陈平安从头到尾就没有出手的念头。

这天夜幕中，陈平安轻轻吐出一口浊气，举目望去，桥上出现了一对年轻男女。女子是个底子尚可的纯粹武夫，约莫三境，男子相貌儒雅，更像是一个饱读诗书的儒生，算不得真正的纯粹武夫。女子站在摇晃铁索上缓缓而行，年纪不大却稍稍显老的男子担心不已，到了桥头，女子轻轻跳下，被男子牵住手。两人沿着山路牵手而行，窃窃私语，刚好是陈平安这个方向，于是陈平安便听到了一些金扉国庙堂和江湖的内幕。

原来这些年江湖上很不太平，当今君主篡位登基后，按照金扉国稗官野史的说法，这位皇帝老爷坐到龙椅上的第一件事就是横刀于膝，然后命人将那管着皇室九族名册、玉牒的几位勋戚喊到大殿上，按照谱牒上边的记载，一页页翻开，除已经自缢身亡的先帝皇后之外，每喊出一个名字，大殿之外就要掉一颗脑袋，如此将前朝余孽杀了个干净，大殿之外一夜之间血流成河。但是最后仍然有一条漏网之鱼，是前朝先帝的幼子，被宫女带着逃离了皇宫，其后在忠心耿耿的臣子安排护送下又侥幸离开了京城，从此流亡江湖，杳无音信，至今没能寻见。所以这么多年，江湖上经常会有一些莫名其妙的灭门惨案，而且多是大门大派，哪怕有些明明是死于仇杀，可各地官府都不太敢追究，就怕一不小心越过了雷池，触及京城那位的逆鳞。官府束手束脚，金扉国本就崇武，各地武将更是喜欢打着剿匪杀寇的幌子用一拨拨江湖人的脑袋演武练兵，正儿八经有家有业的江湖人士自然苦不堪言。

江湖总这么乱下去也不是个事，所以金扉国的江湖名宿、武林宗师十数人，还有原本势同水火的魔道枭雄七八位，都难得地暂时一起放下成见，打算私底下碰头，举办一场宴会。当然不是要造反，而是想着与其让皇帝老爷睡不安稳，害得朝野上下风声鹤唳，不如大伙儿略尽绵薄之力，帮皇帝陛下挖地三尺，将整个本就浑浊的江湖掀个底朝天，争取找出那位早就该死的前朝皇子。此人一死，皇帝必然龙颜大悦，纷纷乱乱的江湖形势怎么都该好转几分，也好让各路江湖豪杰喘口气。

年轻男女谈及这些鲜血四溅的刀光剑影都是忧心忡忡，因为他们所在的门派名为峥嵘门，是金扉国的第一流江湖势力。按照武林中人自己的划分，大大小小近百个有据可查的江湖门派是有一道分水岭的，就以当今陛下登基作为界线，江湖有新老之分，新江湖门派往往依附京城勋戚或是藩镇势力，老江湖门派则苟延残喘。峥嵘门自然属于老江湖，女子的父亲更是四大正道高手之一。她这边得到的最新消息，是宴会选址终于定好了，在一处大湖湖心，正邪双方的大宗师都没机会动手脚。

黑白两道自然都不愿意去对方的地盘议事，天晓得会不会被对方一锅端。正道人士觉得那些魔道中人手段残忍，肆虐无忌；黑道枭雄觉得那帮所谓侠士道貌岸然，乃一帮男盗女娼的伪君子，比他们还不如。

不过令人蹙眉忧心的远虑可以暂且不去想，月下眼前人，各是心仪人，天地寂静，四下无人，自然情难自禁，便有了一些卿卿我我的动作。先前女子手持一截树枝，走桩期间，一手出拳，一手抖了几个花俏剑花。

陈平安轻轻叹息，这峥嵘门的门主应该就是湖上活到最后的三位江湖高手之一，那人出拳路数与树下女子有几分相似，腰间缠有一把软剑，出剑之后，裹脖削头颅，剑术十分阴柔诡谲。

男女相互依偎，手上动作便有些旖旎。若只是如此也就罢了，陈平安大不了闭眼修行便是，可就怕这男女一时情动，天雷勾动地火。

真是怕什么来什么，男女绕到树后，女子便说要去树上挑一处树荫浓郁的地儿，更隐蔽些，不然就不许男子毛手毛脚了。男子笑着答应下来，女子便抓住情郎的肩膀，想要一跃而上。

身上有一张驮碑符的陈平安环顾四周，屈指一弹，树下草丛一颗石子轻轻碎裂。

男女吓了一跳，赶忙转头望去。

陈平安站起身，一掠而走：行行行，地盘让给你们。

他去往此山更高处，继续小炼斩龙台。

那对男女被惊吓之后，温存片刻，就很快赶回索桥那边，因为峥嵘门上上下下、家家户户都亮起了灯火，白昼一片。他们都拥向大门，似乎是想要迎接贵客。

陈平安举目远眺，山野小径上出现了一条纤细火龙，缓缓游弋前行，与柳质清画在几案上的符箓火龙没什么两样，应该是有大队人马在今夜拜访峥嵘山。

其实陈平安在昨夜就察觉到了一些蛛丝马迹，发现了数位类似斥候的江湖武夫，鬼鬼祟祟、躲躲藏藏，似乎是在查探地形。

陈平安想了想，站起身，尽量远离山门的灯火，绕远路去了山崖畔，在崖畔后退几步，一掠而去，用手抓住峥嵘山所在孤峰的峭壁边，然后横移攀缘，最后悄无声息地躲在索桥附近，一手五指钉入石壁，身形随风轻轻晃荡，一手摘下养剑葫饮酒。

索桥一头，峥嵘门门主林殊脸色微白。湖上一战他受伤不轻，至今尚未痊愈，但是赌大赢大，一桩泼天富贵得手，精气神极好。

此次顺路拜访峥嵘门的三位贵客，一位是镇国大将军杜荧，为当今陛下赐姓的螟蛉义子。除此之外，还有那位身手高深莫测的御马监宦官，以及一位来自大篆王朝的贵客中的贵客——郑水珠，剑术卓绝，是那位身为大篆王朝守门人的女武神的五位得意高徒之一，还是关门弟子，资质最好，受宠最多。她此次参与金扉国湖上围剿不过是散心，另有师门重任在身。

林殊当初是最早选择向新帝投诚的江湖宗师，此后在江湖蛰伏十数年，消息灵通，知道有一条盘踞在大篆京城之外的凶猛黑蛟道行极高，与人间相安无事已有千年，不知为何，近期水灾连连，隐约有水淹京城的架势，所以林殊依稀猜出郑水珠南下之行可能与供奉在金扉国京城武庙的那把刀有关。毕竟郑水珠的师父虽然是一位可以御风远游的大宗师，佩剑也是一件神兵利器，可面对一条兴风作浪的水蛟，确实少了一件刚好压胜的仙家兵器。而金扉国那把宝刀浸染了百余位前朝龙子龙孙的鲜血，不但如此，在更早之前，它还砍下了前任镇国大将军的头颅，而那位功勋卓著、享誉朝野的武将，正是当今皇帝走向龙椅的最大阻碍。可以说，正是此刀，彻底砍断了前朝龙脉国祚。

索桥一端，大将军杜荧依旧披挂那件雪白兵家甲胄，以刀拄地，没有走上桥道。

约莫二十五六岁的郑水珠背负长剑"避月"。这把剑，是她师父的心爱之物，陪伴她师父度过了炼体、炼气六境的漫长岁月。跻身炼神境后，她师父才将它赠予她，之前四位师兄师姐都无此荣幸。赠剑之时，郑水珠才刚刚六岁，双手扶剑，剑比人高，不苟言笑的师父见到那一幕后，开怀大笑，但是早慧的郑水珠在当时就发现四位同门师兄师姐的眼神各有不同。

郑水珠此刻环顾四周，山风阵阵，对面建造在孤峰上的小镇灯火辉煌，夜幕中，它就像一盏飘浮在空中的大灯笼。

至于那位御马监蟒服老宦官则轻轻搓手，他虽然白发苍苍，但是肌肤白皙细腻，容光焕发。毕竟是一位金身境武夫，被誉为金扉国京城的夜游神。

论境界论厮杀，老宦官其实都要比郑水珠强出一大截，只不过这一路远游，南下北归，老宦官始终对这个年轻女子毕恭毕敬。五境的体魄、修为，却可以使出相当于六境的剑气、杀力，这就是高门传承的好处，是行走江湖的护身符，而她师父的名字更是一张保命符，以及在大篆诸多藩属、邻国肆意先斩后奏的尚方宝剑。郑水珠杀人，只要不是别国的将相公卿，便无人计较。只不过郑水珠是头一次离开大篆京城，加上有秘密任务在身，所以远远不如她四位师兄师姐那么名动四方。

三位贵客停步，林殊便只好留在原地。

杜荧突然说道："我负责搜寻前朝余孽已经十多年，大大小小的江湖门派百余个，年纪相当的都亲自过目了一遍，加上官场的、邻国江湖的，甚至还有不少山上仙家势力的，从一个四岁大的孩子，年复一年，一直找到如今弱冠之龄的男子。我一个沙场武夫，还顶着个镇国大将军的头衔，竟然沦落到在江湖走了这么远的路，有家不可回，很是辛苦啊。就算是亲爹找那失散子女都没我这么辛苦的，你说呢，林门主？"

林殊抱拳道："大将军劳苦功高！此次大将军更是运筹帷幄，彻底铲平了江湖势力，相信大将军这次返回京城……"

杜荧挥挥手，打断林殊的言语："只是此次与林门主联手做事才猛然发现自己灯下黑了，这么多年过去，林门主这峥嵘山，我竟然一直没有亲自搜寻。"

林殊瞬间满头汗水。

杜荧笑道："当然了，安插在林门主身边的朝廷谍子早年是有过一场仔细勘验的，两个相互间没有联系的精锐谍子都说没有。"

林殊如释重负，高高抬臂，向京城方向抱拳，沉声道："大将军，我林殊和峥嵘门对皇帝陛下忠心耿耿，苍天可鉴！"

杜荧缓缓抽刀，指了指山巅小镇："现在有一个最安稳的法子，就看林门主有无足够的忠心和魄力去做了。峥嵘门谱牒上的岁数，当地郡城档案记载的户籍一样可以作假，所以不如将小镇一千两百多口人当中岁数在十八岁到二十岁之间，以及看着像是弱冠之龄的男子一并杀了，万事大吉。"他笑道，"当然，人不能白死，我杜荧不能亏待了功臣，所以等我返回了京城，觐见陛下，就亲自跟陛下讨要赏赐，今夜峥嵘山滚落在地一颗头颅，事后补偿你林殊一千两白银，如何？每凑足十颗脑袋，我就将死在湖船上的那些门派的地盘拨划出一块赠予峥嵘门打理。"

林殊苦笑道："可是峥嵘门内有小人作祟，谎报消息给大将军，故意要将我林殊陷入不忠不义的境地?"

杜荧点头道:"确实是小人,还不止一个。一个是你不成材的弟子,觉得正常情况下继承门主之位无望,早年又差点被你驱逐出师门,难免心怀怨怼,想要借此翻身,捞取一个门主当当。我嘴上答应了,回头林门主宰了他便是,这种人,别说是半个江湖,就是一个峥嵘门都管不好,我收拢麾下又有何用?"他以刀尖指向桥对面大门口,"还有一个,是一直与朝廷谍子相依为命的年轻人。那谍子之前是你们小镇的学塾先生,年轻人还算个读书种子,他与你独女互有情愫,偏偏你觉得他没有习武天赋,配不上女儿。后来将他拉扯大的那个老谍子在临终前觉得年轻人是个当官的料,就运作一番,让年轻人继承了他的身份,此后得以与朝廷密信往来。事实上,宰掉所有年龄相符的峥嵘门子弟就是年轻人的主意,我也答应了,不但答应为他保住秘密,以及抱得美人归,还会安排他官场科举金榜题名,说不得十几二十年后就是金扉国某地的封疆大吏了。"

林殊气得脸色铁青,咬牙切齿道:"这个忘恩负义的狼崽子,当年他不过生在一个卑贱至极的挑粪人家,爹娘早逝,如果不是峥嵘门每月给他一笔抚恤钱,吃屎去吧!"

御马监老宦官双指拈起一缕鬓角下垂的白发,尖声尖气道:"这些都是小事儿,根据另外一个谍子的密报,你们峥嵘门还有高人坐镇,很多年了,只是藏头藏尾,隐匿得很好,至今还没有露出马脚,有些棘手。"

林殊愕然。

郑水珠皱眉道:"杜将军,咱们就在这儿耗着? 那个前朝余孽在不在山头上,取刀一试便知。若是真有金鳞宫练气士躲在这儿,多半就是那皇子的护道人。一箭双雕,斩杀余孽,顺便揪出金鳞宫修士。"

队伍当中,有一个木讷汉子手捧长匣。

杜荧笑道:"万一那金鳞宫神仙境界极高,我们这百来号披甲士卒可经不起对方几手仙法。就算敌不过我们三人联手,一旦对方带人御风,我们三个就只能瞪眼目送人家远去了,总不能跳崖不是?"

郑水珠转头看了眼那捧匣汉子,嗤笑道:"咱们那位护国真人的大弟子都来了,还怕一个躲在峥嵘山十数年的练气士?"

大篆王朝内同样是负责护驾的扶龙之臣,郑水珠她这一脉的纯粹武夫与以护国真人梁虹饮为首的修道之人关系一直很糟糕,双方相看两厌,暗中多有争执冲突。大篆王朝又地大物博,除了北方边疆深山中的金鳞宫辖境,大篆王朝的江湖和山上,皇帝任由双方各凭本事,予取予夺。郑水珠一位原本资质绝佳的师兄曾经就被三位隐藏身份的观海、龙门境练气士围攻,双腿打断,如今只能坐在轮椅上,沦为半个废人。后来梁虹饮的一位嫡传弟子也莫名其妙在历练途中消失,尸体至今还没有找到。

脸上覆有面皮的汉子神色冷漠,瞥了眼郑水珠的背影:这个小娘儿们一向眼高于顶,在京城就不太安分守己,仗着那个老婆娘的宠溺,前些年又与一位大篆皇子勾勾搭搭,真当自己是钦定的下任皇后娘娘了?

杜荧问道:"林门主,怎么讲?"

林殊脸庞扭曲:"年龄符合的山上年轻男子,杀!但是我有两个要求,那个欺师灭祖的弟子必须死,还有那个恩将仇报的贱种更该死!我峥嵘门处置叛徒的挑筋手法不敢说金扉国独一份,但是教人生不如死还真不难。"

杜荧摇头道:"前者是个废物,杀了无妨,后者却野心勃勃,才智不俗。他这些年寄往朝廷的密信,除了江湖谋划,还有不少朝政建言,我都一封封仔细翻阅过,极有见地,不出意外,皇帝陛下也都看过了。书生不出门,知晓天下事,说的就是这种人吧。"

林殊强忍怒气,脸色阴沉道:"大将军,此人今年……约莫二十四五,也算接近二十岁了!"

杜荧哑然失笑,沉默片刻,还是摇头道:"今夜登门本就是以防万一,帮林门主清理门户,扫干净登顶江湖之路,我可不是什么滥杀的人。"

御马监老宦官笑眯眯道:"见机行事,又不着急,今夜有热闹看了。"

杜荧看了眼索桥:"我这会儿就怕真有金鳞宫修士伺机而动,等我们走到一半,桥断了,怎么办?"

老宦官点点头:"是个大麻烦。"

那捧匣的木讷汉子淡然道:"杜将军放心,只要对方有胆子出手,桥绝不会断,那人却必死无疑。"

杜荧笑道:"仙师确定?"

汉子点头道:"我们国师府不会糊弄杜将军。"他是以厮杀著称的金丹修士,更是梁虹饮的首徒,说这话自然有底气。

一位从一品的镇国大将军,又是金扉国皇帝义子,死了的话,还是有些麻烦的,毕竟金扉国新君上位,本就是大篆王朝国师府的谋划。而一位手握重兵的叛乱武将,跟一位名正言顺穿上龙袍的藩属国君,双方身份截然不同,前者,大篆王朝国师府可以随意借刀杀人,想杀几个就几个,后者却是一个都不能碰。

杜荧收刀入鞘,大手一挥:"过桥!"

就在此时,峥嵘山之巅的小镇当中,有老者抓住一个年轻人的肩膀御风飞掠而走,老者身上有光彩流转,如金色鱼鳞莹莹生辉,在夜幕中极为瞩目。

杜荧仰头望去,道:"果然是阴魂不散的金鳞宫修士,看来是坐不住了。"

大篆国师府金丹修士已经化作一抹虹光一掠而去。

那金鳞宫老修士应该只是龙门境,又带人一起远遁,而国师府修士本就高出一境,手中宝刀更是一件承受万民香火的国之重器,一刀遥遥劈去,那金鳞宫老修士迅速掐诀,身上金光熠熠的法袍自行脱落,悬停原处,蓦然变大,好似一张金色渔网,阻滞刀光,他则继续带着年轻人远离。

大篆国师府金丹修士那一刀直接将那件法袍劈开,御风身形骤然加速,刹那之间就来到了金鳞宫老修士背后,近身又是一刀。

老修士想要竭力将手中年轻人抛出,年轻人身上多出数张金鳞宫浮游符箓,能够让一个凡夫俗子暂时如同练气士般御风。只不过老修士也清楚,这只是垂死挣扎罢了,谁能想到金扉国不但找到了峥嵘山,甚至还来了一位金丹修士。

汉子手腕微微一拧,那柄原本供奉在武庙多年的镇国宝刀微微变换轨迹,一刀过去,将那老修士和年轻人的头颅一起劈砍而下。

老修士在临死之前炸开自己所有气府灵气,想要拉这名金丹修士陪葬。

汉子后掠出去,悬在空中,刚刚尸首分离的金鳞宫老修士与年轻人一起化作齑粉,方圆十数丈之内气机紊乱,然后形成一股气势汹汹的剧烈罡风,以至于身后远处的崖间索桥都开始剧烈晃荡起来,桥上有数名披甲锐士直接摔下,杜荧和郑水珠使出千斤坠才稍稍稳住索桥。

汉子低头凝视那把宝刀的锋刃,点了点头,又微微皱眉,御风返回索桥,轻轻飘落。

杜荧压低嗓音问道:"如何?真是那余孽?"

汉子点头道:"血迹不假,但是龙气不足,有些美中不足,一定程度上会折损此刀的压胜功效。不过这也正常,国祚一断,任你是前朝皇帝君主,身上所负龙气也会一年年流逝。"

杜荧深吸一口气,伸手死死攥住一条铁索,意气风发道:"老子总算可以挺直腰杆返回京城当个名副其实的镇国大将军了!"

汉子小心翼翼将宝刀收入长条木匣,难得脸上有些笑意,道:"杜将军不光是在你们皇帝跟前大功一件。"然后直接将木匣抛给郑水珠,收敛了笑意,"在郑女侠这儿也是有一份不小的香火情的。"

郑水珠有些狐疑,皱眉道:"冯异,你不直接带回国师府?"

显而易见,她是担心这位金丹修士自己拿着宝刀去大篆皇帝跟前邀功。

冯异都懒得与她废话。那条极其难缠的黑蛟试图水淹大篆京城,将整座京城变成自己的水底龙宫,而自己师父又只是一位精通水法的元婴修士,怎么跟一条先天亲水的水蛟比拼道法高低?说到底还是需要这小娘儿们的师父凭借这口金扉国宝刀才有希望一击毙命,顺利斩杀恶蛟,国师府诸多修士撑死了就是争取双方大战期间京城不被洪水淹没。天大的事情,一着不慎满盘皆输,整个大篆周氏的气运都要被殃及,国师府还会在这种紧要关头跟你一个小姑娘争抢功劳?再说了,大战拉开序幕后,真正出力之人,大半救国之功,肯定要落在郑水珠的师父身上,他就算是护国真人的首徒,难道要从小姑娘手上抢了宝刀,再跑到那个老婆娘的跟前双手奉上,觍着脸笑呵呵,恳请她老人家收下宝刀,好好出城杀蛟?

林殊两腿发软,一手扶住铁索:那余孽果真藏在自己眼皮子底下!

杜荧笑道:"行了,你这么多年兢兢业业为皇帝陛下效命,向京城传递密报,这次在湖上又帮我一锅端了正邪两道高手,今夜更是了结了一桩陈年恩怨。"

林殊笑容尴尬,听闻杜荧这一席宽心话,既松了口气,又不敢真正放心,就怕朝廷秋后算账。

杜荧也不愿意多说什么,就由着林殊提心吊胆。林殊和峥嵘门这种江湖势力就是烂泥沟里的鱼虾,却是必须要有的,换成别人,替朝廷做事情,卖力肯定会卖力,但是就未必有林殊这般好用了。何况有这么大把柄握在他和朝廷手中,以后峥嵘门只会更加服服帖帖,做事情只会更加不择手段。江湖人杀江湖人,朝廷只需坐收渔翁之利,还不惹一身腥臊。

杜荧犹豫了一下:"今夜就在峥嵘山落脚。"

林殊小声问道:"那些年龄符合的年轻人?"

杜荧有些犹豫,冯异扯了扯嘴角,随口道:"小心驶得万年船。林大门主看着办。"

林殊眼神狠辣起来。

一行人走过索桥,进入灯火通明的小镇。

山崖间,陈平安依旧纹丝不动。

山顶小镇,峥嵘门大堂内,满地鲜血。

林殊面无表情坐在主位上,冯异、郑水珠、杜荧、御马监老宦官依次落座。他们对面是峥嵘门数位林氏长辈,然后是林殊独女,以及林殊的所有亲传弟子。他们都不敢正眼望向对面,因为门主林殊先前死活不愿意坐上主位,还是对面那位女剑客面有不悦,让林殊赶紧落座,林殊这才战战兢兢坐下。

大堂之上,二十岁上下的男子已经死了大半。

郑水珠满脸冰霜,转头望去:"杀这些废物好玩吗?!"

冯异微笑道:"说不定还能钓上一条金鳞宫大鱼。"

距离峥嵘门大堂还有一段距离的地方,一名接替老书生成为学塾夫子的年轻男子冷笑不已,站起身,一跺脚,从地底下弹出一把长剑。男子持剑走过学塾大门,行走在大街上,径直去往那个是非之地。

金鳞宫与大篆王朝关系恶劣,双方就只差没有撕破脸皮而已。既然此间事了,他也不介意顺手宰了一位大篆金丹练气士。如果没有看错,那年纪轻轻的女剑客更是那八境婆姨的心爱弟子,死了这么两人,尤其是失去了那口压胜水蛟的宝刀,偏偏杜荧不死,足以让金扉国皇帝焦头烂额,注定无法向大篆周氏皇帝交代了。

山崖那边,陈平安松开手,任由身形往下飞速坠落,临近峭壁底部才伸手抓入峭壁之中,阻滞下坠速度,飘然落地,缓缓远去。

这极有可能是一场布局深远的狩猎,虽说人人皆各有所求,但是一旦真正现身,步入其中,境界越高,说不定就死得越快。他不会掺和。

逃离京城的前朝余孽、金扉国篡位皇帝、搅乱江湖的义子镇国大将军、投诚朝廷的峥嵘门门主、暗中保护前朝皇子的金鳞宫修士、大篆八境武夫、国师府金丹修士、水淹大篆京城的水蛟、大篆王朝的某位十境武夫、与之结下死仇的大剑仙……

陈平安就此远去,而身后那座山顶小镇肯定会上演一桩桩复杂曲折的故事,各有各的悲欢离合,有些人可能到死都不知道缘由。

那位自认今夜无敌的金鳞宫首席供奉金丹剑修眉心处蓦然被洞穿出一个窟窿,又是一抹虹光一闪而逝,体内金丹被瞬间搅烂。临终之前,深藏不露的金丹剑修骇然瞪眼,喃喃道:"剑仙嵇岳……"他的尸体很快消融为一摊血水。

对面山头之上,一个矮小老人双手负后:"小小金丹也敢坏我好事?下辈子如果还能投胎转世,要学一学那个年轻人,两次逃过一劫了。"

一瞬间,矮小老人就来到那一袭青衫身边,并肩而行,笑道:"外乡人,是怎么察觉到不对劲的,能不能说道说道?还是说从头到尾就是凑个热闹?瞧你年纪不大,行事十分老到啊。"

陈平安手持行山杖,依旧脚步不停,微笑道:"老先生只管用大鱼饵钓大鱼,晚辈不敢蹚这浑水。"

矮小老人摸了摸脑袋:"你觉得那个前朝余孽死了没有?"

陈平安说道:"应该是仙家手腕的偷梁换柱,身上流淌龙血,却非真正龙种,林殊确实是忠心前朝先帝的一条硬汉子,无论如何都要护着那个读书种子,杜荧一行人还是被骗过了。那位金鳞宫老修士也确实果决,帮着瞒天过海。至于那个年轻人自己更是心思缜密,不然只有一个林殊,很难做到这一步。但是对老先生来说,他们的小打小闹都是个笑话了,反正金扉国前朝龙种不死更好,那口压胜蛟龙之属的宝刀差了点火候更好。所以原本那位峥嵘门真正的隐世高人只要待着不动,是可以不用死于老先生飞剑之下的。"

"老老实实,知无不言言无不尽,又逃过一劫。"矮小老人说完之后,沉默片刻,啧啧称奇道,"有意思,有点意思。可惜了,真是可惜了。"

陈平安停下脚步,笑道:"老先生莫要吓我,我这人胆儿小,再这样杀气腾腾的,我打是肯定打不过老先生的,拼了命都不成,那就只能搬出自己的先生和师兄了啊,为了活命,没法子。"

矮小老人放声大笑,看了眼他的模样,点点头:"贼而精,该你活命,与我年轻时候一般英俊油滑了,算是半个同道中人。若是最后我真打死了那老匹夫,你就来猿啼山找我,如果有人阻拦,就说你认识一个姓嵇的老头儿。对了,你这么聪明,可别想着去给大篆周氏皇帝通风报信啊,得不偿失的。"

陈平安叹了口气。还真是那位传说中的猿啼山仙人境剑修,嵇岳。

陈平安转头望向那座孤峰之巅的明亮小镇,突然问道:"老先生,听说大剑仙出剑能快到斩断某些因果?"

嵇岳想了想:"我还不成。"

两两无言。

嵇岳突然摇摇头,说道:"你这小子运气也太差了些,这都能碰着我两次,差点死了三次,真是越看你越忍不住遥想当年啊。"

陈平安笑了笑:"习惯就好。"

嵇岳挥挥手:"走吧,练剑之人别太认命就对了。"

陈平安还真就大步走了,嵇岳摸着脑袋,望着他头上的玉簪子,眼神复杂,轻轻叹息。

嵇岳先前所谓的"真是可惜了",是说那个胆敢真正逆天行事的读书人。他还是有些忍不住,挥袖造就一方小天地,然后问道:"你是东宝瓶洲那人的弟子?"

陈平安转头却无言。

嵇岳神色淡然,双手负后,沉声道:"别给自己先生丢脸。"

陈平安欲言又止,却只是点点头。

嵇岳依旧没有撤去禁制,突然笑道:"有机会告诉你那位左师伯,他的剑术……其实没那么高,当年是我大意了,境界也不高,才扛不住他一剑。"

陈平安脸色古怪,嵇岳挥手道:"提醒你一句,最好收起那支簪子,藏好了。虽说我当年近水楼台,稍微见过南边那场变故的一点端倪,才会觉得有些眼熟,即便如此,不凑近细看,连我都察觉不到古怪。但是万一呢?可不是所有剑修都像我这样不屑欺负晚辈的。如今留在北俱芦洲的狗尾剑仙,只要被他们认出了你的身份,多半是按捺不住要出剑的。至于宰了你会不会惹来你那位左师伯登岸北俱芦洲,对于这些不知天高地厚的元婴、玉璞境崽子而言,只是一件人生快意事,当真半点不怕死的,这就是我们北俱芦洲的风气了,好也不好。"

陈平安转身问道:"当年率先出海出剑的北俱芦洲剑修正是老先生?为何我翻阅了许多山水邸报,只有种种猜测,都无明确记载?"

嵇岳气笑道:"那些地老鼠似的耳报神,就算知道了是我,他们敢指名道姓吗?你看看后边三位剑仙,又有谁知道?对了,以后下山历练还是要小心些,就像今夜这般。"

你永远不知道一群蝼蚁傀儡后边的牵线之人到底是何方神圣。说句难听的,杜荧之流看待林殊,你看待杜荧,我看待你,又有谁知道,有无人在看我?多少山上的修道之人死了都没能死个明白,更别提山下了。疑难杂症皆可医,唯有蠢字无可救药。"

陈平安抱拳道:"老先生教诲,晚辈记住了。"

嵇岳摆摆手,一闪而逝。

陈平安远离峥嵘山,继续独自游历。

江湖就是这样,不知道会遇到什么风雨。

进入梅雨时节,陈平安干脆就绕过了大篆王朝,去往临海的藩属国。

山崖栈道之上大雨滂沱,陈平安燃起一堆篝火,怔怔望向外边的雨幕。

一下雨,天地间的暑气便清减许多。

雨霖霖,声声慢,柳依依,荷圆圆。山青青,路迢迢,念去去,思悠悠。

水润土溽,柱础皆汗,天地如蒸笼,让人难免心情郁郁。

五陵国一条荒废多年的茶马古道上,五骑缓缓而行。

一场骤雨,哪怕披上了蓑衣,黄豆大小的雨滴仍是打得脸颊生疼。众人纷纷扬鞭策马寻找避雨处,终于看到一座位于半山腰的歇脚行亭,纷纷下马。结果看到一个青衫年轻人盘腿坐在行亭长凳上,脚边放有一只大竹箱,身前搁放了一副棋盘和两只青瓷小棋罐,棋盘上摆了二十多颗黑白棋子,见着了他们也不如何畏惧,抬头微微一笑,然后继续拈子放在棋盘上。

一个佩刀壮汉瞥了眼对方,青衫和鞋底皆无水渍,猜测应该是早早在此歇息,躲过了这场暴雨,干脆等到雨歇才动身赶路,便在这边自己打谱。

一位气态不俗的老人站在行亭门口,见一时半会儿是不会停雨了,便转头笑问道:"闲来无事,公子介不介意手谈一局?"

陈平安想了想,伸出手掌随便拢起棋盘上的黑白棋子,却不是放回棋罐,而是堆放在自己和棋盘之间,点头笑道:"好。"

一对少年少女相视一笑,还有一个头戴幂篱的女子坐在对面长凳上,落座之前,垫了一块帕巾。

老人抓起一把白子,笑道:"老夫既然虚长几岁,公子猜先。"

陈平安拈出一颗黑子,老人将手中七颗白子放在棋盘上,微笑道:"公子先行。"

不知不觉,陈平安已经改变坐姿,不再盘腿,与老人一般无二,侧身而坐,一手扶袖,一手拈子落在棋盘上。

少年在少女耳边窃窃私语道:"看气度,像是一位精于弈棋的高手。"

少女微笑道:"棋术再高,能与我们爷爷媲美?"

少年喜欢与少女较劲："我看此人不好对付。爷爷亲口说过，棋道高手，只要是自幼学棋的，除了山上仙人不谈，弱冠之龄左右是最能打的岁数，而立之年过后，年纪越大越是拖累。"

少女嗤笑道："爷爷所说之人只针对那些注定要成为棋待诏的少年天才，寻常人不在此列。"

老人思量片刻，哪怕自己棋力之大享誉一国，仍是并未着急落子。与陌生人对弈，怕新怕怪。他抬起头望向两个晚辈，皱了皱眉头。

少年笑道："知道啦，观棋不语。"

棋盘上，下了不到三十手后，少年少女便面面相觑。

原来是个背了些先手定式的臭棋篓子，别说是爷爷这位大国手，就是他们两个上阵，再让两三子，一样可以杀得对方丢盔弃甲。

老人忍着笑。他其实无所谓对方棋力高低，依旧耐着性子与年轻人对局。

梅雨时节，他乡路上，能遇弈友，已是幸事。

陈平安抬头看了眼行亭外的雨幕，投子认输。

老人点点头，帮着复盘。这位负笈游学的外乡青衫客其实先手还是颇有棋力的，便是老人都高看一眼，差点误以为遇上了真正的世外高人，只是后边就很快气力不济，兵败如山倒，十分惋惜。

在复盘的时候，两人闲聊。那年轻人自称姓陈，来自南方，此次北游，是想要去大渎东边入海处的绿鸢国，然后去往大渎上游看看。老人姓隋，已经辞官还乡，此次是去往大篆京城，因为大篆周氏皇帝开办了十年一届的草木集，连同五陵国、金扉国在内的十数国围棋高手都可以去大篆京城试试看，大篆周氏皇帝除了拿出一套总计九件、价值连城的百宝嵌文房清供分别赐予九人，还有一本下棋人梦寐以求的棋谱作为夺魁之人的嘉奖。

陈平安问道："这草木集是什么时候召开和结束？"

隋姓老人的孙子，那个清秀少年抢先说道："立秋开始，到时候各国棋待诏、入段的成名高手齐聚京城，都会在大篆韦棋圣与他三名弟子的安排下筛选出各国种子棋手，前三轮悬空，其余棋手抓阄，捉对厮杀，筛选出一百人，外加三轮悬空的各国种子二十人，在立冬日开始真正的高手较量。大篆京城年年大雪节气会迎来第一场雪，到时候只剩下十人对弈，周氏皇帝拿出的一套百宝嵌和那部棋谱就是这些人的囊中物，只不过还需要分出名次，胜出五人，其中一名幸运儿不但可以有幸与韦棋圣对弈，而且哪怕输了都可以跻身下一轮。"

陈平安问道："这位韦棋圣的棋力要明显高出所有人一大截？"

少年点头道："那当然，韦棋圣是大篆王朝的护国真人，棋力无敌。我爷爷在二十年前曾经有幸与韦棋圣下过一局，只可惜后来输给了韦棋圣的一名年少弟子，未能跻身前三。可不是我爷爷棋力不高，实在是当年那少年棋力太强，十三四岁便有了韦棋圣的七成真传。十年前的大篆草木集，若非这位大篆国师的高徒闭关无法参加，不然绝不会让兰房国楚繇得了头名。那是最无趣的一次了，好些顶尖棋待诏都没去，我爷爷就没参加。"

陈平安问道："山上的修道之人也可以参加？"

手谈一事，山上山下是天地之别。

世俗王朝的所谓国手、棋待诏，遇上真正精于棋道的山上练气士，几乎从无胜算。最可怕的地方在于山下的一些精妙定式几乎从来不被山上修士认可，而且山上修士的解死活题往往更是让人觉得莫名其妙。

隋姓老人笑道："一来山上神仙都是云雾中人，对我们这些凡夫俗子而言已经极其少见，再者喜欢下棋的修道之人更是少见，所以历届大篆京城草木集，修道之人寥寥。而韦棋圣的那名得意弟子虽然也是修道之人，只是每次下棋落子极快，应该正是不愿多占便宜。我曾经有幸与之对弈，几乎是我一落子，那少年便尾随落子，十分干脆，哪怕如此，我仍是输得心悦诚服。"

陈平安问道："隋老先生有没有听说大篆京城最近有些异样？"

老人一脸疑惑，摇摇头，笑道："愿闻其详。"

陈平安笑道："只是一些江湖上听来的小道消息，说大篆京城外有一条大江，水灾不断。"

少年满脸不以为然，道："是说那玉玺江吧？这有什么好担心的，有韦棋圣这位护国真人坐镇，些许反常洪涝还能淹了京城不成？便是真有水中精怪作祟，我看都不用韦棋圣出手，那位剑术如神的宗师只需走一趟玉玺江，也就天下太平了。"

陈平安笑了笑："还是要小心些。"

又问："隋老先生是奔着那套百宝嵌某件心仪清供而去？"

老人摇摇头："此次草木集高手云集，不比之前两届。我虽说在本国小有名气，却自知进不了前十，故而此次去往大篆京城只是希望以棋会友，与几位别国老友喝喝茶罢了，再顺道多买些新刻棋谱，就已经心满意足。"

那个一直沉默的幂篱女子轻声道："爹，我觉得这位公子说得没错，玉玺江这水灾来得古怪，大篆京城眼皮子底下，若是韦棋圣和女武神真能轻松解决，岂会拖延到现在？怕就怕玉玺江麻烦不小，但是周氏皇帝因为面子问题不愿因此撤销草木集，到时候再有意外发生……"她没有继续说下去，万一父亲执意前往，她的话就十分晦气了。

其实此次动身前往大篆王朝参加草木集，她一开始就不太同意。老人自然是不愿错过盛会的，为了让家中晚辈宽心，退了一步，请了一位关系莫逆的江湖宗师保驾护航，一路上对他确实多有照拂。那佩刀汉子名为胡新丰，打算护送这一家人到达大篆京城后，去一趟金扉国拜访几位江湖好友。

草木集期间，大街小巷的赌棋之风席卷一城，将相公卿和达官显贵喜欢押注草木集入围高手，富而不贵的有钱人则押注草木集之外的野棋，数额也都不小。传闻每次草木集都会有数千万白银的惊人出入。京城的老百姓也喜好小赌怡情，丢个几两银子在街头巷尾；家境殷实的中等之家，押注几十上百两银子也不奇怪。大篆京城大大小小的道观寺庙多有远游而来的藩属权贵文人，不好直接砸钱，则以雅致物件押注，回头转手一卖，更是一笔大钱。

少女委屈道："姑姑，若是咱们不去大篆京城，岂不是走了千余里冤枉路？"

少女是有私心的，她想要去见一见当年赢了自己爷爷的那位大篆国师关门弟子，听说亦是女子，如今才二十岁出头，生得倾国倾城，两位周氏皇子还为其争风吃醋来着。一些喜好手谈的闺阁好友都希望少女能够亲眼目睹那年轻仙子到底是不是真如传闻那般姿容动人，神仙风采。她已经放出大话，到了大篆京城的草木集盛宴，一定要找机会与那仙子说上几句话。

胡新丰一直守在行亭门口，一位江湖宗师如此任劳任怨，给一位早已没了官身的老人担任扈从，来回一趟耗时小半年，不是一般人做得出来。他转头笑道："大篆京城外的玉玺江确实有些神神道道的说法近年来一直在江湖上流传，虽说做不得准，但是隋小姐说得也不差，隋老哥，咱们此行确实应该小心些。"

老人有些为难。连胡新丰这样的江湖大侠都如此说了，他难免心中惴惴。可要说就此打道回府，又心有不甘。

幂篱女子轻轻叹息。关于此次与父亲和侄子侄女一同远游大篆京城，她私底下有过数次卜卦，皆卦象古怪，大险之中又有福缘缠绕，总之福祸不定，让她实在是难以揣度其中深意。其实按照常理而言，大篆王朝承平已久，国力鼎盛，与南边大观王朝实力在伯仲之间，双方皇室又有联姻，大篆周氏又有女武神和护国真人坐镇京城，玉玺江那点古怪传闻即便是真，都不该有大麻烦。她相信从来没有敕封水神、建造神祠的玉玺江确实有可能藏匿有一条黑蛟，但要说一条水蛟能够搅乱大篆京城，她却是不信。归根结底，她还是有些遗憾自己这么多年只能靠着一本高人留下的小册子，仅凭自己的瞎琢磨，胡乱修行仙家术法，始终没办法真正成为一位有明师指点、传承有序的谱牒仙师，不然大篆京城，去与不去，她早该心中有数了。

少年咧嘴一笑。自己姑姑是一位奇人，传闻奶奶怀胎十月后的某天，梦中有神人抱婴孩走入祠堂，亲手交予奶奶，后来就生下了姑姑。但是姑姑命硬，从小就琴棋书画无所不精，早年家中还有云游高人路过，赠予三支金钗和一件名为"竹衣"的素纱衣裳，说这是道缘。高人离去后，姑姑出落得越来越亭亭玉立，在五陵国朝野尤其是文坛的名气也随之越来越大，可在婚嫁一事上太过坎坷。爷爷先后帮她找了两位夫君，一位是门当户对的五陵国探花郎，春风得意，名满五陵京城，不承想很快卷入科举案，后来爷爷便不敢找读书种子了，找了一位八字更硬的江湖俊彦，依旧是在快要过门的时候对方家族出了事情。那位江湖少侠落魄远游，传言去了兰房国、青祠国闯荡，已经成为一方豪杰，至今尚未娶妻，对姑姑还是念念不忘。姑姑已经是三十多岁的人了，却依旧美艳动人，宛如从壁画中走出的仙子。如果不是姑姑这么多年深居简出，很少露面，便是偶尔去往寺庙道观烧香，也不会拣选初一、十五这些香客众多的日子，平时只与屈指可数的文人雅士诗词唱和，至多就是世代交好的熟客登门才手谈几局，不然少年相信姑姑哪怕是这般岁数的"老姑娘"了，求亲之人也会踏破门槛。

少年对于大篆京城之行有与他姐姐不太一样的憧憬，周氏皇帝举办草木集之外，大篆王朝还会率先推出十大江湖高手和四大美人，只要在列之人身在大篆京城，都可以被周氏皇帝接见，赠送一份重礼。说不定如今大篆京城就已经聚集了许多新上榜的年轻宗师，每十年一次的江湖评点，哪位老人会被挤掉，哪位新面孔可以登榜，大篆京城亦有巨额赌注。他虽然出身书香门第，注定会按部就班，跟随爷爷和父辈以及兄长走过的路，一步一步成为五陵国文官，可是他内心深处却对行侠仗义的江湖豪杰最是向往，在书房藏了数十本江湖演义小说，本本翻烂，倒背如流。少年对胡叔叔这样闯出名堂的武林中人更是崇拜得一塌糊涂，若非胡大侠已经有了妻女，少年都想要撮合他与姑姑在一起了。

陈平安见隋姓老人的神色应该还是想要去往大篆京城居多，就不再多说什么。

复盘结束之时刚好雨歇，只是外边道路泥泞，除了陈平安，行亭中众人又有些心事，便没有着急赶路。

陈平安已经收起棋盘棋罐放在竹箱内，手持行山杖，戴好斗笠，告辞离去。

先前瞥一眼雨幕，投子认输；复盘结束，恰好大雨停歇天色放晴。这本就是陈平安的又一种无声提醒，至于那个幂篱女子能否察觉到蛛丝马迹，就是她自己的事情了。

那佩刀男子是一位五境武夫，在五陵国境内应该算是雄踞武林一方的宗师了。幂篱女子好像是一个半吊子练气士，境界不高，约莫二三境而已。

陈平安刚走到行亭外，就皱了皱眉头。

有这么巧？这荒郊野岭的山野小路上为何会有一位金身境武夫策马赶来？以隋姓老人的身份，应该不至于有这样的庙堂死敌、江湖仇家。

这大篆王朝在内十数国广袤版图，类似兰房、五陵这些小国，兴许都未必有一位金身境武夫坐镇武运，就像东宝瓶洲中部的彩衣国、梳水国，多是宋老前辈那样的六境巅峰武夫，武力便能够冠绝一国江湖。只不过山下人见真人神仙而不知，山上人则更易见修行人，正因为陈平安的修为高了，眼力火候到了，才会见到更多的修道之人、纯粹武夫和山泽精怪、市井鬼魅。不然就像当年在家乡小镇,还是龙窑学徒的陈平安见了谁都只是有钱、没钱的区别。不过这么多年的远游四方,除了倒悬山、渡船这样的地方,终究还是凡夫俗子见到得更多,只是故事更少罢了。

那位武夫很快就停马在远方,似乎在等人。他身旁应该还有一骑,是位修行之人。然后行亭另一个方向的茶马古道上就响起了一阵杂乱无章的走路声响,约莫是十余人,脚步有深有浅,修为自然有高有低。

陈平安有些犹豫,伸出一脚踩在泥泞当中,便从泥泞中拔出靴子,在台阶上蹭了蹭鞋底,叹了口气,走回行亭,无奈道:"干脆再坐会儿,让日头晒晒路再说,不然走一路,难受一路。"

少年是个不拘束性子的,乐观开朗,又是头一回走江湖,言语无忌,笑道:"机智!"

陈平安笑了笑。

胡新丰有些无奈。回头得说说这小子,在江湖上,不可以如此放肆。不承想那幂篱女子已经开口教训:"身为读书人,不得如此无礼,快给陈公子道歉!"

少年赶紧望向自己爷爷,老人笑道:"读书人给人道歉很难吗?是书上的圣贤道理金贵一些,还是你小子的面子更金贵?"

少年倒也心大,真就笑容灿烂地给陈平安作揖道歉了。陈平安也没说什么无须道歉的客气话,笑着站在原地。

少女掩嘴娇笑。看顽劣弟弟吃瘪,是一件开心事嘛。

隋姓老人笑道:"公子,我们就继续赶路了。"

陈平安笑着点头:"有缘再会。"

只是当他们想要走出行亭牵马之时,就看到那边一拨江湖人士蜂拥而来,大踏步前行,泥泞四溅。

胡新丰按刀而立,没有上马,同时悄悄打了一个手势,暗示身旁四人不要着急踩镫上马,免得有居高临下与人对视的嫌疑。

那伙江湖客半数走过行亭,继续向前。突然,一个衣领大开的魁梧汉子眼睛一亮,停下脚步大声嚷道:"兄弟们,咱们休息会儿。"

幂篱女子皱了皱眉头。

胡新丰轻声道:"给他们让出道路便是,尽量莫惹事。"

隋姓老人点点头,少年少女都尽量靠近老人。

那青衫年轻人似乎也一样,不敢继续待在行亭,便在台阶另一头侧身而行,与他们的想法如出一辙,将行亭让给这拨一看就不是什么善男信女的江湖人。但是哪怕他已经足够小心谨慎,仍是被四五个故意同时走入行亭的汉子中的其中一个故意蹭了一下肩头。青衫年轻人一个趔趄后退,道了一声歉,那青壮男子揉着肩膀怒道:"这么宽的路,别说是两条腿走路,你就是有二十条都够咱们各走各的了。是你小子不长眼睛,非要往我身上撞,还是说见我好欺负,觉得这儿有女子,想要显摆一回英雄气概?"

负笈游学的年轻人背后那书箱中棋罐棋盘相撞,哐当作响。年轻人脸色惨白,依旧是赔罪不已,再次挪步,让出行亭大门。

满脸横肉的青壮男子也跟着向前,伸手一把推去,推在他的肩头,害得他一屁股跌坐在行亭台阶外边的泥泞中。

年轻人神色惶恐,瞥了眼行亭台阶上扎堆的一行人:隋姓老人叹了口气视而不见,少年少女更是脸色雪白无人色。胡新丰只是皱了皱眉头,唯独幂篱女子欲言又止,却被隋姓老人以眼神示意不可多事。毕竟胡新丰这些年辛苦经营,好不容易才攀附上了一位官家人,做起了一份财源广进的白道生意,若是莫名其妙惹上是非命案,会很棘手。这拨蛮横之人,听口音就不是五陵国人,胡新丰在本国黑白两道上的名头未必管用。

胡新丰其实心情沉重,远没有脸上那般镇定。因为这伙人看似闹哄哄都是江湖底层的武把式,实则是糊弄寻常江湖雏儿的障眼法罢了,只要惹上了,那就要掉一层皮。只说其中一名满脸疤痕的老者未必认识他胡新丰,但是胡新丰却对他记忆犹新,是一名在金酅国犯下好几桩大案的邪道宗师,名叫杨元,绰号浑江蛟,一身横练功夫出神入化,拳法极其凶悍,当年是金酅国绿林前几把交椅的恶人,已经逃亡十数年,据说藏匿在了青祠国和兰房国边境一带,拉拢了一大帮穷凶极恶之徒,从一个单枪匹马的江湖魔头,开创出了一个人多势众的邪道门派,金酅国四大正道高手中的峥嵘门门主林殊早年就曾带着十数位正道人士围杀此人,依旧被他负伤逃出生天。

万一真是那老魔头杨元,哪怕当年重伤落下后遗症,这些年上了岁数,气血衰老,武功不进反退,如今未必是他胡新丰的对手,可对方毕竟人多势众。再者,若是对方这些年休养生息,武学犹有精进,他更要头皮发麻。这条茶马古道平时就人迹罕至,他都觉得自己这趟锦上添花的护送之行是不得不为隋家人搏命一场的雪中送炭了。他原本还担心隋老哥书生意气,一定要插手此事,现在看来是他多虑了。哪怕自己没有道破那杨元身份厉害,隋老哥依旧没有揽事上身的意思。

那精悍老人望向胡新丰,胡新丰犹豫了一下,抱拳道:"五陵国横渡帮帮主胡新丰见过诸位江湖朋友。"

杨元想了想,沙哑笑道:"没听过。"

其余众人哄然大笑。

胡新丰心头一跳:果然是那浑江蛟杨元!

杨元瞥了眼幂篱女子,一双原本浑浊不堪的眼眸精光绽放,转瞬即逝,转头望向另外一边,对那个满脸横肉的青壮男子说道:"我们难得行走江湖,别总打打杀杀,有些不小心的磕碰,让对方赔钱了事。"

青壮男子愣了一下,站在杨元身边一个背剑的年轻男子手持折扇微笑道:"赔个五六十两就行了,别狮子大开口,为难一个落魄书生。"

坐在地上不敢起身的年轻书生神色慌张道:"我哪里有这么多银子,竹箱里边只有一副棋盘棋罐,值个十几两银子。"

年轻剑客手摇折扇:"这就有些难办了。"

少年想要开口说话,却被隋姓老人一把抓住胳膊,狠狠瞪了一眼。

少年被爷爷那陌生眼神吓到,噤若寒蝉。

隋姓老人迅速看了眼可怜书生。还好,他没有向自己求救借钱的意思,不然祸水引流,自己少不得要开口骂几句,赶紧撇清干系,那就有些有辱斯文了,在几个晚辈面前有损以往慈祥和蔼的形象。

不知为何重出江湖的老魔头杨元挥挥手,依旧嗓音沙哑如磨刀,笑道:"算了,吓唬一下就差不多了,让读书人赶紧滚蛋。这小子也算讲义气,有那么点风骨,比有些袖手旁观的读书人要好多了。别说什么仗义执言就怕惹火上身的话,也就是手里边没刀子,外人还多,不然估计都要一刀子先砍死那年轻书生才清净。"

满脸横肉的青壮汉子有些失望,作势要踹,那年轻书生赶紧连滚带爬起身,绕开众人,在小道上飞奔出去,泥泞四溅。

隋姓老人神色自若,少年倒是满脸通红,听出了那老家伙的言下之意后,臊得不行。幂篱女子瞧见小路尽头的青衫年轻人停下了脚步转头望来,露出一个不知是不是她错觉眼花的玩味笑容后大步离去。

行亭门口,杨元指了指身边的摇扇年轻人,望向幂篱女子:"这是我的爱徒,至今尚未娶妻,你虽然以幂篱遮掩容颜,又是妇人发髻,但没关系,我弟子不计较这些。择日不如撞日,咱们两家这就结为亲家?这位老先生放心好了,我们虽然是江湖人,但是家底不薄,聘礼只会比一国将相公卿的子孙娶妻还要丰厚。若是不信,可以问一问你们的这位佩刀扈从,这么好的身手,他应该认出老夫的身份了。"

隋姓老人脸色铁青。

胡新丰神色尴尬,酝酿好腹稿后,对他道:"隋老哥,这位是杨元杨老前辈,绰号浑江蛟,是早年金扉国道上的一位武学宗师。"

少年战战兢兢,细若蚊蝇颤声道:"浑江蛟杨元不是已经被峥嵘门门主林殊林大侠打死了吗?"

他自以为别人听不见,可落在胡新丰和杨元这些江湖高手耳中,自然是清晰可闻的"重话"。胡新丰转头怒道:"隋文法,不许胡说八道!快给杨老前辈赔罪道歉!"

名叫隋文法的清秀少年再次作揖道歉。今儿是他第二次给人道歉了。

杨元伸出一只手笑道:"去里边聊,这点面子,希望五陵国隋老侍郎还是给一给。"

隋姓老人微微松了口气。没有立即打杀起来就好,血肉模糊的场景书上常有,可他还真没亲眼见过。对方既然认出了自己的身份,称呼自己为老侍郎,说不定事情还有转机。

双方在行亭墙壁下的长凳上对坐,唯有杨元与那背剑弟子坐在面对门口的长凳上。他身体前倾,弯腰握拳,并无半点江湖魔头的凶神恶煞,笑望向始终一言不发的幂篱女子以及她身边的少女:"若是隋老侍郎不介意,可以亲上加亲,我家中还有一个乖孙儿今年刚满十六,没有随我一起走江湖,但是饱读诗书,是真正的读书种子。我并非言语诳人,兰房国今年科举,我那孙儿便是二甲进士,姓杨名瑞,隋老侍郎说不定都听说过我孙儿的名字。"

然后老人转头对自己弟子笑道:"不晓得我家瑞儿会看中哪一个。傅臻,你觉得瑞儿会挑中谁,会不会与你起冲突?"

那背剑弟子傅臻赶紧道:"不如岁数大一些的娶妻,小的纳妾。"

杨元皱眉道:"于礼不合啊。"

傅臻笑道:"江湖中人不用讲究这么多,实在不行,要这两位姑娘委屈些,改了姓名便是。杨瑞有才有貌有家世,若非兰房国并无适龄公主县主,早就是驸马爷了,两位姑娘嫁给咱们家杨瑞是一桩多大的福气,应该知足了。"

胡新丰忍着满腔怒火:"杨老前辈,别忘了,这是在我们五陵国!"

杨元笑道:"若是五陵国第一人王钝坐在这里,我就不进行亭了。巧了,王钝如今应该身在大篆京城。当然了,我们这一大帮子人大摇大摆过境,真死了人,五陵国那些个经验老到的捕快肯定能够捕捉到一些蛛丝马迹。不过没关系,到时候隋老侍郎会帮着收拾烂摊子的,读书人最重名声,家丑不可外扬。"

胡新丰叹了口气,转头望向隋姓老人:"隋老哥,怎么说?"

隋姓老人望向杨元,冷笑道:"我就不信你当真能够在我们五陵国无法无天。"

杨元一笑置之,问胡新丰:"胡大侠怎么说?是拼了自己性命不说,还要赔上横渡帮和一家老幼也要拦阻我们两家结亲,还是识趣一些,回头我家瑞儿成亲之日,你作为头等贵客,登门送礼贺喜,然后让我回一份大礼?"

傅臻嘿嘿笑道:"生米煮成熟饭之后,女子就会听话许多了。"

杨元笑着点头道:"话糙理不糙。"

隋姓老人哀求道:"胡大侠! 危难之际,不可弃我们于不顾啊!"

胡新丰神色复杂,天人交战。

杨元微笑道:"可惜那年轻书生不在,不然他一定会以你们读书人的说法骂亲家你几句。不过也亏得他不在,不然我是绝不会让老亲家丢这个脸的,杀了也就杀了。我这脾气到底是比当年好了许多,尤其是自从家里多出一个瑞儿后,我对你们读书人,不管到底读了几本圣贤书进肚子,都是很敬重的。"

幂篱女子突然开口说道:"我可以留下,让他们走,然后我们立即赶往兰房国,哪怕有人报官,只要我们过了边境,进入金扉国,就没意义了。"

杨元摇头道:"麻烦事就在这里。我们这趟来你们五陵国,给我家瑞儿找媳妇是顺手为之,还有些事情必须要做。所以胡大侠的决定至关重要。"

胡新丰突然问道:"就算我在行亭内点头答应,你们真会放心?"

杨元笑道:"当然不放心。"

胡新丰深吸一口气,腰身一拧,对隋姓老人就是一拳砸头。莫说是一个文弱老者,就是一般的江湖高手,都经受不住胡新丰倾力一拳。但是下一刻,这一拳就被一抹剑光拦阻,胡新丰骤然收手。

原来在隋姓老人身前,有剑横放。

出剑之人正是傅臻。他一手负后,一手持剑,面带微笑:"果然,五陵国的所谓高手很让人失望啊,也就一个王钝算是鹤立鸡群,跻身了大篆评点的最新十人之列。虽说王钝只能垫底,却肯定远远胜过五陵国其他武人。"

杨元皱了皱眉头:"废什么话。"

傅臻自知失言,脸上闪过一抹戾气,跨出一步,剑光一闪。行亭之内,大雨过后暑气本就清减,当他出剑之后,更是一阵凉意沁人肌肤。

胡新丰步步退后,怒道:"杨前辈这是为何?!"

面对那纵横交错光耀一亭的凌厉剑光,他还能开口询问,显然比傅臻技高一筹。

傅臻白白失去了一个未见面容却身姿娇柔的美娇娘,光是听她说的一句话便觉得骨头发酥,想着必然是一个绝色美人,哪怕容貌不如身段、嗓音这般诱人,可一定差不到哪里去,尤其她是一个五陵国书香门第的大家闺秀,想必别有韵味,不承想莫名其妙就便宜了杨瑞那小子,傅臻本就积攒了一肚子邪火,这会儿胡新丰还敢分心言语,出剑便越发狠辣迅猛。

少年隋文法躲在隋姓老人身边,少女隋文怡依偎在姑姑怀中,瑟瑟发抖。

幂篱女子轻声安慰道:"别怕。"

杨元身如猿猴,一个弯腰,脚尖一点,矫健奔出,抓住空隙,双拳重捶在堪堪躲过一剑的胡新丰胸膛上,打得胡新丰当场倒飞出行亭,重重摔地,呕血不已,挣扎了两下都没能起身。

杨元心中冷笑。二十年前是如此,二十年后还是如此。他娘的,这帮沽名钓誉的江湖正道大侠一个比一个聪明,当年自己就是太蠢,才导致空有一身本事,却在金扉国江湖毫无立锥之地。不过也好,因祸得福,不但在两国边境开创了一个蒸蒸日上的新门派,还混入了兰房国官场和青祠国山上,结识了两位真正的高人。

傅臻就要一掠出去，往胡新丰心口、脑袋上补上几剑，却被杨元伸手拦住。胡新丰侧头擦拭血迹的时候嘴唇微动，杨元亦是如此。

就在此时，小道上有两骑缓缓而来，一骑是个黑衣佩刀老者，一骑是个三十来岁的男子。两人遇到了这场"江湖争执"，竟是没有半点放缓马蹄的意思。

隋姓老人喊道："两位侠士救命！我是五陵国前任工部侍郎隋新雨，这些歹人想要谋财害命！"

年轻些的男子蓦然勒马转头，惊疑道："可是隋伯伯?!"

五陵国治学、弈棋两事比当官更有名声的隋新雨愣了一下，然后使劲点头。

杨元笑道："老亲家，你也真是不怕害死无辜路人啊。我现在有些反悔这两桩婚事了，天晓得哪天会不会被你卖了。"

那男子翻身下马，作揖行礼，泣不成声道："晚辈曹赋，拜见隋伯伯！当年晚辈为了避难，害怕连累隋伯伯，只得不辞而别，到底是连累隋姑娘了。"

除了杨元，其余人脸色大变，人人心惊胆战。

曹赋此人在兰房国和青祠国可是鼎鼎大名的存在，莫名其妙就从颠沛流离到兰房国的蹩脚武夫变成了青祠国山上老神仙的高徒。虽说十数国版图上，修道之人的名头不太能够吓唬人，老百姓都未必听说，可是有些家底的江湖门派都清楚，能够在十数国疆域屹立不倒的修道之人，尤其是有仙家府邸有祖师堂的，更没一个是好对付的。

曹赋在这十数年间数次下山游历江湖，身边都有传说中的护道人跟随。曹赋几乎从不出手，但他的大名早已传遍兰房、青祠两国，据说兰房国那位艳名远播的皇后娘娘早年与他还是师姐弟的关系。这位"幽兰美人"师姐是如今大篆王朝评选出来的四大美人之一，其余三个中也有两个是成名已久的佳人：大篆国师的闭关弟子，及最北边青柳国市井出身、被一位边关大将金屋藏娇的少女，为此邻国还与青柳国边境启衅，传闻就是为了掳走这红颜祸水。

王钝垫底的那大篆十大宗师榜上也有一位与曹赋有关系，正是他的护道人，刀客萧叔夜，既是传说中跻身了炼神境的大宗师，又跟曹赋师父学了一手可以斩妖除魔的精湛雷法，腰间佩刀"雾霄"更是一把削铁如泥、压胜鬼魅的仙家法刀。如果没有意外，那位跟随曹赋停马转头的黑衣老者就是萧叔夜了。

隋文怡仰起头挽住姑姑的胳膊，惊喜道："姑姑，真是文法经常提起的那位曹赋叔叔吗?"

隋文法更是热泪盈眶。关于这位曹叔叔的江湖事迹，他神往已久，只是一直不敢确定是不是当年与姑姑定亲却家道中落的男人，但是少年做梦都希望他是。

曹赋直起腰，将胡新丰搀扶起身。

胡新丰苦笑道："曹公子，怪我胡新丰，若非你们赶到，便是交出这条命，我都无法护住隋老哥了,一旦酿成大祸,百死难赎。"

曹赋连忙后退一步,再次作揖:"胡大侠高风亮节,受晚辈一拜。"

隋新雨冷哼一声,一挥袖子:"曹赋,知人知面不知心,胡大侠方才与人切磋的时候可是差点不小心打死你隋伯伯。"

曹赋愕然,隋新雨叹了口气:"曹赋,你还是太过宅心仁厚了,不晓得这江湖险恶。无所谓了,患难见交情,就当我以前眼瞎,认识了胡大侠这么个朋友。胡新丰,你走吧,以后我隋家高攀不起胡大侠,就别再有任何人情往来了。"

胡新丰转头往地上吐出一口鲜血,抱拳低头道:"以后胡新丰一定去隋府登门请罪。"他一手抚胸,一手按刀,一步步跟跄离开,背影凄凉。

杨元站在行亭门口,脸色阴沉,沉声道:"曹赋,别以为仗着师门关系就可以为所欲为,这里是五陵国,不是兰房国,更不是青祠国。"

隋新雨抚须笑道:"这般言语,老夫怎么听着有些耳熟啊。"

杨元脸色冷硬,似乎憋着一股怒气,却不敢有所动作,这让五陵国老侍郎更觉得快意。好一个人生无常,柳暗花明又一村。

隋文怡依偎在姑姑怀中掩嘴而笑,一双眼睛眯成月牙儿,望向曹赋,心神摇曳,随即又有些脸色黯然。

隋文法瞪大眼睛,使劲盯着那可算半个姑父的曹赋,觉得自己一定要多瞧一瞧如同从书上走出来的江湖大侠,可惜这个儒雅如文人骚客的曹叔叔没佩剑悬刀,不然就完美了。

曹赋站在道路上,一手负后,一手握拳在腹,尽显名士风流,看得隋新雨暗暗点头:不愧是自己当年选中的女儿良配,果然人中龙凤。

曹赋先望了一眼幂篱女子那边,眼神温柔似水,有说不清道不明的眷念愁思。然后转头望向杨元,又是另一番江湖磨砺而出的潇洒风流。他一脚后撤,双膝微蹲,向前递出一只手掌,微笑道:"杨元,这么多年找你不见,既然遇上了,就切磋几招?"

杨元冷笑道:"差着辈分呢,就让我弟子傅臻与你过几招,生死自负,不牵扯各自师门长辈,如何?"

傅臻嘴角抽搐,杨元已经沉声道:"傅臻,无论胜负,就出三剑。"

傅臻松了口气。还好,师父总算没把自己往死路上逼。

他深呼吸一下,笑道:"那就与曹大仙师讨教三招。"

傅臻一番思量过后,一剑直直递出,脚步向前,如蜻蜓点水,十分轻盈。这一剑看似气势如虹,实则是留力颇多,想着大不了在对方手底下吃点苦头,留条小命。

但是傅臻很快就悔青了肠子。那人一步踏出,脑袋歪斜,就在傅臻犹豫要不要象征性一剑横抹的时候,那人已瞬间来到傅臻身前,一只手掌抵住傅臻面门,笑道:"五雷真篆,速出绛宫!"

砰然一声,如有雷法炸开在傅臻面门上。七窍流血、当场毙命的傅臻倒飞出去,砸开了行亭朝门的那堵墙壁,瞬间没了身影。他那把因松手而坠地之剑被曹赋伸手抓住,随手一挥,钉入一棵大树之中。

隋文法看得心潮澎湃,抹了把脸,真哭了。别是什么半个姑父了,他就是自己心目中的姑父!一定要与这位姑父请教一招半式,以后自己负笈游学……至少不会像先前那个臭棋篓子青衫客一般可怜了不是?被人撞了还要道歉赔礼,被人推倒跌在泥泞中还不敢说一句重话,跑路的时候倒是脚步不慢,还背着那么大一只绿竹书箱,多滑稽。

杨元带人迅速离开行亭,曹赋笑问:"隋伯伯,需不需要拦下他们?"

隋新雨想了想,还是莫要节外生枝了,摇头笑道:"算了,已经教训过他们了。我们赶紧离开此地,毕竟行亭后边还有一具尸体。"

至于那些见机不妙便离去的江湖凶人会不会祸害路人,早年差点就成了翁婿的双方可能是默契,可能是都没有想到,总之就不去管了。

一番攀谈之后,得知曹赋此次是刚从兰房国、青祠国、金扉国一路赶来,其实已经到过一趟五陵国隋家宅邸,一听说隋老侍郎在赶往大篆王朝的路上,就又昼夜赶路,一路询问踪迹,这才好不容易在这条茶马古道的凉亭遇到。曹赋心有余悸,直说自己来晚了。隋新雨大笑不已,说来得早不如来得巧。说起这些话的时候,他望向女儿,可惜幂篱女子只是一言不发。老人笑意更浓,觉得多半是女儿娇羞了。曹赋这般万中无一的乘龙快婿,错过一次就已经是天大的遗憾,如今曹赋显然是衣锦还乡,还不忘当年婚约,更是难得,绝对不可再次失之交臂。大篆王朝的草木集不去也罢,先返乡定下这门亲事才是头等大事。先前傅臻那个"曹大仙师"的说法,让他死死记住了。

曹赋本想护着隋新雨去往大篆京城,说愿意一路跟随,只是一听老人说草木集盛会路途遥远,他这副身子骨未必经得起那份颠簸,想要返乡,便跟着改变了主意,也说如今大篆京城有水蛟作乱,不去也好。

一行人走出行亭,各自骑马,沿着这条茶马古道缓缓下山,返回五陵国隋家所在郡城。还有不短的路途,而且还要经过京畿之地,这其实让隋新雨很是惬意,想着稍稍绕路,去京城见一见那些老朋友也不错。

幂篱女子翻身上马的时候,眼角余光看了眼小路尽头,若有所思。

杨元那拨江湖凶寇是沿着原路返回,要么岔开小路逃了,要么撒腿狂奔,不然一旦自己继续去往大篆京城,就有可能遇上。

第八章
世事如棋局局新

　　胡新丰在走出众人视野后就立即开始大步飞奔,结果看到了那个斗笠青衫客。他
见着这个废物就恼火,总觉得今天如此晦气全拜此人所赐,如果不是他要死不死地在
行亭里边打谱,与姓隋的磨磨蹭蹭下了一局棋,那么早一点动身离开行亭,或是再晚一
点动身,说不定都不是今天这个局面,他不但与隋家关系依旧融洽,说不定还可以顺
便攀附上那个高高在上的曹赋。结果如今惹恼了隋新雨不说,连与曹赋交好混个脸熟
的机会都没了,说不定那个长得连他都不敢动歪念头的娘儿们再跟那久别胜新婚的半
个夫君吹一吹枕头风,他都怕自己哪天莫名其妙就家破人亡了! 这一来一去,是多大
的损失? 一想到这些,胡新丰就一脚横扫过去,鞭腿击中那文弱书生的脑袋,打得后者
坠入山道之外的密林,瞬间没了身影。胡新丰的心情顺畅了许多,狠狠吐出一口夹杂
血丝的唾沫。先前被杨元双拳捶在胸口,看着瘆人,其实受伤不重。

　　胡新丰走出半里路后,蓦然瞪大眼睛:怎的前边又是那个手持行山杖的年轻书生?
老子这是白天见鬼了不成? 他小心翼翼捡起一块石子,轻轻丢过去,刚好砸中那人后
脑勺。那人伸手捂住脑袋,转头一脸气急败坏的神色,怒骂道:"有完没完?"

　　胡新丰想笑,突然又不敢笑了。他心弦紧绷,就要掠出这条突然让他觉得阴气森
森的茶马古道。只是那人竟然直接向他蹒跚走来,这诡谲一幕,让他一时间动弹不得。

　　那人扶了扶斗笠,笑呵呵问道:"怎么,有大路都不走? 真不怕鬼打墙?"

　　胡新丰咽了口唾沫,点头道:"走大路,要走大路的。"

　　两人一起缓缓而行。

胡新丰掂量了一番，发现那人似乎脚步不稳，脸色微白，额头还有汗水渗出，犹豫一番后，迅速气沉丹田，迅猛一拳砸中那人一侧太阳穴。

砰然一声，那人又飞出了茶马古道。

胡新丰用手掌揉了揉拳头，生疼。这下子，那人应该是死得不能再死了。

只是又走出一里路后，那个青衫客仍出现在视线中。

这下子胡新丰汗流浃背，却又偏偏背脊生寒了。所幸那人依旧是走向自己，然后带着他一起并肩而行，缓缓走下山。

胡新丰一直汗如雨下，背后突然传来一阵马蹄声，他便猛然后撤，高声喊道："隋老哥、曹公子，此人是杨元的同伙！"

那一骑骑只是擦肩而过，都无人转头看他。

胡新丰如遭雷击，陈平安微笑道："这就有些尴尬了。"但是他突然皱紧眉头，因为骑队当中，那幂篱女子以心湖涟漪焦急道："陈公子救我！"

陈平安置若罔闻，放慢脚步。他一慢，胡新丰就跟着慢下来。

但是女子偏不死心，竟是失心疯一般，刹那之间拨转马头，与其余人背道而驰，直奔那一袭青衫斗笠。

饶是陈平安都有些目瞪口呆：见过不要脸的，但真没见过这么不要脸的。

幂篱女子纵身下马，飘落在他身边，躲在他和书箱之后，轻声道："陈公子，我知道你是修道之人，救救我。"

陈平安转过头，问道："我是你爹还是你爷爷啊？"

女子猛然间摘了斗笠，露出她的容颜，凄苦道："只要你能救我，便是我隋景澄的恩人，让我以身相许都……"

不承想陈平安一巴掌就将她打得原地几个翻转，然后摔倒在地，直接将坐在地上的她给打蒙了。

陈平安说道："我忍你们这一大家子很久了。"但是下一刻，他便叹息一声，手中凭空多出一把玉竹折扇，微笑道，"唐突佳人，唐突佳人了。"

其余人等拨转马头，缓缓去往隋景澄处。

曹赋一脸错愕道："隋伯伯，景澄这是做什么？"

隋新雨一张老脸挂不住了，心中恼火万分，仍竭力语气平稳，笑道："景澄自幼不爱出门，兴许是今日见到了太多骇人场面，有些魔怔了。曹赋，回头你多宽慰宽慰她。"

曹赋点点头，微笑道："隋伯伯放心吧，景澄受到了惊吓，这是很正常的事情。"

隋文法最是惊讶，呢喃道："姑姑虽然不太出门，可往常不会这样啊。家中许多变故，我爹娘都要惊慌失措，就数姑姑最沉稳了。听爹说好些官场难题都是姑姑帮着出谋划策，有条不紊，极有章法的。"

曹赋以心湖涟漪与萧叔夜道:"瞧出深浅没有?"

萧叔夜犹豫了一下,以心声回答道:"不容小觑,最好别结死仇。如今大篆王朝处处暗流涌动,像我们不就离开了山门辖境?天晓得有哪些大小王八爬出了深潭,比如对方如果是一位金鳞宫的谱牒仙师,就会连累你师父与金鳞宫纠缠不清。"

曹赋说道:"除非他要硬抢隋景澄,不然都好说。"

萧叔夜点头道:"如此最好。看那人样子,不像是个喜欢掺和山下事的,不然先前就不会自己离开行亭。"

曹赋苦笑道:"就怕咱们是螳螂捕蝉黄雀在后,这家伙是弹弓在下,其实一开始就是奔着你我而来。"

萧叔夜笑道:"真是如此,还能如何,打一场便是。隋景澄是你师父势在必得之人,身上怀有一份大机缘。既然她比我们抢先发现端倪,你就别犹豫。大道之上,机缘错过一次,这辈子都别想再抓住了。归根结底,主人还是为你好,而你与隋景澄本就藕断丝连,更是你率先发现了她身上那件法袍的珍贵,所以这桩天大福缘,就该是你捞到手一半的。"他瞥了眼那位深藏不露的青衫书生,"若是一位纯粹武夫,只要不是在王钝和我之前那八人的嫡传弟子,就都好说。如果是一位修道之人,不是主人说的所谋甚大的金鳞宫修士,也好说。方才我提醒你要小心,其实是防止出现意外,其实无须太过忌惮,如今的高人,绝大多数都跑去了大篆京城。"

曹赋点头道:"走一步看一步,确定了身份,先不着急杀掉。那隋景澄似乎对我们起了疑心,奇了怪哉,这娘儿们是如何看出来的?"

萧叔夜笑道:"你这未过门的媳妇到底是半个修道之人了,心性和直觉常人肯定比不得。我们这趟谋划还是粗浅了些,过于巧合,难免会让她疑神疑鬼。当然也可能是她故意诈你,你还是要隐忍些。不言不语心计多,这种既心思缜密又舍得脸皮敢去豪赌一场的女子,不愧是天生的修道坯子,与你确实是良配,以后成了神仙眷侣,肯定对你和山门都助力极大。容我多一句嘴,主人只是要她身上的法袍和金钗,人,还是归你的。"

曹赋无奈道:"师父对我已经比对亲生儿子都要好了,我心里有数。"

萧叔夜笑了笑,有些话就不讲了,伤感情。主人为何对你这么好,你就别得了便宜还卖乖。主人好歹是一位金丹女修,若非你如今修为还低,尚未跻身观海境,距离龙门境更是遥遥无期,不然你们师徒早就是山上道侣了。所以说,那隋景澄真要成了你的女人,到了山上,有的是罪受。说不定得到竹衣素纱法袍和那三支金钗后,就要你亲手打磨出一副红粉骷髅了。萧叔夜相信真到了那一天,曹赋会毫不犹豫做出正确的选择。

大道无情,长生路上,除了大道契约所在的神仙道侣,女子如鞋履,任你有倾国倾城之姿,随时随地可换可丢。

一骑骑缓缓前行，似乎都怕惊吓到了那个重新戴好幂篱的女子。

隋景澄站起身，再次站在陈平安身后，轻声道："陈公子，我知道你是真正的山上神仙，而且对我和隋家分明绝无恶意，只是先前失望，懒得计较而已。可曹赋此人用心叵测，才会故意设下圈套等我，只要你今天救了我，我一定给你做牛做马！便是端茶送水、背箱挑担的丫鬟事，我都甘之如饴！"

陈平安轻摇折扇："少说混话，江湖好汉，行侠仗义，不求回报，什么以身相许做牛做马的客套话，少讲，小心弄巧成拙。对了，你觉得那个胡新丰胡大侠该不该死？"

隋景澄思量一番，字斟句酌，兴许是以为这位年轻仙师在考验自己心智。她小心答道："只是胆怯无勇，未曾杀人，罪不至死。"

陈平安笑着点头："这可是你说的，不反悔？"

隋景澄重重点头。

陈平安合拢折扇，轻轻敲打肩膀，身体微微后仰，转头笑道："胡大侠，你可以消失了。"

胡新丰慌不择路，一个纵身飞跃，直接离开茶马古道，一路飞奔下山，很有披荆斩棘的气概，眨眼工夫就没了踪迹。

双方相距不过十余步，隋新雨叹了口气："傻丫头，别胡闹，赶紧回来。曹赋对你难道还不够痴心？你知不知道这样做，是恩将仇报的蠢事？！"说到后来，这位棋力冠绝一国的老侍郎满脸怒容，"隋氏家风世代纯正，岂可如此作为！哪怕你不愿潦草嫁给曹赋，一时间难以接受这突如其来的姻缘，但是爹也好，为了你专程赶回伤心地的曹赋也罢，都是讲理之人，难道你就非要如此冒冒失失，让爹难堪，让我们隋氏门第蒙羞吗？！"

隋文法和隋文怡都吓得脸色惨白，他们从未见过如此大动肝火的爷爷。

隋景澄苦笑道："爹，女儿只知道一件事，修行之人最是无情，红尘姻缘，只会避之不及。"

曹赋眼神温柔，轻声道："隋姑娘，等你成为真正的山上修士，就知道山上亦有道侣一说，能够早年山下结识，山上续上姻缘的，更是凤毛麟角，我如何能够不珍惜？我师父是一位金丹地仙，真正的山巅有道之人。她老人家闭关多年，此次出关，观我面相，算出了红鸾星动，为此还专门询问过你我二人的生辰八字，一番推演测算之后，只有八字谶语：天作之合，百年难遇。"

隋景澄犹豫了一下，说是稍等片刻，从袖中取出一把铜钱攥在右手手心，然后高高举起手臂，轻轻丢在左手手心。她翻翻拣拣，最后抬起头，攥紧那把铜钱，惨然笑道："曹赋，知道当年我第一次婚嫁未果，为何就挽起妇人发髻、形若守寡吗？后来哪怕我爹与你家谈成了联姻意向，我依旧没有改变发髻，就是因为我靠此术推算出来，那位夭折的读书人才是我的今生良配，你曹赋不是，以前不是，如今仍不是。当初若是你家没有惨遭横祸，我也会顺着家族的意嫁给你，毕竟父命难违。但是一次过后，我就发誓此生再不嫁人，所以哪怕我爹逼着我嫁给你，哪怕我误会了你，我依旧誓死不嫁！"

她将那把铜钱狠狠丢在地上，从袖中猛然摸出一支金钗，瞬间穿过头顶幂篱垂下的那层薄纱，抵住自己的脖颈，有鲜血渗出。她望向马背上的老人，抽泣道："爹，你就由着女儿任性一次吧？"

隋新雨气得以拳捶腿，咬牙切齿道："造反了，真是造反了。怎的生了这么个鬼迷心窍的孽障！什么神人梦中相送，什么高人谶语吉兆……"他已经恼火得语无伦次。

曹赋苦笑道："隋伯伯，要不然就算了吧？我不想看到景澄这般为难。"

陈平安用竹扇抵住额头，一脸头疼："你们到底是闹哪样？一个要自尽的女子，一个要逼婚的老头，一个善解人意的良配仙师，一个懵懵懂懂想要赶紧认姑父的少年，一个心中情窦初开、纠结不已的少女，一个杀气腾腾、犹豫要不要找个由头出手的江湖大宗师……你们这些人关我屁事？行亭的打打杀杀都结束了，你们这是家事啊，是不是赶紧回家关起门来好好合计合计？"

一骑缓缓越过原本并肩停马的曹赋、隋新雨二人，问道："在下青祠国萧叔夜，敢问公子师门是？"

陈平安随手一提，将那些散落在道路上的铜钱悬空，微笑道："金鳞宫供奉，小小金丹剑修，巧了，也是刚刚出关没多久。看你们两个不太顺眼，打算学学你们，也来一次英雄救美。"

然后他转头望去，对隋景澄讥笑道："哪有随便丢钱算卦的，你骗鬼呢？"

隋景澄纹丝不动，只是以金钗抵住脖子。

曹赋以心声说道："听师父提及过，金鳞宫的首席供奉确实是一位金丹剑修，杀力极大！"

萧叔夜轻轻点头，以心声回复道："事关重大，隋景澄身上的法袍和金钗，尤其是那道口诀，极有可能涉及主人的大道契机，所以退不得。接下来我会出手试探那人，若真是金鳞宫金丹剑修，你立即逃命，我会帮你拖延；若是假的，也就没什么事了。"

陈平安手腕拧转，折扇微动，那一枚枚铜钱也起伏飘荡起来，啧啧道："这位刀客兄身上好重的杀气，不知道比起我这一柄本命飞剑，是江湖刀快，还是山上飞剑更快。"

一抹虹光从他眉心处迅猛掠出，萧叔夜身形倒掠出去，一把抓住曹赋肩膀，一个转折，踩在大树枝头，一掠而走。

但是那一袭青衫已经站在了萧叔夜踩过的树枝之巅："有机会的话，我会去青祠国找你和曹仙师的。"

言语之际，萧叔夜反手丢掷出一张金色符箓，只是被一抹剑光钉入符胆之中，然后一个回旋掠回陈平安手中，被他攥在手心，砰然碎裂。

萧叔夜去势更快：果然是那位金鳞宫金丹剑修！

陈平安一步后撤，就那么飘落回茶马古道，手持折扇微笑道："一般而言，你们应该感激涕零，向大侠道谢了，然后大侠说着'不用不用'，就此潇洒离去。事实上……也是如此。"

他一手虚握，那根先前被他插在道路旁的青翠行山杖自行飞掠过去，被他握在手心。他似乎记起了一些事情，指了指那个坐在马背上的老人："你们这些读书人啊，说坏不坏，说好不好，说聪明也聪明，说蠢笨也蠢笨，真是意气难平气死人，难怪会结识胡大侠这种生死相许的英雄好汉。我劝你回头别骂他了，我琢磨着你们这对忘年交是真没白交，谁也别埋怨谁。"

他又指了指隋文法："再好的秉性，在这种门户里边耳濡目染，估摸着无非就是下一个很会下棋却不会做人的老侍郎了。"

然后他指向隋文怡："对亲近之人生嫉妒之心，要不得啊。"

最后他转头望去，对隋景澄笑道："其实在你停马拉我下水之前，我对你印象不差，这一大家子，就数你最像个……聪明的好人。当然了，自认命悬一线，赌上一赌，也是人之常理，反正你怎么都不亏，赌赢了，逃过一劫，成功逃出那两人的圈套陷阱；赌输了，无非是冤枉了那位痴心不改的曹大仙师，于你而言，没什么损失，所以说你赌运……真是不错。但你有没有想过，还有一种可能性，就是我们都输了？我是会死的。先前在行亭，我就只是一个凡夫俗子，却从头到尾都没有连累你们一家人，没有故意与你们攀附关系，没有开口向你们借那几十两银子，好事没有变得更好，坏事没有变得更坏，对吧？你叫什么来着？隋什么？你扪心自问，你这种人就算修成了仙家术法，成了曹赋那般山上人，就真的会比他更好？我看未必。"

陈平安一步跨出，看似寻常一步，就走出了十数丈，转瞬之间没了身影。

那些铜钱早已坠落在地，隋景澄收起金钗，蹲在地上，将那些铜钱一枚一枚捡起来收入袖中，而后缓缓抬起胳膊，手掌穿过薄纱，擦了擦眼眸，轻声哽咽道："这才是真正的修道之人。我就知道，与我想象中的剑仙一般无二，是我错过了这桩大道机缘……"

山脚，胡新丰躲在一处石崖附近战战兢兢。

不是他不想多跑一段路程，而是这座山外再无遮掩物，他就怕自己跑着跑着就碍了谁的眼，又遭来一场无妄之灾。结果眼前一花，胡新丰膝盖一软，差点就要跪倒在地。他伸手扶住石崖，颤声道："胡新丰见过仙师。"

陈平安微笑道："无巧不成书，咱哥俩又见面了。一腿一拳一颗石子，刚好三次。咋的，胡大侠是见我根骨清奇，想要收我为徒？"

胡新丰叹了口气："要杀要剐，仙师一句话！"

陈平安一脸仰慕道:"这位大侠好硬的骨气!"他一巴掌轻轻拍在胡新丰肩膀上,"我就是有些好奇,先前在行亭,你与浑江蛟杨元聚音成线,聊了些什么?你们这局人心棋虽说没什么看头,但是聊胜于无,就当是帮我消磨光阴了。"

胡新丰肩头一歪,痛入骨髓。他不敢哀号出声,死死闭住嘴巴,只觉得整个肩头的骨头就要粉碎了。不但如此,他不由自主地缓缓下跪,而那人只是微微弯腰,手掌依旧轻轻放在胡新丰肩膀上,直到胡新丰跪在地上,那人都只是弯腰伸手,笑眯眯望着命途多舛的他。最后,那人松开手,背后书箱靠石崖,拿起一只酒壶喝酒,放在身前压了压,也不知道是在压什么,落在被冷汗模糊视线、依旧竭力瞪大眼睛的胡新丰眼中,就是透着一股令人心寒的玄机古怪。

陈平安微笑道:"帮你找理由活命,其实是很简单的事情,在行亭内形势所迫,不得不审时度势,杀了那个活该自己命不好的隋老哥,留下两名对方相中的女子,向那条浑江蛟递交投名状,好让自己活命。后来莫名其妙跑来一个失散多年的女婿,害得你骤然失去一位老侍郎的香火情,而且反目成仇,关系再难修复,所以见着了我,明明只是个文弱书生,却可以什么事情都没有,活蹦乱跳走在路上,就让你大动肝火了,只是一不小心没掌握好力道,出手稍微重了点,次数稍微多了点,对不对?"

胡新丰跪在地上,摇头道:"是我该死。"

陈平安一脚踩在胡新丰脚背上,脚骨粉碎,胡新丰只是咬牙不出声。

然后陈平安又一脚踹中胡新丰额头,将后者头颅死死抵住石崖。

陈平安弯腰,手肘抵在膝盖上,笑道:"知道自己该死是更好,省得我帮你找理由。"

胡新丰面无人色,颤声道:"只求仙师一件事,仙师杀我可以,请不要殃及我家人!"

陈平安眯眼望向胡新丰,胡新丰竭力开口道:"恳求仙师答应此事!"

陈平安笑了笑:"这个理由我接受了。起来吧,好歹还有点脊梁骨,别给我不小心打折了。一个人跪久了,会习惯成自然的。"

胡新丰摇摇晃晃站起身,竟是低下头去,抹了把眼泪。

千真万确,不是什么装可怜了。

先前那一刻,他是真觉得自己要死了,更想到了家中那么多人,可能是一场无人脱困的仙术大火,可能是一夜之间就血流满地,所有人说没就没了。

陈平安喝了口酒:"说吧,先前与杨元聊了些什么?"

胡新丰背靠石崖,忍着脑袋、肩头和脚背三处剧痛,硬着头皮,不敢有任何藏掖,断断续续道:"我告诉杨元,隋府内外大小事宜我都熟悉,事后可以问我。杨元当时答应了,说算我聪明。"

陈平安喝着酒,点点头:"其实在每一个当下,你们每个人似乎都做出了最正确的选择……除了我。"

他瞥了眼远处的风景,随口问道:"听说过大篆边境深山中的金鳞宫吗?"

胡新丰点头道:"听王钝前辈在一次人数极少的酒宴上聊起过那座仙家府邸,当时我只能敬陪末座,但是言语听得真切,便是王钝前辈提及'金鳞宫'三个字都带着十分敬意,说宫主是一位境界极高的山中仙人,在大篆王朝,说不定也只有那位护国真人和女武神能够与之掰掰手腕。"

陈平安嗤笑一声:"不到九境的纯粹武夫,就敢说自己是女武神了?"

胡新丰擦了把额头汗水,脸色尴尬道:"是我们江湖人对那位女宗师的敬称而已,她从未如此自称过。"

陈平安喝了口酒:"有金疮药之类的灵丹妙药就赶紧抹上,别流血而死了,我这人没有帮人收尸的坏习惯。"

胡新丰这才如获大赦,赶紧蹲下身,掏出一只瓷瓶,开始咬牙涂抹伤口。

陈平安突然问道:"这一瓶药值多少银子?"

胡新丰又连忙抬头,苦笑道:"是我们五陵国仙草山庄的秘藏丹药,最是珍稀,也最是昂贵,便是我这种有了自家门派的人,还算有些赚钱门道的,当年买下三瓶也心疼不已。就这还是靠着与王钝老前辈喝过酒的那层关系,仙草山庄才愿意卖给我三瓶。"

陈平安说道:"挣钱和混江湖,是很不容易。"

胡新丰这会儿觉得自己风声鹤唳草木皆兵。他娘的,草木集果然是个晦气说法,以后老子这辈子都不踏足大篆王朝半步了,去你娘的草木集。

陈平安突然低头笑问道:"你觉得一个金鳞宫金丹剑修的供奉名头,吓得跑那曹仙师和萧叔夜吗?"

胡新丰犹豫了一下,点点头:"应该够了。"

他一屁股坐在地上,又想了想:"可能未必?"

陈平安竟是摘了书箱,取出棋盘棋罐,也坐下身,笑道:"那你觉得隋新雨一家四口该不该死?"

胡新丰摇摇头,苦笑道:"这有什么该死的。那隋新雨官声一直不错,为人也不错,就是比较爱惜羽毛,洁身自好,官场上喜欢明哲保身,谈不上多务实。可读书人当官不都这个样子吗?能够像隋新雨这般不扰民不害民的,多多少少还做了些善举,在五陵国已经算好的了。当然了,我与隋家刻意交好,自然是为了自己的江湖名声。能够认识这位老侍郎,我们五陵国江湖上其实没几个的。当然隋新雨其实也是想着让我牵线搭桥,认识一下王钝老前辈。我哪里有本事介绍王钝老前辈,一直找借口推托,几次过后,隋新雨也就不提了,知道我的苦衷,一开始是自抬身价,胡吹法螺来着,这也算是隋新雨的厚道。"

陈平安不置可否,举起一手,双指并拢,多出了一把传说中的仙人飞剑。

胡新丰咽了口唾沫:真是那仙家金鳞宫的首席供奉?是一位瞧着年轻其实活了几百岁的剑仙?

但是那位书生只是一手拈起棋子,一手以那柄飞剑细细雕刻,似乎是在写名字,刻完之后,就轻轻放在棋盘之上。

胡新丰想了想,似乎最早相逢于行亭,眼前这位仙家人就是在打谱。后来隋新雨与之手谈,这位仙师当时就没有将棋盘上三十余枚棋子放回棋罐,而是收拢在身边,多半是与当下一样,有些棋子上边刻了名字?担心精于弈棋的隋新雨在拈子沉吟时分察觉到这点蛛丝马迹?

陈平安重新拈起棋子,问道:"如果我当时没听错,你是五陵国横渡帮帮主?"

胡新丰苦笑道:"让仙师笑话了。"

陈平安翻转刻过名字的棋子那面,又刻下了"横渡帮"三字,这才放在棋盘上。

此后又一口气刻了十余枚棋子,先后放在棋盘上。

那抹剑光在他眉心处一闪而逝,然后胡新丰发现他开始怔怔出神。

先前在行亭之中,分明是一个连他胡新丰都可以稳赢的臭棋篓子。但是这一刻,他只觉得眼前这位独自"打谱"之人高深莫测,深不见底。

陈平安将那根行山杖横放在膝,轻轻摩挲。

之前峥嵘山上小镇那局棋,人人事事,如同枚枚都是落子生根在险峻处的棋子,每一颗都蕴含着凶险,却意气盎然。哪怕最后嵇岳没有露面,没有随手击杀一位金鳞宫金丹剑修,那也是一场妙手不断的大好棋局。

只可惜那局棋,陈平安无法走入小镇,不好细细深究每一条线,不然门主林殊、那位前朝皇子、两位安插在峥嵘门内的金扉国朝廷谍子、那位拼死也要护住前朝皇子的金鳞宫老修士等等,无一例外,都是在棋盘上自行生发的精妙棋子,是真正靠着自己的本事能耐,仿佛在棋盘上活了过来的人,不再是那死板的棋子。

至于今天这场行亭棋局,则处处腻歪恶心,人心起伏不定,善恶转换丝毫不让人意外,不堪推敲,毫无裨益,好又不好,坏又坏不到哪里去。

老侍郎隋新雨算坏人?自然不算,谈吐文雅,棋艺高深。只是洁身自好,擅长避祸而已。就算是胡新丰都觉得这位老侍郎不该死。当然了,胡新丰并不清楚,他这个答案,加上先前临死之前的请求,已经救了他两次,算是弥补了三次拳脚石子的两回"试探",但是还有一次,如果答错了,他还是会死。

这个胡新丰倒是一个老江湖,行亭之前也愿意为隋新雨保驾护航,走一遭大篆京城的遥远路途,只要没有性命之忧,就始终是那个享誉江湖的胡大侠。

鬼斧宫杜俞有句话说得很好,不见生死,不见英雄。可死了,好像也就那么回事。

行亭风波,浑浑噩噩的隋新雨、帮着演一场戏的杨元、修为最高却最是处心积虑的曹赋,这三方,自然是杨元论恶名在外,可是杨元当时却偏偏放过一个可以随便踹死的读书人,甚至还会觉得那个人有些风骨意气,犹胜隋新雨这般功成身退、享誉朝野的官场、文坛、弈林名宿。

胡新丰与陈平安相对而坐,伤口仅是止血,疼是真的疼。

陈平安没有抬头,随口问道:"江湖上行侠仗义的大侠一拳打死了首恶,其余为虎作伥的帮凶罪不至死,大侠惩戒一番,扬长而去,被救之人磕头感谢,你说那位大侠潇洒不潇洒?"

胡新丰脱口而出道:"潇洒个屁……"说到这里,他给了自己一耳光,赶紧改口,"回禀仙师,不算真正的潇洒。真要是一国一郡之内的大侠,帮助了当地人倒还好说,那帮恶人死的死,伤的伤,吃过了苦头,多半不敢对被救之人起歹念;可若这位大侠只是远游某地的,这一走了之,一年半载还好说,三年五年的,谁敢保证那被救之人不会下场更惨? 说不得原本只是强抢民女的,到最后就要杀人全家了。那么这桩惨事,到底该怪谁? 那位大侠有没有罪孽? 我看是有的。"

陈平安点了点头:"那你若是那位大侠,该怎么办?"

胡新丰缓缓说道:"好事做到底,别着急走,尽量多磨一磨那帮不好一拳打死的其余恶人,莫要处处显摆什么大侠风范了。恶人还需恶人磨,不然对方真的不会长记性的,要他们怕到了骨子里,最好是大半夜都要做噩梦吓醒,好似每个天明一睁眼,那位大侠就会出现在眼前。恐怕如此一来,才算真正保全了被救之人。"

陈平安抬起头,微笑道:"看你言语顺畅,没有如何酝酿措辞,是做过这类事,还不止一次?"

胡新丰实在是吃不住疼,忍不住又抹了把额头汗水,赶紧点头道:"年轻时候做过一些类似勾当,后来有家有口有自己的门派就不太做了。一来管不过来那么多糟心事,再者更容易麻烦缠身。江湖不敢说处处水深,但那水是真浑,没谁敢说自己次次顺了心意,有仇报仇十年不晚的,可不只是受冤屈、有那血海深仇的好人,坏人恶人的子孙和朋友一样有这般隐忍心性的。"

陈平安点点头:"你算是活明白了的江湖人。以后当得失极大、心境紊乱的时候,还是要好好压一压心中恶蛟……恶念。无关暴怒之后是做了什么,说到底,其实还是你自己说的那句话,江湖水深且浑,还是小心为妙。你已经是挣下一副不小家业的江湖大侠了,别功亏一篑,连累家人,最好就是别让自己深陷善恶两线交集的为难境地,无关本心善恶,但于人于己都不是什么好事。"

胡新丰一脸匪夷所思:他怎么觉得自己又要死了? 这番言语,是一碗断头饭吗?

陈平安笑着摆摆手:"还不走? 干吗,嫌自己命长,一定要在这儿陪我唠嗑? 还是觉得我是臭棋篓子,学那老侍郎与我手谈一局,既然拳头比不过,就想着要在棋盘上杀一杀我的威风?"

胡新丰苦涩道:"陈仙师,那我可真走了啊?"

陈平安抬起头,神色古怪道:"怎么,还要我求你走才肯走?"

胡新丰连说不敢,挣扎着起身后,一瘸一拐,飞奔而走,这会儿倒是不怕疼了。

以镜观己,处处可见陈平安。

陈平安笑了笑,继续凝视着棋盘,棋子皆是胡新丰这些陌路人。

觉得意思不大,就一挥袖收起,黑白交错随便放入棋罐当中,然后抖了一下袖子,将先前行亭搁放在棋盘上的棋子摔出来。

他凝视着那一颗颗棋子,一手托腮帮,一手摇折扇。

峥嵘山小镇之局,撇开境界高度和复杂深度不说,与自己家乡,其实在某些脉络上是有异曲同工之妙的。

沉默许久,收起棋子和棋具放回竹箱当中,将斗笠、行山杖和竹箱都收起,别好折扇,挂好那枚如今已经空荡荡无飞剑的养剑葫。

陈平安重新往自己身上贴了一张驮碑符,开始隐匿潜行。

有件事,需要验证一二。有句话,先前也忘了说。

不过说不说,其实也无关紧要。世间许多人,当自己从一个看笑话之人变成了一个别人眼中的笑话,承受磨难之时,只会怪人恨世道,不会怨己而自省。久而久之,这些人中的某些人,有些咬牙撑过去了,守得云开见月明,有些便受苦而不自知,施与他人苦难更觉痛快,美其名曰强者,爹娘不教,神仙难改。

去往山脚的茶马古道上,隋家四骑默默下山,各怀心思。

隋文法率先忍不住,开口问道:"姑姑,曹赋是用心险恶的坏人,浑江蛟杨元那伙人是他故意派来演戏给咱们看的,对不对?"

隋景澄冷笑道:"问你爷爷去,他棋术高,学问大,看人准。"

隋新雨冷哼一声。

隋文怡更是失魂落魄,摇摇晃晃,好几次差点坠下马背。

隋新雨到底是当过一部侍郎的老文官,对孙子孙女说道:"文法、文怡,你们先行几步,我与你们姑姑要商量事情。"

隋文法喊了几声心不在焉的姐姐,两人稍稍加快马蹄,走在前边,但是不敢走远,与后边两骑相距二十步。

隋新雨放缓马蹄与女儿并驾齐驱,忧心忡忡,皱眉问道:"曹赋如今是一位山上的修道之人了,那位老者更是胡新丰不好比的顶尖高手,说不定是与王钝老前辈一个实力的江湖大宗师,以后如何是好? 景澄,我知道你怨爹老眼昏花,没能看出曹赋的险恶用心,可是接下来我们隋家如何渡过难关才是正事。"

隋景澄语气淡漠:"曹赋暂时是不敢找我们麻烦的,但是返乡之路将近千里,除非那位姓陈的剑仙再次露面,不然我们很难活着回到家乡了,估计连京城都走不到。"

隋新雨恼怒道:"这个藏头藏尾故意装孙子的货色! 在行亭假装本事不济也就算了,为何表明身份后做事还这般含糊? 既然是那志怪小说中的剑仙人物,为何不干脆杀了曹赋二人,如今不是放虎归山留后患吗?!"

隋景澄似乎觉得憋气沉闷,干脆摘了幂篱,露出那张绝美容颜,目视前方,好似一个置身事外的局外人,学她父亲的言语和口气,笑说:"在行亭咱们见死不救也就算了,后来人家不管如何,总算是救了我们一次,如今我们还要反过来怨恨他好事没做够? 不是,咱们隋家子孙的良心给狗吃了吗?"

隋新雨气得差点扬起一马鞭打过去,这个口无遮拦的不孝女! 他压低嗓音:"当务之急是咱们要知道现在应该怎么办才能逃过这场无妄之灾!"说到这里,老人气得牙痒痒,"你说说你,还好意思说爹? 如果不是你,我们隋家会有这场祸事吗? 有脸在这里阴阳怪气说你爹?!"

隋景澄竟然点了点头:"爹教训的是,说得极有道理。"

隋新雨再也忍不住,一鞭子狠狠打在这个狼心狗肺的女儿身上。

前边二人看到这一幕后,赶紧转过头,隋文怡更是一手捂嘴,暗自饮泣,隋文法也觉得天崩地裂,不知所措。

隋景澄无动于衷,只是皱了皱眉头:"我还算有那么点微末道法,若是打伤了我,兴许九死一生的处境可就变成彻底有死无生的结局了。爹你是称霸棋坛数十载的大国手,这点浅显棋理,还是懂的吧?"

隋新雨又抬起手,差点就要一鞭子朝她脸上砸去,只是犹豫了半天,颓然丧气,垂下手臂:"罢了,都等死吧。"

隋景澄沉默片刻,环顾四周,然后轻声道:"假设一个最坏的结果,就是曹赋二人还不肯死心,远远尾随我们,现在我们四人唯一的生还机会就是只能去赌一个另外的最好结果——那位姓陈的剑仙与我们同路,是一起去往五陵国京城一带。先前看他行走的路线,是有这个可能性的。但是爹你也别高兴得太早,我觉得曹赋二人只要不被陈剑仙看到,只是小心翼翼对付咱们,陈剑仙就不会理睬我们的死活。没办法,这件事上,爹你有错,我一样有。"她自嘲,"真不愧是父女,加上前边那个乖巧侄女,不是一家人不进一家门。"

隋新雨怒道:"少说风凉话! 说来说去,还不是自己作践自己!"

隋景澄叹了口气:"那就找机会,怎么假装陈剑仙就在我们四周暗中尾随,又恰好能够让曹赋二人瞧见,他们惊疑不定,便不敢与我们赌命。"

隋新雨脸上有些笑意："此计甚妙。景澄，我们好好谋划一番，争取办得滴水不漏，浑然天成。"

隋景澄却神色黯然："但是曹赋就算被我们迷惑了，他们想要破解此局，其实很简单的，我都想得到，曹赋肯定早晚都想得到。"

隋新雨心中惊恐，疑惑道："怎么说？"

隋景澄苦笑道："让浑江蛟杨元再来杀咱们一杀不就成了？"

隋新雨满脸悲恸："我命休矣！"

隋景澄没来由泪流满面，重新戴好幂篱，转头说道："爹你其实说得没有错，千错万错都是女儿的错。如果不是我，便不会有这么多的灾祸。若是我早就嫁给了一位读书人，去了远方他乡，相夫教子，爹你也安安稳稳继续赶路，与胡新丰一起去往大篆京城，兴许还是拿不到百宝嵌清供，但是与人对弈，到时候会买版刻精良的新棋谱带回家，还会寄给女儿女婿一两本……"

她凝噎不成声，隋新雨久久无言，唯有一声叹息，最后惨然而笑："算了，傻闺女，怪不得你，爹也不怨你什么了。"

父女两骑缓缓而行，那条茶马古道远处的一棵树枝上，有位青衫书生背靠树干，轻轻摇扇，仰头望天，面带微笑，感慨道："怎么会有这么精明的女子，赌运更是一等一的好，比那桐叶洲的姚近之还要有城府，这要是跟随崔东山上山修行一段时日，下山之后，天晓得她会不会将无数修士玩弄于股掌？有点意思，勉强算是一局新棋盘了。"

沉默片刻，一点一点收敛了笑意，陈平安喃喃道："棋盘是新棋盘，人心呢？"

梅雨时节，异乡行旅，本就是一件极为烦闷的事情，何况像是有刀架在脖子上，这让老侍郎隋新雨更加忧虑。经过几处驿站，那些墙壁上的一首首羁旅诗词，更是让这位文豪感同身受，好几次借酒浇愁，看得两个小辈愈发忧心，唯独隋景澄始终泰然处之。

四骑只敢拣选官道去往五陵国京畿，这一天暮色中，暴雨刚歇，哪怕快马加鞭，依旧没办法在入夜前赶到驿站了，这让隋新雨苦不堪言，环顾四周，总觉得危机四伏。若非他身子骨还算硬朗，辞官还乡后经常与老友一起游山玩水，否则早就病倒了，根本经不起这份颠簸逃难之苦。

官道上出现了一个半生不熟的面孔，正是茶马古道行亭中的江湖人，一个满脸横肉的青壮男子。他与隋家四骑相距不过三十余步，手持一把长刀，二话不说向他们奔跑而来。

隋新雨高声喊道："剑仙救命！"只是天地寂静无声。

之后，他身边响起了一阵急促的马蹄声，隋景澄一骑突出。

刀光一闪，她和持刀汉子擦身而过，腰部似乎被刀光撞了一下，娇躯弯出一个弧度,从马背上后坠摔地,呕血不已。

那汉子前冲之势不停,缓缓放慢脚步,踉跄前行几步,颓然倒地,面目、脖颈和心口三处各自被刺入了一支金钗。若非金钗数量足够,其实很险,未必能够瞬间击杀他。比如他面目上的金钗就只是穿透了脸颊,瞧着血肉模糊而已,心口处金钗也偏移一寸,未能精准刺透,唯独脖颈那支金钗才是真正的致命伤。

隋景澄摇摇晃晃站起身,摸了摸腹部。不知为何,那名江湖刀客在出刀之时将刀锋转换为刀背,应该是为伤人而不为杀人。隋景澄尽量让自己呼吸顺畅,耳中隐约听到在极远处响起轻微的一声。她转过头去,喊道:"小心!快下马躲避!"

有人挽一张大弓劲射,箭矢疾速破空而至,呼啸之声动人心魄。

隋景澄嘴角渗出血丝,仍是忍着腰部剧痛,屏气凝神默念口诀,按照当年高人所赠那本小册子上所载秘录图谱,一手掐诀,纤腰一拧,袖口飞旋,三支金钗从官道尸体上拔出,迎向箭矢。金钗去势极快,哪怕晚于弓弦声,仍是撞在了箭矢之上,溅起了三粒火花。可是箭矢依旧不改轨迹,激射向高坐马背上的隋新雨头颅。

隋景澄满脸绝望,哪怕将那件素纱竹衣偷偷给父亲穿上了,可若是箭矢射中了头颅,任你是一件传说中的神仙法袍,又如何能救?她瞪大眼睛,眼泪一下子就涌出眼眶。

生死关头,可见诚挚。哪怕对那个父亲的为官为人并不全部认同,可父女之情做不得假。

就像那件纤薄如蝉翼的素纱竹衣,之所以让隋新雨穿在身上,一部分原因是隋景澄猜测自己暂时并无性命之危,可大难临头,并非世间所有子女都愿意这样去赌的,尤其是像隋景澄这种志在长生修行的聪明女子。

下一刻,一袭负剑白衣凭空出现,刚好站在了那支箭矢之上,将其悬停在隋新雨附近,轻轻飘落,脚下箭矢坠地化作齑粉。

又有一支箭矢呼啸而来,这一次速度极快,炸开了风雷大震的气象。在箭矢破空而至之前,还有弓弦绷断的声响,但仍然被那白衣年轻人一手抓住,在手中轰然碎裂。

陈平安望向箭矢来处,笑道:"萧叔夜,你不是刀客吗,怎么换弓了?"

他一掠而去,隋景澄喊道:"小心调虎离山之计……"

只是那位换了装束的白衣剑仙置若罔闻,孤身一人追杀而去,一道白虹拔地而起,让旁人看得目眩神摇。

隋景澄立即翻身上马,一招手,三支坠落在道路上的金钗入袖。她对另外三人喊道:"快走!"

隋家四骑纵马奔出数里后,犹然不见驿站轮廓,隋新雨只觉得被马匹颠簸得骨头散架,老泪纵横。

隋景澄高高抬起手臂,突然停下马,其余三骑也赶紧勒紧马缰绳。

道路上，曹赋一手负后，笑着朝隋景澄伸出一只手："景澄，随我上山修行去吧，我可以保证，只要你与我入山，隋家子孙后代皆有泼天富贵等着。"

隋新雨脸色阴晴不定。

隋景澄冷笑道："若真是如此，你何至于如此大费周章？就我爹和隋家人的脾气，只会将我双手奉上。如果我没有猜错，先前浑江蛟杨元的弟子不小心说漏了嘴，提及新榜十位大宗师已经新鲜出炉，我们五陵国王钝前辈好像是垫底？那么所谓的四大美人也该有了答案。怎么，我隋景澄也有幸跻身此列了？不知道是个什么说法？如果我没有猜错，你那身为一位陆地神仙的师父对我势在必得是真，但可惜你们未必护得住我，更别提隋家了，所以只能暗中谋划，抢先将我带去你的修行之地。"

曹赋收回手，缓缓向前："景澄，你从来都是如此聪慧，让人惊艳，不愧是道缘深厚的女子。与我结为道侣吧，你我一起登山远游，逍遥御风，岂不快哉？成了餐霞饮露的修道之人，弹指之间，人间已逝甲子光阴，所谓亲人皆是白骨，何必在意。若是真有愧疚，哪怕有些灾殃，只要隋家还有子嗣存活，便是他们的福气，等你我携手跻身了地仙之列，隋家在五陵国依旧可以轻松崛起。"

隋新雨算是听出曹赋的言下之意了，直到这一刻才幡然醒悟，原来对方只计较隋景澄一人死活，女儿一走，隋家似乎要有灭顶之灾？他破口大骂："曹赋，我一直待你不薄，你为何如此害我隋家?!"

曹赋微笑道："隋伯伯待我自然不错，当年眼光极好，才选中我这个女婿，故而这份恩情，隋伯伯若是没机会亲手拿住，等将来我与景澄修行得道了，自会加倍偿还给隋家子孙的。"

隋新雨气得伸手扶住额头。

曹赋远望一眼："不与你们说客套话了。景澄，我最后给你一次机会，若是乖乖跟我离去，我便不杀其余三人。若是不情不愿，非要我将你打晕，那么其余三人的尸体，你是见不着了，以后如世俗王朝的娘娘省亲都可以一并省去，唯有在我那山上，清明时节，你我夫妻二人遥祭而已。"

隋景澄摘了幂篱随手丢掉，问道："你我二人骑马去往仙山？不怕那剑仙杀了萧叔夜，折返回来找你的麻烦？"

曹赋拈出几张符篆，胸有成竹道："你如今算是半个修道之人，张贴此符，你我便可以勉强御风远游。"

隋景澄翻身下马："我答应你。"

曹赋伸出一手："这便对了。等到你见识过了真正的仙山仙师仙法，就会明白今天的选择是何等明智。"

两人相距不过十余步，骤然之间，三支金钗从隋景澄那边闪电掠出，但是被曹赋大袖一卷，攥在手心，谁知手心处竟是滚烫，肌肤炸裂，瞬间就血肉模糊。

曹赋皱了皱眉头，拈出一张临行前师父赠送的金色材质符箓，默默念诀，将那三支金钗包裹其中，这才没了宝光流转的异象。小心翼翼放入袖中后，曹赋笑道："景澄，放心，我不会跟你置气的，你这般桀骜不驯的性子才让我最是动心。"他的视线绕过隋景澄，"只是你反悔在先，就别怪夫君违约在后了。"

曹赋说着突然愣了一下，无奈笑道："怎的，我身后有人？景澄，你知不知道，山上修行，如何知命顺势是一门必要要懂的学问。"

只是隋景澄的神色有些古怪，曹赋猛然转头，身后空无一人。

隋景澄一咬牙，一身积攒不多的气府灵气全部涌到手腕处，一只手掌筋脉之中白光莹莹，一步向前掠出，迅猛拍向曹赋后脑勺。

曹赋转过身，反手探出，攥住隋景澄手腕往自己身前一抓，再一肘砸中隋景澄额头，重重往下一拽，隋景澄瘫软在地。曹赋一脚踩上隋景澄胳膊，俯身笑道："知不知道我这种真正的修道之人只需要稍稍凝神看一看你的这双秋水长眸，就可以清楚看到我身后有无人出现了？之所以转头，不过是让你有希望再绝望罢了。"

他一拧脚尖，隋景澄闷哼一声。他再用双指一戳隋景澄额头，后者如被施展了定身术。曹赋微笑道："事已至此，就不妨实话告诉你，在大篆王朝将你评选为四大美人之一的'隋家玉人'之后，你就只有三条路可以走了，要么跟随你爹去往大篆京城，然后被选为太子妃；要么半路被北地某国的皇帝密使拦截，去当一个边境小国的皇后娘娘；或者被我带往青祠国边境的师门，先被我师父炼制成一座活人鼎炉，再传授你一门秘术，将你转手赠予一位真正的仙人，那可是金鳞宫宫主的师伯。不过你也别怕，对你来说这是天大的好事，有幸与一位元婴仙人双修，你在修行路上，境界只会一日千里。萧叔夜都不清楚这些，所以先前那人哪里是什么金鳞宫金丹修士，唬人的，我懒得揭穿他罢了，刚好让萧叔夜多卖些气力。萧叔夜便是死了，这笔买卖，都是我与师父大赚特赚。"他感慨，"景澄，你我真是无缘，你先前铜钱算卦其实是对的。"

他将隋景澄搀扶起身，拈出两张符箓，弯腰贴在她两处脚踝上，望向隋家三骑："不管如何，都是个死。"

就在此时，曹赋身边有个熟悉嗓音响起："就这些了，没有更多的秘密要说？如此说来，是那金鳞宫老祖师想要隋景澄这个人，你师父瓜分隋景澄身上的道缘器物。那你呢，辛苦跑这么一趟，机关算尽，奔波劳碌，白忙活了？"

曹赋苦笑着直起腰，转过头望去，一名斗笠青衫客就站在自己身边。他问道："你不是去追萧叔夜了吗？"

陈平安说道："阴神远游，你自诩为真正的修道之人，这都没见识过？"

曹赋无奈道："剑修好像极少见阴神远游。"

陈平安点点头："所以说江湖走得少，坏事就要做得小。"

曹赋还要说话，却已经后仰倒地，晕死过去。

陈平安一挥手，打散曹赋施加在隋景澄额头上的那点灵气禁制。又一挥袖，曹赋被横扫出大道，坠入远处草丛中。

极远处，一抹白虹离地不过两三丈，御剑而至，手持一颗死不瞑目的头颅飘落在道路上，与青衫客重叠，涟漪阵阵，变作一人，只是青衫客手中多出了一颗头颅。

陈平安对隋景澄道："你这么聪明，决定以后的路该怎么走了吗？"

隋景澄跪在地上，开始磕头："我在五陵国，隋家就一定会覆灭，我不在，才有一线生机。恳请仙师收我为徒！"

陈平安瞥了眼那只先前被隋景澄丢在地上的幂篱，笑道："你如果早点修行，能够成为一位师门传承有序的谱牒仙师，如今一定成就不低。"

夜幕沉沉，一处山巅，曹赋头疼欲裂，缓缓睁开眼后，发现自己盘腿而坐，还捧着一样东西，低头望去，顿时心如死灰。他抬起头，篝火旁，那位年轻书生也是盘腿而坐，腿上横放着那根行山杖，身后是竹箱。没了幂篱遮掩那张绝美容颜的隋景澄就坐在那人附近，双手抱膝，蜷缩起来，怔怔出神。

曹赋捧着萧叔夜的头颅，不敢动弹。

陈平安问道："详细讲一讲你师门和金鳞宫的事情。"

曹赋没有任何犹豫，竹筒倒豆子，将自己知道的所有内幕和真相一一道来。

他不想跟萧叔夜在黄泉路上做伴。师父说过，萧叔夜已经潜力殆尽，他却不一样，拥有金丹资质。

陈平安又问道："再说说你当年的家事和五陵国江湖事。"

曹赋依旧知无不言言无不尽。

隋景澄在曹赋第一次开口的时候就已经回过神来，默默听着。

曹赋说完之后，陈平安道："你可以带着这颗头颅走了，暗中护送隋老侍郎返回家乡后，就可以回师门交差。"

隋景澄欲言又止。

陈平安没有看她，只是随口道："你想要杀曹赋，自己动手试试看。"

曹赋脸色微变，然而最后竟然真的没有死，只是带着那颗头颅离开了山巅。

下了山，曹赋只觉得恍若隔世，但是命运未卜，前程难料，这位本以为五陵国江湖就是一座小泥塘的年轻仙师依旧惴惴不安。

篝火旁，隋景澄突然说道："谢过前辈。"

杀一个曹赋，太轻松太简单，但是对于隋家而言，未必是好事。

萧叔夜和曹赋若是在今夜都死绝了，会死很多人，可能是浑江蛟杨元、横渡帮帮主胡新丰，然后再是隋家满门。而曹赋被随随便便放走，任由他去向幕后之人传话，这本身就是那位青衫剑仙对曹赋师父及金鳞宫的一种示威。

陈平安拨弄着篝火："跟聪明人说话，就是省心省力。"

然后隋景澄看到那人从竹箱中拿出了棋盘棋罐，却并未像在行亭之中那样打谱下棋，而是驾驭着一柄仙人飞剑，开始雕琢两枚棋子。看他的刻刀手法，隋景澄看出了是曹赋师父与金鳞宫祖师的名字及山头名称，分别刻在正反两面，然后又是几枚棋子，俱是双方仙家的重要修士，一枚枚搁放在棋盘之上。

隋景澄微笑道："前辈从行亭相逢之后就一直看着我们，对不对？"

陈平安点头道："你的赌运很好，我很羡慕。"

隋景澄却神色尴尬起来。自己那些自以为是的心机，看来在此人眼中，无异于稚子竹马、放飞纸鸢，十分可笑。

陈平安将相互衔接的先后两局棋棋子都一一放在了棋盘边缘，双手笼袖，注视着那些棋子，缓缓道："行亭之中，隋文法跟我说了一句玩笑话。其实无关对错，但是你让他道歉。接着老侍郎说了句我觉得极有道理的言语，隋文法便诚心道歉了。"他抬起头望向隋景澄，"我觉得这就是一种书香门第该有的家风，很不错。哪怕之后你多种种想法、行为其实有愧'纯正'二字，但是一事归一事，先后之分，大小有别，两者并不冲突。所以杨元那拨人拦阻我们双方去路之前，我故意埋怨泥泞沾鞋，以便退回行亭。因为我觉得，读书人走入江湖，属于读万卷书行万里路，就不该受江湖风雨阻路。"

隋景澄点点头，好奇问道："当时前辈就察觉到了曹赋和萧叔夜的到来，就已经知道这是一个局？"

陈平安眺望夜幕："早知道了。"

隋景澄笑靥如花，楚楚动人。她以往翻阅那些志怪小说和江湖演义，从来不推崇和仰慕什么仙人一剑如虹，或是一拳杀寇。这两种人两种事，好当然是好，也让她这样的翻书人觉得大快人心，读书至快目处，应当佐以茶酒，却仍是不够，与她心目中修习仙法、大道有成的世外高人犹有差距。她觉得真正的修道之人是处处洞悉人心，算无遗策，心计与道法相符，一样高入云海，才是真正的得道之人。真正高坐云海的陆地神仙，他们高高在上，漠视人间，但在山下行走之时却依旧愿意惩恶扬善。

陈平安缓缓说道："世人的聪明和愚笨都是一把双刃剑，只要剑出了鞘，这个世道就会有好事和坏事发生，所以我还要再看看，仔细看看，慢些看。我今夜言语你最好都记住，以便将来再详细说与某人听。至于你自己能听进去多少，又抓住多少化为己用，我不管。先前就与你说过，我不会收你为弟子，你与我看待世界的态度太像，我不觉得自己能够教你。至于传授你什么仙家术法就算了，如果你能够活着离开北俱芦洲，去往东宝瓶洲，到时候自有机缘等你去抓。"

隋景澄换了坐姿，跪坐在篝火旁："前辈教诲，一字一句，景澄都会牢记在心。授人以鱼不如授人以渔，这点道理，景澄还是知道的。前辈传授我大道根本，比任何仙家术法更加重要。"

陈平安从袖中伸出手，指了指棋盘："在我看来，兴许没有处处适用的绝对道理，但是有着绝对的事实和真相。当你先看清楚那些隐藏在言语、行为之后的人心真相，知道一些脉络和顺序后，复杂的事情就会变得更加简单。道理难免虚高，你我复盘两局棋便是。"他拈起了一枚棋子，"生死之间，人性会有大恶，死中求活，不择手段，可以理解，至于接不接受，看人。"他举起那枚棋子，轻轻落在棋盘上，"横渡帮胡新丰就是在那一刻选择了恶。所以他行走江湖，生死自负，在我这边未必对，但是在当时的棋盘上，他是死中求活，成功了的，因为他与你隋景澄不同，从头到尾都未曾猜出我也是一个修道之人，并且还胆敢暗中察看形势。"

隋景澄问道："如果他誓死保护我隋家四人，前辈会怎么做？"

陈平安缓缓道："那么五陵国就应该继续有这么一位真正的大侠行走江湖，风波过后，这样一位大侠如果还愿意请我喝酒，我会觉得很荣幸。"他指了指两枚尚未入局的棋子，"就凭他曹赋是一位山上仙师，还是凭萧叔夜是一位金身境武夫？真当山下江湖处处是池塘了，一脚下去，就能见底？别说是他们了，我如此小心，依旧会莫名其妙挨人一记吞剑舟，会在骸骨滩被人争夺飞剑，还差点死于金甪国湖上和峥嵘山。所以说，江湖险恶，不论好坏善恶，既然小心避祸都有可能死，更何况自己求死。死了，萧叔夜要怪就只能怪自己的脖子不够硬，扛不住别人的一剑劈砍。"他双指拈住棋子，"但是胡新丰没有选择侠义心肠，反而恶念暴起，这是人之常情，我不会因此杀他，而是由着他生生死死，他最终自己搏出了一线生机。所以我说，撇开我而言，胡新丰在那个当下做出了一个正确选择，至于后边茶马古道上的事情，无须说它，那是另外一局问心棋了，与你们已经无关。"他再将隋家四人的四枚棋子放在棋盘上，"我早就知道你们身陷棋局，曹赋是下棋人，事后证明，他也是棋子之一，他幕后师门和金鳞宫双方才是真正的棋局主人。先不说后者，只说当时，在我身前就有一个难题，问题症结在于我不知道曹赋设置这个圈套的初衷是什么，他为人如何，他的善恶底线在何处，他与隋家又有什么恩怨情仇。毕竟隋家是书香门第，曾经却也未必没犯过大错。曹赋此举居心叵测，鬼祟而来，甚至还拉拢了浑江蛟杨元这等人入局，行事自然不够正大光明，但是，也一样未必不会是在做一件好事。既然不是一露面就杀人，退一步说，我在当时如何能够确定，对你和隋家，不是一桩峰回路转、皆大欢喜的好事？"

隋景澄轻轻点头。

陈平安身体前倾，伸出手指抵住那枚刻有隋新雨名字的棋子："第一个让我失望的,不是胡新丰,是你爹。"

隋景澄疑惑道:"这是为何?遇大难而自保,不敢救人,若是一般的江湖大侠觉得失望,我并不奇怪,但是以前辈的心性……"她没有继续说下去,怕画蛇添足。

陈平安收起手指,微笑道:"千金之子坐不垂堂,君子不立于危墙之下,这些自然都是有道理的。隋新雨在行亭之中一言不发,是老成持重的行为,错不在此。但是我问你,你爹是什么人?"

隋景澄没有急于回答。她父亲?隋氏家主?五陵国棋坛第一人?曾经的一国工部侍郎?隋景澄灵光乍现,想起眼前这位前辈的装束,叹了口气,说道:"是一位饱读诗书的五陵国大文人,是懂得许多圣贤道理的……读书人。"

陈平安说道:"更重要的一个事实是,胡新丰当时没有告诉你们对方的身份,那拨人里边藏着一个凶名赫赫的浑江蛟杨元。所以那个当下对于隋新雨而言,行亭之中不是生死之局,只是有些麻烦的棘手形势。我再问你,五陵国之内,横渡帮帮主胡新丰的名头,过山过水,有没有用?"

隋景澄赧颜道:"自然有用。当时我也以为只是一场江湖闹剧,所以对于前辈,我当时其实……是心存试探之心的,没有主动开口。"

陈平安说道:"因为胡新丰生怕惹火烧身,不愿点破杨元身份,表现得十分镇定,对你们的提醒也恰到好处,这是老江湖该有的经验,是用命换来的。所以我当时看了一眼隋新雨,他见我没有开口借钱,如释重负。这不算什么,依旧是人之常情。但是,隋新雨是一位读书人,还是一位曾经身居高位、以一身圣贤学问报国济民的读书人……"说到这里,陈平安拇指食指轻轻弯曲,却未并拢,如拈住一枚棋子,"圣人曾言,有无恻隐之心,可以区别人与草木畜生。你觉得隋新雨,你爹,当时有无恻隐之心?哪怕一点半点。你是他女儿,只要不是灯下黑,应该比我更熟悉他的性情。"

隋景澄摇摇头,苦笑道:"没有。"她神色伤感,似乎在自言自语,"真的没有。"

"所以说,一个人路上慢行,多看多思量,从来都是一把双刃剑,看多了人和事,也就是那样了。"陈平安却神色如常,似乎司空见惯,仰起头望向远方,轻声道,"生死之间,我一直相信求生之外,芥子之恶蓦然大如山是可以理解的。但是有些人,可能不会太多,可一定会有那么一些人,在那些明知必死的关头,也会有星星点点的光亮骤然点燃。行亭里,以及随后一路,我都在看,在等。只要被我找到一粒灯火就行,哪怕那一点点光亮被人一掐就灭。但是这种人性的光辉,在我看来,哪怕只有一粒,却可与日月争辉。"

陈平安收回视线:"第一次,若是胡新丰不惜拼命,为了所谓的江湖义气做了一件看似十分愚蠢的事情,我就不用观看这局棋了,我当时就会出手。第二次,若是你爹哪怕袖手旁观,却依然有那么一点点恻隐之心,而不是只要我一开口他就会大声责骂的心路脉络，我也不再观棋，而是选择出手。"他说着笑了笑，"反而是那个胡新丰让我有些意外。我与你们分别后找到他，我在他身上就看到了。一次是他临死之前恳求我不要牵连无辜家人，一次是我询问他你们四人是否该死，他说隋新雨其实是个不错的官员，以及朋友。最后一次，是他自然而然地聊起了他当年行侠仗义的勾当。勾当，这是一个很有意思的说法。"

隋景澄轻轻说道："但是不管如何，前辈一直都在看。前辈为何明明如此失望，还要暗中护着我们？"

"道家讲福祸无门唯人自召，佛家说昨日因今日果，都是差不多的道理。但是世上有很多半吊子的山上神仙其实算不得真正的修道之人，有他们在，本就难讲的道理越发难讲。可你们在那个行亭困局当中是弱者，我刚好遇见了，仔细想过了，又有自保之力，所以才没有走。但是在此期间，你们生死之外，吃任何苦头，例如一路淋雨逃命，一路提心吊胆，还有你被人一记刀背狠狠砸落马背，都是你们自找的，是这个世道送给你们的。从长远来看，这也不是什么坏事，毕竟你们还活着，更多的弱者，比你们更有理由活下去的，却说死就死了。"

弱者苛求强者多做一些，陈平安觉得没什么，应该的。哪怕有许多被强者庇护的弱者没有丝毫感恩之心，他如今都觉得无所谓了。

随驾城一役，扛下天劫云海，他就从来不后悔。因为随驾城哪条巷弄里边可能就会有一个陈平安，一个刘羡阳，在默默成长。

若说祸害遗千年，世道如此，人心如此，再难更改了，那好人就该更聪明一些，活得更长久一些，而不是从心善的受苦之人反而变成那个祸害，恶恶相生，循环不息，山崩地裂，迟早有一天，人人皆要还给无情的天地大道。

隋景澄默默思量，丢了几根枯枝到篝火堆里，刚想询问为何前辈没有杀绝浑江蛟杨元那帮匪人，只是很快就想通其中关节，不再多此一问。因为一旦打草惊蛇，曹赋和萧叔夜只会更加耐心和谨慎。

隋景澄又想问为何前辈当初在茶马古道上没有当场杀掉那两人，只是她依旧很快自己得出了答案：凭什么？那两人的善恶底线在何处？

隋景澄伸手揉着太阳穴。很多事情她都听明白了，但是她就是觉得有些头疼，脑子里如一团乱麻。难道山上修行都要如此束手束脚吗？就算修成了前辈这般的剑仙手段，也要事事如此烦琐？若是遇上了一些必须及时出手的场景，善恶难断，那还要不要以道法救人或是杀人？

陈平安似乎看穿了隋景澄的心事，笑道："等你习惯成自然，看过更多人和事，出手之前就会有分寸，非但不会拖泥带水，出剑也好，道法也罢，反而很快，只会极快。"

他指了指棋盘上的棋子："若说杨元一入行亭就要一巴掌拍死你们隋家四人，或是当时我没能看穿傅臻会出剑拦阻胡新丰那一拳，我自然就不会远远看着了。相信我，傅臻和胡新丰都不会知道自己是怎么死的。"

陈平安看着微笑点头的隋景澄。

先前她跪在官道之上再次开口祈求陈平安答应让她跟随他修行仙家术法，他问了她两个问题："凭什么？为什么？"

隋景澄答："我自幼便有机缘在身，有修行的天赋，有高人赠送的仙家重宝，是天生的修道之人，只是苦于没有山上明师指路。修成了仙法，我会与前辈一样行江湖！"

两个答案，一个无错，一个依旧很聪明。所以陈平安打算让她去找崔东山，跟随他修行。崔东山知道该怎么教隋景澄，不但是传授仙家术法，想必做人亦是如此。

隋景澄的天赋如何，陈平安不敢妄下断言，但是心智确实不俗。尤其是她的赌运，次次都好，那就不是什么洪福齐天的运气，而是……赌术了。

但这不是陈平安想要让隋景澄去往东宝瓶洲寻找崔东山的全部理由。观棋两局之后，有些东西陈平安想要让崔东山看一看，算是当年学生问先生那道题的半个答案。

陈平安祭出飞剑十五，轻轻拈住，低头弯腰，开始在那根小炼如翠竹的行山杖之上一刀刀刻下痕迹。

隋景澄目力所及之处，好像一刀刀都刻在了原处。她一言不发，只是瞪大眼睛看着那人。

一炷香后，隋景澄双眼泛酸，揉了揉眼睛。

约莫一个时辰后，那人收起飞剑，剑光在他眉心处一闪而逝。

陈平安正色道："找到那个人后，你告诉他，那个问题的答案我有了一些想法，但是回答问题之前，必须先有两个前提，一是追求之事必须绝对正确，二是有错知错，且知错可改。至于如何改，以何种方式去知错和改错，答案就在这根行山杖上，你让他自己看，而且我希望他能够比我看得更细更远，做得更好。一个一，即是无数一，即是天地大道，人间众生。让他先从目力所及和心力所及做起，不是那个正确的结果到来了，其间的大小错误就可以视而不见。天底下没有这样的好事，不但需要他重新审视，而且更要仔细去看。不然那个所谓的正确结果仍是一时一地的利益计算，不是天经地义的长久大道。"

隋景澄一头雾水，仍是使劲点头。

陈平安没有着急将行山杖交给她，双手手心轻轻抵住行山杖，仰头望向天幕："修行一事，除了抓机缘、得异宝和学习术法，观人心细微处更是修行，就是在磨砺道心。你修行无情之法，也可以此砥砺心境，你感悟圣贤道理，更该知晓人心复杂。人身一座小天地，心思念头最不定。此事开头虽难，但只要迎难而上，侥幸成了，就像架起第二座长生桥，终身受益。"

隋景澄看到那人只是抬头望向夜幕。

陈平安突然说道："在去往绿莺国的仙家渡口路上，关于隋家安危，你觉得有没有什么需要查缺补漏的事情？你如果想到了，可以说说看，不用担心麻烦我，哪怕需要掉头返回五陵国也无所谓。"他双指并拢，在行山杖两处轻轻一敲，"做了圈定和切割后，就是一件事了，如何做到最好，首尾相顾，也是一种修行。从两端延伸出去太远的，未必能做好，那是人力有穷尽时，道理也是。"

隋景澄想起登山之时他直言不讳的安排，笑着摇摇头："前辈深思熟虑，连王钝前辈都被考虑在内，我已经没有想说的了。"

陈平安摆摆手："不用着急下定论，天底下没有人有那万无一失的策略。你无须因为我如今修为高就觉得我一定无错，我如果是你，身陷行亭之局，不谈用心好坏，只说脱困一事，不会比你做得更对。"

他收回视线，眼神清澈地望向隋景澄，隋景澄从未在任何一个男人眼中看到如此明亮干净的光彩。

陈平安微笑道："这一路大概还要走上一段时日，你与我说道理，我会听。不管你有无道理，我都愿意先听一听。若是有理，你就是对的，我会认错。将来有机会，你就会知道，我是不是与你说了一些客气话。

"那么有我在，哪怕只有我一个人在，你就不可以说，天底下的所有道理都在那些拳头硬、道法高的人手中。如果有人这么告诉你，天底下就是谁的拳头硬谁有理，你别信他们。那是他们吃够了苦头，但是还没吃饱。因为这种人在世，被无数无形的规矩庇护而不自知。何况，我这样的人还有很多，只是你还没有遇到，或者早就遇到了，正因为他们的讲理如春风化雨，润物无声，你才没有感觉。"

陈平安站起身，双手拄在行山杖上，远望山河："我希望不管十年还是一百年之后，隋景澄都是那个能够在行亭之中说她留下，愿意将一件保命法宝穿在别人身上的隋景澄。人间灯火千万盏，哪怕你将来成了一位山上修士，再去俯瞰，一样可以发现，哪怕它们单独在一家一户一屋一室当中会显得光亮细微，可一旦家家户户皆点灯，那就是人间星河的壮观画面。如今人间有那修道之人，也有那么多的凡夫俗子，都靠着这些不起眼的灯火盏盏，才能从大街小巷、乡野市井、书香门第、豪门宅邸、王侯之家、山上仙府，从这一处处高低不一的地方涌现出一位又一位的真正强者，以出拳出剑和那蕴含浩然正气的真正道理，在前方为后人开道，默默庇护着无数的弱者，所以我们才能一路蹒跚走到今天。"他转过头笑，"就说你我，当个聪明人和坏人，难吗？我看不难。难在什么地方？难在我们知道了人心险恶，还愿意当个需要为心中道理付出代价的好人。"

隋景澄满脸通红："前辈，我还不算，差得很远！"

陈平安眯眼而笑："嗯，这个马屁，我接受。"

隋景澄愕然。

陈平安继续眺望远方夜幕，下巴搁在双手手背上，轻声笑道："你也帮我解开了一个心结，我得谢谢你，那就是学会了怎么跟漂亮女人相处。所以下一次我再去剑气长城，就更加理直气壮了。因为天底下好看的姑娘我见过不少了，不会觉得多看她们一眼就要心虚。嗯，这也算是修心有成了。"

隋景澄犹豫了一下，还是觉得应该说些忠言逆耳的言语，怯生生道："前辈，这种话，放在心里就好，可千万别与心爱女子直说，不讨喜的。"

陈平安转过头，疑惑道："不能说？"

隋景澄使劲点头，斩钉截铁道："不能说！"

陈平安揉着下巴，似乎有些纠结。

隋景澄神色开朗："前辈，我也算好看的女子之一，对吧？"

陈平安没有转头，应该是心情不错，破天荒打趣道："休要坏我大道。"

隋景澄不敢得寸进尺。可对于自己成为十数国版图上的"隋家玉人"，与那其余三位倾国倾城的绝代佳人并列，她身为女子，终究是一件值得开心的事情。

她心弦松懈，便有些犯困，摇了摇头，开始伸手烤火取暖，片刻之后，回头望去，那根行山杖依旧在原地，那一袭青衫却开始缓缓走桩练拳。

隋景澄揉了揉眼睛，问道："到了那座传说中的仙家渡口后，前辈会一起返回南边的骸骨滩吗？"

陈平安出拳不停，摇头道："不会。所以在渡船上，你自己要多加小心。当然，我会尽量让你少些意外，可是修行之路，还是要靠自己去走。"

隋景澄欲言又止。

陈平安说道："行山杖一物，与你性命，如果一定要做取舍，不用犹豫，命重要。"

隋景澄无奈道："前辈你是什么都知道吗？"

陈平安想了想，随口问道："你今年三十几了？"

隋景澄哑口无言，闷闷转过头，将几根枯枝一股脑儿丢入篝火。

第九章
江湖酒一口闷

　　夜幕深沉，熬过了最困的时候，隋景澄竟然没了睡意，演义小说上有个夜猫子的说法，她觉得就是现在的自己。那本小册子上记载的吐纳之法都在正午时分，不同的节气，白日修行的时辰略有差异，卷尾有四字极其动人心魄：白日飞升。

　　先前在官道离别之际，隋新雨脱下了那件薄如蝉翼的竹衣法袍，还给了女儿，依依惜别。私底下还告诫女儿，如今她有幸跟随剑仙修行山上道法，是隋氏列祖列宗在天之灵庇护，所以一定要摆正姿态，不能再有半点大家闺秀的架子，不然就是糟蹋了那份祖宗阴德。

　　陈平安始终在练习枯燥乏味的拳桩，隋景澄起身又去四周拾取了一些枯枝，有样学样，先在篝火旁烘烤，散去枯枝蕴含的积水，没直接丢入火堆。

　　这些年她的修行跌跌撞撞，十分不顺，由于没有明师指路，加上那本小册子所载内容除了驾驭金钗如飞剑的一门实用神通让她学了七八成，其余文字都是仿佛一本道经开宗明义的东西，太过提纲挈领，凌空蹈虚，使人摸不着头脑，就像仙师先前随口而言的"道理难免虚高"，又无人帮她复盘破解迷障，所以哪怕从识文解字起，隋景澄就苦苦琢磨那本小册子，始终觉得不得其法，所以三十岁出头的年纪了，依旧还是一个二境瓶颈练气士。

　　隋景澄其实有些犹豫要不要主动拿出竹衣、金钗和册子三件仙家之物，若是那位神通广大的剑仙前辈看中了，她其实无所谓，但是她很怕那人误以为自己又是在抖小机灵，而她弄巧成拙可不止一次了。

陈平安停下拳桩,坐回篝火旁,伸手道:"帮你省去一桩心事,拿来吧。"

隋景澄从袖中小心翼翼取出三支金钗和一本光亮如新、没有丝毫磨损的小册子,古篆书名《上上玄玄集》。

隋景澄轻声道:"前辈,钗子有些古怪,自幼就与我牵连,别人握住就会烫伤。早年曾经有婢女试图偷走,结果手心都给烫穿了,疼得满地打滚,很快就惊动了府上其他人,后来哪怕手上伤势痊愈了,人却像是得了失魂症,时而清醒时而痴傻,不知何故。"

"没事。"陈平安一手接过册子,一手摊开。隋景澄轻轻松手,三支宝光流转、五彩生辉的金钗落在了陈平安手心。金钗微颤,但是陈平安手掌安然无恙。他端详片刻,缓缓说道:"金钗算是你的本命物了,世间炼物分三等,小炼化虚,勉强可以收入修士的气府窍穴,但是谁都可以抢夺;中炼之后可以打开一件仙家法器的种种妙用,就像……这座无名山头,有了山神和祠庙坐镇;大炼即是本命物。赠送你这三份机缘的世外高人是真正的高人,道法不得不说十分玄妙,至少地仙无疑了,说不定都可能是一位元婴修士。至于此人为何送了你登山道缘,却将你弃之不管三四十年……"

一直竖耳聆听的隋景澄轻声道:"三十二年而已。"

陈平安笑道:"几个月要不要也说说看?"

隋景澄神色尴尬。

陈平安先将册子放在膝盖上,双指拈起一支金钗,轻轻敲击另外手心的一支,清脆如金石声,每一次敲击还有一圈圈光晕荡漾开来。

陈平安抬起头说道:"这三支金钗是一整套法宝,看似一模一样,实则不然,分别名为'灵素清微''文卿神霄'和'太霞役鬼',多半与万法之首的雷法有关。"

隋景澄一脸匪夷所思,由衷感慨道:"前辈真是见多识广,无所不知!"

这是她的肺腑之言。三支怎么看都毫无差异的金钗,前辈竟然连它们的名称都能一口道破?

陈平安看了她一眼:"金钗上有铭文,字极小,你修为太低,自然看不见。"

隋景澄脸色僵硬。

陈平安将三支金钗轻轻抛还给她,开始翻阅那本名字古怪的小册子,皱了皱眉头,只是翻了两页就立即合上。

这本《上上玄玄集》书页上的文字,当自己翻开后,宝光一闪,哪怕是以陈平安的眼力和记性,都没能记住一页文字的大概,就像一座原本井然有序的沙场战阵,瞬间自行散乱开来,变得无序杂乱。不用想,又是一件隋景澄本命物,极有可能不单单是隋景澄打开才能看见正文,哪怕陈平安让她持书翻页,两人所见内容依旧是天壤之别。

陈平安招手让隋景澄坐在身边,让她翻书浏览。隋景澄迷迷瞪瞪,照做而已。

陈平安很快让她收起小册子,说道:"这门仙家术法品秩不低,只是不全,当年赠书之人应该对你期望极高，但是无法既当你的传道人，又当你的护道人，所以这一走就是三十多年。"

隋景澄一手攥金钗，一手握书，满脸笑意，心中欣喜。这种情绪，比她得知自己是什么"隋家玉人"更加强烈。

陈平安开始闭目养神，双手轻轻扶住那根小炼为青竹模样的金色雷鞭，其上并无任何文字，唯有一条条刻痕，密密麻麻。

隋景澄突然问道："那件名为竹衣的法袍，前辈要不要看一下？"

陈平安睁开眼，脸色古怪，见她一脸诚挚，跃跃欲试的模样，无奈道："不用看了，一定是件不错的仙家重宝。法袍一物从来珍贵，山上修行多有厮杀，一般而言，练气士都会有两件本命物，一主攻伐一主防御。那位高人既然赠送了你三支金钗，竹衣法袍多半与之品秩相符。"

隋景澄有些后知后觉，脸色微红，不再言语。

沉默片刻，陈平安不再练拳走桩，却开始如修士那般凝神入定，呼吸绵长，隐隐约约。隋景澄只觉得他身上好似有一层层光华流转，一明亮如灯火，一阴柔如月辉。她只当这位剑仙前辈是得道之人，气象万千，哪怕她道行微末也能看出蛛丝马迹，实则她确实是资质极好的修道坯子，此前看不见金钗铭文是目力所限，当下看得见陈平安那种异象则是天赋异禀，对于天地灵气的感知远胜寻常下五境修士。

隋景澄突然想起一事，犹豫了许久，仍是觉得事情不算小，只得开口问道："前辈，曹赋、萧叔夜此行之所以弯弯绕绕，鬼祟行事，除了不愿引起大篆王朝和某位北地小国皇帝的注意，是不是当年赠我机缘的高人，他们也很忌惮？说不定曹赋的师父，那什么金丹地仙，还有金鳞宫宫主的师伯老祖不愿意露面，亦是类似拦路之时，曹赋让那持刀的江湖武夫率先露面，试探剑仙前辈是否隐匿一旁，是一样的道理？"

陈平安再次睁开眼，微笑不语。这隋景澄，心性真是不俗。

他耐心解释道："山上修士一旦结仇，很容易纠缠百年。这就是山上有山上的规矩，江湖有江湖的规矩。曹赋、萧叔夜打心底轻视江湖，觉得全是些小鱼小虾，可是对于山上的修行忌讳和复杂形势，他们不懂，他们的幕后主使也会一清二楚，所以才有这么一遭。如今曹赋只是忌惮我的飞剑，幕后之人却还要多出一重顾虑，便是你已经想到的那位云游高人。若是你的传道人只是一位外乡地仙，他们权衡之后，是不介意出手做一笔更大买卖的，但如果这位传道人为你派遣出来的护道人是一位金丹剑修，幕后之人就要掂量掂量自己的斤两和家底到底经不经得起两位'元婴修士'的联手报复了。"

隋景澄睫毛微颤。那人说得直白浅显又"杀机暗藏"，她又本就是心肝玲珑的聪慧女子，越思量越有收获，只觉得心目中那幅风景壮阔的山上画卷终于缓缓显露出一角。

隋景澄问了一个不符合她以往性情的问题："前辈，三件仙家物，当真一件都不要吗？"

陈平安摇摇头："取之有道。"

隋景澄会心一笑。

陈平安突然问道："没有更多的想法了？"

隋景澄愣了愣，思量片刻，摇头道："没有了。"

陈平安说道："曹赋先前以萧叔夜将我调虎离山，误以为稳操胜券，在小路上将你拦下，对你直说了随他上山后的遭遇，你就不感到可怕？"

隋景澄确实心有余悸。什么被曹赋师父炼化为一座活人鼎炉，被传授道法之后，与金鳞宫老祖师双修……她虽然一心向道，却不想成为这种身不由己的可怜傀儡。

陈平安叹了口气："那你有没有想过，赠送你机缘的高人初衷为何？有没有想过一种可能性，万一此人修为比曹赋幕后人更高，用心更加险恶，算计更加长远？"

隋景澄出了一身冷汗。

陈平安伸手虚按两下，示意她不用太过害怕，轻声说道："这只是一种可能性而已。为何他敢赠送你三件重宝？既给了你一桩天大的修道机缘，无形之中，又将你置身于危险之中。为何他没有直接将你带往自己的仙家门派？为何没有在你身边安插护道人？为何笃定你可以凭借自己成为修道之人？当年你娘亲那桩梦神人怀抱女婴的怪事有什么玄机？"

隋景澄伸手擦拭额头汗水，然后用手背抵住额头，摇头道："都想不明白。"

陈平安点点头："世事大多如此，怎么想也想不明白，真想明白了也未必是好事。"

隋景澄一脸茫然。这段时日，颠沛流离好似丧家犬，峰回路转，跌宕起伏，今夜之事，这人的三言两语，更是让她心情大起大落。

陈平安说道："我在你决定去东宝瓶洲后才与你说这些，就是要你再做一次心境上的取舍，应该如何对待那位可能这辈子都不会出现，也可能就在今夜现身的云游高人。假设那位高人对你心存善意，只是担心在你修行之初对你太过照拂会拔苗助长，且如今尚未知晓五陵国和隋家事——毕竟修道之人，境界越高越是不知人间寒暑——那么你可以暂时去往东宝瓶洲，却不可匆匆忙忙拜崔东山为师。若是那人一开始对你就用心不良，便无此顾虑了。可毕竟你我如今都不能确定事情的真相，怎么办？"

隋景澄迷迷糊糊反问道："怎么办？"

陈平安气笑道："什么怎么办？"

隋景澄抹了一把脸，突然笑了起来："若是遇见前辈之前，或者说换成是别人救下了我，我便顾不得什么了，跑得越远越好，哪怕愧对当年有大恩于我的云游高人，也会让自己尽量不去多想。现在我觉得还是剑仙前辈说得对，山下的读书人遇难自保，但是总得有那么一点恻隐之心，那么山上的修道人遇难而逃，也要留一份感恩之心，所以剑仙前辈也好，那位崔东山前辈也罢，我哪怕可以有幸成为你们某人的弟子，也只记名，直到这辈子与那位云游高人重逢之后,哪怕他境界没有你们两位高,我都会恳请两位允许我改换师门,拜那云游高人为师!"

陈平安点点头:"正理。"

更为难能可贵的是,他看得出来隋景澄这些言语说得很是诚心。

有些言语,需要去看而不是听。这就是山上修行的好。

所以陈平安感慨道:"希望先前猜测是我太心思阴暗,我还是希望那位云游高人将来能够与你成为师徒,携手登山,饱览山河。"

隋景澄偷着笑,眯起眼眸看他。他一下子就想明白她眼中的无声言语,瞪了她一眼:"我与你只是看待世界的方式如出一辙,但是你我心性大有不同。"

隋景澄忍不住笑出声,难得孩子心性,开始环顾四周:"师父,你在哪儿?"天晓得会不会像当初那位背竹箱的青衫剑仙前辈,可能远在天边,也可能近在眼前。

陈平安跟着笑了起米。当然,隋景澄那个"师父"没有出现。

此后两人没有刻意隐藏行踪,不过由于隋景澄白天需要在固定时辰修行,陈平安就买了一辆马车,自己当起了车夫。隋景澄主动说起了《上上玄玄集》的修行关键,讲述了一些吐纳之时,不同时刻,会出现眼眸温润如气蒸,目痒刺痛如有电光萦绕,脏腑之内沥沥震响、倏忽而鸣的不同景象。陈平安其实也给不了什么建议,再者,隋景澄一个门外汉,靠着自己修行了将近三十年而没有任何病症迹象,反而肌肤细腻、双眸湛然,应该是不会有大的差池了。

这一路走得安稳,昼夜不停。就像当年护送李槐他们去往大隋书院,不只有磕磕碰碰,融融洽洽,其实也有更多的鸡毛蒜皮和市井烟火气。

李槐每次拉屎撒尿都要陈平安陪着才敢去,尤其是大半夜,哪怕陈平安已经沉沉酣睡一样会被摇醒。那一路一直是这么过来的,陈平安从未说过李槐什么,李槐也从未说一句半句的感谢言语。

乡野孩子的的确确是不太习惯与人说"谢谢"二字的,就像读书人也确确实实不太愿意说"我错了"。不过终究李槐是上了心的,所以谁都看得出来,当年一行人当中,李槐对陈平安是最在乎的,哪怕在书院求学多年,有了自己的朋友,可对陈平安依旧是当年那个窝里横和胆小鬼的心态,真正遇到了事情,头一个想到的人是陈平安,甚至不是远在别洲的爹娘和姐姐。不过一种是依赖,一种是眷念,不同的感情,同样的深厚罢了。

隋景澄虽然是半吊子的修道之人,依旧未曾辟谷,又是女子,所以麻烦其实半点不少。所以陈平安先前购买马车的时候故意在县城多逗留了一天,下榻于一座客栈。当时风餐露宿觉得自己有一百六十斤重的隋景澄如释重负,向陈平安借了些银钱,说是去买些物件,然后换上了一身新衣裙和一顶遮掩面容的幂篱。

不算刻意照顾隋景澄,其实陈平安自己就不着急赶路,大致行程路线都已经心中有数,不会耽搁入秋时分赶到绿莺国即可。所以一天暮色里,在一处湍流河石崖畔,陈平安取出钓竿垂钓,泥沙转而大石不移,竟然莫名其妙钓起了一条十余斤重的螺蛳青。两人喝着鱼汤的时候,陈平安说桐叶洲有一处山上湖泊中的螺蛳青最是神异,只要活过百年岁月,嘴中就会蕴含一粒大小不一的青石,极为纯粹,以秘术碾碎曝晒之后,是符箓派修士梦寐以求的画符材料。隋景澄听得一惊一乍。

两人也会偶尔对弈,隋景澄终于确定了这位剑仙前辈真的是一个臭棋篓子,先手力大,精妙无纰漏,然后越下越臭。

第一次手谈的时候,隋景澄是很郑重其事的,因为她觉得当初在行亭那局对弈,前辈一定是藏拙了。后来她就认定,这位前辈是真的只死记硬背了一些先手定式罢了。

所幸那位前辈也没觉得丢人现眼,十局十输,每次复盘的时候都会虚心求教隋景澄的某些棋着妙手,隋景澄自然不敢藏私。最后她还在一座郡城逛书铺的时候挑了两本棋谱,一本《大官子谱》,以死活题为主,一本专门记录定式。当初前辈在县城给了她一些金银,让她自己留着便是,所以买了棋谱,犹有盈余。

一次赶夜路经过一处荒野坟冢的时候,陈平安突然停下马车,喊隋景澄走出车厢,然后双指在她眉心处轻轻一敲,让她聚精会神望向一处。隋景澄掀起幂篱薄纱,只见坟头之上有一只白狐背负骷髅,望月而拜。她询问这是为何,陈平安也说不知。见多了狐魅幻化美人身形,蛊惑游学士子,这般背着白骨拜月的,他一样还是头一回瞧见。

马车继续赶路,听闻动静的白狐背负白骨一闪而逝,片刻之后,前边路旁有婀娜妇人搔首弄姿。陈平安视而不见,坐在车厢外的隋景澄有些恼火,摘了幂篱,露出真容。妇人好似给雷劈了一般,嘀嘀咕咕骂骂咧咧转身就走。隋景澄一挑眉,戴好幂篱,双腿悬挂在车外,轻轻晃荡。

陈平安笑道:"你跟一只狐魅怄气作甚?"

隋景澄说道:"幻化女子勾引男人,难怪市井坊间骂人都喜欢用骚狐狸的说法,以后等我修成了仙法,一定要好好教训它们。"

陈平安笑道:"狐魅也不全是如此,有些顽皮却也心善。我还听说中土神洲的龙虎山天师府有一只天狐供奉为了感恩当年老天师以天师印钤印在它的狐皮之上,助它躲过那场跻身上五境的浩荡天劫,就一直庇护着天师府子弟,甚至还会帮忙砥砺道心。"

隋景澄将这桩比志怪小说还要匪夷所思的山上事默默记在心中,只是最后的念头是想着那只狐魅也未必有自己好看。

一天黄昏中,经过了一座当地古老祠庙,相传曾经常年波涛汹涌,使得百姓有船也无法渡江，便有上古仙人纸上画符，有石犀跳出白纸，跃入水中镇压水怪，从此风平浪静。隋景澄与陈平安一起入庙烧香，请香处的香火铺子掌柜是一对年轻夫妇，后来到了渡口，隋景澄发现那对年轻夫妇跟上了马车，不知为何就开始对他们伏地而拜，说是祈求仙人捎带一程，一起过江。陈平安点头答应了，最后连同马车在内，陈平安和隋景澄以及那对夫妇乘坐一艘巨大渡船过江。车厢内略显拥挤，隋景澄大汗淋漓，似乎随时都会覆船沉江而亡。那两人相互依偎，手牵着手，一副视死如归的模样，这让隋景澄跟着忧心不已，误以为大江之中有精怪作祟，随时会掀翻渡船，只是一想到剑仙前辈就在外边坐着，也就安心许多。

上岸之后，马车缓缓行出数里路，年轻夫妇开口请求下车，而后再次伏地跪拜，竟是三跪九叩的大礼。

隋景澄见前辈没说什么，站在原地受了这份大礼，在那对热泪盈眶的年轻夫妇起身后才轻声道："鬼魅精怪，行善积德，道无偏私，自会庇护。"

年轻夫妇听到这句话竟是如获大赦，又像是醍醐灌顶，竟然又要虔诚下跪。只不过这一次陈平安却伸手扶住了那个年轻男子："走吧，山水迢迢，大道艰辛，好自为之。"

年轻夫妇走出了道路，在远处停步转身，一人弯腰作揖，一人施了个万福。

当马车驶入一条小径，正要询问那对夫妇根脚的隋景澄蓦然瞪大眼睛，只见涟漪阵阵，有手持铁枪的金甲神人站在道路之上。

陈平安停下马车，飘落在地，双手抱拳问道："我们擅自行事，有无让水神为难？"

神色肃穆的金甲神人摇头笑道："以前是规矩所束，我职责所在，不好徇私放行。那对夫妇该有此福，受先生功德庇护，苦等百年，得过此江。"金甲神人让出道路，侧身而立，手中铁枪轻轻戳地，"小神恭送先生远游。"

陈平安再次抱拳，笑着告辞，返回马车，缓缓驶过那位坐镇江河的金甲神灵。

隋景澄沉默许久，轻声问道："前辈，这就是修道有成吧？能够让一位岁月悠悠的金甲神人主动为前辈开道送行。"

陈平安却答非所问，缓缓道："你要知道，山上不只有曹赋之流，江湖也不只有萧叔夜之辈。有些事情，我与你说再多，都不如你自己去经历一遭。"

这天夜幕里，马车停在一处寂静无人烟处，陈平安难得多耗费了一些精力和时间做出了一大锅春笋炖咸肉。

对于这些春笋为何在盛夏时分犹然如此新鲜，又为何不是从竹箱里边取出，隋景澄是懒得去想了。她只是觉得渡江一趟，这位瞧着年轻的前辈还是心情很好的。

关于剑仙前辈的岁数，隋景澄之前问过，一开始前辈没理睬，后来她实在忍不住心中好奇，又拐弯抹角问了两次，他才说自己大概能算是三百余岁了吧，隋景澄便越发坚定了向道之心。

这天经过一座热闹郡城，刚好遇到庙会。每隔一段距离，就会有类似的摊子在地上摆满了陶泥娃娃、小瓷人，一文钱便可与摊主换取竹编小环，两文钱则可换一只折柳大圆环。摊子上人满为患，一有大人套中，身边的孩子们便欢天喜地，手舞足蹈。

陈平安当时笑道："你们五陵国的江湖人就这么少吗？"

隋景澄一开始不知他为何有此问，只是说道："我们五陵国还是文风更盛，所以出了一位王钝前辈后，朝野上下，哪怕是我爹这样的文官都会觉得与有荣焉，希冀着能够通过胡新丰认识王钝老前辈。"

等到马车驶出一段距离，隋景澄才想清楚了前辈那个问题的缘由：若是武人多了，庙会那类摊子可能还会有，但绝对不会如此之多，因为一个运气不好，就明摆着是亏钱买卖了。而不会像如今庙会的那些生意人，人人坐着赚钱，挣多挣少而已。

隋景澄唏嘘不已，大概这就是世间隐藏着的脉络之一吧。如果不是遇到这位前辈，可能自己一辈子都不会去想这些事情。

不去想，不会有什么损失，日子还是继续过；想了，好像也未必有什么立竿见影的成效裨益。难怪前辈也曾言，想脉络，讲道理，推敲世事，从来不是什么省心省力的事情。

有一次路过瓜田的时候，马车停下，陈平安蹲在田垄旁，怔怔看着那些翠绿可爱的西瓜。

遥想小镇当年，老槐树下，便有许多人家从铁锁井当中提起竹篮，老人们讲着老故事，孩子们吃着凉透的西瓜，槐荫阴凉，心也清凉。

隋景澄跳下马车，好奇问道："前辈这样的山上仙人也会想要吃西瓜吗？"

陈平安沉默许久，最后说道："如果哪一天我可以随心所欲偷吃一个西瓜就跑路，说明我就是真正的修心有成了，当年那串糖葫芦对我的心境影响才算彻底消弭。"

隋景澄觉得这是一句比怪事更奇怪的怪话，百思不得其解。

在临近京畿之地的一处山水险路，他们遇上了一伙剪径强人。隋景澄都要觉得这拨耀武扬威的家伙运气真是好极了……陈平安让她随便露了一手，一支金钗如飞剑，便吓得他们屁滚尿流。

后来陈平安带着隋景澄偷偷潜入山寨附近，看到了那边的简陋屋舍，鸡鸣犬吠，炊烟袅袅，有消瘦稚童在放飞一只破旧纸鸢，其中一个剪径匪人蹲在一旁咧嘴而笑，旁边站着一个青衫破败的矮小老人大骂汉子不顶事，再没个收成进账，寨子就要揭不开锅了。汉子挠挠头，说那个娘儿们可了不得，多半是一位书上说的神仙，如果不是他们跑得快,就不是饿死,而是被打死了。

陈平安带着隋景澄悄然离去,返回马车,继续赶路。

夜色中,隋景澄没有睡意,就侧身坐在车厢外边,望向路旁树林,自言自语:"先前他们打家劫舍,我就想杀个一干二净,前辈,如果我真这样做了,是不是错了?"

陈平安摇头道:"没有错。"

隋景澄又问道:"可我如果是见过了他们的生活后再遇到他们,丢给他们一袋子金银,是不是就错了?"

陈平安笑道:"没有错,但是也不对。"

隋景澄突然有些心虚。

陈平安说道:"先前就说好了的,我只是借你金银,你怎么做我都不会管,所以你偷偷留在寨子外边,不用担心我问责。世事复杂,不是嘴上随便说的。我与你讲的脉络一事,看人心脉络条条线,一旦小有所成之后,看似复杂其实简单,而顺序之说,看似简单实则更复杂,因为不但关系对错是非,还涉及人心善恶。所以我处处讲脉络,最终还是为了走向顺序,可到底应该怎么走,没人教我,我暂时只是悟出了心剑一途的切割和圈定之法。这些,都与你大致讲过了,你反正无所事事,可以好好将一将今日所见之事。"

这天原本日头高照,暑气大盛,哪怕隋景澄身穿竹衣法袍,坐在车厢内依旧觉得烦闷不已。不承想很快就乌云密布,随后大雨滂沱,山间小路泥泞难行。好在附近有文人雅士建造在山林间的宅邸,可供避雨。

隋景澄知道这栋宅子的主人,因为早年与隋家有些交集,与她爹一样是棋坛宗师,只是官至兵部郎中就告老还乡,但是子弟当中人才济济,既有在棋术上青出于蓝而胜于蓝的棋待诏,还有两位进士出身的年轻子弟,如今都已正式补缺为官,所以这座原本声名不显的山头就开始有了些山不在高有仙则名的意思,宅子哪怕位于僻静山野,依旧常年宾客往来,车水马龙。

这家的门房老人听说隋景澄出身隋氏旁支,远嫁他乡,此次是返乡省亲,就十分客气,听说她无须住宿之后,反而有些失望。毕竟隋老侍郎是五陵国的清流砥柱,又是与自家老爷一般的弈林神仙,故而女子的隋氏身份不是寻常达官显贵的家眷可以媲美。

陈平安与隋景澄在避雨期间,哪怕隋景澄一直没有摘下幂篱,门房仍是让下人端来了茶水。不知是丫鬟走漏了消息还是如何,很快就有一位风度翩翩的年轻公子赶来,说了些客套话,还问隋景澄是否精通手谈,隋景澄应对得滴水不漏。那公子哥儿也是个坐得住的,明明无话可聊了,还能够自己找话,半点不觉得尴尬,跟那身穿青衫的年轻车夫都能掰扯几句,在听说他是为这位夫人传递家书的家族侄辈后,很是热情,看着毫无世家子弟的架子。

雨歇之后，公子哥儿亲自将两人送到了宅邸门口，目送他们离开后，微笑道："定然是一位绝代佳人，山野之中，空谷幽兰，可惜无法目睹芳容。"

门房老者似乎熟稔他的脾气，玩笑道："二公子为何不亲自护送一程？"

公子哥儿摇头晃脑走回宅邸，与一位美婢手谈去了。

道路上，隋景澄坐在车帘子旁边，摘了幂篱，问道："前辈，若是对方见色起意，酿成祸事，我有没有错？会不会终究是有一点点错在的？毕竟我之美色在前，被人目睹便有了觊觎之心在后。"

陈平安叹了口气。这就是脉络和顺序之说的麻烦之处，起先很容易会让人陷入一团乱麻的境地，似乎处处是坏人，人人有坏心，可恶行恶人仿佛又有那么一些道理。

若陈平安真是她的传道人护道人，一般而言，是不会直接说破的，由着她自己去深思熟虑，只不过既然不是，而且她本就聪慧，就无此忧虑了，直接说道："先后顺序不是你这么讲的，天地之间，诸多的是非对错，尤其是一洲一国约定俗成之后，皆是定死了的，见财起意、暴起行凶、见色起意、仗势欺人，毋庸置疑都是错的，不是你有钱就是错，也不是女子生得好看就有错。在清楚这些之后，才可以去谈先后顺序以及对错大小，不然哪怕市井妇人搔首弄姿、招摇过市，也不是强抢女子的理由。稚子抱金过市，以及什么怀璧其罪的说法，你真以为是稚子错了，是怀璧之人错了吗？不是如此。而是世道如此罢了，才有这些无奈的老话，只是为了劝诫好人与弱者必须多加小心。"他转过头，"世事如此，从来如此，便对吗？我看不是。"

隋景澄眼神熠熠："前辈高见！"

陈平安转过头笑道："这也算高见？书上的圣贤道理若是能够活过来，我估摸着天底下无数的读书人肚子里边都要有无数个小人儿要么被活活气死，要么恨不得捶破肚皮，长脚跑回书上。"

隋景澄小心翼翼问道："前辈对读书人有成见？"

陈平安摇头道："不是满腹诗书的人就是读书人，也不是没读过书不识字的人就不是读书人。"

隋景澄正要感慨一句，陈平安已经说道："马屁话就别讲了。"

隋景澄忍不住羞赧："前辈真是未卜先知。"

陈平安转过头，隋景澄眨了眨眼眸，默默放下车帘子，坐好之后，忍了忍，还是没能忍住脸上微微漾开的笑意。

随后，进入五陵国京畿之地，各处的名胜古迹，陈平安都会停下马车去看一看，偶尔还会将一些匾额楹联以及碑文篆刻刻在竹简之上。

一路上也曾遇到过行走江湖的少侠少女，两骑疾驰，与马车擦肩而过。

也曾路过乡野村落，有成群结队的稚童一起打闹嬉戏。陆陆续续跃过一条溪沟，便是一些孱弱女童都后撤几步，然后一冲而过。有个稚童大摇大摆站在小溪沟旁，竟是没有飞奔过沟，而是摇晃手臂，试图原地发力一跳而过，然后直直地坠入了水沟当中。

当时马车就停在不远处，隋景澄看到前辈在看到那一幕后，眯着眼睛，有些笑意。

马车绕过了五陵国京城，径直去往五陵国江湖第一人王钝的洒扫山庄。

他们这一路由于没有刻意绕出郡县城池，多有涉足，所以一些已经传遍朝野的江湖消息他们都有耳闻。

王钝跻身了新榜十人之列，虽然垫底，可五陵国仍是有点举国欢庆的意思。因为其他上榜之人仅是大篆王朝就有五个之多，据说这还是隐去了几位久未露面的年迈宗师。青祠国唯有萧叔夜一人位列第九，民风彪悍、兵马强盛的金扉国竟然无人上榜，兰房国更是想都别想了，所以哪怕在榜上垫底，这都是王钝老前辈的莫大殊荣，更让“文风孱弱无豪杰”的五陵国所有人脸上有光。五陵国皇帝专门派遣京城使节送来一块匾额，所以隋景澄猜得到，如今的洒扫山庄一定是高朋满座，恭贺之人络绎不绝。但就是不知道王钝老前辈有无觐见大篆周氏皇帝，然后乘坐仙家渡船从大篆京城返回。

至于那些个有关隋景澄的消息，声势也半点不比王钝登榜来得小。尤其是江湖人提及此事，人人唾沫四溅，一旁闯荡江湖的女子则大多神色不悦。

隋景澄每次都会偷偷看陈平安一眼，结果他要么是默默在酒楼饮酒吃饭，或是在茶摊喝着解渴不解暑的劣质茶水，这让隋景澄有些失落。

之后在一处形胜之地的山水之间，他们遇到了一群饮酒的文人雅士。有人举杯高呼“在林为巨木，出山为小草”，满脸泪水，在座众人亦是心有戚戚然，又有人起身舞剑，大概也算慷慨激昂了。

马车缓缓而过，隋景澄笑言：“若是名士清谈，曲水流觞，前辈知道最不能缺哪两种人吗？”

陈平安笑着摇头：“我从未参加过，你说说看。”

隋景澄笑道：“这些文人聚会，一定要有个可以写出脍炙人口的诗篇的人，最好再有一个能够画出众人相貌的丹青妙手。两者有一可以青史留名，两者兼备那就是千年流传的盛事美谈。”

陈平安点头道：“很有道理。这番言语，我以后一定要说给一个朋友听，说不定他就会写在山水游记当中。”

隋景澄头戴幂篱掩嘴而笑，侧过身坐在车厢外，晃着双腿。

已经接近洒扫山庄，在某座县城，陈平安折价卖了马车，去客栈要了两间屋子。

此处江湖人明显就多了起来，应该都是慕名前往山庄道贺的。不得不承认，江湖香火情,跑也是跑得出来的,就像很多朋友关系,酒桌上喝也是喝得出来的。

　　能够在江湖混成老前辈的,要么武艺极高,脾气再差都无所谓,还是豪杰性情;要么就是那些武功二流却是一流老狐狸老油子的,口碑一样很好。至于那些一样懂得江湖路数的晚辈,靠着熬日子熬到二流前辈们纷纷老死了,一把把交椅空出来,他们也就顺势成了坐在椅子上的江湖老前辈。只不过这种出人头地的方式到底是有些美中不足,所以那些锋芒毕露的年轻人一直是不被江湖老人所喜欢的。但听隋景澄的说法,王钝老前辈却是真正的德高望重。

　　陈平安站在窗口,看了一会儿熙熙攘攘的大街,便去隔壁敲门,说要去县城酒肆坐一坐,打算买几壶酒水。

　　隋景澄重新戴好幂篱,走出门槛,有些忐忑。她说想要一起去路边喝酒,以往只是在江湖演义小说上见过,武林盛宴之中群雄咸集,大块吃肉大碗喝酒,她挺好奇的,想要尝试一下。陈平安没拦着她。

　　两人到了街角处的热闹酒肆,在一桌人结账离去后才有位置。陈平安要了一壶酒,给隋景澄倒了一碗。隋景澄头戴幂篱,所以喝酒的时候只能低下头去,揭开幂篱一角。酒肆桌子相距不远,大多闹闹哄哄,有行酒令划拳的,也有闲聊江湖趣事的。坐在隋景澄身后长凳上的一名汉子与一桌江湖朋友相视一笑,然后故意伸手划拳,意图打落隋景澄头顶幂篱,隋景澄体前倾,刚好躲过。汉子愣了一愣,也没有得寸进尺,只是到底按捺不住:这女子瞧着身段真是好,不看一眼岂不是亏大?

　　然而,不等他们这一桌有所动作,就有新来的一拨江湖豪客,翻身下马后也不拴马,环顾四周,瞧见陈平安那桌还有两条长凳空着,而且仅是看那女子的侧身坐姿,仿佛便是这县城最好的美酒了,于是一个魁梧壮汉就一屁股坐在长凳上,抱拳笑道:"在下五湖帮卢大勇,道上朋友给面子,有个'翻江蛟'的绰号!"

　　陈平安微笑道:"久仰久仰,幸会幸会。"

　　这位卢大侠咧嘴笑道:"不介意一起坐吧? 江湖儿郎不拘小节,挤一挤便是……"他说着话就已经站起身,打算将屁股底下的长凳让给三个同伴,自己去跟隋景澄挤一挤。江湖人讲究一个豪迈,没那男女授受不亲的烂规矩破讲究。

　　不承想陈平安笑道:"介意的。"

　　卢大勇显然没料到会是这么个答案,就要大大方方坐在那条长凳上。只是下一刻,不但是这位江湖大侠停下了动作,先前听清楚了"介意的"三字的看客们也没了哄堂大笑,一个个偷偷咽唾沫,还有人已经抬起屁股打算溜之大吉,因为有一柄玲珑袖珍的幽绿飞剑就那么悬停在卢大勇眉心几寸之外。

　　陈平安微笑道:"现在你介不介意跟我挤一挤,一起饮酒?"

　　不介意? 介意? 卢大勇觉得自己不管怎么回答都不对……他身后三个江湖朋友

一个个站在原地眼观鼻鼻观心，大概是与翻江蛟卢大侠不太熟悉的关系。

陈平安挥挥手，卢大勇和身后三人飞奔而走。其余酒客也一个个神色惶恐，就要撒腿狂奔。不承想那位传说中百年不遇的"剑仙"又说了一句话："结完账再走不迟。"

结果好几桌豪客直接将银锭朝柜台上一丢，快步离去。

除了陈平安和隋景澄，店里已经没了客人。陈平安佯装气力不支，环顾四周后，那把悬停空中的飞剑摇摇欲坠，飘落在桌上，被他快速收入袖中。隋景澄嘴角翘起。

酒肆老掌柜莫名其妙多出一大笔横财，又看到这一幕，微笑道："你这山上剑修真不怕惹来更大的是非？江湖豪侠们可都很记仇，而且擅长抱团，喜欢帮亲不帮理，帮强不帮弱。"

陈平安转头笑道："有老掌柜这种世外高人坐镇酒肆，应该不会有太大麻烦。"

老掌柜笑道："你小子倒是好眼力。"

陈平安笑道："彼此彼此。"

隋景澄轻声问道："我能够摘下幂篱吗？"

陈平安点点头，隋景澄便摘了。总算可以清清静静、优哉游哉喝酒了。

老掌柜哎哟一声："好俊俏的小娘子，我这辈子还真没见过更好看的女子了。你们俩应该就是所谓的山上神仙道侣吧？难怪敢这么行走江湖。行了，今儿你们只管喝酒，不用掏钱，反正今儿我托你们的福，已经挣了个盆满钵盈。"

陈平安刚要举碗喝酒，听到老掌柜这番言语后，停下手中动作，犹豫了一下，还是没说什么，喝了一大口酒。隋景澄一双秋水长眸满是含蓄笑意。

老掌柜瞥了眼外边远处，叹了口气，望向陈平安的背影道："劝你还是让你娘子戴好幂篱。如今王老儿毕竟不在庄子里，真要有了事情，我就算帮得了你们一时，也帮不了你们一路。难道你们就等着王老儿从大篆京城返回，与他攀附上关系，才敢离去？不妨与你们直说了，王老儿时不时就来我这儿蹭酒喝，他的脾气我最清楚，对你们这些山上神仙观感一直极差，未必肯见你们一面的。"

隋景澄瞥了眼对面那位前辈的脸色，忍着笑意解释道："我只是记名弟子，我们不是什么神仙道侣。"

老人双指弯曲，指了指自己的眼睛："当我眼瞎啊？"

隋景澄转头望向对面，一脸我也无可奈何的可怜模样。但是陈平安似乎对此根本无所谓，只是转过头笑问："老前辈，你为何会退出江湖，隐于市井？"

街巷各处不断有人聚拢，对着酒肆指指点点。

老掌柜笑道："当然是江湖混不下去了才自己卷铺盖滚蛋嘛，你这山上人真是不知民间疾苦的活神仙。"

陈平安又问道："我若是一个文弱书生，又没能碰到前辈在酒肆，那么遇到今日事，是愤然起身被打个半死,还是忍辱负重任人欺凌?"

老掌柜趴在柜台上,抿了一口酒,挠挠头,轻轻放下酒杯,道:"忍嘛。只要活着,反正总有从别处别人身上找补回来的机会,对吧?"

陈平安哈哈大笑,高高举起酒碗,一饮而尽。

老掌柜依旧是小口喝酒:"不过呢,到底是错的。"

很快,酒肆附近的屋顶之上都坐满了看客。

传说中的剑仙,看一眼,可就是可以与人说道一辈子的江湖阅历。

不过看客虽多,到底没有谁真多走几步来触霉头。那卢大侠虽然呼朋唤友躲藏其中,却也没有失心疯,反而兴高采烈地与人说自己领教过一位剑仙的风采了,飞剑距离自己眉心只有不到一寸!真是险之又险,命悬一线。

陈平安喝过了酒,前辈客气,他就不客气了,没掏钱结账的意思,只是起身抱拳轻声道:"见过王钝老前辈。"

王钝笑着点头道:"我就说你小子好眼力,怎的,不问问我为何喜欢在这儿戴面皮假装卖酒老翁?"

陈平安摇头,王钝嗤笑道:"跻身了十人之列却垫底,不躲清静,喝一喝闷酒解忧,难道要整天被人道贺,还要笑言哪里哪里、侥幸侥幸吗?"

隋景澄赶紧起身,向那位仰慕已久的王钝老前辈施了一个万福。

王钝摆摆手:"虽说你男人瞧着不错,但是你自己也需好好修行。天底下的男人真没几个好鸟,只要出了事情,都喜欢骂你们是红颜祸水。"

隋景澄转头望向陈平安,陈平安微笑道:"我修心有成,今非昔比。"

只是他瞥了眼桌上幂篱,隋景澄赶紧戴上。

王钝突然说道:"你们两位该不会是那个外乡剑仙和隋景澄吧?我听说因为那个隋家玉人的关系,第九的萧叔夜死在了一位外乡剑仙手上,脑袋倒是给人带回青祠国去了。幸好我砸锅卖铁也要购买一份山水邸报,不然岂不是要亏大发了。"

陈平安笑道:"前辈好眼力。"

王钝哎哟喂一声,绕过柜台,一屁股坐在两人那张桌子的长凳上:"坐坐坐,别急着走啊,我王钝对山上修士那是久仰久仰,幸会幸会。"

隋景澄有些不太适应。印象中的王钝老前辈,五陵国立国以来的武学第一人,号称一只手就能打遍五陵国江湖的大宗师,朝野上下有口皆碑,无论是江湖武夫还是士林文人,或是贩夫走卒,都说王钝老前辈是一位气度儒雅的青衫老者,琴棋书画无所不精,除了一身本事早已出神入化,更忧国忧民,曾经在边境上一袭青衫,一夫当关,拦截了一支叩关南袭的敌国骑军,为五陵国边军赢得了足够排兵布阵的时间……

陈平安率先落座,隋景澄也跟着坐下。

王钝又起身,去柜台拎了三壶酒,一人一壶,豪气道:"我请客。"

他往隋景澄身前放酒壶的时候,小声说道:"老侍郎隋新雨的闺女,是吧?模样是真好,四大美人齐名,各有千秋,没有高下之分,给咱们五陵国女子长了脸面,比我这垫底的江湖老把式更值得收下一块皇帝老儿的匾额。不过我得说一句公道话,你找的这位剑仙,不管是师父,还是夫君,都小气了些,只舍得分你一碗酒。"

隋景澄看了一眼桌对面的陈平安,对老人笑道:"王老庄主……"

王钝一听就不太乐意了,摆手道:"不老不老,人老心不老,喊我王庄主就行了,直呼其名,就喊我王钝,亦无不可。"

隋景澄点点头:"王庄主,如今那青祠国刀客萧叔夜已经死了。"

王钝叹了口气,听出了这位"隋家玉人"的言下之意,举起酒碗抿了口酒:"可我还不是垫底?大篆王朝随便拎出个老家伙身手都要比我高。"

隋景澄觉得自己已经无话可说了。

王钝笑呵呵转头望向青衫年轻人,是一位接连在数封山水邸报上皆有大篇幅事迹的陈姓剑仙。最早的记载应该是去往春露圃的一艘渡船上,舍了飞剑不用,仅是以拳对拳,便将一位大观王朝铁艟府的廖姓金身境武夫打落渡船,后来金乌宫剑仙柳质清御剑而过,说他一剑劈开了金乌宫护山雷云,随后两位本该结仇厮杀的同道中人竟然在春露圃玉莹崖一同饮茶,传闻还成了朋友,如今又在五陵国境内摘掉了萧叔夜的头颅……王钝问道:"这位外乡剑仙不会因为我说了句你不够大方就要一剑砍死我吧?"

陈平安无奈笑道:"当然不会。"

王钝举起酒碗,陈平安跟着举起,轻轻磕碰了一下。

王钝喝过了酒,轻声问道:"多大岁数了?"

陈平安说道:"约莫三百岁。"

王钝放下酒碗,摸了摸心口:"这下子稍微好受点了,不然总觉得自己一大把年纪活到了狗身上。"

隋景澄微微一笑。虽说与自己印象中的那个王钝老前辈八竿子打不着,可似乎与这样的洒扫山庄老庄主坐在一张桌上喝酒感觉更好些。

王钝压低嗓音问道:"当真只是以拳对拳就将那铁艟府姓廖的打得坠落渡船?"

陈平安笑道:"有些托大,很凶险了。"

王钝笑问道:"那咱俩切磋切磋?点到即止的那种。放心,纯粹是我喝了些酒,见着了真正的世外高人,有些手痒。"

陈平安摇摇头。

王钝说道:"白喝人家两壶酒,这点小事都不愿意?"

他见那人没有改变主意的迹象,便补充:"那算我求你?"

陈平安想了想，点头道："就按照王老前辈的说法，以拳对拳，点到即止。"

王钝站起身，环顾四周，似乎挑中了旁边一张酒桌，轻轻一掌按下，四只桌腿化作齑粉，却悄无声息，桌面轻轻坠落在地。

陈平安说道："如果觉得两人跳上桌子切磋落在旁人眼中有些像耍戏，那么我们搬走这张桌子不就行了？"

王钝愣了一下："我倒是想这么做，这不是怕你这位剑仙觉得跌份吗？"

两人几乎同时走上桌面，隋景澄想要起身走出酒肆，陈平安伸手示意她不用。

王钝站定后，抱拳说道："五陵国洒扫山庄王钝，拳法小成，还望赐教。"

陈平安抱拳还礼，却未言语，伸出一手，摊开手掌："有请。"

报上真实籍贯姓名，不妥当。说自己是什么陈好人，不愿意。

远处看客们哗然一片：怎的这卖酒老翁就成了王钝老前辈？只是当老人撕去脸上面皮露出真容后，群情激动：果然是神龙见首不见尾的王钝老前辈！

王钝拳出如虹，气势汹汹，却无杀机。那一袭青衫则多是守多攻少。

两人错身而立的时候，王钝笑道："大致底细摸清楚了，咱们是不是可以稍稍放开手脚？"

陈平安点点头。

街巷远处和那屋脊、墙头树上，一个个江湖武夫看得心情激荡。这种双方局限于方寸之地的巅峰之战真是百年未遇。王钝老前辈不愧是咱们五陵国第一人，遇上了一位剑仙，胆敢出拳不说，还不落下风。虽说那位剑仙尚未祭出一柄飞剑，但仅是如此，说一句良心话，王钝老前辈就已经拼上身家性命，赌上了一辈子未有败绩的武夫尊严，给五陵国所有江湖人挣了一份天大的面子！王钝老前辈，真乃我们五陵国武胆也！

那些只敢远远观战的江湖好汉一来既无真正的武学宗师，二来距离酒肆较远，自然还不如隋景澄看得真切。比如她就看到陈平安打算结束这场切磋的时候，一次出手骤然加快，向前一步，手腕一拧，拍掉了王钝一拳，一掌继续向前，就要拍在王钝的面门上，应该可以将王钝一掌拍出双方脚下的那张桌面。不承想王钝赶紧使了个眼色，陈平安轻轻点头，王钝原本稍慢一筹的一拳便与陈平安那一掌几乎同时击中对方，两人一起倒滑出去两步，皆是飘然落定在桌面边缘。

隋景澄见王钝又开始使眼色，而陈平安也开始使眼色，便一头雾水：怎么感觉像是在做买卖杀价？不过虽然讨价还价，两人出拳递掌却是越来越快，次次你来我往几乎都是旗鼓相当的结果，谁都没占便宜，外人看来，这就是一场不分高下的宗师之战。

最后两人应该是谈妥"价格"了，一人一拳砸在对方胸口上，脚下桌面一裂为二，各自跺脚站定，然后各自抱拳，打完收工。

王钝大笑道："不承想一位剑仙都有如此好拳法。"

陈平安朗声道:"你的拳意更重,打磨得更无瑕疵。长则十年,短则五年,我还要来这洒扫山庄与你切磋拳法。"

隋景澄揉了揉额头,低头喝酒,觉得有些不忍直视。对于那两位的相互吹捧,更是觉得真正的江湖,怎么好似酒里掺水似的?若是胡新丰、萧叔夜之流如此作为,她也无所谓,可陈前辈与王钝老前辈如此厚颜无耻,让她的观感差点天崩地裂,这辈子都不太想去碰江湖演义小说了。

王钝走到酒肆门口,高高抱拳,算是对众人行礼招呼,然后挥了挥手:"都散了吧。"

喝彩声与叫好声此起彼伏,众人陆陆续续散去。

王钝坐回原位的时候,陈平安已经将地上两张对半撕开的桌面捡起来,叠放在附近一张酒桌上。

王钝喝了一口酒,感慨道:"你既然有如此高的修为,为何要主动找我一个江湖把式?是为了这个隋家妮子背后的家族,希望我王钝在你们两位远离五陵国、去往山上修行后,能够帮着照拂一二?"

陈平安摇头道:"并无此求,我只是希望在这边露个面,好提醒暗处某些人,如果想要对隋家人动手,就要掂量一下被我寻仇的后果。"

王钝嗯了一声,点点头:"山上修道之人的尔虞我诈,其实不过是双方寿命拉长了的江湖恩怨,究其根本,没什么两样,都没什么意思。倒是你这位应该还算年轻的剑修,不太像我以往见过的山上神仙,所以请你喝酒,我倒也不觉得糟蹋了这些酒水。我这么说,是不是口气太大了?"

陈平安笑道:"武夫修行最是讲究脚踏实地,没有捷径,如果心气不高一些、看得不远一些,还怎么步步登顶?"

王钝虽然卖酒,似乎对于饮酒其实并无太多嗜好,多是小口慢饮,从无豪饮姿态。他伤感道:"这酒肆是开不下去喽,很多江湖人的真心话便也听不着了。"

陈平安笑问道:"王庄主就这么不喜欢听好话?"

王钝撇撇嘴:"也爱听,年轻的时候特别喜欢听,如今更爱听。只是这么爱听好话,如果再不多听些真心话和难听话,我怕我都要飘到云海里边去了,到时候人飘了,又无云海仙人的神通本事,还不得摔死?"

陈平安看了眼天色,王钝笑问道:"按照先前说好的,除了十几坛子好酒,还要洒扫山庄掏出点什么?"

陈平安说道:"两匹快马,以及一个绿莺国仙家渡口的地址。"

王钝疑惑道:"就这样?"

陈平安说道:"已经很多了。"

王钝指了指柜台:"越摆在下边的酒味道越醇,剑仙随便拿。"

陈平安起身去往柜台，开始往养剑葫里边倒酒，一坛又一坛。

五坛老酒被揭开泥封之后，王钝就坐不住了，趴在柜台上轻声劝说道："江湖路上，喝酒误事，差不多就可以了。"

陈平安手上倒酒动作没停："没事，多装些酒，一样可以省着点喝。"

王钝犹豫了一下，提醒道："我可以换张脸皮，换个地方继续卖酒的。"

陈平安笑道："那我先预祝王庄主开业大吉，财源广进。"

王钝见他不上道，只得继续道："下边那几坛子老酒太烈，名为瘦梅酒，其实是我洒扫山庄的老窖藏酒，一般来此酒肆的江湖人不知酒名，哪怕掏得起银子，也根本不敢喝两碗，实在是后劲太足，所以被称为两碗晃或是三碗倒，你不妨用寻常酒水兑一兑，味道更好。"

陈平安摇头道："没事，喝酒不是喝茶，不用讲究什么余味绵长，喝酒求醉，天经地义。"

王钝实在忍不住了："如今庄子上贵客如云，官家人、江湖朋友、文坛名宿，都慢待不得，庄子里边储藏的那三十坛瘦梅酒估摸着已经所剩无几了，我之所以来此躲清静，也是想要好歹留住几坛子瘦梅酒，你就不体谅一二？"

陈平安已经打开最后一坛，懊恼道："前辈为何不早说，这泥封一开就藏不住味了，咱们先前已经在酒桌上喝得差不多，不然倒是可以尝一尝这瘦梅酒的滋味，这会儿不装入我的酒壶里真是可惜，可惜了。罢了，既然王庄主想要留一坛自饮，做那与我只愿分一碗酒给人喝的小气之举，我还是算了，就给王庄主剩下这一坛。"

王钝摆摆手，呵呵笑道："哪里哪里，只管倒酒，我不是那种人。好酒赠剑仙，藏酒养剑葫，人间美事啊，好事一桩。"

所以到最后，瘦梅酒一坛子都没剩下。

王钝转过身，好似眼瞅着闺女们出嫁远方，有些伤感，不愿再看。他叹了口气："什么时候离开？不是我不愿热情待客，洒扫山庄你们还是别去了，多是些无聊应酬。"然后说了绿鸢国那处仙家渡口的详细地址。

陈平安绕出柜台，笑道："那就劳烦王庄主让人牵来两匹马，我们就不在小镇过夜了，立即赶路。"

王钝一挥手，将闻讯赶来的一名山庄弟子喊到身边，是一名面如冠玉的中年剑客。王钝武学驳杂，无论是拳法轻功还是刀剑枪，皆是五陵国当之无愧的第一人，所以一众亲传弟子当中各有精通，赶来酒肆的这位就是深得王钝剑术真传的得意弟子，在五陵国是稳居剑术前三的江湖高手，见到陈平安后，听过了师父的吩咐，离开酒肆之前，没忘记朝他抱拳行礼："洒扫山庄弟子王静山拜见剑仙，以后剑仙若是还会路过山庄，恳请剑仙指点晚辈剑术一二。"

陈平安笑着点头："好的。"

王钝笑道："指点什么剑术，山上的飞剑一来一回你就输了。直说想要亲眼见识一下剑仙的本命物就是，扯什么狗屁理由，也不害臊。"

王静山显然熟稔自己师父的脾气，也不觉得尴尬，面带微笑，告辞离去。

很快，王静山就从山庄带来两匹骏马。除了他之外，还有两骑，是王静山的师弟师妹。

没有什么客套寒暄，陈平安与隋景澄翻身上马，策马远去。

那个与王静山一般背剑的少年双手握拳，啧啧称奇道："不愧是书上所说的剑仙！"

王钝笑道："你哪只狗眼看出来的？"

少年是半点不怕师父的，双指弯曲，指了指自己眼眸："都瞧出来了！"

这个动作，自然是与师父学来的。

少女佩刀，不以为然道："我反正是没看出什么门道。"

少年嗤笑道："你学刀，不像我，自然感觉不到那位剑仙身上无穷无尽的剑意。说出来怕吓到你，我只是看了几眼就大受裨益，下次你我切磋，我哪怕只是借用剑仙的一丝剑意，你也必败无疑！"

王钝一巴掌拍在少年脑袋上："傻样儿，方才那位剑仙在的时候你咋不说这些？"

少年一本正经地道："剑仙气势太足，我被那股惊天动地的充沛剑意压制，开不了口啊。"

王钝又是一巴掌拍过去，打得少年脑袋一晃荡："滚一边去。"

少年大摇大摆走出去，转头笑道："来的路上，听静山师兄说翻江蛟卢大勇领教过剑仙的飞剑，我去问问，如果不小心再给我领略出一丝飞剑真意后，呵呵，别说是师姐了，就是静山师兄以后都不是我对手。于我而言，可喜可贺；于静山师兄而言，真是可悲可叹。"说完，他便快步如飞。

王静山忍着笑："师父，小师弟这臭毛病到底是随谁？"

王钝为了撇清自己，开始胡乱泼脏水："应该是随你们的大师姐吧。"

王钝的大弟子傅楼台用刀，也是五陵国前三的刀法宗师，而且傅楼台的剑术造诣也极为不俗，只是前些年老姑娘嫁了人，竟是相夫教子，选择彻底离开江湖。而她所嫁之人既不是门当户对的江湖豪侠，也不是什么世代簪缨的权贵子弟，只是一个殷实门户的寻常男子，而且年纪比她还要小了七八岁。更奇怪的是，整座洒扫山庄，从王钝到所有傅楼台的师弟师妹们都没觉得有什么不妥，一些江湖上的闲言碎语也从不计较。早年王钝不在山庄的时候，其实都是傅楼台传授武艺，哪怕王静山比傅楼台年纪更大一些，依旧对这位大师姐极为尊敬。所以少女有些打抱不平了，埋怨道："师父，可不能因为大师姐不在山庄了，您老人家就卸磨杀驴，这也太没江湖道义了。"

王钝置若罔闻，走回酒肆，坐在酒桌旁。王静山开始借此机会向他汇报洒扫山庄的近况,包括钱财收支、人情往来等,例如皇帝御赐匾额的悬挂挑选了哪天做黄道吉日,哪个门派的哪位大侠递交了名帖和礼物,却未进庄子住下;又有谁在下榻山庄的时候跟他诉苦或想要请王钝帮忙与人递话,又有哪个门派的哪位江湖老人寿宴,洒扫山庄需要谁露面去登门还礼;刑部衙门那边一位侍郎亲自寄信到了山庄,需要庄子上派遣人手去帮官府解决一桩悬疑难解的京城命案……

王钝一口一口喝着酒水,有些王静山已经决定好了的事情,他大多只点点头,就算通过了;若是觉得不够稳妥,就开口指点几句。一些个他认为比较重要的注意事项,也说得事无巨细,王静山一一记下。

佩刀少女在一旁听得打哈欠,又不敢讨酒喝,只是趴在桌上,望着街道,偷偷想着那个头戴幂篱的女子到底是什么面容,会不会是一位大美人? 摘了幂篱会不会其实也就那样,不会让人觉得有丝毫惊艳? 不过少女还是有些失望的,那位原本以为一辈子都未必有机会见上一面的剑仙除了年轻得让人倍感惊奇,其余好像没有一点符合她心目中的剑仙形象。

王静山说了将近半个时辰,才将近期热热闹闹的山庄事宜一一说完。他从不饮酒,对于剑术极为执着,不近女色,而且常年茹素,但是大师姐傅楼台退隐江湖后,山庄事务多是他与一位老管家管,后者主内,他主外。事实上,老管家上了年纪,早年在江湖上落下许多病根,已经精力不济,所以更多是他担待。王钝跻身十人之列后,老管家就有些手忙脚乱,需要王静山出面打点关系,毕竟不少有些名气的江湖人就连负责接待自己的洒扫山庄弟子是什么个身份、修为都要仔细计较,若是王静山出面,自然是颜面有光,若是王钝诸多弟子中资质最差的陆抽负责招待,那就要犯嘀咕了。

王钝提碗喝酒,放下后,说道:"静山,埋不埋怨你傅师姐? 若是她还在庄子里边,这些乱七八糟的事务就无须你一肩挑起了,说不定可以让你早些跻身七境。"

王静山笑道:"说全然不埋怨,我自己都不信,只不过埋怨不多,而且更多还是埋怨傅师姐为何找了那么一个平庸男子,总觉得师姐可以找一个更好的。"

王钝笑道:"男女情爱一事若是能够讲道理,估摸着就不会有那么多泛滥成灾的才子佳人小说了。"

这类话题,王静山从不太过掺和。事实上,哪怕是不太喜欢那个偶尔几次跟随傅师姐在山庄露面都畏畏缩缩不讨喜的男子,王静山也都客客气气,该有的礼数半点不缺。不但如此,他还尽量约束着那些师弟师妹,担心他们不小心流露出什么情绪,到最后,难做人的还是傅师姐。

王钝停顿片刻,有些感伤:"耽误你练剑,师父心里边是有些过意不去的。但是说句不中听的,看着你能够忙前忙后,师父心里边又很欣慰,总觉得当年收了你当弟子,传授你剑术,是一件很舒心的事情。可是不管如何,师父还是要与你说一句交心话。"

王静山正襟危坐："师父请讲，弟子在听。"

王钝笑了笑，轻声道："静山，哪天若是觉得累了乏了，实在厌倦了这些山庄庶务，想要一人一剑走江湖，莫要觉得愧疚，半点都不要有，只管大大方方找到师父，拎一壶好酒，师父喝过了酒，为你送行便是。什么时候想要回家了，就回来，休息过后，再走江湖。理该如此，就该如此。"

王静山嗯了一声。

隔壁桌上的佩刀少女有些眼眶湿润。一想到大师姐不在山庄了，若是王师兄也走了，会是一件很伤心的事情。但是更让少女伤感的，好像是师父老了。

王静山突然说道："师父，那我这就走江湖去了啊？"

王钝一愣，然后笑呵呵道："别介别介，师父今儿酒喝多了，与你说些不花钱的醉话而已，别当真嘛，哪怕当真也晚一些，如今庄子还需要你挑大梁……"

少女翻了个白眼，转过头去，趴在桌面上。

这个在自己人跟前从来没有半点宗师风范的师父真是烦死个人。但是大师姐也好，王师兄也罢，都认为江湖上的五陵国第一人王钝与在洒扫山庄处处偷懒的师父是两个人。她与小师弟也信这件事，因为傅楼台与王静山都曾与师父一起走过江湖。

师父这辈子曾有数次与山上的修道之人起过冲突，还有数次近乎换命的斯杀。而师父出手的理由，大师姐与王师兄的说法都如出一辙，就是师父爱管闲事。但是不知为何，在说到这些的时候，他们俩非但对师父没有半点埋怨，眼睛里反而好像充满光彩。

那背剑少年如风一般跑来酒肆，一屁股挨着王钝坐下来。这种事，王钝弟子当中也就这少年做得出来，并且毫无顾忌。

王钝笑问："怎么，有没有收获？"

少年哀叹："卢大勇说得夸张，喷了我一脸唾沫星子，害我一直需要小心挡他那口水暗器。而且他翻来覆去就那么几句，我又不是真的神仙，琢磨不出太多的飞剑真意，所以王师兄的运气要比小师姐好，不然我这会儿就已经是师父弟子当中的第一人了。"

王静山微笑道："那我回头去谢谢卢大侠嘴下留情？"

少年摆摆手："用不着，反正我的剑术超过师兄你，不是今天就是明天。"

王静山笑道："哦？"

少年改口道："不是今年就是明年！"

王静山不再说话。

虽说这个小师弟嘴上没个规矩，可是练剑一事，却是洒扫山庄最有规矩的一个。这就够了。

王钝视线扫过三个性情各异却都很好的弟子，觉得今儿酒可以多喝一点，就起身去了柜台，结果愣住：怎的多了三壶陌生酒水来？

打开其中一壶后,那股清冽悠远的酒香,便是三个弟子都闻到了。

王钝哈哈大笑,落座前招呼那少女也一起拿碗,连王静山都一并被要求拿碗盛酒,说是让他小酌一番,尝一尝山上神仙的酒水,然后老人给他们人人碗中倒了深浅不一的仙家酿酒。

少年喝了一口,惊讶道:"娘咧,这酒水带劲儿,比咱们庄子的瘦梅酒都要好喝多了!不愧是剑仙馈赠,了不得了不得!"

王静山也喝了一口,觉得确实与众不同,但是依旧不愿多喝。

少女尝了一口后倒是没觉得如何,依旧难以咽下,天底下的酒水哪有好喝的嘛。

王钝笑问少年:"你是学剑之人,师父不是剑仙,有没有觉得很遗憾?"

少年喝了口仙家酒酿,大大咧咧道:"那弟子也不是剑仙啊。"

王钝笑着点头,原本随时准备一个栗暴敲在少年后脑勺的那只手也悄悄换作手掌摸了摸少年脑袋,满脸慈祥:"还算是个有良心的。"

少年使劲点头,然后趁师父低头喝酒的时候,转头对少女挤眉弄眼,大概是想问他聪不聪明、厉不厉害,这都能逃过一劫,少吃一记栗暴。

少女开始向师父告状,王静山开始落井下石,少年则开始装傻扮痴。

王钝也没说什么,只是将他们三人碗中的酒水倒入自己白碗中,仰头聚碗,一口饮尽。

第十章
天下大势皆小事

去往位于北俱芦洲东部海滨的绿莺国，从五陵国一路往北，还需要走过荆南、北燕两国。它们都不是大国，却也不是大王朝的藩属。荆南多水泽大湖，北燕多崇山峻岭。

荆南国与五陵国关系一直不太好，边境上多有摩擦，只是百年来牵扯万人边军以上的大战极少。五陵国边军多依据北地险隘雄关，而荆南国水军强悍，双方都很难深入敌国腹地，所以如果摊上喜欢守成的边境大将，就是两国边军太平、边贸繁荣的局面，可如果换了喜欢积攒小军功谋求庙堂名望的边关武将，就要小仗多如牛毛了，反正注定不会发生倾尽国力的大战，边军怎么折腾都没有后顾之忧，两国历代皇帝多有默契，尽量不会同时使用喜欢打杀的武人坐镇边境。只不过荆南国如今外戚势大，十数年前就有一位正值青壮的勋贵外戚主动要求外调南边，厉兵秣马，打造骑军，数次启衅，而五陵国也难得出现了一位崛起于边境、精通兵法的本土儒将，前些年负责北地防线，所以近几年就有了一系列小规模厮杀。十年前，如果不是王钝刚好游历边关，无意间挡下了荆南国的那支精骑毫无征兆的叩关突入，说不定五陵国就要沦陷一两座边境重镇。当然夺也夺得回来，只不过双方战死沙场的将士武卒一定会是百年之内最多的一次。

陈平安和隋景澄两骑在一处没有重兵把守的五陵国小隘递交关牒，走过了边境，随后没有走荆南国官道，依旧是按照陈平安的路线规划，拣选一些山野小路过山过水，寻险访幽。结果入境都没多久，就在一处僻静径道上远观了一场狭路相逢的厮杀。

南下精骑是五陵国斥候，北归斥候是荆南国精锐骑卒。

隋景澄疑惑道："一向是荆南国南下掠关袭扰，怎么如今我们的斥候主动进入敌国地界了?"

陈平安说道:"这说明你们五陵国那位名动朝野的年轻儒将志向不小。一个年少投军,不到十年就做到一国边境正三品大将的人物,肯定不会简单。"

两骑早早离开径道,停马于路旁密林,拴马之后,陈平安和隋景澄站在一棵树上俯瞰战场。

荆南国一向是水军战力卓绝,是仅次于大篆王朝和南边大观王朝的强大存在,但是几乎没有可以真正投入战场的正规骑军。是这十数年间,那位外戚武将向西边接壤的后梁国大肆购买战马,才拉拢起一支人数在四千左右的骑军,只可惜出师无捷报,碰上了五陵国第一人王钝。面对这么一位武学大宗师,哪怕骑的马有六条腿也追不上,注定打杀不成,走漏军情,所以当年便退了回去。

反观五陵国的步卒骑军,在十数国版图上一直不出色,甚至可以说是颇为不济,但是面对只重水师的荆南国兵马,倒是一直处于优势。所以隋景澄身为五陵国人氏,觉得两拨斥候相遇后,定然是自己这一方的边军获胜。

但是战场形势竟然呈现出一边倒的局面。

前几轮弓弩骑射各有死伤,荆南国斥候小胜,射杀射伤了五陵国斥候五人,荆南国精骑自身只有两死一伤。

抽刀再战,双方一个擦身而过,又是五陵国秘密入境的斥候死伤更多。

双方交换战场位置后,两名负伤坠马的五陵国斥候试图逃出径道,被数名手持臂弩的荆南国斥候射中头颅、脖颈。

战场另外一端的荆南国坠地斥候下场更惨,被数支箭矢钉入面门、胸膛,还被一骑侧身弯腰,一刀精准抹在了脖子上,鲜血洒了一地。

位于战场南方的五陵国斥候,只有一骑双马继续南下。

其实双方斥候都不是一人一骑,但是狭路厮杀,急促间一冲而过,一些试图跟随主人一起穿过战阵的己方战马都会被对方凿阵之时尽量射杀或砍伤。所以那位五陵国斥候的一骑双马是以一位同僚果断让出坐骑换来的,不然一人一骑跑不远的。其余五陵国斥候则纷纷拨转马头,目的很简单,拿命来阻滞敌军斥候的追杀。当然还有那位已经没了战马的斥候,亦是深吸一口气,持刀而立。

沙场之上,且战且退一事,大队骑军不敢做,他们这拨骑军中最精锐的斥候其实是可以做的,但是如此一来,很容易连那一骑都没办法与这拨荆南国斥候拉开距离。

双方原本兵力相当,只是实力本就有差距,一次穿阵之后,加上五陵国一人两骑逃离战场,所以战力更加悬殊。

片刻之后,就是一地的尸体。

荆南国斥候有三骑六马默默追去,其余斥候在一名年轻武卒的发号施令下翻身下马,或是以轻弩抵住地上负伤敌军斥候的额头,砰然一声,箭矢钉入头颅。

也有荆南国两名斥候站在一名受伤极重的敌军骑卒身后,开始比拼弓弩准头,输了的人恼羞成怒,抽出战刀快步向前,一刀砍下头颅。

那名年轻武卒一直面无表情,一只脚踩在一具五陵国斥候尸体上,用地上尸体的脸庞缓缓擦拭掉手中战刀的血迹。

地上一具本该重伤而死的五陵国斥候骤然间以臂弩朝向一个走近他意欲割首领功的敌人,后者躲无可躲,下意识就要抬手护住面门。那名年轻武卒似乎早有预料,头也不转,随手丢出手中战刀,刀刃刚好砍掉那条持弩手臂。被救下一命的荆南国斥候勃然大怒,瞪大眼睛,泛起血丝,大步向前,就要将那断臂斥候砍成肉泥。不承想远处那年轻人说道:"别杀人泄愤,给他一个痛快,说不定哪天我们也是这么个下场。"

那名荆南国斥候虽然心中怒气冲天,仍是点了点头,默默向前,一刀戳中地上那人脖颈,手腕一拧之后,快速拔出。

没过多久,三骑斥候返回,手中多出了那个五陵国逃难骑卒的脑袋,无首尸体搁放在一匹辅马背脊上。

年轻武卒伸手接过一名下属斥候递过来的战刀,轻轻放回刀鞘,走到无头尸体旁边,搜出一摞对方收集的军情谍报。

年轻武卒背靠战马,仔细翻阅那些谍报,想起一事,抬头吩咐道:"自己兄弟的尸体收好后,敌军斥候割首,尸体收拢起来,挖个坑埋了。"

一名斥候壮汉竟是哀怨道:"顾标长,这种脏活累活自有附近驻军来做啊。"

年轻武卒笑了笑:"不会让你们白做的,我那两颗首级,你们自己商量着这次应该给谁。"

欢呼声四起。

最终,这拨战力惊人的荆南国斥候呼啸而去。

道旁密林中的树上,隋景澄脸色惨白,从头到尾,她一言不发。

陈平安问道:"为何不开口让我出手救人?"

隋景澄只是摇摇头。

两人牵马走出密林,陈平安翻身上马后,转头望向道路尽头。那年轻武卒竟然出现在远处,停马不前,片刻之后,那人咧嘴一笑,朝那一袭青衫点了点头,然后拨转马头,沉默离去。

隋景澄问道:"是隐藏在军中的江湖高手?"

陈平安轻轻一夹马腹,一人一骑缓缓向前,摇头道:"才堪堪跻身三境没多久,应该是在沙场厮杀中熬出来的境界,很了不起。"

隋景澄有些疑惑。因为对于一位随便斩杀萧叔夜的剑仙而言,一个不过武夫三境的边军武卒,怎么就当得起"很了不起"这个说法?

陈平安说道:"天底下所有的山巅之人,可能绝大部分都是这么一步步走过来的。"

两骑并驾齐驱,因为不着急赶路,所以马蹄轻轻,并不急促密集。

隋景澄好奇问道:"那剩余的人?"

陈平安笑道:"命好。"

隋景澄无言以对。

陈平安说道:"有些东西,你出生的时候没有,可能这辈子也就都没有了。这是没办法的事情,得认命。"

片刻之后,他又微笑道:"但是没关系,还有很多东西靠自己是可以争取过来的。如果我们一直死死盯着那些注定没有的事物,就真一无所有了。"

隋景澄觉得有道理,可是一想到自己的人生境遇,就有些心虚。

陈平安笑道:"生来就有不是更好的事情吗? 有什么好难为情的。"

隋景澄大概是觉得受益匪浅,沉默片刻,转头笑道:"前辈,你就让我说几句肺腑之言嘛。"

陈平安说道:"闭嘴。"

幂篱之后,隋景澄眼神幽怨,抿起嘴唇。

两骑继续北游。

见过了狭路相逢的惨烈厮杀,后来也见过儿童急走追黄蝶、飞入菜花无处寻的美好画面,还有一群乡野稚童追逐他们两骑身影的喧闹。

在一座名山大峰之巅,他们在山顶夕阳中无意间遇到了一个修道之人,正御风悬停在一棵姿态虬结的崖畔古松附近,摊开宣纸,缓缓作画。见到了他们,只是微笑点头致意,然后那位山上的丹青妙手便自顾自绘画古松,最后在夜幕中悄然离去。

隋景澄举目远眺那位练气士远去的身影,陈平安则开始走桩。

隋景澄收回视线后,小心翼翼问道:"前辈,我如果修成了仙法,再遇到那种边境厮杀,是不是想救人就可以救人?"

陈平安说道:"当然可以。但是你得想好,能不能承受那些你无法想象的因果。例如那名斥候被你所救,逃回了五陵国,那些谍报军情成功交到了边军大将手中,可能被搁置起来,毫无用处,也可能边境上因此启衅,多死了几百几千人,甚至牵一发而动全身,两国大战,生灵涂炭,最终千里饿殍,哀鸿遍野。"

隋景澄黯然无声。

陈平安走桩不停,缓缓道:"所以说修道之人不染红尘,远离人间,不全是冷漠无情,铁石心肠。你暂时不理解这些,没有关系,我也是真正修行之后,尝试换一种视角来看待山下人间,才慢慢想明白的。先前与你复盘峥嵘山小镇,你忘了吗? 那盘棋局当中,你觉得谁该被救,应该帮谁?那个对前朝皇帝愚忠的林殊,还是那个已经自己谋划出一条生路的读书人,抑或那些枉死在峥嵘门大堂内的年轻人?好像最后一种人最该救,那你有没有想过,救下了他们,林殊怎么办,读书人的复国大业怎么办?再远一点,金扉国的皇帝与前朝皇帝,且不论人好人坏,双方到底谁对一国社稷苍生更有功劳,你要不要去知道?那些明明知晓真相、依旧愿意为那个前朝皇子慷慨赴死的江湖人又该怎么办?你当了好人,意气风发,一剑如虹,很痛快吗?"

隋景澄轻轻点头,盘腿坐在崖畔。清风拂面,她摘了幂篱,额头青丝与鬓角发丝扶摇不定。

陈平安来到她身边,却没有坐下:"做好人,不是'我觉得';做好事,不是'我认为'。所以说,当个修道之人没什么不好,可以看得更多更远。"他取出那根许久没有露面的行山杖,双手挂杖轻轻晃了一下,"但是修道之人多了之后也会有些麻烦,因为追求绝对自由的强者会越来越多,而这些人哪怕只是轻轻的一两次出手,对于人间而言,都是天翻地覆的动静。隋景澄,我问你,一张凳子椅子坐久了,会不会摇晃?"

隋景澄想了想:"应该……肯定会吧?"

陈平安转头望去:"这辈子就没见过会摇晃的椅子?"

隋景澄不说话,眨了眨眼眸,神色有些无辜。

陈平安无奈道:"见也没见过?"

隋景澄有些羞赧。隋氏是五陵国一等一的富贵人家。

陈平安揉了揉下巴,笑道:"这让我怎么讲下去?"

于是他收起了行山杖,继续走桩去了。

隋景澄有些失望,也有些没来由地开心。她自己也想不明白,可又有什么关系呢?反正距离绿莺国那座仙家渡口还远着呢,他们走得又不快。

她突然转头笑道:"前辈,我想喝酒!"

陈平安道:"花钱买,可以商量,不然免谈。"

隋景澄笑道:"再贵也买!"

结果陈平安摇头道:"一看就是欠钱赊账的架势,免谈。"

隋景澄哀叹一声,就那么后仰倒地,天幕中星星点点,如同最漂亮的一套百宝嵌,挂在人间万家灯火的上方。

荆南国河流密布,两骑依旧是昼夜兼程。只是怎么从荆南国去往北燕国有些麻烦,因为前不久两国边境上展开了一系列战事,是北燕国主动发起,许多数量在几百到一千之间的轻骑大肆入关袭扰,而荆南国北方几乎没有拿得出手的骑军能够与之野外厮杀,故而只能退守城池。因此两国边境关隘都已封禁,在这种情形下,任何武夫游历都会成为箭靶子。

不过陈平安还是决定拣选边境山路过关。

联系先前五陵国斥候对荆南国的渗透,隋景澄似有所悟。

这天黄昏里,他们骑马上山坡,看到了一座沿水而建的村落,火光四起。

在隋景澄以为前辈又会远观片刻再绕道而行的时候,他已经径直疾驰下坡,直奔村庄。隋景澄愣了一下,快马加鞭跟上。

进了村子后,宛如人间炼狱一般的场景,处处是被虐杀的尸体,妇人大多衣不蔽体,许多青壮男子的四肢被枪矛捅出一个窟窿后,挣扎着攀爬,带出一路的血迹,最终失血过多而死。还有许多被利刃切割出来的残肢断骸,许多稚童下场尤为凄惨。

隋景澄翻身下马,开始蹲在地上干呕。

陈平安闭上眼睛,竖耳聆听,片刻之后道:"没有活口了。"

隋景澄根本没有听进去,只觉得自己的胆汁都要吐出来。

陈平安蹲下身,拈起鲜血浸染的泥土,轻轻揉捏之后丢在地上,站起身,环顾四周,然后跃上屋脊,看着四周的脚步和马蹄痕迹,视线不断放远,最后飘落在地后,摘下养剑葫,递向隋景澄,然后将马缰绳一并交给她:"我们跟上去,追得上。你记得保护好自己。你单独留在这里未必安稳,尽量跟我,马匹脚力不济的时候就换马骑乘。"

陈平安一掠而去,隋景澄翻身上马,强忍着晕眩,策马狂奔。

所幸那一袭青衫没有刻意倾力追赶,依旧照顾着隋景澄坐骑的脚力。

约莫小半个时辰,就在一处山谷浅水滩听到了马蹄声。

陈平安脚步不停:"已经追上了,接下来不用担心伤马,只管跟上我便是,最好别拉开两百步距离。但是要小心,没有人知道会发生什么意外。"

隋景澄跃上另外一匹马的马背,腰间系挂着前辈暂放在她这里的养剑葫,开始纵马前冲。

边军精骑对于洗刷马鼻、喂养粮草一事有铁律,在这半路半溪的山谷当中,那支轻骑应该有所逗留,刚刚起身没多久。

那支轻骑尾巴上一拨骑卒刚好有人转头,看到了那一袭飞掠青衫、不见面容的缥缈身影后,先是一愣,随后扯开嗓子怒吼道:"武人敌袭!"

一袭青衫如青烟转瞬即至,训练有素的十数名精骑刚刚拨转马头,正要挽弓举弩,两骑腰间制式战刀不知为何铿锵出鞘,刹那之间,两颗头颅就高高飞起,两具无头尸体坠落马背。

那一袭青衫再无落地,只是弯腰躬行,一次次在战马之上辗转腾挪,双手持刀。

几个眨眼工夫,就有二十数骑被劈砍毙命,皆是一刀,或拦腰斩断,或当头一线劈开。

北燕国精骑开始迅速散开，纷纷弃弓弩换抽刀，也有人开始从甲囊当中取出甲胄，披挂在身。

有一位将领模样的精骑手持一杆长槊飞奔而来，一槊迅猛刺向那一袭青衫，后者正一刀刀尖轻轻一戳旁边骑卒的脖颈，刚刚收刀，借势要后仰掠去斩杀身后一骑，长槊刚好算准了对方去势。

隋景澄刚想要高呼小心，只是很快就住嘴。那一袭青衫不知如何做到的，在空中侧身，蹈虚向前，直直撞向了那长槊，任由槊锋刺中自己心口，然后一掠向前。那骑将怒喝一声，哪怕手心已经血肉模糊，依旧不愿松手。可是长槊仍然不断从手心先后滑去，剧烈摩擦之下，手心定然可见白骨。骑将心知不妙，终于要舍弃这杆祖传的长槊，但是倏忽之间，那一袭青衫就已经弯腰站在了马头之上，下一刻，一刀刺透他的脖颈，瞬间洞穿。不但如此，持刀之手高高抬起，骑将整个人都被带离马背。

战马之上，那一袭青衫手中那把北燕国边骑制式战刀，几乎全部都已刺透骑将脖子，露出一大截雪亮锋芒，因为出刀太快，刀身没有沾染一丝血迹。

陈平安猛然收刀，骑将尸体滚落马背，砸在地上。

借此机会，北燕国骑卒展开了一轮弓弩攒射。

陈平安双手持刀，青衫一振，所有箭矢在空中砰然碎裂。

脚下那匹战马瞬间断腿跪地，一袭青衫几乎不可见，唯有两抹璀璨刀光处处亮起，一如那村落火光，杂乱无序，却处处有死人。

两百骑北燕精锐，两百具皆不完整的尸体。

陈平安站在一匹战马的马背上，将手中两把长刀丢在地上，环顾四周："跟了我们一路，好不容易找到这么个机会，还不现身？"

水面不过膝盖的溪涧之中竟然浮现出一颗脑袋，覆有一张雪白面具，涟漪阵阵，最终有黑袍人站在那边，微笑嗓音从面具边缘渗出："好俊的刀法。"

与此同时，各处崖壁之上飘落下数个黑衣白面具的刺客。

一个身姿婀娜的女子一手持水粉盒，拈兰花指，在往自己白皙脖子上涂抹脂粉；一个双手藏在大袖中；一个蹲在那骑将尸体身边，双指抵住那颗头颅的眉心；一个身材魁梧，如同一座小山，背负一张巨弓。

那个唯一站在水面上的黑袍人微笑道："开工挣钱，速战速决，莫要耽误剑仙走黄泉路。"

那往脖子上涂抹脂粉的刺客嗓音娇媚道："知道啦知道啦。"

她收起水粉盒在袖中，双手一抖袖，滑出两把熠熠生辉的短刀，篆刻有密密麻麻的古朴符箓花纹。在她缓缓前冲之时，左右两侧出现了两个一模一样的女子，随后又凭空多出两个，好似无止境。

百余个手持短刀的女子铺天盖地地从四面八方一起拥向陈平安，另有一个离开了战场，蜻蜓点水，不断更换轨迹，冲向坐在马背上的隋景澄，但是被养剑葫内一抹剑光穿透头颅，砰然一声，身躯化作一团青色烟雾。

那处真正的战场，一个个女子被拳拳打碎化作青烟。但是每一个女子的每一把短刀都锋利无比，绝非虚假的障眼法，不但如此，女子好似浑身暗器，令人防不胜防。若非那人是一位皮糙肉厚的金身境武夫，光是她这一手，恐怕早就死了几十次。

仙家术法便是如此，哪怕她只是一位观海境兵家修士，但是以量取胜，先天克制武夫。

大千世界，无奇不有，从无绝对事。

一袭青衫骤然消失，来到一个身处战场边缘地带的女子身前，一拳洞穿她的心口，其余所有女子都蓦然停滞身形。

那女子惨然笑道："为何知道我才是真身，明明脂粉盒不在我袖中的……"

陈平安皱了皱眉头。下一刻，那女子便娇笑不已，化作一股青烟，其余所有女子也皆是如此。最终青烟汇聚在一处，浓烟滚滚，姗姗走出一名女子。她一手负后，揉了揉心口，笑道："你找是找对了，可惜，只要没办法一口气打死全部，我就不会死。剑仙，你恼不恼火呀？"

女子负后之手打了个手势，那人点了点头，女子身躯炸开一大团青烟，一个个女子再度飞扑向那一袭青衫。

一拳过后，陈平安站在了女子所站位置，几乎全部女子都被铁骑凿阵式的雄浑拳罡震碎，只剩下一个不断有鲜血从雪白面具缝隙渗出的女子，她伸出手指，重重按住面具。

一个蹲在地上的矮小刺客点点头，站起身："成了。靠你果然不行，差点误事。"

女子显然受了重伤："若是没有我百般拖延，你能画成符阵？！"

隋景澄腰间养剑葫内掠出飞剑十五，剑光直去矮小阵师的一侧太阳穴。

矮小阵师在与女刺客言语之际便早已拈出一张金色符箓，微笑道："既然知道你是一位剑仙，我会没有准备吗？"

他举起双指，符箓悬停在身侧，等待飞剑十五自投罗网。

飞剑十五却骤然画弧转身离去，返回养剑葫。

一抹白虹从陈平安眉心处掠出，剑光一闪。

不承想那人另外一手也已拈符高举，飞剑初一如陷泥泞，没入符箓当中，一闪而逝。

金色材质的符箓悬停在矮小阵师身前微微颤动，他微笑道："得亏我多准备了一张价值连城的押剑符，不然就真要死翘翘了。你这剑仙怎的如此阴险，剑仙本就是山上杀力最大的宠儿了，还这么城府深沉，让我们这些练气士还怎么混？所以我很生气啊。"

在飞剑初一被押剑符困住后，陈平安脚下方圆五丈之内就出现了一座光华流转的符阵，光线交错，如同一副棋盘，然后不断缩小。但是那一条条光线的耀眼程度也越来越夸张，如同仙人采撷出最纯粹的日精月华。

矮小阵师扯了扯嘴角。此阵有两大妙处，一是让修士的灵气运转凝滞，二是无论被困之人是身怀甲丸的兵家修士还是炼神境的纯粹武夫，任你体魄坚韧如山岳，都要被那些纵横交错的光线脉络粘住魂魄，纠缠不休。这等鞭笞之苦已经不是什么肌肤之痛了，类似凡夫俗子或是寻常修士受那魂魄点灯的煎熬。

阵师骂了几句，又掏出一摞黄纸符箓悬停在押剑符附近，灵光牵引，似乎又是一座小符阵。

大局已定。那个站在水面上的雪白面具黑袍人瞥了眼战场上的尸体分布，然后开始在脑海中复盘先前那人的出手。

有件小事需要确定一下，现在看来已经可以收官了。

换成一般情况，他们若是仓促遇上这么一位极其擅长厮杀的金丹剑仙，也就只能等死，若是侥幸逃出一两个，就算对方心慈手软了。可山上修士之间的厮杀，境界、法宝自然极其重要，却也不是绝对的定数，而且天底下的战力从来不是一加一的简单事情。

他朝那个一直在收拢魂魄的刺客点了点头。后者站起身，开始步罡掐诀，心中默念。

符阵当中的陈平安本就身陷束缚，竟然一个踉跄，肩头一晃，需要竭力才可以稍稍抬起右手，低头望去，掌心脉络爬满了扭曲的黑色丝线，好像整条胳膊都已经被禁锢住。他握拳一震，仍是无法震去那些漆黑脉络。

与此同时，那名身材魁梧的刺客摘下巨弓，挽弓如满月。

河面上的黑袍人微笑道："入了寺庙，为何需要左手执香？右手杀业过重，不适合礼佛。这一手绝学，寻常修士是不容易见到的。如果不是害怕有万一，其实一开始就该先用这门佛家神通来针对你。"

一支光华遍布流转的箭矢破空而去，陈平安用左手握住。但箭矢冲劲极大，他不得不转过脑袋才躲过箭尖，左手拳罡绽放，绷断了箭矢，坠落在地。

脚下那张不断缩小的棋盘最终无数条纤细光线犹如活物攀缘墙壁，如一张法网瞬间笼罩住他。而那魁梧壮汉挽弓射箭不停歇，皆被他拍飞，六支过后，河上黑袍人纹丝不动，一抹剑光激射而去。

陈平安伸手，以左手掌心攥住了那把凌厉飞剑。

龙门境瓶颈剑修的飞剑也是飞剑，何况只谈飞剑锋锐程度，已经不比寻常金丹剑修逊色了。

陈平安由于要阻挡禁锢飞剑,哪怕稍稍躲避,依旧被一支箭矢射透了左边肩头。箭矢贯穿肩膀之后去势依旧如虹,由此可见这种仙家箭矢的威力和挽弓之人的卓然膂力。

右手已经被神通禁锢,左肩再受重创,加上符阵缠身魂魄震颤,陈平安貌似已无还手之力了。隋景澄泪流满面,使劲拍打养剑葫,喊道:"快去救你主人啊,哪怕试试看也好啊。"可是她腰间唯有寂然。

隋景澄不是惜命不敢死,不是不愿意策马前冲,而是她知道,去了,只会给前辈增加危机。她开始痛恨自己这种冷冰冰的算计。

隋景澄一咬牙,一夹马腹,拈出三支金钗,开始纵马前奔。大不了我隋景澄先死,说不得还能够让前辈无须为自己分心,便自然不会耽误前辈杀敌脱身了。

浑身浴血、魂魄煎熬的陈平安左手一甩,将那把即将约束不住的手心飞剑丢掷出去,微笑道:"就这些?没有杀手锏了吗?"

那个以佛门神通禁锢他右手的刺客沉声道:"不对劲!哪有受此折磨都无动于衷的活人!"

陈平安右臂下垂,任由符阵覆身。一脚踏出,在原地消失。

先杀阵师。这是大隋京城那场惊险万分的厮杀之后,茅小冬反复叮嘱之事。

矮小阵师自然知道自己的重要性,地遁而走。

河上黑袍人的飞剑与挽弓人的飞剑、箭矢几乎同时激射向矮小阵师身前之地。但是那一袭青衫却没有出现,而是稍稍偏移五六步,左手攥住了女刺客的脖子提在空中,女子当场死绝,魂魄都已被如洪水倾泻的浑厚罡气瞬间炸烂。

将手中尸体丢向第二支箭矢,陈平安一跺脚,大地震颤。

闷哼一声,那阵师破土而出,出现在魁梧壮汉身后。陈平安随便一挥手,将押剑符和其余几张黄纸符箓一并打碎,然后再次消失,一拳洞穿了魁梧壮汉胸口。

透过心口后背的左手刚好五指攥住那阵师的面门,后者整颗头颅砰然绽开。

河上黑袍人叹息一声,收起了飞剑,身形迅速没入水中。只剩下那名能够以杀业多寡禁锢修士一条手臂的练气士的身躯颓然倒地,魂魄化作一缕缕青烟四散而逃。飞剑初一、十五齐出,飞快搅烂那一缕缕青烟。

陈平安依旧右臂下垂,肩头微晃,有些踉跄,一两步掠到溪涧之中,站在那黑袍人消逝处,手中多出一把剑仙,一剑刺下。整条溪涧的水流都砰然绽放,溅起无数的水花。

只是山巅附近有一抹身影贴着崖壁骤然跃起,化虹而去。

陈平安松开手,剑仙拉出一条极长的金色长线飞掠而去。

陈平安环顾四周,眯眼打量。飞剑初一、十五分别从两处窍穴掠回陈平安气府。

陈平安最后视线落在对岸一处石崖,缓缓走去:"真当我是三岁小儿?你不该祭出飞剑的,不然真就给你跑了。"

石壁之中迅猛掠出那个雪白面具黑袍人。

双方飞剑互换,陈平安左手护住心口,指缝间夹住那把飞剑,对方剑尖距离他的心脏只有毫厘之差,而对方眉心处与心口处都已经被初一、十五洞穿。

被陈平安双指拈住的那一柄飞剑瞬间黯淡无光,再无半点剑气和灵性。陈平安迅猛将其丢掷出去。

那个犹有一线气机却心知必死的黑袍人选择自尽,炸碎所有关键气府,不留半点痕迹。

陈平安倒掠出去,飘荡过溪涧,站在岸边,收回两把飞剑,一拳打散激荡气机的紊乱涟漪。

剑仙返回,被陈平安握在手中,他左手拄剑,深吸一口气,转头吐出一口淤血。

隋景澄策马前冲,然后翻身下马。

陈平安转过头,说道:"没事。"

隋景澄眨了眨眼睛,陈平安笑道:"对方没后手了。"

隋景澄这下子才眼眶涌出泪水,看着那个满身鲜血的青衫剑仙,哽咽道:"不是说了沙场有沙场的规矩,江湖有江湖的规矩,干吗要管闲事? 如果不管闲事,就不会有这场大战了……"

陈平安蹲在水边,用左手舀起一捧水,洗了洗脸。他望着重归平静的溪涧,淡然道:"我与你说过,讲复杂的道理,到底是为了什么? 是为了简单地出拳出剑。"

隋景澄蹲在他身边,双手捧着脸,轻轻呜咽。

陈平安说道:"你运气好,那些刺客的尸体和附近地带去搜罗一番,看看有没有仙家法宝可以捡。"

隋景澄破涕为笑,擦了把脸,起身跑去搜寻战利品。

约莫一炷香后,两骑沿着原路离开山谷,去往那座村落。

陈平安身形微微摇晃,右胳膊已经稍稍恢复知觉。

隋景澄脸色好转许多,问道:"前辈,回去做什么?"

陈平安说道:"让那些百姓死有全尸。"

隋景澄使劲点头,然后又觉得有些愧疚。

陈平安缓缓说道:"不用如此。人力有穷尽时,就像你多在行亭袖手旁观,事情本身无错,任何看客都无须苛求。只不过,有些人,事情无错再问心,就会是天壤之别了。隋景澄,我觉得你可以问心无愧。记住,遭逢劫难,谁都会有那心无力的时刻,若是能够活下来,那么事后不用太过愧疚,不然心境迟早会崩碎的。"

隋景澄犹豫了一下,转头望去:"前辈,虽说小有收获,可是毕竟受了这么重的伤,不会后悔吗?"

陈平安抬起左手,向身后指了指:"这种问题,你应该问他们。"

隋景澄没有循着他的手指转头望去,只是痴痴望着他。

从暮色四合到深夜,再到拂晓时分。两骑缓缓离开村落,继续北行。

隋景澄一路沉默,在看到陈平安摘下养剑葫喝酒的时候才开口问道:"前辈,这一路走来,你为什么愿意教我那么多?"

陈平安却答非所问:"你觉得洒扫山庄的王钝老前辈为人如何?"

隋景澄说道:"很好。"

陈平安又问道:"你觉得王钝前辈教出来的那几个弟子又如何?"

隋景澄答道:"虽然不熟悉那三人的真正性情,可至少瞧着都不错。"

陈平安点头道:"那你有没有想过,有了王钝,就真的只是洒扫山庄多出一位庄主吗?五陵国的江湖,乃至于整个五陵国,受到了王钝一个人多大的影响?所以我想看看,未来五陵国隋氏多出一个修道之人后,哪怕她不会经常留在隋氏家族当中,可当她替代了老侍郎隋新雨,或是下一任名义上的家主,她始终是真正意义上的隋氏主心骨,那么隋氏会不会孕育出真正当得起'醇正'二字的家风。"

隋景澄望向他,他自顾自说道:"我觉得是有希望的。"

最后陈平安微笑道:"我有落魄山,你有隋氏家族。一个人不要妄自尊大,但也别妄自菲薄。我们很难一下子改变世道许多,但是我们无时无刻不在改变世道。"

隋景澄嗯了一声。片刻之后,陈平安转过头,似乎有些疑惑。

隋景澄一头雾水:"前辈,怎么了?"

陈平安摇摇头,别好养剑葫:"先前你想要拼命求死的时候,当然很好,但是我要告诉你一件很没意思的事情——愿死而苦活,为了别人活下去,只会更让自己一直难受。这是一件很了不起的事情,偏偏未必所有人都能够理解,你不要让那种不理解成为你的负担。"

隋景澄突然涨红了脸,大声问道:"前辈,我可以喜欢你吗?!"

陈平安神色自若,心如止水:"喜欢我?那是你的事情,反正我不会喜欢你。"

隋景澄如释重负,笑道:"没关系的!"

陈平安似乎想起了一件开心的事情,笑脸灿烂,没有转头,朝并驾齐驱的隋景澄伸出大拇指:"眼光不错。"

北游路上。

"前辈,别喝酒了,又流血不止了。"

"没事,这叫高手风范。"

"前辈,你为什么不喜欢我,是我长得不好看吗,还是心性不好?"

"与你好不好没关系的。每一个好姑娘就该被一个好男人喜欢。你只喜欢他,他只喜欢你,这样才对。当然了,你岁数不小了,不算姑娘了。"

"前辈!"

"最后教你一个王钝老前辈教我的道理:要听得进去天花乱坠的好话,也要听得进去难听的真话。"

马蹄阵阵。

走着走着,家乡老槐树没了。

走着走着,心爱的姑娘还在远方。

走着走着,年年垄上花开春风里,最敬重的先生却不在了。

走着走着,最仰慕的剑客已经许久未见,不知道还戴不戴斗笠,有没有找到一把好剑。

走着走着,最要好的朋友不知道有没有见过最高的山岳、最大的江河。

走着走着,曾经一直被人欺负的鼻涕虫变成了他们当年最厌恶的人。

走着走着,脚上就很多年再没穿过草鞋了。

洒扫山庄一个名叫陆拙的王钝弟子寄出了一封信,这封信随后又被收信人以飞剑传信的仙家手段寄给了一个姓齐的山上人。

陆拙与那人曾经在江湖上偶然相遇,相互引为知己。可事实上,那位朋友是真正的天之骄子,反观陆拙,习武天赋很一般。不提那么多山上的修道之人,哪怕是相较于同门的傅楼台、王静山,还有那对小师妹小师弟,陆拙都属于天赋最差的那个,所以陆拙对自己最终在洒扫山庄的位置就是能够接替已经年迈的大管家,好歹帮师兄王静山分担一些琐事。

陆拙喜欢洒扫山庄,喜欢这边的热热闹闹,人人和气。师父和同门都很照顾他,他觉得自己没什么本事照顾他们,那就多照顾一些他能够照顾的人,比如那些庄子上的老幼妇孺。

陆拙平时喜欢看王静山一丝不苟地传授小师弟剑术。小师妹总是懊恼自己长得黑了些,不够水灵漂亮,何况她的刀法好像距离大师姐总是那么遥远,都不知道这辈子能不能追上。陆拙也不知道如何劝慰,只是愿意听她说那些细细碎碎的忧愁。

已经好几年没走江湖的师父又离开了山庄,陆拙不知道这一次,师父又会带着什么样的江湖故事回来。

王钝悄然离开，却去了趟江湖之外的地方，找到了大弟子傅楼台。在一座距离山庄有一段路程的小郡城，与那平庸男人喝了一顿酒。

傅楼台学了些厨艺，亲自炒了三碟佐酒菜，滋味是真不咋的，花生米太咸，藕片太淡，匀一匀就好了。只是看着弟子的眼神和那年轻男人的笑容，王钝也就没说什么，毕竟酒水还行，可惜是他自带的，庄子里边其实还是藏着几坛瘦梅酒的。

那个男人不善言辞，只是喝酒，也无半句漂亮话，听到王钝聊着庄子上的大小事情，每次告一段落，就主动敬酒，王钝也就与他走一个。傅楼台安安静静坐在一旁。

一壶酒，两个大老爷们喝得再慢，其实也喝不了多久。

王钝最后说道："与你喝酒，半点不比与那剑仙饮酒来得差了。以后若是有机会，那位剑仙拜访洒扫山庄，我一定拖延他一段时日，喊上你和楼台。"

男子有些急眼了，赶紧放下酒杯和筷子："使不得使不得，聊不来的，与剑仙同桌，我会半句话说不出口。"

王钝笑道："你们会聊得来的，相信我。聊过之后，我看山庄哪个小崽子还敢瞧不起你。"

满脸涨红的男人犹豫了一下："楼台跟了我，本就是受了天大委屈的事情，她的师弟师妹们不太高兴，这是应该的，何况已经很好了，说到底，他们还是为了她好。明白这些，我其实没有不高兴，反而还挺开心的，自己媳妇有这么多人惦念着她好，是好事。"

王钝拿起酒壶往酒杯里倒了倒，就几滴酒，伸手示意傅楼台不用去拿新酒，对那年轻人说道："你能这么想，傅楼台跟了你，就不算委屈。"他打开包裹取出一壶酒，"别的礼物没有，就给你们带了壶好酒。我自己只有三壶，一壶喝了大半，一壶藏在了庄子里边，打算哪天金盆洗手了再喝。这是最后一壶了。"

傅楼台是识货的，问道："师父，是仙家酒酿？"

王钝笑着点头："跟那位剑仙切磋拳法之后，对方见我武德比武功还要高，就送了我三壶。没法子，人家非要送，拦都拦不住啊。"

傅楼台笑道："别人不知道，我会不清楚？师父你多少还是有些神仙钱的，又不是买不起。"

王钝摇摇头："不一样。山上人有江湖气的不多。"

傅楼台是直性子："还不是显摆自己与剑仙喝过酒？如果我没有猜错，剩下那壶酒，离了这儿，是要与那几位江湖老朋友共饮吧，顺便聊聊与剑仙的切磋？"

男人轻轻扯了扯她的袖子，傅楼台说道："没事，师父……"

王钝悻悻然，笑骂道："嫁出去的闺女，泼出去的水！走了走了，别送，以后有空就常去庄子看看，也是家。"

夫妇二人还是送到了家门口，黄昏里，夕阳拉长了老人的背影。

男人轻轻握住傅楼台的手，愧疚道："被山庄瞧不起，其实我心里还是有一些疙瘩的，先前与你师父说了谎话。"

傅楼台轻轻握住他的手："没事。我知道，师父其实也知道。"

杜俞没敢立即返回鬼斧宫，而是一个人悄悄走江湖。

许多江湖不平事，以及一些山上修士的偶然纷争，杜俞还是选择了冷眼旁观。

如今他是真见着了谁都觉得是深藏不露的高人，一时半会儿还没能缓过来。

他有些懊恼，到底什么时候才可以当一回侠义心肠的好人？

结果有次撞见了一场实力悬殊的江湖追杀，一群黑道上有头有脸的大老爷们儿追杀一名白道子弟。杜俞以迅雷不及掩耳之势打趴了那些绿林好汉，然后扛着那个年轻人就跑，跑出去几十里后，将那个被救之人往地上一丢，他自己也跑了。不光是那个年轻人呆呆坐在地上，愣在当场，身后远处那些七荤八素的江湖匪人也一个个莫名其妙。

骸骨滩披麻宗。

壁画城里只剩下一间铺子了，生意冷清，但是由于只剩下一家，勉强可以维持，还是会有些慕名而来的顾客。

庞兰溪这天难得有闲，便下了山，来这儿打下手帮忙。

虽说庞兰溪的修行任务越来越繁重，两人见面的次数相较于前些年其实是属于越来越少的。可是少女眉眼明亮，她从未如此憧憬以后的生活。哪怕没有见到庞兰溪的时候，她也少了许多忧愁。

金乌宫柳质清独自枯坐于山峰之巅，只有包括金乌宫宫主在内寥寥无几的修士知道这位小师叔是开始闭关了，而且时日不短，所以近期封山，不允许任何人登山。

至于为何柳质清会坐在山顶闭关，本就屈指可数的几人当中更是无人知晓，也没谁胆敢过问。

骸骨滩摇曳河上游的一座仙家渡口，一对难得在仙家客栈入住多日的野修夫妇，当终于跻身洞府境的妇人走出房间后，男子热泪盈眶。

两人一起步入屋子，关上门后，妇人轻声道："我们还剩下那么多雪花钱。"她擦了擦眼泪，"我知道，在送我们那几副鬼蜮谷白骨后，那位剑仙根本就没想着返回奈何关集市找我们。为什么呢？"

男人笑道："欠着，留着。有无机会遇上那位恩人，咱们这辈子能不能还上，是我们的事情。可想不想还，也是我们的事情。"

在苍筤湖湖君殷侯出钱出力的暗中谋划下，随驾城火神祠庙得以重建，新塑了一尊彩绘神像，香火鼎盛。

至于城隍庙，则迟迟未能建成，朝廷也久久未曾敕封新城隍。

随驾城内，一对陌巷少年被一群青壮地痞堵住小巷两端，手持棍棒，笑着逼近。其中一个高大少年双手撑在墙壁之间，很快就攀缘到墙头。另外一个瘦弱少年也依葫芦画瓢，只是速度缓慢，被一人狠狠拽住脚踝摔在地上，一棍子朝他脑袋上砸去。

瘦弱少年以手臂护住脑袋，被打得倒退贴墙。

那个原本已经可以逃走的少年轻轻跃下，由于离地有些高，身形矫健的少年几次踩踏小巷左右墙壁，落在地上，乱拳打倒了几人后，依旧双拳难逃四手，很快被一顿棍棒伺候，但仍竭力护住身后那靠墙瘦弱少年。

最后，高大少年的脑袋被人按在地上，瘦弱少年被打得贴着墙根满地打滚。

一个青壮地痞一脚踩在高大少年脑袋上，伸伸手，让人端来一只早就准备好的白碗，后者捏着鼻子，飞快将那白碗放在地上。

"敢坏我们的好事，就该让你们长点记性。"青壮男子丢了一串铜钱在白碗旁边，"瞧见没，钱和饭都给你备好了。吃完了碗里的，钱就是你们的了，若是吃得快，说不定还可以挣一粒碎银子，不吃的话，我就打断你们的一条腿。"

高大少年死活不肯，那瘦弱少年哀号一声，原来是被一棍子打在了后背上。

最后，那拨地痞哈哈大笑，扬长而去，当然没忘记捡起那串铜钱。

高大少年蹲在墙根，呕吐不已。

鼻青脸肿的瘦弱少年抱腿靠墙而坐，哭出声来。

高大少年挣扎着起身，最后坐在朋友一旁："没事，总有一天，我们可以报仇的。"

瘦弱少年沉默许久，止住了哭声，怔怔出神，最后轻声说道："我想成为剑仙那样的人。"他擦了擦眼泪，不敢看身边的高大少年，"是不是很傻？"

高大少年揉了揉他的脑袋："可以啊，这有什么不可以的，说不定那位剑仙跟咱们一般岁数的时候还不如咱们呢！你不是总喜欢去学塾偷听老夫子讲课嘛，我最喜欢的那句话到底怎么说来着？"

瘦弱少年说道："有志者事竟成！"然后低下头，"可是我哪怕有了本事，也不想跟这些只会欺负人的混子一样。"

高大少年笑道："没事，等我们都成了剑仙那样的人，你就专门做好事，我……也不做坏事，就专门欺负坏人！来，击掌为誓！"

两个少年一起举起手掌，重重击掌。

高大少年转头对瘦弱少年呼出一口气："香不香？"

瘦弱少年赶紧推搡了对方一把,两人你来我往,很快一起疼得龇牙咧嘴,最终都大笑起来。他们一起仰头望去,小巷狭窄,好像天大地大,只有一条线的光亮和出路。

但是毕竟那条光线就在他们的头顶,并且被他们看到了。

梳水国,宋雨烧在盛夏时分离开山庄,去小镇熟悉的酒楼,坐在老位置,吃了顿热气腾腾的火锅。

老人得意扬扬,自言自语道:"小子,瞧见没,这才是最辣的,以前还是照顾你口味了。剑术是你强些,这吃辣,我一个能打你好几个陈平安。"

彩衣国,一个形容枯槁的老妪躺在病榻上,一只干枯手掌被坐在床头的妇人轻轻握住。

已经油尽灯枯的老妪竭力睁开眼睛,呢喃道:"老爷、夫人,今年的酒还没酿呢,陈公子若是来了,便要喝不上了……"

妇人泪眼蒙眬,轻轻俯身,小声道:"莫怕莫怕,今年的酒水,我会亲手酿造的。"

老妪碎碎念叨,声音已经细若蚊蝇:"还有陈公子最喜欢吃那冬笋炒肉,夫人记得给他拿大白碗盛酒,不要拿酒杯……这些本该奴婢来做的琐碎事,只能有劳夫人了,夫人别忘了,别忘了。"

当初崔东山离开观湖书院后,周矩便觉得这是一个妙人。

在崔东山离开没多久,观湖书院以及北边的大隋山崖书院都有了些变化。

从书院圣人山长开始,到各位副山长,所有的君子贤人,每年都必须拿出足够的时间去各大王朝的书院、国子监开课讲学,而不再是圣人为君子传道、君子为贤人授业、贤人为书院书生讲学。

大骊所有版图之内,私家学塾除外,所有城镇、乡野学塾,藩属朝廷、衙门一律为那些教书匠加钱。至于加多少,各地酌情而定。已经教书授业二十年以上的,一次性获得一笔酬劳。此后每十年递增,皆有一笔额外赏钱。

这一天,游手好闲的白衣少年郎终于看完了从头到尾的一场热闹,飘然落在一座再无活人的富豪宅邸内。最后,他与一个丫鬟身份的妙龄少女并肩坐在栏杆上。

少女路过后院时,被那与人偷情、事情泄露的夫人牵连,被一对义兄弟一记尖刀捅死了。那位夫人更惨,被那愤恨不已的宅子老爷活剐了。当时揭发嫂子与那汉子的义弟眼神炙热,握刀之手轻轻颤抖。

他第一次见到嫂子的时候,妇人笑容如花,招呼了他之后,便施施然去往内院,掀起帘子跨过门槛的时候,绣花鞋磕绊脱落,妇人停步,却没有转身,以脚尖挑起绣花鞋,跨过门槛,缓缓离去。在那之后,他始终克制隐忍,只是忍不住多看她几眼而已,所以他才能看到那一桩丑事。

崔东山双手放在膝盖上,与身边那个早已死透的可怜婢女好似闲谈道:"以后的世道,可能要更好,可能会更坏,谁知道呢?"

一个身背巨大剑架、把把破剑如孔雀开屏的杂种少年与师父一起缓缓走向剑气长城。先前师父带他去了一趟那处天底下最称得上是禁地的场所,一座座宝座空悬,高低不一。师父带着他站在了属于师父的那个位置上。

"师父,那位老大剑仙,与你的朋友阿良,到底谁的剑更快?"

"不好说。"

"师父,为什么挑我做弟子?我一直想不明白,今天以前,其实都不太敢想。"

"因为你是我们蛮荒天下有希望出剑最快的人。你兴许不会成为那个站在战场最前边的剑客,但是你将来肯定可以成为压阵于最后的剑客。"

少年惶恐道:"我怎么跟师父比?"

那个汉子掐住少年的脖子缓缓提起:"你可以质疑自己是个修为缓慢的废物,是个出身不好的杂种,但是你不可以质疑我的眼光。"

他一手掐住少年脖子,一手指指点点,为少年讲述那些悬空王座分别都是谁的位置。最后他松开手,面无表情道:"你要做到的,就是如果哪天看他们不顺眼了,可以比师父少出一剑就行。什么时候我确定你这辈子都做不到了,你就可以死了。不是所有与你资质一样好的都可以有你这样的机遇,所以你要珍惜现在的时时刻刻。"

头戴莲花冠的年轻道人与一个不戴道冠的少年道人开始一起游历天下,都换上了辨认不出道统身份的道袍。

前者对于后者的要求只有一点,随心所欲,一切作为只需要顺从本心,可以不计后果。不过有个前提,量力而行,别自己找死。

少年道人有些犹豫,便问了一个问题:"可以滥杀无辜吗?"

年轻道人笑眯眯点头,回答"当然"二字,停顿片刻,又补充了四个字:"如此最好。"

少年道人点了点头。

然后年轻道人问道:"你知道什么叫无辜吗?又知道什么叫滥杀吗?"

少年道人陷入沉思。

年轻道人摇摇头:"原先你是知道的,哪怕有些肤浅,可现在是彻底不知道了。所以说,一个人太聪明也不好。曾经,我也有过相似的询问,得出来的答案比你的更好,好太多了。"

少年脸色惨白，哪怕他是道祖的关门弟子。因为这位小师兄是掌教陆沉，白玉京如今的主人。

面对这位一巴掌将自己打成肉泥的小师兄，少年打心底敬畏。

离开白玉京之初，陆沉笑眯眯道："吃过底层挣扎的小苦头，享受过白玉京的仙家大福气，又死过一次，接下来就该学会怎么好好活了，就该走一走山上山下的中间路了。"

当时他问陆沉："小师兄，需要很多年吗？"

陆沉回答："若是学得快，几十年就够了；学得慢，几百年一千年都很正常。"

陆沉笑嘻嘻的："放心，死了的话，小师兄道法还不错，可以再救你一次。"

事实上，少年道人在死而复生之后，这副皮囊身躯简直就是世间罕见的天生道骨，修行一事一日千里，"生来"就是洞府境。不但如此，在三处本命窍穴当中安安静静搁置了三件仙兵，等他去慢慢炼化。

根据小师兄陆沉的说法，这是三位师兄早就准备好的礼物，要他放心收下。

除此之外，少年道人最差的一件家当，是那件穿着的名为"莲子"的半仙兵法袍。品秩相对最低，可如今青冥天下除了屈指可数的得道仙人，恐怕已经没人知道这件法袍的来历了。简单来说，穿着这件道门法袍，少年道人就算去了其余三个天下或某个最凶险之地，坐镇之人境界越高，他就越安全。他伸长脖子给人杀，对方都要捏着鼻子，乖乖恭送出境。

有一天闲来无事，陆沉在云海之上独自打谱，少年道人盘腿坐在一旁。

陆沉微笑道："齐静春这辈子最后下了一盘棋。黑白分明的棋子，纵横交错的形势，规矩森严，已经是结局已定的官子尾声。当他决定下出生平第一次逾越规矩，也是唯一一次无理手的时候，便再没有落子。但是他看到了棋盘之上光霞璀璨，七彩琉璃。"

少年道人好奇问道："这是小师兄亲眼所见，推衍出来的？"

陆沉摇头道："不是，是我们师父与我说的，更是齐静春对我们师父说的。"

少年道人咂舌。

陆沉笑眯起眼，伸出一只手掌轻轻放在少年脑袋上："齐静春敢这么给予一个泥腿子少年那么大的希望！你呢?！我呢？"

少年道人在人间长久游历之后已经越发成熟，福至心灵，灵犀一动，便脱口而出道："与我无关。"

陆沉收回手，哈哈大笑。师兄弟二人继续行走青冥天下。

少年道人有一天问："小师兄这么陪我逛荡，离开白玉京，不会耽误大事吗？"

陆沉摇头笑道："世间从来无大事。"

落魄山竹楼。

崔诚难得走出了二楼，朱敛、郑大风、魏檗都已经齐聚。

魏檗手中握着那把当年陈平安从藕花福地带出的桐叶伞。

崔诚点点头，然后说道："把裴钱带过来，一起进去。既然是将藕花福地一分为四了，我们占据其一，那就让朱敛和裴钱先去看看。"

魏檗施展本命神通，那个在骑龙巷后院练习疯魔剑法的黑炭丫头突然发现一个腾空一个落地就站在了竹楼外边，大怒道："干吗呢？我练完剑法还要抄书的！"

魏檗正色道："你和朱敛去一趟藕花福地的南苑国。"

裴钱目瞪口呆。

魏檗撑开伞，松手后，不断有宝光从伞面流淌倾泻而下。朱敛拉着裴钱走入其中。

下一刻，朱敛和裴钱就一步跨入了南苑国京城，裴钱揉了揉眼睛，竟是那条再熟悉不过的街道，那条小巷就在不远处。

小雨时节，裴钱带着那根行山杖胡乱挥舞，哈哈大笑。

一位青衫老儒士掠空而至——南苑国国师种秋。

朱敛瞥了眼："哟，高手。"

种秋看到两位"谪仙人"出现在南苑国京城似乎并不疑惑，反而笑道："陈平安呢？"

裴钱一挑眉，挺起胸膛，老气横秋道："我师父没空，让我这个开山大弟子先来看看你们！对了，我叫裴钱！贼有钱的那个钱！"

然后她如遭雷击一般，再无半点嚣张气焰，甚至有些手脚冰凉。之后，她一直浑浑噩噩，直到离开了藕花福地才稍稍回过神。

魏檗和郑大风都觉得古怪，朱敛摇摇头，示意不用多问。

这天，裴钱是人生中第一次主动登上竹楼二楼，打了声招呼，得到许可后，她才脱了靴子，整齐放在门槛外边，就连那根行山杖都斜靠外边墙壁，没有带在身边。她关上门后，盘腿坐下，与那位光脚老人相对而坐。

崔诚问道："找我何事？难不成还要与我学拳？"

不知为何，这么多年一直没长大的黑炭丫头使劲点头："要学拳！"

崔诚问道："不怕吃苦？"

裴钱眼神坚毅："死也不怕！"

崔诚嗤笑道："好大的口气！到时候又哇哇大哭吧？这会儿落魄山可没有陈平安护着你了，一旦决定与我学拳，就没有回头路了。"

裴钱沉声道："我想过了，就算我到时候会哭、会反悔，你也一定要把我打得不敢哭、不敢反悔！"

崔诚似乎对于这个答案有些意外，爽朗大笑，最后看着那个小丫头的双眼："最后一个问题，为什么要学拳？"

裴钱双拳紧握，沉默许久，才开口道："我裴钱谁都可以比不过，唯独一个人我不能输给他！绝对不可以！"

崔诚哦了一声："好，那从今天起，你就是我的关门嫡传了。放心，不需要有那狗屁师徒名分。"

裴钱抬起手，抹了把眼泪，重重点头，站起身，向这位老人鞠躬致谢。

在陈平安面前从来没有虚架子的光脚老人竟然站起身，双手负后，郑重其事地受了这一拜。

裴钱一脚向前踩地，一脚后撤，拉开一个拳架："来！"

崔诚一闪而逝，一手将黑炭小姑娘的头颅按在墙壁之上，裴钱浑身骨骼咯吱作响，七窍流血。

崔诚微笑道："还要学吗?!"

裴钱怒吼道："死也要学!"

崔诚点头道："很好。"

当初在南苑国京城，小巷里走出了一个青衫少年郎，他撑着油纸伞，笑容和煦，望向裴钱，微微讶异之后，嗓音温醇道："裴钱，好久不见。"

图书在版编目(CIP)数据

剑来16:月色入高楼 / 烽火戏诸侯著 .—杭州：
浙江文艺出版社,2021.1（2025.1重印）
ISBN 978-7-5339-6365-1

Ⅰ.①剑…　Ⅱ.①烽…　Ⅲ.①长篇小说—中国—当代
Ⅳ.①I247.5

中国版本图书馆CIP数据核字（2020）第264509号

选题策划　柳明晔
责任编辑　徐　旼
营销编辑　俞姝辰　宋佳音
封面绘图　温十澈
责任印制　吴春娟

剑来16：月色入高楼

烽火戏诸侯　著

出版　浙江文艺出版社
地址　杭州市环城北路177号
邮编　310003
电话　0571-85176953（总编办）
　　　0571-85152727（市场部）
制版　浙江新华图文制作有限公司
印刷　杭州杭新印务有限公司
开本　710毫米×1000毫米　1/16
字数　285千字
印张　15
插页　2
版次　2021年1月第1版
印次　2025年1月第13次印刷
书号　ISBN 978-7-5339-6365-1
定价　40.00元